Frozen River
von Don Both
Deutsche Erstausgabe Januar 2019
© Don Both
Kontakt: bethy86@hotmail.de
https://www.facebook.com/pages/DonBoth/248891035138778
http://donboth.weebly.com/
Trailer zum Buch: https://youtu.be/Tw_cEus0Mzc
Mit besonderem Dank an Kerstin Patze
Cover: Marie Graßhoff
Erschienen im A.P.P.-Verlag
Peter Neuhäußer
Niederlassung Deutschland:
Gemeindegässle 05
89150 Laichingen
Mobi: 978-3-96115-400-5
E-Pub: 978-3-96115-401-2
Print: 978-3-96115-402-9

DON BOTH

Frozen River

Roman

Kurzbeschreibung

Eine Beziehung wie aus dem Bilderbuch. Sie lieben sich und sind glücklicher als je zuvor in ihrem Leben, privat und beruflich könnten die Sterne nicht besser für sie stehen. Aber das Schicksal schwebt über ihnen und plant, ihnen alles zu nehmen.

Hailey White – ehemals graues Mäuschen und übergewichtige Pfarrerstochter – strebt eine Gesangskarriere an, doch sie muss schon bald erkennen, dass nicht jeder, der ihr seine Hand reicht, auch wirklich ihr Freund ist.

Und Saint Conroy – ehemaliger Troublemaker und Playboy – muss mit den Verlockungen eines Lebens als aufstrebender und heißbegehrter Rennfahrer klarkommen.

Aber Saint ist nicht mehr der Sünder, der er einmal war. Seine einzige Sucht heißt Hailey White. Denkt er zumindest …

Hailey und Saint – ein Paar wie kein anderes.

Deep Waters – eine Reihe, die ans Herz geht und zum Nachdenken anregt.

Frozen River – eine Geschichte, die süchtig macht, uns verführt und uns keineswegs von den Sünden erlöst.

Tabulos! Berauschend! Rau!

Das ist für alle, die sich in dieser oftmals so abgefuckten Welt ein gutes Herz bewahrt haben, die an Liebe glauben, an Mitgefühl, Respekt und Toleranz.

Die gut sind.

»Wir wissen wohl, was wir sind,
aber nicht, was wir werden können.«

Hamlet, vierter Akt, fünfte Szene

Prolog

»Still!«, knurrte mir mein absoluter Traummann in den Nacken, während eine Hand sich um meinen Mund legte und die andere fester meine Hüfte packte. »Oder willst du, dass sie uns hören?«, neckte er mich und küsste meinen Hals. Ich krallte mich in die kühlen Kacheln vor mir, rutschte aber immer wieder ab, fand keinen Halt, und wurde doch von ihm gehalten. Immer und immer wieder klatschte sein Becken gegen meinen Hintern in dem sommerlich, geblümten Kleid. Immer wieder musste ich mir auf die Lippe beißen, um nicht in die Welt hinauszuschreien, was Saint Conroy schon wieder mit mir für ein dreckiges Spiel trieb.

Das war eine seiner unzähligen Spezialitäten. Verboten dreckige, an Perversion grenzende Spiele mit mir zu spielen – diese kleine Eskapade in dem winzigen Klo war ja geradezu keusch, aber nötig. Hatte er zumindest beschlossen, als ich einfach nicht aufgehört hatte, ihm mit meiner Unsicherheit und Nervosität auf die Nerven zu gehen.

Aber was sollte ich auch tun?

Ich war hier zu einem Vorsingen, auf einem der besten Colleges des Landes. Gleich würde ich auf die Bühne müssen, da oben ganz allein im Scheinwerferlicht stehen.

Klein. Dick. Imperfekt. Und würde allen meine Seele offenbaren müssen.

Da durfte Frau schon mal durchdrehen, oder?

Saint schob sich auf einmal bis zum Anschlag in mich – wohlwissend, dass allein sein Stöhnen an meinem Ohr die Macht hatte, mich geradewegs über diesen so berauschenden Abgrund zu katapultieren –, hielt still, während ich von einem bombastischen Orgasmus in andere Sphären versetzt wurde und sich diese elende Spannung in mir einfach so in Luft auflöste. Er kam nicht – er kam oft nicht –, sondern brachte nur mich zum Explodieren, weil er es angeblich liebte, weil er süchtig danach war. Komisch, aber wahr.

Aber Saint Conroy war eben kein normaler Mann, der zuerst an sich und seine Befriedigung dachte. Er dachte immer zuerst an mich.

Sanft küsste er meine Schläfe und zog sich aus mir zurück, schloss seine Hose und streifte dann das Höschen meine bebenden Beine hoch, während ich immer noch atemlos, verschwitzt und mit rasendem Herzen an der kühlen Wand lehnte.

»Glaubst du mir jetzt, dass du alles schaffen kannst?«

»Hmmm«, machte ich nur träge und bewegte mich nicht.

»Halleluja, du widersprichst mir endlich mal nicht! Ich muss dich öfter ins Nirwana vögeln!«

»Hmmm.« Er gluckste, drehte mich um und nahm mein Gesicht in seine Hände. Ich wurde wie immer geblendet von diesem intensiven Grün, das manchmal bläulich schimmerte, manchmal jedoch satt und fast schon giftig erstrahlte. Jetzt hatte er wieder diese Waldsee-Augen, nicht grün, nicht blau, ein bisschen dunkel vor Lust, weil er gerade noch in mir gewesen war, und so unglaublich schön. Dazu diese kerzengerade Nase, das markante Kinn, die perfekt geschwungenen Augenbrauen und diese sinnlichen Lippen, und fertig war mein Verderben. Das war das Gesicht meines absoluten Traummannes – und wenn ich ehrlich war, das vieler anderer Frauen. Ich würde niemals genug davon bekommen, ihn allein nur anzusehen. Noch schlimmer wurde es jedoch, wenn Saint Conroy mich berührte oder mit dieser verboten verführerischen Stimme zu mir sprach, und was er erst sagte, das konnte einer Frau schon mal die Röte in die Wangen und die Feuchtigkeit sonst wohin schießen lassen. Und er wusste es, wusste genau, was er für eine Wirkung auf mich und den Rest der Menschheit hatte. Und er liebte es, mit mir zu spielen.

Aber das war okay!

Denn ich wusste, er wollte mich nicht wirklich schlagen, mich nicht vernichten. Er wollte mich nur immer wieder über meine Grenzen treiben, und mich meinen geheimsten Träumen und Fantasien einen Schritt näherbringen.

So wie bei meinem innigsten Wunsch, Sängerin zu werden.

Er hatte mich hier ganz heimlich zusammen mit seiner Schwester – und mittlerweile meiner einzigen und besten Freundin – angemeldet. Saint hatte dafür gesorgt, dass ich zu dieser Audition konnte und dass mein Traum zum Greifen nah war. Er hatte aber noch so viel mehr für mich getan. Noch vor einem halben Jahr war ich der pummlige unbeliebte – vor allem von mir selbst – Teenager gewesen. Aber langsam war ich gefestigter und manchmal, ganz selten und heimlich, fand ich mich sogar regelrecht hübsch, obwohl ich eben nicht den Normen entsprach, die von den Medien wiedergegeben werden, dafür aber neunzig Prozent der Frauen. Ich sah ganz normal aus, mit Dellen, kleinen Pölsterchen und ganz sicher keiner porenreinen Haut. Aber Saint hatte mir beigebracht zu denken, dass es okay so war, dass ich okay so war, wie ich war.

Ohne das Selbstbewusstsein, das er mir gegeben hatte, hätte ich mich eine halbe Stunde später wahrscheinlich auch niemals auf diese Bühne getraut – natürlich nach einem absolut berauschenden Kuss und einem mehr als dreckigen Versprechen von ihm. Der Spott erleuchtete mich, sodass ich die fünf Dozenten in der ersten Reihe gar nicht richtig sah.

»Sagen Sie uns bitte, wie Sie heißen und wie alt Sie sind«, forderte ein dunkelhäutiger Mann in Anzug und mit krausen tiefbraunen Haaren mich auf. Er schien ziemlich jung für jemanden, der hier das Sagen hatte. Höchstens

dreißig. Ich schluckte, umklammerte meine Finger und sprach ins Mikrofon.

»Mein Name ist Hailey White, ich bin achtzehn Jahre alt und stamme aus Goodville Pennsylvania.« Einem kleinen Kaff irgendwo im Nirgendwo. Jetzt war ich hingegen in LA! Der Stadt überhaupt und mittlerweile förmlich erschlagen von den Eindrücken. Ich war nun mal ein Landei aus dem Bilderbuch, was sich vermutlich nie ändern würde.

»Was wollen Sie singen?«

»Bound to you, von Christina Aguilera.« Die Frau neben dem Mann, der gesprochen hatte, eine dünne große Frau mit aufgetürmten schwarzen Haaren und schwarzem Kostüm, zog die Nase kraus. Aber der Mann lächelte offen und warm.

»Na dann, los geht's!«

Ich überraschte sie, indem ich mich an das bereitgestellte Klavier setzte. Meine Mutter hatte mir die Grundlagen des Klavierspielens beigebracht, als ich vier Jahre alt gewesen war. Es war mir ins Blut übergegangen, ein Teil von mir. Und doch waren meine Hände jetzt ungewohnt schwitzig. Ich wischte sie an meinen Oberschenkeln ab, legte die Hände auf die Tasten, setzte mich gerade hin, schloss für einen Moment die Augen und dachte an ihn.

Saint!

Sweet love, sweet love
Trapped in your love
I've opened up, unsure I can trust
My heart and I were buried in dust
Free me, free you
You're all I need when I'm holding you tight
If you walk away I will suffer tonight
I found a man I can trust
And boy, I believe in you
I am terrified to love for the first time
Can't you see that I'm bound in chains?
I've finally found my way
I am bound to you
I am bound to you

»*Danke, das reicht!*«, *wurde ich bereits nach ungefähr einer Minute unterbrochen, und meine Lider glitten wieder auf.*

Ich hatte es vermasselt!

»*Vielen Dank, Miss White, wir werden uns bei Ihnen melden!*« *Es kam mir vor, als hätte man mir in den Magen geboxt, und ich stand auf. Mein gesamter Körper fing an zu zittern, ich fühlte mich grauenhaft und dachte, mich jeden Moment übergeben zu müssen. Mir wurde heiß und kalt, ich wollte sie anbrüllen, dass sie mir doch erst mal eine richtige Chance geben sollten, bevor sie mich wegschickten, aber ich schwieg. Wie immer.*

»Danke schön«, wisperte ich knallrot und eilte, so schnell ich konnte, von der Bühne, direkt in Saints starke Arme, die mich auffingen, als ich mich hineinwarf. Mit geschlossenen Augen versuchte ich, die Tränen zu verdrängen, versuchte, nicht auszuflippen, als meine gesamten Träume und Hoffnungen wie ein Kartenhaus im Wind zusammenfielen. Ich hatte gar nicht bemerkt, wie viel Hoffnungen ich mir in Wahrheit gemacht hatte, obwohl ich wirklich versucht hatte, mich davon abzuhalten. Obwohl ich versucht hatte, es realistisch zu sehen. Es gab tausende von Mädchen mit wunderschöner Stimme und Talent. Wieso sollten sie an dieser Elite-Uni auch gerade mich nehmen? So herausragend konnte ich auch nicht singen.

»Miss White!«, erklang mit einem Mal neben uns die Stimme des dunkelhäutigen Professors, und ich löste mich schockiert von Saint, der ihn nur mit verengten Augen anfunkelte.

»Ja?«, fragte ich und räusperte mich, weil meine Stimme ganz rau klang.

»Das war heute die beste Audition, vielleicht sogar die beste Audition dieses Jahres. Ich freue mich unglaublich, Sie nächstes Semester unterrichten zu dürfen!« Damit zwinkerte er mir zu – Saints Blick verdunkelte sich noch ein bisschen – und marschierte grinsend davon.

Ich blickte ihm völlig baff hinterher. *»Hat er ... hat er gerade gesagt, er freut sich darauf, mich unterrichten zu dürfen?«*

»*Ja*«, *knurrte Saint und meine soeben eingestürzte Welt setzte sich Stein für Stein im Schnelltempo wieder zusammen. Ich starrte währenddessen an die Stelle, wo der Professor gerade noch gestanden hatte.*

»*Sie nehmen mich?*«

»*Ja.*«

»*Sie nehmen mich wirklich?*«

»*Jaaaa.*« *Saint starrte ebenfalls an die Stelle, aber alles andere als glücklich. Doch als ich aufschrie und mich an seinen Hals schmiss, zuckte er zusammen.*

»*SIE NEHMEN MICH!*«, *brüllte ich ihm ins Ohr und schlang Arme um Beine um ihn, ehe ich ihn ansah. Jetzt wurde sein Blick weicher und er lächelte wunderschön, während seine Arme mich umfingen, so sicher und stark.*

»*Natürlich tun sie das, Kleines! Wer würde das nicht tun?*«, *wisperte er. Da hatte ich schon meine Lippen auf seine gedrückt und ihn geküsst.*

Das war einer der glücklichsten Tage meines Lebens!

Auch wenn es hieß, dass sich unsere Wege erst mal trennen würden, so wusste ich, dass keine Distanz, nichts, jemals unsere Herzen trennen könnte! Denn wir gehörten zusammen.

Auch wenn es nicht immer leicht werden würde, er wäre immer da, würde mich halten und auffangen, wenn ich mal wieder stolperte, und ich, tja ich, würde ihm dafür weiterhin alles geben, was ich hatte und was ich war. Ich würde ihm mein Herz und meine Seele geben, so wie er es einmal von mir gefordert hatte, denn eigentlich besaß er beides schon längst.

Seitdem ich ihn das erste Mal gesehen hatte – und bis zu meinem letzten Atemzug.

1. Wieso ich Saint Conroy total verfallen bin.

Nun ja ...

Das hat genau genommen mehrere Gründe, die ich hier sehr gern ausführen werde.

Seine sicheren Hände schlangen sich um meine Handgelenke, zogen meine Arme weit nach oben, und kühles Metall legte sich um sie, klackte fest zu. Seine Augen strahlten mich an, seine Lippen grinsten dreckig – und ich wusste, ich war verloren.

Total verloren!

»Was wirst du tun, Hailey?« Seine Stimme war gleichermaßen weich und fordernd.

»Ich werde ihnen zeigen, was wirklich in mir steckt!« Meine Stimme klang im Gegenzug zu seiner zittrig und aufgeregt, wie von einem kleinen quiekenden Mäuschen. Ich konnte meine wahren Emotionen einfach nie vor ihm verstecken, und das musste ich auch nicht. Bei ihm konnte ich sein, wie ich war und wer ich war, aber das war nicht der einzige Grund, weswegen ich Saint Conroy absolut verfallen war und ihn mehr liebte als mein eigenes Leben.

Saint lächelte, und alles in meinem Unterleib zog sich zusammen, besonders, weil sein Zeigefinger langsam über meinem nackten Vorderkörper wanderte, kleine Zickzack-Muster malte, einen meiner verräterisch aufgestellten Nippel umkreiste, über meinen weichen, viel zu dicken Bauch strich, meinen Bauchnabel umrundete, aber stets seinem Ziel folgte, gemächlich und doch so sicher, immer weiter nach unten. Seine Stimme wurde leiser, heiser, so unglaublich sinnlich und noch strenger, genau wie sein lodernder Blick aus grünen Tiefen. »Und was wirst du auf gar keinen Fall tun?«

»Ich werde mich nicht von irgendwem blöd anmachen lassen!«, keuchte ich und krallte mich in meine Fesseln, als sein Zeigefinger hauchzart über meinen Venushügel glitt, und weiter herab.

Bis zu seinem Ziel, das er niemals aus den Augen ließ.

Fest schob er sich in meine pulsierende Enge. Ich schloss stöhnend die Augen, warf meinen Kopf zurück und bog den Rücken durch.

So gut.

Was er mit mir machte, war so gut.

✳✳✳

»Wenn irgendjemand dich blöd anmacht, dann wirst du mich anrufen, und ich bin sofort bei dir«, sagte Saint, während er mir am Flughafen die Kette umlegte, die er mir gerade geschenkt hatte, und ich versuchte, nicht in Tränen auszubrechen. Klar, wir hatten die Nacht nochmal genutzt – und auch den Morgen und auch die Fahrt hierher. Er war allein heute Vormittag drei Mal über mich hergefallen, hatte mich noch vor zwanzig Minuten auf dem Parkplatz des Flughafens mit seiner Zunge und seinen Lippen zwischen meinen Beinen in eine andere Welt katapultiert, damit ich nicht vergaß, wie sich seine Zunge an mir anfühlte, und er meinen Geschmack. Aber es war nicht genug, ein Leben lang mit ihm wäre nicht genug, und jetzt würde ich mich von ihm trennen müssen.

Für *Wochen*!

W

O

C

H

E

N!

Wie sollte ich das nur überleben?

»Na ja, sofort ist relativ«, wisperte ich und umfing den kühlen kleinen Edelstein, der an der Silberkette baumelte. Er hatte dieselbe Farbe wie Saints Augen – grün mit einem bläulichen Schimmer, wenn man ihn im Licht drehte – und die Form eines Tropfens. Ich wusste sofort, was diese Kette zu bedeuten hatte. Saint gab mir etwas von unserer Heimat mit. Etwas von unserem geheimen Ort, von unserem See.

»Wenn sie dich anpissen, dann denk einfach daran, was ich vorhin mit dir in der Tiefgarage gemacht habe. Du weißt schon, dass mit dem Plug und meinem Mund. Und stell dir vor, du schiebst ihnen den Plug in den Arsch – ohne Vordehnung und Gleitgel!« Ich wurde rot, als er das grinsend verkündete, so laut, dass eine Familie zu unserer Rechten es auch hörte, aber ihm war es egal. Natürlich.

Ich nickte.

Er hob mein Kinn mit einem Finger und auch seine sonst so ruhigen Augen waren aufgewühlt.

»Vergiss nicht, dass du mir gehörst, Hailey White.« Seine Stimme war unglaublich eindringlich und heiser.

Ich nickte wieder.

Wie könnte ich das jemals vergessen?

Er hatte dafür gesorgt, dass sich sein Körper in meinen gebrannt hatte. Wortwörtlich. Heute Nacht hatten wir beide wirklich nicht viel geschlafen. Er hatte mir, während ich angekettet in seinem Bett lag, keuchend und halb tot von den vielen Orgasmen, noch einmal genauestens erklärt, was ich zu tun und zu lassen hätte. Welche Regeln ich zu befolgen hätte, wenn ich ohne ihn am anderen Ende von Amerika war. So schutzlos und allein. Er hatte mich nochmal gestärkt und ich mich noch ein bisschen mehr in ihn verliebt. Als ob das möglich wäre.

Dieser Mann war der absolute Wahnsinn.

Wie könnte ich das jemals vergessen?

Regel Nummer eins lautete: Du gehörst mir!

Regel Nummer zwei: Denke immer daran, wer dich anfassen darf, wer dich küssen darf, wer dich ins Nirwana fickt.

Regel Nummer drei: Du lässt dich von keinem ficken, außer mir, auf welche Art auch immer.

Regel Nummer vier: Denk immer an Regel Nummer eins!

Regel Nummer fünf: Keine Selbstbefriedigung, außer ich bin am Telefon oder per Cam dabei.

Ich hatte das alles so oft runterbeten müssen, dass ich es mittlerweile wirklich auswendig kannte, wie ein verdammtes Mantra.

Regel Nummer sechs: Du bist toll, wunderschön und wunderbar und alle anderen, die das nicht checken, sind Idioten!

Regel Nummer sieben: Du wirst mich jeden Abend anrufen, egal, was auch passiert, und wenn dich verfickte Aliens kidnappen und komische Experimente mit dir machen! Du. Wirst. Anrufen.

Regel Nummer acht: Denk immer an mich, auch wenn du auf dem Klo bist. (Keine Ahnung wieso! Das war echt ein bisschen strange!)

Regel Nummer neun: Denk einfach immer an mich!

Die Regeln hatte er mir sogar – natürlich in Knallrot – auf die ersten zwei Seiten in mein Tagebuch geschrieben, das er mir gekauft hatte und in dem ich alles notieren sollte, was ich erlebte, was mich bewegte, was ich mir dachte. Er wollte alles wissen, denn wenn Saint eines war, dann ein Kontrollfreak, sobald ihm wirklich etwas wichtig war.

Er würde auch so ein Buch führen – nur für mich. Und wir würden es immer austauschen, wenn wir uns trafen. So wären wir irgendwie nie allein und würden am Leben des anderen teilhaben, obwohl wir nicht direkt dabei wären. Das war Saints Idee gewesen, und so unsagbar süß, dass ich es kaum in Worte fassen konnte! Ehrlich!

Ich hatte ihm im Gegenzug auch Regeln für ihn auf die ersten zwei Seiten schreiben dürfen.

Doch was hätte ich von Saint Conroy schon verlangen können?

Was ihm vorschreiben?

Und wie hatte ich es wagen können, überhaupt darüber nachzudenken?

Einen ganzen Tag hatte es gedauert, bis mir etwas Passendes eingefallen war.

Das Einzige, was ich ihm letztendlich als Regel mitgegeben hatte, was ich ihm in seinem Leben wünschte, war: *sei glücklich.* Er hatte glasige Augen bekommen und hart geschluckt, als wir gestern die Tagebücher ausgetauscht hatten, auf seiner Veranda sitzend, auf der Hollywoodschaukel vor uns hin und her schaukelnd.

Er hatte mein Gesicht umfangen, mich an sich gezogen, mit dem Daumen meinen Mundwinkel gestreichelt, mir tief in die Augen geschaut und gesagt: »Da haben wir ein verdammtes Problem, Hailey White!«

Ich hatte ihn mit großen Augen angesehen. »Welches?«

»Ich bin nur mit dir glücklich!« Damit hatte er sich vorgebeugt und mich geküsst, hatte mir mit seinen Lippen all das gesagt, was er nur schwer in Worte fassen konnte. Weil Saint so was einfach nicht konnte – über Gefühle zu reden. Er sagte mir sehr selten, dass er mich liebte. Eigentlich nur, wenn er danach etwas total Versautes mit mir machte. Es war seine Art der Ankündigung, dass er etwas tun würde, was mich schockieren und gleichermaßen total heiß machen würde, wie zum Beispiel sich in der Schule am Mittagstisch von mir einen runterholen zu lassen, mich mitten auf dem Altar in der Kirche zu beglücken, mich in der Umkleidekabine eines Klamottenladens zu verführen oder auf der Motorhaube seines Autos – auf einem schummrigen Parkplatz mitten in der Nacht –, auf dem Friedhof in Ekstase zu treiben oder beim letzten Schulausflug vor den anderen ...

Skrupellos, ohne jegliches Gewissen oder Moral. Ohne jegliche Grenzen.

Das war Saint Conroy.

Und ich liebte es.

Ich hingegen war die typische graue Maus, die alles tausend Mal überdachte und sich immer zu viel Sorgen machte. Eigentlich.

Er tat erst etwas und dachte später darüber nach, zumindest wenn es um seine sexuellen Gelüste ging. Saint Conroy war wie eine Naturgewalt – unberechenbar, unzähmbar, außer Kontrolle. Und ich liebte es, mit ihm die Kontrolle zu verlieren.

Jetzt waren wir am Flughafen und ich musste gehen, musste ihn verlassen, um ins ferne Los Angeles zu fliegen. Ich wollte nicht, ich konnte nicht, aber ich musste, und so blieb mir nichts anderes übrig, als mich an ihn zu klammern und noch mal seinen Duft einzuatmen, mich noch mal ganz eng an ihn zu schmiegen und in dem Gefühl zu baden, ihm so nah zu sein. Er seufzte, drückte mich an sich und seine schon wieder vorhandene Erektion. »Du solltest jetzt gehen oder du kommst hier nie weg!« Dann beugte er sich vor und küsste mich – noch ein letztes Mal, ganz, ganz sanft – und ich hatte wirklich Mühe, die Tränen zu unterdrücken, denn ich war noch nicht bereit. Ich hatte ihn doch gerade erst bekommen, jetzt sollte ich ihn schon wieder verlassen.

Aber auf mich wartete mein größter Traum, und Saint hatte mir beigebracht, ihn nicht an mir vorbeiziehen zu lassen, sondern mich auf meine Ziele zu fokussieren und alles dafür zu tun, um sie zu erreichen.

Also ließ ich ihn los, drehte mich um und ging, schaute meinem wunderschönem Bad Boy dabei zu, wie er fast alle anderen überragend dastand und mich traurig angrinste. Ich ging durch die Absperrung und rannte fast gegen den Mann vor mir, weil ich die Augen nicht von Saint lassen konnte – so wie immer. Und dann musste ich um die Kurve und er verschwand aus meinem Blickfeld. Aber ich hatte noch die Angst gesehen, die in seine Augen getreten war, die Trauer, den Schmerz. Ich hatte noch gesehen, wie es wirklich in ihm aussah. Dass er mich genauso wenig verlassen und verlieren wollte wie ich ihn.

Ich umfing meine Kette und ließ den Tränen einfach freien Lauf.

Es würde ein verdammt langer Flug werden.

Ich döste vor mich hin, gab mich den Erinnerungen an die letzten Stunden mit ihm hin und versuchte, nicht an Sehnsucht zu sterben.

Dachte an seine Finger.

Seine vollen Lippen.

Sein dreckiges Grinsen.

Seine verruchten Worte.

Wie er sich hart in mich schob.

Sein Stöhnen in meinen Ohren.

Ein hupendes vorbeidüsendes Auto katapultierte mich unliebsam aus meinen nicht gerade jugendfreien Tagträumen, und ich riss die Augen wieder auf.

Ich war angekommen.

Sieben Stunden später, um so vieles müder. Ich hatte mir am Flughafen ein Taxi genommen, in dem ich jetzt saß und schaute aus dem Fenster. Was ich sah, war Verkehr, so viel Verkehr, so viele Menschen. So viel Trouble und Lärm, so viele Eindrücke, die nur so auf mich einrauschten.

LA.

Die Stadt der Engel.

Sechsspurige Straßen, tausende Autos, funkelnd im spät nachmittäglichen Sonnenlicht, umgeben von Palmen, Fast-Food-Restaurants, unglaublich hohen Häusern, die dunkle Schatten auf die Straßenschluchten warfen, sie drohten zu verschlucken. Es war alles von der Sonne gebraten, ausgedorrt. Orange, Rot und Braun dominierten hier, es war nicht lebendig, frisch und grün, dabei liebte ich Grün.

Aber dies war mein neues Zuhause.

Meine Finger umfingen die Kette an meinem Hals.

Ich wollte zurück zu ihm, in seine Arme, am liebsten nackt.

***

Trotz des dichten Verkehrs kamen wir relativ schnell an der gewünschten Adresse an. Ich zahlte, gab viel zu viel Trinkgeld wie immer, aber ich hatte auch viel zu viel Geld dabei, das mir Maggy Conroy – Saints Oma, die mich liebte wie einen eigenen Enkel – noch in Massen zugesteckt hatte, als ich mich gestern von ihr verabschiedet hatte, und stolperte auf den Gehweg. Der pakistanische Fahrer, der die ganze Zeit zu dieser grauenhaften Musik mitgesungen und meine Ohren gefoltert hatte, knallte mir meinen kleinen rosa Koffer vor die Füße. Dann verschwand er und ich stand allein in der flirrenden Hitze vor einem kleinen Schild, das verschiedene Gebäude zeigte und an dem ich mich null orientieren konnte. Ich wollte nur schon mal gucken, damit ich mich morgen besser auskannte, aber eher das Gegenteil war der Fall. Es war schon später Nachmittag und trotzdem unsagbar heiß, als ich in meinen Flip Flops eher vor mich herstolperte, als dass ich normal ging – wie das so meine Art war – und meinen Koffer hinter mir herzog. Ich hatte mir noch eine Karte ausgedruckt, aber irgendwie verstand ich nicht, wo oben und unten war, also lief ich blindlings drauf los. Der Komplex aus hellem Stein wirkte wie ausgestorben. Die Häuser waren in diesem Viertel im typisch kalifornischen Stil gebaut, nicht sehr hoch, höchstens vier Stockwerke, viereckig. Es war wirklich schön hier, irgendwie friedlich, mit den Palmen und dem lang gezogenen Brunnen, aus dem kleine Fontänen schossen.

Aber es war nicht meine Heimat, Goodville in Pennsylvania, wo jeder jeden kannte. Wo ich als Kind immer anschreiben lassen konnte, weil Mr. Harrison, der Besitzer des kleinen Supermarktes, wusste, dass mein Vater – der Pfarrer der kleinen Stadt – spätestens am Samstag alle Schulden begleichen würde. Hier war alles unpersönlich und so riesig. Einschüchternd.

Ich bahnte mir meinen Weg bis zu einem großen Platz, wo ein etwas größerer Brunnen mit einer Statue stand, und schaute mir die Häuser zu meiner Linken an. Sie wirkten wie Wohnheime, also ging ich zaghaft auf sie zu. Je näher ich kam, desto mehr Leute liefen mir über den Weg, die meisten lachten und unterhielten sich, schleppten Kartons und Bücher, waren locker entspannt und wunderschön mit ihren blonden Haaren, den knappen Shorts und Shirts, den muskulösen Körpern und den von der Sonne gebräunten Gesichtern. Ich fühlte mich wieder mal wie ein vor sich hin watschelnder Pinguin, der zwischen lauter anmutige Schwäne gesteckt wird, aber ich dachte an Saint, daran, wie sehr er mich, genau mich, vergötterte, und ich straffte mein Kinn, während ich nochmal versuchte, den Plan zu lesen, aber chancenlos blieb.

Schließlich sprach ich eine vorbeihetzende Mädchengruppe an. Sie deuteten kaugummikauend in die Richtung, aus der sie kamen, halfen mir damit ja so unsagbar weiter, und ich watschelte weiter auf einen dieser Flachbauten zu. Der letzte war wohl meiner, und ich atmete tief aus, als ich den klimatisierten Flur betrat, mir weiter meinen Weg vorbei an einer Korkwand und ein paar Getränke- und Snackautomaten bahnte und dann meinen Koffer in den zweiten Stock wuchtete.

Vor dem Zimmer 43 blieb ich stehen und klopfte lieber. Wer wusste es schon, vielleicht war meine Mitbewohnerin ja bereits eingezogen und mit Sachen beschäftigt, die junge Mädels am College eben so machten. Mit einer Bong rauchen – so wie Holy, Saints Schwester und meine beste Freundin es manchmal tat. Oder Sex haben oder so was eben. Mich konnte in dieser Hinsicht so schnell nichts mehr schockieren. Eine Beziehung mit Saint härtete ganz schön ab, aber ich wollte trotzdem nicht zuerst irgendeine Vagina oder einen Penis sehen.

Es erklang ein laut gebrülltes »HEREIN!«, dann ein Poltern und ein Keuchen.

Oh nein!

Mit zusammengekniffenen Augen drückte ich die Klinke herunter, erwartete schon mir entgegen waberndem Rauch oder mich in einer Pornohöhle wiederzufinden, aber das war nicht der Fall. Das Zimmer war offen, hell und aufgeräumt. Es roch nach Holzpolitur und Desinfektionsmittel. Eine grüne Küchenzeile befand sich direkt neben der Tür, zwei abgewetzte dunkelblaue Zweiersofa standen sich um einen kleinen Glascouchtisch gegenüber. Es gab eine Kommode mit einem Röhrenbild-Fernseher aus der Vorkriegszeit, der hellbraune Teppich sah aus wie frisch geschrubbt, die Fenster waren sperrangelweit geöffnet und die Hitze drang in den Raum. Links und rechts gingen jeweils zwei Türen ab und ein kleines Bad befand sich zu meiner Linken.

Nett. Es sah wirklich nett aus. Aber das war es nicht, was mich schockte, es war die Eule, die zu meiner Rechten in den Raum stolperte und stotternd rief: »Z... zieh ... d... die ... Schuhe aus!«

Erschrocken zuckte ich zusammen und kam dem Befehl sofort nach, während sie sich auf mich stürzte und mich mit irgendwas voll sprühte, sodass ich fast starb. Es roch stark nach Desinfektionsmittel. »U...umdrehen!«, befahl die Putzfurie und ich gehorchte umgehend. Sie drückte mir ein paar feuchte Tücher in die Hand. »P...putz dich damit ab!« Ich tat auch das und betrachtete dabei die Kleine. Sie trug eine wirklich starke Brille, weswegen ihre Augen doppelt so groß wirkten wie normal. Hellbraunes dickes Haar wurde von zwei Zöpfen gebändigt, dazu trug sie ein einfaches grünes Shirt und kurze Hotpants. Sie war nicht schlank, aber auch nicht dick. Dabei hatte ich damit gerechnet, mit einer umwerfenden blonden Schönheit ein Zimmer teilen zu müssen, bei der ich mich im Vergleich zu mir immer total minderwertig fühlen würde, aber ich war sofort erleichtert, als die Kleine sich aufrichtete und mich angrinste.

»J... jetzt darfst du reinkommen. Hi, ich b ... bin ... Brooke Montgomery!« Fest drückte sie mir die soeben desinfizierte Hand und grinste mich breit an. Sie hatte heute Mittag wohl Spinat gegessen oder so, wie ich sofort anhand grüner Spuren zwischen ihren Hasenzähnen bemerkte.

Nun ja, Brooke war ein Freak. Und total niedlich ...

Und ich mochte sie sofort!

2. Wieso ohne Hailey White alles doof ist

Saint

Ich fuhr mit meinem Baby nach New York, gleich nachdem ich Hailey zum Flughafen gebracht hatte. Dabei hatte ich nur einen Koffer voll Kleidung dabei. Was anderes, außer meinem Motorrad, interessierte mich nicht, aber das hatte ich zurücklassen müssen. Es ließ sich nun mal schwer mit einem Auto und Motorrad gleichzeitig fahren. Und meinen Mustang Shelby ebenfalls daheim zu lassen, das hätte ich nicht übers Herz gebracht.

Der Sommer war fast vorbei, aber es war immer noch heiß. Ich hatte die Fenster runtergelassen, Manson aufgedreht, eine Kippe hing in meinem Mundwinkel und ich düste über den Highway.

Meine Gedanken rasten genauso wie die Reifen über den schwarzen Asphalt.

Ich war genervt und ich wusste, dass sich dieser Zustand erst wieder ändern würde, wenn sie bei mir – ich genau genommen *in* ihr – wäre, und das würde ich mindestens in den nächsten sechs Wochen nicht passieren.

Es kotzte mich an.

Sie war schwanger und hätte eigentlich an meiner Seite sein sollen, aber ich konnte nicht von ihr verlangen, dass sie ihren Traum für meinen aufgab.

Andererseits hatte sie auch nicht zugelassen, dass ich meinen Traum aufgab und mit ihr nach L.A. ging. Ich hätte es sofort getan. Es wäre mir schwergefallen, und ich wäre wahrscheinlich niemals in meinem ganzen Leben wirklich glücklich geworden, aber für sie hätte ich meine gerade erst anfangende Rennfahrer-Karriere erstmal an den Nagel gehängt, hätte diese Chance nicht genutzt, die mir MGMA-Motors gab, und wäre ihr sogar bis ans Ende der Welt gefolgt. Na ja, L.A. *war* am anderen Ende des Landes. 2.789 quälend lange Meilen trennten uns und ich drehte ein kleines bisschen dabei durch, wenn ich daran dachte, was ihr alles in so einer Abfuck-Stadt wie Los Angeles passieren könnte, aber ich wusste auch, dass sie stark war und dass sie es schaffen würde.

Wenn nicht Hailey, dann keine.

Ich glaubte an sie, mit allem, was ich hatte und was ich war.

Sie musste es schaffen, und ich würde ihr dabei sicher nicht im Weg stehen.

»Ja, und ab morgen bist du schwul!«, knurrte ich mir zu und schnippte die Kippe aus dem Fenster. Ich hatte schon jetzt verdammte Biber-Entzugs-Erscheinungen! War schon ganze zwei Stunden ohne meine Pussy! Wie sollte ich das tage- und sogar wochenlang überstehen? Es brachte auch nichts, dass ich mir ihre Pussy in Form eines haarigen Rocker-Bibers, mit Kopftuch und Stinkefinger, auf den Oberarm hatte tätowieren lassen. Es brachte nichts, dass wir per Handy und Laptop, den ich ihr noch – obwohl sie protestiert hatte – gekauft hatte, Kontakt halten würden, und dass ich sie jeden Tag sehen und mit ihr sprechen würde.

Ich wurde fast wahnsinnig bei dem Gedanken, so lange ohne sie zu sein.

Denn in den letzten drei Monaten waren wir praktisch zusammengewachsen wie verdammte Zwillinge. Ihr Dad war mittlerweile wieder aus der Therapie gekommen und zu Hause. Er war jetzt trocken. Sie hatte mir nach zwei Monaten irgendwann mal erzählt, was es mit ihrem Vater auf sich gehabt hatte und wo er gewesen war. Er war jetzt mit seiner Nachbarin zusammen und sie schwebten im verdammt eklig klebrigen Liebesglück, was Hailey so gut wie zu mir nach Hause getrieben hatte. Das und die Tatsache, dass bei mir daheim Holy war – neuerdings ihre Busenfreundin. Und meine Mom, die Hailey liebte wie ihre eigene Tochter, und Dad, der sie auch vergötterte, und ich und mein Schwanz natürlich.

Sie war süchtig nach mir. Ganz so, wie es sich für mein Mädchen gehörte, aber die Sucht beruhte auf Gegenseitigkeit. Früher war ich sexsüchtig im Allgemeinen gewesen, nun fokussierte sich alles auf sie.

Wie sollte ich es da also wochenlang ohne sie aushalten?

Das war praktisch unmöglich! Und doch unumgänglich!

Es führte kein Weg daran vorbei und das pisste mich an! Gewaltig!

***

New York. Eine Stadt der Ratten, so kam es mir zumindest vor. Die Häuser abgefuckt, Graffiti überall, Stau, Stau, noch mehr Stau. Idioten, die sich meinem Auto eindeutig zu sehr näherten, umher hetzende Menschenmassen, wie Schafe. Außerdem hatte es natürlich – passend zu meiner Stimmung – angefangen zu nieseln, sobald ich das Ortsschild passiert hatte. Mein Navi quäkte vor sich hin, ich schaute immer wieder aufs Handy, doch sie hatte sich immer noch nicht gemeldet. Dabei hatte ich sie jetzt schon über drei Stunden nicht mehr gesehen, geschweige denn von ihr gehört!

Fuck.

Ich war echt verloren.

Ein kleiner süchtiger Idiot, aber das würde ja keiner außer mir merken, deswegen war das okay. Dafür klingelte kurz darauf mein Handy, und meine Mutter war dran.

»Saint, Schatz, bist du schon da?« Ich verdrehte milde lächelnd die Augen und bog ab – in ein Viertel, das nicht gerade gemütlich aussah.

»Ich habe noch fünfhundert Meter, sagt mein Navi.«

»Okay, du fährst vorsichtig, ja?«

»Ich glaube kaum, dass ich es jetzt noch schaffe, einen Unfall zu bauen.«

»Okay, und du wirst etwas auf deine Ernährung achten, ja?« Meine Mutter, immer in Sorge, besonders wenn ihr Baby so weit weg war.

»Mach ich, Mom.«

»Dann wünsche ich dir ganz viel Spaß!«

»Hmmm, den werde ich sicher nicht haben«, knurrte ich düster vor mich hin und setzte den Blinker, parkte an der Straßenseite vor dem Haus, das mir das Navi als Ziel ausgespuckt hatte.

Nett.

Nicht!

Überall standen überquellende Mülltonnen. Ein auseinandergenommener Einkaufswagen da, ein paar Holzpaletten dort, Unrat überall. Die roten Backsteinwände des fünfstöckigen Gebäudes waren mit Graffiti übersät. Aber ich würde nicht wählerisch sein, denn die Unterkunft wurde von meinem – noch kleinen – Rennstall gestellt und ich musste keinen Cent dafür zahlen. So sah es auch aus, aber ich wusste ja nicht, wie es im Inneren war.

Also schloss ich die Tür hinter mir, schulterte meine Sporttasche mit meinem Zeug und ging auf das Haus zu, dabei zündete ich mir noch eine Kippe an. Ich schaute auf die Schilder und klingelte wie beschrieben bei »Bronschofski«, dann wartete ich ewig lang unter dem kleinen Vordach und schaute zu meinem Baby. Wenn ihm was geschah, würde ich durchdrehen – richtig durchdrehen! Verfickte Scheiße!

Der Summer ertönte gefühlte Äonen später und ich betrat einen gar nicht mal so dreckigen rot-weiß gekachelten Hausflur und ging die knarzenden Holztreppen hoch in den ersten Stock. Es roch etwas nach Moder, aber das war bei einem Haus dieses Baujahres wohl unumgänglich. Rechts war eine der schwarzen Holztüren nur angelehnt und ich schob sie zaghaft auf. Der Flur war winzig, es standen überall Schuhe herum – und zwar nicht nur männliche, wie ich sofort bemerkte. Das waren wohl die Schuhe meiner zwei Mitstreiter. Die beiden anderen, mit denen ich zusammenleben würde und die auch vom Rennstall angeheuert worden waren, kannte ich noch nicht.

Durch so einen Flusenvorhang, der in einem Rundbogen hing, konnte man das Wohnzimmer betreten. Es sah ganz okay aus, natürlich nicht alles so poliert und gebohnert wie daheim und auch ganz sicher ohne italienische Landhausmöbel, aber es war annehmbar. Eine riesige schwarze Ledercouch in U-Form stand vor einem Flachbildschirmfernseher. Auf dem Couchtisch davor quollen Aschenbecher über, Zeitungen lagen zwischen Chipstüten, Chipskrümeln, Pappbechern und anderen Fressalien. An den Wänden hingen Regale, die schon mit allerhand Zeug vollgestopft waren und unter dem Fenster befand sich ein Esstisch. Voll mit Kleidung. Meine Fresse. Ich ging weiter, schaute in die kleine weißgehaltene Küche, in der sich Geschirr nur so stapelte, und in ein Bad mit Dusche – keine Badewanne. Ein großes Manko. Doch ich hatte mir vorgenommen, nicht wählerisch zu sein! Jeder musste mal klein und rattenverseucht anfangen!

Es gingen drei Türen ab und gerade, als ich überlegte, für welche ich mich entscheiden sollte, öffnete sich eine der Türen und jemand trat in den Raum. Mein Blick glitt von unten nach oben. Lange nackte Beine, mit schwarz lackierten Zehen, schwingende Hüften, kecke Titten, die nur von einem weißen Shirt bedeckt waren, sonst nichts. Und schließlich lange schwarze Haare, riesige blaue Glupscher und volle Blaselippen.

Und in meiner Hose regte sich *nichts*.

Sie war nicht Hailey!

Ihr Grinsen war frech und selbstbewusst und sie checkte mich eindeutig ab, als sie mich erblickte.

»Wow!«, machte sie nur, und ich verdrehte die Augen. »Du bist also der Heilige.«

»So würde ich das nicht nennen.« Ich grinste sie an, als sie sofort in Nutten-Modus schaltete und auf mich zuschlenderte, mich genauer in Augenschein nahm, wie ich hier total gelangweilt in meiner zerrissenen Jeans, dem schwarzen Shirt, der Lederjacke und der Kippe im Mundwinkel vor ihr stand.

»Du bist heiß.« Sie wollte ihre Hand auf meine Brust legen, doch ich fing sie ab, bevor sie das tun konnte.

»Und vergeben.«

»Autsch!«, erwiderte sie amüsiert, aber ihre Augen funkelten nur noch interessierter.

»Ich bin Marley.«

»Wie Bob Marley?«

»So ungefähr.«

»Ist das nicht normalerweise ein Männername? Versteckt sich da ein Schwanz in deinem Höschen?«

Sie lachte, laut und ausgelassen. »Oh, ich mag dich!«, rief sie, dann schlenderte sie an mir vorbei in die Küche. Ich schüttelte grinsend den Kopf.

»Wo ist mein Zimmer?«

»Goldene Mitte«, antwortete sie, während sie sich etwas zu trinken einschenkte, ohne mich anzusehen, und ich betrat die kleine Kammer. Ein Bett, ein Schrank, ein Schreibtisch, ein kleines Fenster. Schon okay, versuchte ich mir einzureden. Also knallte ich die Tasche auf den Boden und ließ mich auf das weiß bezogene Bett sinken. Ich schaute raus in den grauen Himmel und direkt auf die gegenüberliegende rote Backsteinwand. Tolle Aussicht – ehrlich.

Ich fummelte mein Handy aus der Hose und schrieb:

Angekommen ... Dann legte ich es weg, lehnte mich zurück und schloss die Augen. Ich war verdammt müde, wollte eigentlich nur schlafen, aber gleichzeitig war ich zu aufgekratzt. Morgen würde ich ins Firmengebäude fahren, den Teamchef und das Team treffen und anfangen, mich auf die Saison vorzubereiten. In sechs Monaten würde das erste Rennen starten, dann musste alles passen.

Meine Nerven waren, trotz der Müdigkeit, am Vibrieren. Deswegen entschied ich, mich erstmal, in meine Sportsachen zu werfen und eine Runde laufen zu gehen, diese wundervolle Gegend zu erkunden und die Zeit etwas totzuschlagen.

Als ich mein Zimmer verließ, fiel mir eine Gestalt auf, die es sich auf dem Sofa gemütlich gemacht hatte, ein Baseballspiel schaute und Popcorn in sich reinschaufelte. Ich stockte in meinen Schritten.

Fucking Franky, die kleine Kakerlake, saß einfach so vor meiner Nase rum und knusperte vor sich hin.

»Na super!«, knurrte ich und er drehte den Kopf. Ganz der mit Gold behangene dunkelhäutige Gangster in einem verdammten Schlafanzug und mit Goldzähnen spuckte er sein Popcorn über den ganzen Couchtisch, als er mich erkannte.

»Conroy!«, knurrte er.

»Pisshaufen«, knurrte ich zurück und konnte es nicht glauben. Was zum Teufel dachte sich das Schicksal dabei, mir meinen größten Konkurrenten in ein Team zu setzen? Ich konnte diesen stinkenden Haufen Scheiße einfach nicht ausstehen, seitdem er meine Schwester angefasst hatte. Er war schon bei den illegalen Rennen, an denen ich immer, wenn es mir möglich gewesen war, teilgenommen hatte, mein größter Widersacher gewesen und jetzt, jetzt sollte er *in meinem Team sein*?

Vor mich hin fluchend machte ich, dass ich dieses Drecksloch verließ, das er mit seiner Anwesenheit verpestete. Und schon, als ich den ersten Schritt in den Nieselregen machte, wusste ich, ich hasste New York!

3. Wieso ich mich lieben soll

Brooke war wirklich lustig, ein bisschen schrullig, ein bisschen neurotisch. Sie stotterte je nach Aufregungsgrad extrem, aber sang wie ein Engel, ohne sich nur einmal zu verhaspeln. Sofort erzählte sie mir so ungefähr alles über sich, während wir mit einer heißen Schokolade am Abend auf unseren Sofas saßen und uns kennenlernten. Sie hatte eine Meerjungfrauenflosse, mit der sie immer schwimmen ging, benutzte niemals normales Besteck, sondern immer nur Essstäbchen, und spielte Harfe. Nicht Geige oder Querflöte oder Gitarre. Harfe. Und das auch auf eine abgedrehte Art total genial, wie sie mir kurzerhand bewies, als ich sie nach einer Kostprobe fragte. Ihr war es total egal, dass alle dachten, sie wäre ein Freak. Vermutlich lebte sie so sehr in ihrer eigenen kleinen abgedrehten Welt, dass sie es gar nicht wahrnahm.

Ich beneidete sie auf eine Art. Manchmal hätte ich mir auch gewünscht, die Blicke der anderen nicht zu bemerken. Auf jeden Fall war ich unsagbar froh, dass ich so schnell eine Gleichgesinnte gefunden hatte.

Um Punkt zehn Uhr abends ging sie schlafen. Also schrieb ich erst mal Saint.

Lust zu telefonieren? Dann ging ich ins Bad, um kurz zu duschen, denn meine Kleidung klebte förmlich an mir. Die Temperaturen hier waren wirklich nicht zu unterschätzen, ganz anders als in Goodville, wo es mehr regnete als alles andere. Danach fühlte ich mich wieder ein bisschen frischer, zog mich an, putzte mir meine Zähne und schlenderte in mein Zimmer. Dann schaute ich auf mein Handy, auf dem mir schon ein Wort entgegenprangte.

JA! In schreienden Großbuchstaben.

Oh ha!

Mit wild schlagendem Herzen öffnete ich einen Anruf mit Bildübertragung und wartete darauf, dass er ranging. Nach dem vierten Klingeln hob er ab. Und sein wunderschönes, total angepisstes Gesicht nahm meinen ganzen Bildschirm ein.

»Hi!«, knurrte er, und ich hörte ihn klar und deutlich, kein Ruckeln, keine verzerrte Stimme. Nichts. Ich sah ihn und wollte ihn sofort berühren. Ein Kloß bildete sich in meinem Hals, die Sehnsucht traf mich mit voller Wucht und raubte mir fast den Atem, deswegen klang mein »Hi!« eher wie ein Piepsen.

Ein kleines Nachtlicht oder etwas in der Art spendete ihm Licht. Er saß wohl in seinem Bett, den Kopf an die Wand gelehnt, und wirkte müde. Viel müder, als ich mich nach dem Sechs-Stunden-Flug fühlte.

»Was geht?«, fragte er und ich hörte auch in seiner Stimme, dass er müde war und echt wütend.

»Alles, was Beine hat und nicht im Rollstuhl sitzt«, antwortete ich sofort mechanisch, denn das sagte ich immer, wenn er mich das fragte. Er verdrehte die Augen, aber lächelte schon ein bisschen. »Willst du mir sagen, wieso du wütend bist?«, platzte ich gleich heraus. Er schloss die Augen und rieb sich über die Nasenwurzel.

»Hmmm, wo soll ich anfangen?«

»Am Anfang?«

»Okay ... Also ... weißt du, du bist nicht hier und liegst nicht nackt unter mir.«

»Okay.«

»Ich kann dich nicht ficken. Weder deinen Mund noch deine Pussy.«

»Das ist natürlich fatal.« Ich wurde bei seinen dreckigen Worten schon wieder knallrot, auch wenn ich mich langsam echt an seine Sprache gewöhnt haben sollte, aber irgendwie glaubte ich, dass das nie ganz passieren würde. An die Art, wie er die Dinge beim Namen nannte – unverhohlen, ungeschönt, knallhart.

»Und ich kann dich auch nicht lecken.«

»Oh nein!« Gespielt entrüstet riss die Augen auf und schlug eine Hand an meine Wange. Er lachte und ich erschauerte bei dem Ton. Unruhig rutschte ich auf meinem Bett herum und fühlte, wie die Hitze sich in mir immer weiter ausbreitete.

»Ich kann dich nicht mal küssen«, sagte er dann leiser, nicht mehr ganz so angepisst. »Nicht mal über deine Wange streichen oder dich an mich ziehen, wenn wir pennen.«

»Ja.« Ich fühlte dieselbe Trauer und Sehnsucht, die von ihm ausging, in meiner Brust aufgehen und schluckte trocken.

»Außerdem wohne ich in einem Rattenloch, und rate mal, wer meine Teammitglieder sein werden!»

»Wer?«

»Eine Tussi und Franky!«

»Franky-Franky?« Düster erinnerte ich mich an diesen Typen, an seinen hasserfüllten Blick, jedes Mal, wenn ich Saint zu einem seiner Rennen begleitet hatte und er ihn immer im Staub hatte stehen lassen.

»Japp, genau der.«

»Oh!«

»Ja, das kannst du laut sagen! Er wohnt auch hier! Ich begegne ihm und seinem hässlichen pickeligen Arsch praktisch jedes Mal, wenn ich aufs Scheißhaus gehe!«

»Ist er noch ganz?«, fragte ich und Saint knurrte: »Noch, ja.«

»Oh Baby«, flüsterte ich mitfühlend und hätte jetzt so gern durch sein dunkelbraunes volles Haar gestrichen. »Lass dich von ihm bloß nicht provozieren oder ablenken. Du weißt, wieso du da bist. Lass dir das von ihm nicht kaputtmachen.«

»Hmmm.«

»Er wird es versuchen, du darfst aber nicht darauf eingehen, Saint!«

»Hmmm.«

»Wenn du ausflippst, gibst du ihm, was er will!«

»Zieh dein Shirt aus!« Oh ha! Er hatte wohl genug von Franky und wollte jetzt eindeutig abgelenkt werden. Während ich knallrot wurde, schaute ich mich um, als könnte mich irgendjemand sehen.

»Hier? Jetzt?«

»Ja, genau jetzt!«

»Okaaaaay«, sagte ich zaghaft und griff nach dem Saum des einfachen Shirts, das ich von ihm zum Schlafen bekommen hatte. Ich zog es mir über den Kopf, saß jetzt nur noch in einem Höschen da und atmete bereits schneller.

»Zeig dich!«, forderte er. Sein Blick war schon dunkler geworden, so stechend, selbst wenn er nicht im selben Raum war. Mit zusammengekniffenen Augen hielt ich das Handy weiter von mir weg.

»Hailey!«, blaffte er mich an.

»Ja?«, fragte ich.

»Schämst du dich gerade vor mir? Ernsthaft?«

Ich wollte schon fast mit den Schultern zucken, denn die wahre Antwort darauf war Ja! So oft schon hatte er mich nackt gesehen, wirklich in allen möglichen, teilweise erniedrigenden Posen, und trotzdem überkam mich manchmal noch die Scham. Aber ich wusste, dass Saint fast tollwütig wurde, wenn ich mit den Schultern zuckte, anstatt die Wahrheit zu sagen, also wisperte ich: »Manchmal schon!«

»Halte das Handy wieder normal«, knurrte er. Ich tat es und sein wütendes Gesicht schaute mich direkt an. Streng. »Ich weiß, dir wurde ein Leben lang weisgemacht, dass du nicht vollkommen bist, nicht perfekt, aber Baby, du *bist* perfekt, genauso wie du bist. Mit all deinen ungeliebten Kilos. Jedes einzelne davon macht dich mehr Hailey und somit zu mehr, was ich lieben kann. Verstanden?« Ja! Oh Gott, wieso schaffte er es nur, immer wieder solche Worte zu finden? So was Schönes zu sagen? Gerade zu mir! Immer noch ging das nicht in meinen Kopf rein.

Wieso gerade ich?

»Und jetzt mach die Cam aus und leg dich hin!«

»O... okay!« Ich tat wie mir befohlen, machte die Cam aus und hielt mir das Handy ans Ohr.

»Mach das Licht aus«, forderte er, und ich nahm seine Stimme jetzt ohne visuelle Reize nur umso intensiver wahr. Eine Stimme, die wie Samt über jede meiner angespannten Nervenbahnen strich. Mit wild klopfendem Herzen lag ich in der Dunkelheit und starrte in die Schwärze, wünschte mir, er wäre hier, würde mich jetzt berühren, mich küssen, mich lieben.

Und als er leise sagte: »Ich liebe dich, Hailey White!«, wusste ich schon, was kommen würde und konnte es nicht erwarten. »Ich fühle dich immer noch, wenn ich die Augen schließe«, hauchte er und ich erschauerte. »Und ich möchte, dass du dich auch so fühlst. Dass du erfährst, wie es für mich ist, wenn ich dich berühre; dass du fühlst, wie schön du bist. Ohne deine Augen! Oder die Vorurteile anderer!«

»Okay!« Mein Herz klopfte ehrlich bis in meinen Hals, als er murmelte: »Streich mit deinen Fingerspitzen über deine Wange. Fühlst du, wie weich sie ist?«

Ich nickte, aber dann fiel mir ein, dass er mich ja nicht sah, und sagte: »Ja!«, bevor ich schluckte. »Du hast so weiche Haut, so perfekt. Streiche über deinen Hals.» Ich tat auch das. »Dein Herz rast für mich, oder?«

Ich grinste. »Und wie!« Und ich wusste, dass auch er grinste, dass auch er sich langsam entspannte und losließ.

Nur ich konnte ihm das geben, ich und das Fahren.

»Deine Brüste sind so schön. Ich möchte irgendwann, wenn ich sterbe, meinen Kopf zwischen ihnen vergraben und für immer so liegen bleiben, am besten so begraben werden!« Jetzt musste ich lachen. »Berühre sie, nur mit den Fingerspitzen, ganz leicht, fühle die sanfte Rundung, die dich zu einer Frau macht – und zu was für einer. Weißt du, du solltest deinem Körper öfter mal danken. Dafür, dass er dich jeden Tag durch die Gegend trägt, dafür, dass du atmen, sehen, riechen und schmecken darfst. Dass du leben darfst. Ohne irgendwelche gesundheitlichen Einschränkungen, denn Baby, die paar Pfunde sind *gar nichts*. Du kannst alles machen, was dünne Menschen auch machen können, alles sein, was sie auch sind. Das bisschen mehr Hailey ist keine Last, es macht dich nur schöner.« Ich strich fast schon verträumt über meine Brüste und

Gänsehaut rieselte über meinen Körper, während ich mich von seiner Stimme – und seinen Weisheiten – davontragen ließ. In eine Welt, die ich so noch nie betrachtet hatte. »Umkreise deine Brustwarze, fühle, wie sie auf die Berührung reagiert, wie sie sich ihr gierig entgegenstreckt. Erst nur außen.«

Ich tat es und musste mir auf die Unterlippe beißen. Der Drang, auch über die Mitte zu streichen, sie zu greifen und leicht zu massieren, wie es Saint immer tat, wurde fast übermächtig.

»Halte dich zurück!«, mahnte er mich, als hätte er meine Gedanken gehört. »Nur drum herum kreisen!« Meine Brustwarze wurde immer härter, als ob das möglich wäre, und ein leichtes Ziehen ging durch sie. Saint wartete sicherlich eine Minute und lauschte nur meinen Atemzügen, dann forderte er: »Jetzt streich darüber.«

Ich keuchte auf, als ich es tat, weil sie schon so überempfindlich war.

Wow!

Er wusste echt, was er tun musste, selbst wenn er nicht hier war, und kannte mich besser als ich mich selbst.

»Nimm sie zwischen Daumen und Zeigefinger und zwirbel sie, Baby. So, wie ich es immer mache.« Seine Stimme war nicht mehr ganz so ruhig, sein Atem ging schon etwas schneller, und unwillkürlich fragte ich mich, ob er sich vielleicht auch selbst berührte. Allein der Gedanke ließ sofort ein Feuerwerk an Bildern und

Empfindungen in mir explodieren. Besonders als ich tat, was er verlangte und ein Stöhnen zurückbeißen musste.

»Das reicht! Hand weg!« Ich gehorchte, auch wenn mein Körper danach schrie, dass ich mich weiter berührte, mir Linderung verschaffte, besonders an dieser einen pochenden Stelle, die so unglaublich feucht war. »Jetzt will ich, dass du über deinen Bauch streichst – ohne Vorurteile! Liebe ihn, so wie ich ihn liebe. Er ist keine Problemzone oder so was, er ist einfach du! Dein Bauch hilft dir dabei, jede Menge guter Entscheidungen zu treffen, wie zum Beispiel meine Kleine wurdest! Also sei ihm lieber dankbar! Außerdem wächst in diesem Bauch unser kleines Wunder, es ist ihm ein Zuhause und schützt es! Also behandle ihn gefälligst mit dem nötigen Respekt, junge Dame!« Ich lächelte und strich über meinen Bauch, fühlte, wie weich er war, wie anschmiegsam, spürte fast das kleine wild schlagende Herz darin, und mir stiegen Tränen in die Augen. »Fühlt er sich wirklich schlecht an, oder denkst du nur, er muss sich schlecht anfühlen, weil irgendwelchen anderen Menschen vielleicht nicht gefällt, dass er weich ist und nachgiebig?«, fragte Saint und er hatte recht. Verdammt! *Er hatte recht!*

Mein Bauch war nicht schlecht!

Er war ein Teil von mir!

Nichts an mir war besser oder schlechter als das andere!

»Streich weiter herunter, nur mit den Fingerspitzen!« Ich tat es und hielt den Atem an, als ich am Bund meines Höschens ankam. »Wenn ich fies wäre, würde ich jetzt sagen, wir hören auf zu telefonieren!« Ich hörte das Grinsen in seiner Stimme.

»Wage es nicht!«, blaffte ich und wurde mit einem leisen Lachen belohnt. Gott, wie schön es war! Saint war mittlerweile wieder völlig entspannt, total auf mich konzentriert, und ich liebte es, dass ich ihm das geben konnte, was er mir gab.

»Was für ein Höschen trägst du?«, fragte er und ich verdrehte die Augen.

»Das rote.«

»Das wir zusammen gekauft haben, als wir Sexspielzeug shoppen waren?«

»Ja!« Allein bei der Erinnerung daran – und daran, was wir in der Umkleidekabine gemacht hatten – wurde ich knallrot wie eine Tomate.

»Mhmmm«, brummte er anerkennend und wisperte: »Wenn du wüsstest, wie hart ich allein bei dem Gedanken an deinen Arsch in diesem Höschen werde.« Ich fühlte bei diesen Worten einen Luststoß, der direkt in meinen Unterleib einschlug.

»Saint!« Halb wimmerte ich, halb stöhnte ich.

»Ja?«, fragte er total ruhig und ich biss die Zähne aufeinander. Er lachte wieder leise – wie der Teufel persönlich – und ich platzte fast.

»Schon gut, Baby, schon gut!«, beschwichtigte er mich schnell und forderte dann leise: »Zieh das Höschen aus!«

Ich tat es in Lichtgeschwindigkeit und wartete dann angespannt.

»Mach die Beine breit!« Ich ließ meine Knie auseinanderfallen und stöhnte fast, als die kühle Luft über meinen erhitzten rasierten Intimbereich strich. Es war so intensiv! Obwohl ich gar nichts machte! Nur wartete und fühlte.

»Stell dir vor, ich würde jetzt vor dir knien und mit der Zunge einmal von unten nach oben über diese köstliche Spalte lecken.« Ich stöhnte auf und meine Nippel wurden noch härter. Fast verdrehten sich meine Augen von selbst nach oben, in meinem Schritt pochte es heftiger. »Du wärst so bereit und offen für mich, bereit dafür, dass ich erst deinen Kitzler verwöhne, ganz träge und langsam, und dir dabei tief in die Augen sehe.«

»Oh bitte ...«

»Fass dich an, Kleines. Spüre, wie feucht du für mich bist.« Mit meiner Hand glitt ich nach unten, und sofort benetzte die Nässe meine Finger. »Jetzt umkreise deinen Kitzler, ganz langsam.« Ich gehorchte. Es war eine quälende Folter, denn ich brauchte *mehr*. Er pochte förmlich, war schon angeschwollen und ich war bereit zu kommen. »Streich darüber.« Ich stöhnte auf, als ich ihn direkt berührte und bog meinen Rücken durch. »Kreise darüber.« Ich tat es und die Lust baute sich immer weiter auf, meine Zehen krallten sich in das Bett und meine Finger in das Handy.

»Hör auf!« Ich zog meine Hand zurück, als hätte ich mich verbrannt und lag mit wild schlagendem Herzen atemlos da.

»Und jetzt geh schlafen und träum von mir!«

Ich riss die Augen auf.

»Das meinst du nicht ernst!«

»Oh doch, Babe, das meine ich sogar pissernst!«

»Aber ...«

»Aber du bist so geil, dass es dich fast zerreißt? Du würdest alles dafür tun zu kommen? Tja! Genauso will ich dich haben, wenn wir uns wiedersehen!«

»Du bist so fies!«

»Ich liebe dich auch, Baby!«, trällerte er.

»SAINT!«, brüllte ich viel zu laut.

»Was?«, fragte er amüsiert.

»Wage es nicht, jetzt einfach aufzulegen!«

»Das würde ich nie tun. Eigentlich wollte ich mich mit dir unterhalten. Also, wie war dein Tag?«, fing er an und ignorierte den Umstand, dass ich nackt und total überflutet kurz vor dem Orgasmus dalag und ihn am liebsten getötet hätte. Was ich natürlich nicht tun konnte, weil er ja nicht da war. Dass ich es mir auch selbst machen könnte, stand für ihn gar nicht zur Debatte. Ich hatte ja seine blöden Regeln angenommen, und wenn ich etwas versprach, dann hielt ich es auch. Auch wenn es mich umbrachte!

Arsch!

Heißer, total versauter, mieser Arsch!

Und ja! Ich fluchte neuerdings auch! Zumindest mental. Das blieb nicht aus, wenn man mit ihm zusammen war!

4. Wieso ich andere Frauen in Saints Nähe nicht ausstehen kann.

Am nächsten Morgen konnte ich ausschlafen und so wanderte mein Blick erst um neun Uhr auf mein Handy, wo auch schon eine Nachricht eingetrudelt war.

Na, immer noch so heiß?, fragte er mit einem sicherlich total boshaften Grinsen, und ich verdrehte die Augen, bevor ich ihm etwas von seiner eigenen Medizin gab und tippte: *Nein, ich habe selbst Hand angelegt und es war sehr befreiend!*

Ich kicherte, als zwei Minuten darauf mein Telefon klingelte. »Das hast du nicht getan, oder?«, fragte er und ich hörte an seinem Atem und den Geräuschen, dass er wahrscheinlich gerade seine tägliche Runde joggte. Denn Saint war verdammt sportlich, ganz im Gegensatz zu mir. Ich saß lieber in der Küche und aß leckere Mrs.-Conroy-Pfannkuchen, während er sich selbst folterte.

Tja. Selbst schuld!

»Und wenn doch?«

»Dann bin ich schneller in L.A, um dir den Arsch zu versohlen, als du Aua sagen kannst!« Ich lachte und dachte daran zurück, als er das wirklich schon mal gemacht hatte. Vor zwei Wochen hatte er uns ins Lehrerzimmer geschmuggelt, nachdem wir mitten in der Nacht in die Schule eingebrochen waren. Also Saint hatte die Straftat vollbracht, ich hatte nur hinter ihm gestanden und Panik geschoben, während ich ihm mit meinem Handy leuchten musste.

Dann hatte er mich ans Lehrerpult gefesselt und mich mit einem Zeigestab versohlt! Nur weil ich mit den Schultern gezuckt hatte, als er mich gefragt hatte, ob er mich an unserer Tafel ficken solle.

Ich hatte gar nicht gewusst, wie mir geschah, aber das war bei Saint irgendwie immer der Fall. Erst war mein Hintern noch okay gewesen, im nächsten Moment strahlend rot! Gleichzeitig war ich so feucht wie schon lange nicht mehr. Ich hörte noch bis heute, wie er den Zeigestab zu Boden fallen ließ und zwei Finger in mich stieß, wie er anerkennend brummte, als er bemerkte, wie sehr mich das alles angemacht hatte und wie ich geschlagen die Augen zusammenkniff. »Du überraschst mich immer wieder, Hailey White!«, hatte er mir ins Ohr gemurmelt und sich einfach von hinten in mich geschoben, mich hart und heftig genommen. Ich hatte die ganze Schule zusammengebrüllt. Gott sei Dank war niemand da gewesen! Doch am nächsten

Tag hatte der Hausmeister Mr. Rendy, der nebenan wohnte, beim Einkaufen im Supermarkt jedem gegenüber, auch Holy, behauptet, dass es wohl in der Schule spuke, weil er letzte Nacht ganz komische Geräusche gehört habe. Ich hatte mich nicht mehr einbekommen vor Lachen, während Saint – wie immer – total cool geblieben war und nur dreckig gegrinst hatte, als seine Schwester es uns erzählt hatte. Mein Gott, mir wurde immer noch heiß, wenn ich daran zurückdachte.

»Du beschwerst dich ja gar nicht. Steht da etwa jemand auf Spanking?«, neckte er mich, und ich wurde knallrot. Ich antwortete nicht, viel zu peinlich! Außerdem ging ich gerade ins Bad und an Brooke vorbei, die mir total fröhlich »Einen wunderschönen guten Morgen!« wünschte, während ich nur morgenmufflig »Morgen« muffelte.

»Wie ist deine Mitbewohnerin?«

»Leicht verrückt.«

»Also genau dein Ding.«

»Ich bin nicht verrückt!«

»Oh doch, nach mir!«

»Und du bist so von dir selbst überzeugt.«

»Nicht ohne Grund!« Ich verdrehte die Augen und ging aufs Klo, ließ den Kopf verschlafen hängen und schreckte hoch, als Brooke vor der Tür rief:

»Deine heiße Schokolaaade ist feeeeertig!«

»Danke«, brummte ich und spülte, bevor ich den Lautsprecher anmachte und mich vor den Spiegel stellte.

»Was hast du heute vor?«, fragte ich, nahm meine Zahnbürste, machte Zahnpasta drauf und fing an, mir die Zähne zu schrubben.

»Um eins geht's zu MGMA.«

»Schon aufgeregt?«

Er schnaubte lediglich. Ich hörte, wie sich sein Atem beruhigte und wie eine Tür hinter ihm zuging, dann hallende Schritte. »Und du?«, fragte er mich, als ich wieder eine Tür hörte und dann ein geschnurrtes »Guten Morgen, Mister-ich-seh-so-heiß-aus-wenn-ich-gerade-vom-Joggen-komme.« Ich erstarrte mit der Zahnbürste im Mund.

Er knurrte irgendwas vor sich hin, dann hörte ich noch eine Tür hinter ihm zuknallen. Einige Sekunden war es still und ich konnte schon fast die Grimasse sehen, die er zog.

»Saint?«

»Hmm?«, knurrte er mich an.

»Wer war das eben?«

»Ich habe dir doch gesagt, in meinem Team ist noch eine Tussi!« Ja, stimmt, das hatte er gestern wirklich, aber ich hätte nicht gedacht, dass sie ... dass sie sich so sexy anhörte, so selbstbewusst, so all das, was ich nicht war.

»Wie sieht sie denn aus?« Ich versuchte, unbekümmert zu klingen und scheiterte kläglich.

»Keine Ahnung!«, knurrte er unwirsch zurück.

»Saint!«, forderte ich härter und er brummelte einen Fluch vor sich hin.

»Sie sieht ganz okay aus.« Was so viel hieß wie: Sie ist rattenscharf. Nur wollte er mich weder verletzen noch anlügen.

»Okay.« Mir wurde ganz flau im Magen, auch wenn es dumm war. Das war schließlich erst der Anfang, er würde noch eine ganze Reihe wunderschöner Frauen kennenlernen, zu denen er vor mir sicher nicht Nein gesagt hätte. *Aber das war vor dir! VOR DIR, DU BLÖDE UNSICHERE KUH!,* schrie eine Stimme in mir.

»Hailey ...« Er seufzte.

»Ist schon gut, Baby. Ich liebe dich und ich vertraue dir. Vollkommen«, sagte ich so unbekümmert, wie ich konnte und erwartete erst gar nicht, dass er es erwiderte oder so. Saint erwiderte so etwas nicht, er sagte es nur von sich aus, nicht, wenn er sich gezwungen fühlte. Er tat eigentlich so gut wie gar nichts, was man von ihm erwartete. Rein aus Prinzip.

»Ich gehe jetzt duschen, Kleines, und würde dich ja wahnsinnig gern mitnehmen, aber ...«

»Zweitausendsiebenhundertneunundachtzig Meilen, ich weiß schon.«

»Japp.«

Eine Zeit lang schwiegen wir einfach, wollten uns nicht trennen, selbst wenn wir nur über das Telefon in Verbindung standen.

»Leg auf, Kleines, und pass heute auf dich und unser Baby auf!«, forderte er jedoch schließlich leise, und ich seufzte. Ich liebte es einfach, wenn er mich so nannte, dann sagte ich leise: »Bye!«, und legte auf, bevor ich es mir anders überlegen konnte.

5. Wieso ich mein Leben liebe

Meine Maschine war ein absoluter Traum. Sie konnte mir sogar ein wenig darüber hinweghelfen, dass ich mein altes Baby hatte daheim lassen müssen. Ehrfürchtig ließ ich meine Hand über den Lack gleiten. Mattschwarz, genau wie meine Seele; ich sog den Geruch nach Benzin, Öl und Metall tief in mich ein und machte mich mit der Hübschen vertraut. Erkundete ihre Kurven, schmiegte mich an ihre Rundungen. Sie war wirklich ein Hammergefährt. Wir könnten sehr gute Freunde werden. Mein Team hatte ich auch schon kennengelernt. Alle jung, dynamisch, leicht verrückt, genau mein Ding. Aber nichts im Gegensatz zu der schwarzen Schönheit vor mir. Ich konnte es nicht erwarten, auf ihr zu sitzen und ihr Vibrieren zwischen meinen Beinen zu spüren.

Dabei konnte ich sogar Franky – den Wichser – ausblenden, dem gerade auch seine Maschine präsentiert wurde. Knallrot und auffällig. Lächerlich, im Gegensatz zu meiner stillen Schönheit. Marley, die in ihrem schwarzen Lederoverall echt nicht übel war, was mir aber natürlich total egal war, beugte sich auch über ihr Gefährt. Weiß und schnittig, nicht zu verachten! Sie zwinkerte mir zu und ihre Titten drückte es aus dem Overall; sie besaß sicher C-Körbchen. Mindestens. Ich legte grinsend den Kopf schief, denn ich schätzte Schönheit, wenn ich sie sah. Marley war wirklich exotisch, hatte irgendwie einen leicht chinesischen Einschlag, aber nicht zu sehr, unsagbar heiße Kurven und einen offenen lockeren Charakter, wie ihn nur wenige Frauen hatten. Sie war null Zicke, eher eine Art Buddy. Aber klar, sie musste in einer Horde Männer bestehen, also war sie schon allein deswegen anders gepolt als die meisten anderen Frauen. Außerdem war sie die Tochter von irgendeinem bekannten Schauspieler, weswegen uns die Paparazzi ab Tag eins förmlich am Arsch klebten. Ich fand es amüsant und ehrlich gesagt ziemlich aufregend. Normalerweise wäre ich unsagbar scharf darauf gewesen, sie flach zu legen, aber nichts war normal, seitdem Hailey White in mein Leben gestolpert war.

Vor drei Monaten hatte sich alles verändert.

Heute würden wir oben in der Schaltzentrale unsere Taktik besprechen und Papierkram machen und so was. Also durfte ich mein Baby leider erst morgen näher kennenlernen. Mähhh!

Am Abend gingen wir noch alle essen in eines dieser schnieken New Yorker Restaurants, in dem sie dir sogar den Arsch abwischen, wenn du es verlangst, wo ich mich total unwohl fühlte, es aber natürlich nicht zeigte. Ich konnte sehr wohl perfekte Manieren an den Tag legen, wenn ich wollte, und da der größte MGMA Guru Julian Heart mit seiner Frau Victoria Ich-schmachte-dich-an auch anweisend war, zeigte ich mich von meiner charmantesten Seite. Ich lachte, wenn gelacht werden sollte, ich erzählte lustige Anekdoten von meinen Rennen, ich brachte Höschen zum Schmelzen und ließ Männerherzen schneller schlagen. Natürlich zog ich sofort alle in meinen Bann, vom größten Boss bis zum kleinsten Mechaniker und erst recht der Kellnerin. Am Abend hatte ich drei Nummern in der Hosentasche, einmal die von der Kellnerin, die ich normalerweise sofort in der Toilette geknallt hätte, und von der Frau vom Boss. Genau wie von seiner Assistentin – Jessica Ich-bin-so-heiß-auf-dich-dass-es-zischt Ambers. Aber es hatte sich ja schon bei unserem letzten Treffen abgezeichnet, dass sie heiß auf meinen Schwanz war. Nur war der so gar nicht heiß auf irgendwen, außer meiner Kleinen. Und das war auch gut so.

Ich schrieb ihr ein paar Mal und schickte ihr ein Foto in meinem neuen Overall. Sie antwortete nur knapp, war wahrscheinlich an ihrem ersten Tag schwer beschäftigt, und ich versuchte, deswegen nicht auszuflippen. Ich war es einfach nicht gewohnt, dass Hailey nicht zur Stelle war, wenn ich es wollte, brauchte, was auch immer. Ich nahm mir vor, sie nach dem Essen anzurufen. Egal, wie spät es auch wäre.

Doch dann hatten die anderen noch Pläne für den weiteren Abend, und wenn ich mich nicht schon am ersten Tag ins Aus katapultieren wollte, musste ich wohl über übel mitgehen. Ehrlich gesagt war ich verdammt müde und wollte nur ins Bett und Haileys Stimme lauschen, sie wieder total scharf machen, die Erregung in ihrer Stimme hören, das leichte Zittern darin, ihre Sehnsucht nach mir und meinem Schwanz – aber das konnte ich auch später noch.

Als ich um vier Uhr heimkam, war ich so besoffen und kaputt, dass ich nur noch ins Bett fiel und pennte wie ein Toter.

Und das war erst ein Vorgeschmack auf die Partys gewesen, die ab jetzt zu meinem Leben dazu gehören würden, wie das Trainieren auf der Piste.

***

Hailey

Der erste Tag war einfach nur Stress pur. Zum Glück hatten Brooke und ich uns bei denselben Vorlesungen eingeschrieben, weswegen wir überall zusammen hin hetzten. Wir lernten unsere Mit-Kommilitonen kennen. Eine zickiger als die andere, die Kerle eine bunte Mischung von allem.

Ich hatte überhaupt keine Zeit, um auf mein Handy zu gucken, ja, fast nicht mal, um an Saint zu denken!

Das waren einfach zu viele Eindrücke. Jetzt war der Campus nicht wie ausgestorben, von überall her kamen sie und suchten die richtigen Hörsäle, wurden rumgeführt oder saßen in Gruppen auf den Wiesen vor den Gebäuden.

Der Campus war riesig! Eine richtige Kleinstadt. Und wir verliefen uns nicht nur einmal, denn Brooke war kein bisschen besser als ich im Kartenlesen. Außerdem fragte sie mich die ganze Zeit über meine Schwangerschaft aus, so dass ich mich gar nicht konzentrieren konnte, und wollte alles für mich tragen, als wäre ich schwerkrank und nicht schwanger. Gott sei Dank fanden wir schon bald einen Jungen, der mit uns auch ein paar Kurse besuchte und anbot, uns zu helfen, als er schmunzelnd beobachtete, wie wir mit der riesigen Karte kämpften. Er hieß Levin Brown und war wirklich unglaublich nett. Blond, blauäugig, groß und schlaksig, ein bisschen unsicher, total gut erzogen und freundlich, ein süßer Nerd.

Seit Levin zu uns gestoßen war, kamen wir wenigstens pünktlich an, denn er kannte sich mit Karten voll aus! Wir hatten auch einen Kurs bei Professor Right, dem jungen dunkelhäutigen, schnuckligen Professor, bei dem ich schon das Vorsingen gehabt hatte. Er war sehr kritisch und fand, alle wären ausbaufähig, aber mich lobte er so sehr in den Himmel, dass ich knallrot wurde. So viel Lob war ich eindeutig nicht gewohnt!

Stundenpläne wurden verteilt, genau wie Bücher und Listen.

Man musste sich bereits diese Woche für die Projekte eintragen, an denen man mitwirken wollte. Ich war natürlich sofort bei einer Musical-Aufführung von *Romeo und Julia* dabei. Genau wie Brooke und Levin und ein paar andere, die ich noch nicht kannte und bei ihren Blicken auch gar nicht kennen wollte.

Ich kam um sechs Uhr abends nach Hause und war völlig k.o. Genau wie Brooke. Wie zwei Schnapsleichen nach dem Feiern lagen wir auf den Sofas und konnten uns keinen Millimeter mehr bewegen. Wirklich noch niemals in meinem Leben war ich so dankbar für eine Klimaanlage gewesen wie in diesem Moment. Wir sagten nichts, wir rührten uns nicht. Wir machten gar nichts, sondern genossen die Stille und Abgeschiedenheit. Erst als mein Handy in meiner hinteren Hosentasche vibrierte, bewegte ich mich wieder stöhnend und schaute auf das Display.

Saint hatte mir ein Foto geschickt – und was für eins!

Ich floss fast von der Couch wie geschmolzene Butter, denn auf dem Bild war er in seinem neuen Overall, der ihm wirklich vorzüglich stand. Schwarz, mit zwei weißen Streifen an den Seiten, und ein paar Sponsorenlogos drauf. Frech zwinkerte er in die Kamera und brachte mein Herz zum Rasen. Meine Kehle wurde trocken, während die Sehnsucht nicht nur mein Herz, sondern auch meinen restlichen Körper überströmte.

Wow, kann man dich darin mieten?, schrieb ich grinsend zurück.

»Wo hast du d ... den denn g... gegoogelt?«, fragte Brooke, die mit einem Mal hinter mir stand und mir über die Schulter lugte. Ich zuckte zusammen und drückte das Foto schnell weg. Wurde knallrot und musste doch grinsen, als ich mein Handy an die Brust drückte und sagte: »Den hab ich nicht gegoogelt, der gehört mir und ist der Vater dazu.« Ich strich über meinen Bauch.

»Verarsch mich nicht!« Sie ließ sich neben mich auf die Couch sinken und sah mich mit großen, also durch die Brille wirklich *riesigen* Augen an. »Solche Kerle w... wie d... den gibt's doch gar nicht im echten Leben, sondern nur auf Pinterest!«

Und wie es sie gibt! Man muss nur das Glück haben, sie zu finden.

»Oh doch!« Ich grinste und öffnete meine Galerie, zeigte ihr ein Foto von uns beiden. Ein Selfie, das Saint eines Morgens gemacht hatte. Darauf grinste ich total verpennt, während er seine Nase an meinen Hals schmiegte und zufrieden vor sich hin lächelte. Auf dem nächsten küsste er mich auf den Hals, ich kicherte. Und auf dem übernächsten biss er mir in den Hals wie ein Vampir und ich lachte noch mehr. Also ich musste zugeben, der Filter, den ich da rüber gelegt hatte, der war wirklich gut, denn ich sah auf den Bildern aus wie jemand anderes. Völlig verändert. Von innen strahlend, glücklich und einfach nur schön. Von Saint brauche ich ja wohl gar nicht anfangen.

Brooke bekam große Augen. »Mein Gott!«

»Nein, meiner.« Ich grinste noch breiter und zeigte ihr noch ein Foto von Saint, wie er nachdenklich auf seinem Bike saß, natürlich eine Zigarette im Mundwinkel, eine verwegene Strähne in sein Gesicht fallend, hinter sich auf den Armen abgestützt, in nichts weiter als einem schwarzen

Muskelshirt, Ölschlieren und Jeans. Ich hatte ihn einfach fotografieren müssen in diesem Moment, denn er war schmerzlich schön gewesen.

»Heilige Scheiße!«, rief sie bei dem Foto. »Der sieht ja aus wie ein M... Model!«

»Ich weiß. Aber das ist nicht alles.«

***

Saint ging nicht ran, als ich ihn anrief, aber das war okay. Er hatte heute sicher einen genauso vollen Tag wie ich. Kurz telefonierte ich mit meinem Vater und beruhigte ihn, dass ich tolle Mit-Studenten hätte und dass sich alle sehr ordentlich anziehen und aufführen würden, was echt so gar nicht der Fall war! Ich fragte ihn, wie es ihm ginge und ob er sich daheim gut einlebe. Dann textete ich ein bisschen mit Holy, die mir auftrug, ihr Fotos von süßen Typen zu schicken, wann immer ich konnte. Als Nächstes telefonierte ich mit Maggy, meiner selbst ernannten Ersatzoma, die ich wirklich total vermisste. Ganz im Ernst, mir war es am allerschwersten gefallen, sie zurückzulassen. Sie wusste stets, was zu tun war, hörte sich immer meine Probleme an, verstand mich und war offen und tolerant für alles und jeden. Sie war ein unglaublicher Mensch, und jetzt war sie ganz allein – hatte weder Saint, ihren Enkel, noch mich. Aber Holy hatte sich bereit erklärt, sich um sie zu kümmern. Also nicht nur einmal die Woche den Pflichtbesuch im Altenheim hinter sich zu bringen und dann so schnell wie möglich abzuhauen. Nein, sich wirklich um sie zu kümmern, sich mit ihr zu beschäftigen, sie nicht allein zu lassen. Gott, ich vermisste diese Frau so sehr, dass ich einen Kloß in der Kehle hatte, nur wenn ich an sie dachte. Fast so wie bei Saint!

Um mich abzulenken, schrieb ich ein bisschen in das Tagebuch. Ganz für mich allein.

Hey Saint,

Tag eins und schon höre ich nichts mehr von dir, und das, nachdem Miss Sexstimme heute Morgen ins Telefon hauchte. Ich bin unsicher, ich möchte am liebsten zu dir, ich möchte zu dir und wissen, dass alles okay ist, aber ich weiß, dass es nicht geht. Und es nervt mich echt tierisch, dass du dich nicht meldest, wenn ich ehrlich bin!

MELDE DICH!

Als ob er das hören könnte.

Meine Güte, ich war armselig! Und er würde das ganz sicher niemals zu Gesicht bekommen. So viel war klar! Schnell klappte ich es zu und ging mich bettfertig machen.

Doch als Saint sich auch um elf Uhr in der Nacht noch nicht gemeldet hatte, so gar nicht, wurde ich langsam nervös.

Ich schrieb ihm: *Saint?*

Und bekam keine Antwort.

Um zwölf schrieb ich ihm: *Ich geh jetzt schlafen, vermisse dich!* Dabei wollte ich nicht verzweifelt klingen oder mir schon am ersten Tag Gedanken machen, aber nach heute Morgen waren sie allgegenwärtig. Ich wollte gar nicht wissen, wie *sie* aussah, die Frau, die anstatt mir mit ihm zusammenwohnte. Ihn jeden Tag sah, jeden Tag mit ihm sprach, ihn jederzeit verführen konnte.

6. Wieso Fernbeziehungen scheiße sind!

Saint

Als ich am nächsten Morgen mit dem Kater meines Lebens aufwachte, ging mein erster Blick zu meinem Handy und es schoss schmerzhaft in mein Hirn, dass ich mich gestern gar nicht mehr bei Hailey gemeldet hatte. Ich hatte von ihr zwei Nachrichten erhalten, auf die ich nicht reagiert hatte, und prompt überkam mich das schlechte Gewissen. Sofort versuchte ich, sie anzurufen, aber es tutete nur endlos in der Leitung und keiner ging ran.

Genial.

Nicht.

Mit der Angepisstheit eines durch einen Eiertritt aufgeweckten Rhinozeros' schlurfte ich in die Küche und war froh, dass wenigstens verdammter Kaffee da war. Eine Tasse dazu musste ich zwar abwaschen, aber das war schon okay. Das tat ich gerade, als sich von hinten zwei Arme um meinen nackten Bauch schlangen und eine Stimme säuselte:

»Fuck, war das gestern heiß!«

»Ach ja?«, fragte ich und nahm Marleys Hände von mir, schenkte mir Kaffee ein und suchte im Kühlschrank nach Milch. Dabei überlegte ich fieberhaft, ob ich gestern irgendeine Scheiße gebaut hatte, wobei mir leicht übel wurde. Wir waren in diesem Hip Hop Underground Club gewesen. Ich hatte gesoffen und noch mehr gesoffen, hatte den Tänzerinnen dabei zugesehen, wie sie vor mir mit ihren Ärschen wackelten und jede Tussi mit Erfolg abgewehrt, die sich mir um den Hals geworfen hatte. Allen voran Marley, die sich irgendwann in ihrer knappen engen Lederhose direkt vor mich gestellt und einen wahren Paarungstanz aufgeführt hatte. Ich hatte sie ignoriert, und es war mir nicht mal sonderlich schwergefallen. Als wir dann echt alle total hinüber gewesen waren, waren wir heimgefahren, zusammen mit ein paar anderen Leuten aus unserem Team – inklusive den typischen Boxenluderschlampen –, und hatten dort noch weitergefeiert. Die anderen hatten gekifft und teilweise auch andere Drogen konsumiert, die mir so ziemlich am Arsch vorbeigingen. Ich hatte abgelehnt, als mir das weiße Pulver und diverse Tabletten angeboten wurden. Wie immer. Wir hatten lustige Anekdoten aus unserem Leben ausgetauscht, bis Marley sich einfach auf meinen Schoß gesetzt hatte. Das war für mich das Zeichen gewesen, schlafen zu gehen.

Aber ich hatte nichts mit ihr gehabt.

Mit keiner Tussi.

Gott sei Dank!

Marley ignorierend schlenderte ich wieder in mein Zimmer und knallte die Tür hinter mir zu. Sie sollte mich einfach in Ruhe lassen! Wenn ich etwas hasste, dann so richtig penetrante Bitches!

Ich war es, der jagte.

Ich ließ mich nicht jagen!

Von keiner!

Sorry, Babe, ich war gestern noch mit ein paar Leuten aus meinem Team unterwegs, es wurde lang und feuchtfröhlich. Melde dich, sobald du Zeit hast!, schrieb ich Hailey und warf dann das Handy achtlos auf den Nachttisch.

Ich hasste nicht nur New York, sondern auch Fernbeziehungen!

Ehrlich!

Hailey

Ich bemerkte erst in der Mittagspause, als ich aufs Handy schaute, dass Saint einmal angerufen und mir geschrieben hatte. Gott sei Dank! Schnell schrieb ich ihm mit einem Lächeln zurück.

Alles okay! Vermisse dich! Und deine Finger und andere Körperteile, die ich jetzt nicht weiter erläutern werde ...

Und diesmal bekam ich fast sofort eine Antwort.

Erläutere!

Ich verdrehte die Augen und kicherte, weswegen mir Brooke und Levin einen Blick zuwarfen, mit denen ich am Tisch saß. Aber ich winkte ab.

Hmmm, da wären natürlich deine Lippen, schrieb ich grinsend, *und deine Nase, und natürlich deine Augen und deine Wimpern. Du hast echt tolle Wimpern für einen Mann!* Schnell schickte ich die Nachricht ab.

Weiter!

Sind wir heute etwas dominant und genervt unterwegs?

JA! Er schrieb weiter, wie ich genau am Stift erkennen konnte, dann kam: *und ich weiß, es macht dich an, Kleines. Also?*

Also was?

Was vermisst du am meisten? Komm schon, sag es oder besser gesagt, schreib es! Nur einmal!

Ich wurde allein bei dem Gedanken daran knallrot, tippte gerade: *Deinen Schw...,* als Brookes Stimme mich aus meiner Konzentration riss.

»Ja, w... wer wird denn da so rot werden? W... w... was schreibst du denn mit deinem Romeo?« Sie versuchte, auf mein Handy zu linsen. Ich drehte es schnell um und legte es auf den Tisch. Total ertappt.

»Nichts!«

Jetzt wurde auch Levin auf mich aufmerksam, genau wie Jason, ein anderer Typ aus unserem Kurs, und Sandy, die wir erst heute kennengelernt hatten.

»Ach komm, lass uns an deinem Liebesglück teilhaben!«, schnurrte Levin mir ins Ohr und ich schob ihn mit einer Hand mitten in seinem sommersprossigen Gesicht von mir.

»Nein! Lass mich jetzt in Ruhe!« Doch ich musste selbst kichern, als alle mich Augenbrauen wackelnd angrinsten. Ich warf ein paar Salatblätter nach Brooke, die von allen am allerbreitesten grinste.

»Ihr seid doch doof!« In diesem Moment wurde mir klar, dass hier am College alles irgendwie ganz anders war. Vor allem eins. Ich hatte Freunde! Und doch fehlte mir was Entscheidendes: Saint!

Ohne ihn fühlte ich mich zerrissen, daran konnten auch die Menschen nichts ändern, die mit mir hier an diesem Tisch saßen.

7. Wieso einfach nur: FUCK OFF!

Als ich ihm später textete, antwortete er nicht mehr. Und natürlich schrieb ich nicht Schwanz, sondern Schwanenhals. Ersteres Wort wäre mir niemals über die Finger gekommen! Und als ich ihn viel später dann anrief, war er gerade auf dem Sprung. Ich hörte, dass er in einem Auto saß und dass sich Leute unterhielten, dass Frauen lachten und Kerle grölten. Die Musik war so laut, dass Saint in den Hörer brüllen musste.

»Hailey? Wir sind gerade auf dem Weg zu einer Party!«

Ich schluckte und murmelte: »Okay ...« Wieder keine Unterhaltung mit ihm.

Die Enttäuschung sackte tief in meinen Bauch und die Einsamkeit breitete sich in Form einer düsteren Wolke in mir aus.

»WAS?«, brüllte er. »Ich hab dich nicht verstanden, Babe!«

»Ich habe gesagt, es ist okay!«, rief ich und überlegte, einfach aufzulegen. Gerade wurde ich nämlich richtig sauer auf ihn, aber wieso überhaupt? Konnte ich ihm wirklich zum Vorwurf machen, dass genau das geschah, was ich tief in meinem Inneren befürchtet hatte und was einfach nur total logisch war? Mit einer Hand auf dem Bauch sagte ich: »Ich wünsche dir viel Spaß, Saint!« Und dann legte ich auf, bevor ihm mein Tonfall verraten konnte, was wirklich in mir vorging.

Ich stand vor der Spiegeltür meines Schrankes, mit der Hand immer noch auf meinem Bauch, in meinem einfachen weißen Nachthemdchen, ungeschminkt, mit ungefärbten Haaren – langweilig, nichts Besonderes – und dazu auch noch fett.

Natürlich amüsierte er sich lieber mit anderen Leuten.

In dieser Nacht schrieb ich nicht mal ins Tagebuch, ich war einfach zu traurig, aber schlafen konnte ich auch nicht – fast bis in die Morgenstunden.

***

Die nächsten Tage ging das genauso weiter.

Wir bekamen einfach kein ordentliches Gespräch zustande. Entweder ich hatte keine Zeit oder Saint war auf dem Sprung. Nach ein paar Tagen wusste ich schon gar nicht mehr, wie seine Stimme klang. Okay, das war eine Lüge. Natürlich wusste ich das! Saints Stimme könnte man nie vergessen!

Aber ganz im Ernst. Selbst so weit voneinander entfernt – also räumlich –, hatte ich mir das so nicht vorgestellt. Ich fühlte mich im Stich gelassen und total allein. Aber dann sagte ich mir wieder, dass es fies war, so zu denken, denn ich hatte ihm ja gesagt, ich würde und wollte ihn mit dem Kind nicht belasten und das würde ich auch nicht tun. Also rief ich ihn immer seltener an und schrieb ihm auch nicht mehr ständig. Ich war ehrlich sauer und verletzt und ich wusste nicht wohin mit meinen Emotionen. Mit Sam oder Holy sprach ich auch nicht darüber, ich wollte nicht rüberkommen wie eine elendige Petze, denn ab und zu schrieb er mir ja, dass er an mich dachte, dass er gerade total heiß auf mich war, dass er gern bei mir wäre …

Nach der ersten Woche war die Eingewöhnungsphase am College auch vorbei und es fing richtig an. Ich hetzte von einem Termin zum anderen, musste viel lernen, viel organisieren und hatte nicht sonderlich viel Zeit, mich in meiner Trauer zu wälzen. Jedes Fünkchen, das ich empfand, setzte ich in meinen Gesangsunterricht und überraschte meinen Prof immer wieder, indem ich über mich selbst hinauswuchs. Ich bekam die Hauptrolle der Julia, das muss man sich mal vorstellen! Obwohl wirklich andere tolle Talente sich beworben hatten, die auch noch viel besser aussahen als ich! Zusammen mit Levin als meinen Romeo.

Wir kriegten uns gar nicht mehr ein vor Freude.

Wir »Freaks« blieben unter uns, aber wir hatten uns, waren total auf einer Wellenlänge.

Am Sonntagvormittag nach einer Woche rief Saint mich dann endlich mal wieder an, und ich ging mit einem knappen, kalten »Japp« ran. Ich konnte nicht anders. Gestern und vorgestern hatte ich gar nichts von ihm gehört, was mich ehrlich gesagt total fertiggemacht hatte.

»Hailey?« Im Hintergrund hörte man Motoren laufen und Leute rufen.

»Wer denn sonst?«, fragte ich und schnitt weiter die Tomaten für einen Tomatenmozzarella-Salat, den ich gerade für alle machte. Es war offizieller Gammelsonntag, wie Levin verkündet hatte, also trugen wir alle unsere Gammelsachen. Brooke, Levin, Jason und ich wollten uns gleich *Grease* ansehen.

»Hey Kleines!« Saint wirkte wirklich angeschlagen. »Es ist schön, mal wieder deine Stimme zu hören.«

»Dito!« Gott, klang ich zickig! So kannte ich mich gar nicht und er stockte kurz, als Jason lachte, weil Levin einen schlüpfrigen Witz gerissen hatte.

»Wer ist das?«, fragte Saint sofort.

»Freunde!«, zickte ich zurück.

»Aha, was für Freunde?«

»Es hat dich die ganze Zeit nicht interessiert, was ich mache oder ob ich Freunde habe, Saint, also hör auf, so zu tun, als wenn es von Bedeutung wäre.« *Hailey, hör auf damit!*, wisperte eine Stimme in mir, aber ich konnte nicht anders! Das geschockte Schweigen am anderen Ende der Leitung kam mir gerade recht. »Und ich muss jetzt aufhören, der Film fängt gleich an!« Damit legte ich auf.

Einfach so! Und bereute es schon im nächsten Moment, als mein Handy sofort wieder klingelte. Genau drei Klingeltöne lang hielt ich es aus. Dann schnappte ich es mir und hielt es mir ans Ohr. »Was?«

»Sag mir, dass die Verbindung gerade aus technischen Problemen unterbrochen wurde und du nicht aufgelegt hast!«, blaffte er mich an.

»Ich habe aufgelegt! Und jetzt?«, zischte ich zurück, wohl wissend, dass er *gar nichts* tun konnte. Er fluchte, laut. Es war eigentlich fast ein gebrülltes »FUCK!« Und ich sah förmlich vor mir, wie er sich gerade fest durch die Haare fuhr, sie sich fast ausriss und knurrte:

»Also erst mal freut es mich, dass du so schnell Freunde gefunden hast, weil ich genau weiß, wie wichtig dir das ist. Allerdings bitte ich dich, ihnen auszurichten, dass ich ihnen die verdammten Finger abschneiden werde, wenn sie sie auch nur einmal an dich legen ...« Oh ha, er bekam kaum die Zähne auseinander, das war nicht zu überhören. Zudem war es im Hintergrund um einiges leiser geworden, weil er wahrscheinlich irgendwo hingegangen war, wo er allein war. »Außerdem wollte ich dir sagen, dass es mir leidtut, dass ich mich so wenig melde, aber es ist einfach so viel zu tun. Ich bin selber total angepisst davon!«

»Schön!«, zischte ich und halbierte eine Tomate. Nicht sanft, wie man es normalerweise macht, sondern mit Schmackes, sodass es klang, als hätte ich sie mit einer Axt massakriert.

Er atmete tief durch und ich hörte, wie er sich eine Zigarette anzündete. »Hailey ...«

»Was Hailey? Weißt du was, Saint? Ich habe auch viel um die Ohren, du bist nicht der Einzige, der total angespannt ist, aber trotzdem melde ich mich. Weil meine Prioritäten anscheinend anders liegen als deine. Für etwas, was einem wichtig ist, nimmt man sich Zeit, selbst wenn man eigentlich keine hat! Also komm mir nicht mit deinen blöden Ausreden!« Ich musste das Messer weglegen, weil meine Sicht verschwamm und ich mir bei meinem Glück nicht die Finger abschneiden wollte. Dann ging ich in mein Zimmer, weil ich die schockierten Blicke genau in meinem Rücken fühlte. Ich lehnte mich an die Tür und hörte nur seinen Atem. Er wartete oder wusste nicht, was er sagen sollte. Eine Premiere. Geschlagen schloss ich die Augen und rieb mir über die Stirn. »Es ist okay, wenn du deine Karriere planst, nur versuch nicht, mir ein schlechtes Gewissen zu machen, wenn ich nicht bei Fuß stehe und freudig mit dem Schwanz wedele, wenn du dann mal Zeit für mich findest.«

»Du weißt, dass es nicht so ist. Du bist meine oberste Priorität. Du und das Baby.«

»Tja, so fühlt es sich aber gerade nicht an, Saint.« Und jetzt liefen die Tränen über. Ich wusste, dass er mein Weinen hörte, weil ich ein Schniefen nicht unterdrücken konnte, und wischte sie wütend weg. Ich wollte nicht heulen! Ich hatte in meinem Leben eindeutig schon zu viel geheult! »Wenn ich deine oberste Priorität wäre, dann wärst du jetzt hier!«, blaffte ich total unüberlegt und bemerkte fast im selben Moment, wie unfair das war. Deswegen hielt ich ein paar Sekunden inne und ruderte dann zurück, versuchte, ihm zu erklären, wieso ich mich so aufführte. »Ich vermisse dich so, dass es wehtut, Saint«, wisperte ich kaum hörbar und ließ mich an der Tür herab. »Nicht zu wissen, was du tust, oder ob du an mich denkst, macht mich wahnsinnig. Es ist, als würde mir ein Körperteil fehlen oder so was. Ich klammere mich den ganzen Tag nur an die Hoffnung, etwas von dir zu hören oder zu lesen. Und mir kommt es im Gegensatz so vor, als wärst du froh, mich los zu sein. Ist das nicht armselig?«

Er antwortete nicht.

Mein Kopf klärte sich langsam wieder. Ich rieb mir mit dem Handrücken über die Nase, schloss die Augen und ließ den Kopf gegen das kühle Holz fallen.

»Saint?« Er antwortete immer noch nicht. »Saint?«, fragte ich lauter und schaute auf das Handydisplay – genau in dem Moment, als es schwarz wurde, weil er das Gespräch beendet hatte.

***

Als wäre das Handy ein Objekt aus einem anderen Universum, starrte ich es an und konnte es nicht glauben. Er hatte aufgelegt. Er. Hatte. Einfach. Aufgelegt.

Mit einem wütenden Schrei pfefferte ich das Handy von mir. Gott sei Dank landete es genau auf den weichen

Kissen auf meinem Bett. Dann stand ich auf, die Hände zu Fäusten geballt und das Ding wütend anstarrend. Wie konnte er es wagen? Ich hatte ihm gerade mein verdammtes Herz ausgeschüttet, ich war über meinen Schatten gesprungen, hatte eingelenkt, obwohl er Scheiße baute. Und. Er. Legte. Einfach. Auf?

Oder war vielleicht wieder die andere Tussi gekommen? Hatte sie ihn überfallen?

Oder hatte er sich entschieden, dass es ihm reichte?

Dass er mit so einer hysterischen Kuh nichts zu tun haben wollte?

Mein Stolz verbot mir, nochmal bei ihm anzurufen, egal, was es mich auch kostete. Wer nicht wollte, der hatte schon! Ich würde ihm nicht hinterherlaufen! Die Zeiten waren lange vorbei! Diese Hailey von damals gab es nicht mehr! Also stapfte ich zurück ins Wohnzimmer, wo mich alle vorsichtig ansahen, weil sie mein Gebrüll sicher gehört hatten, schnappte mir das Popcorn von Brooke und versuchte, mich auf den Film zu konzentrieren, der schon lief, weil sie sich sicher gedacht hatten, dass es länger dauern würde.

Ich bekam keine einzige Minute von dem Film mit.

Meine Gedanken spielten verrückt, drehten sich im Kreis. Bilder von Saint und dieser ominösen Frau rauschten durch meinen Kopf, Bilder, wie er sich von mir abwandte, *Fuck drauf* sagte, sie sich packte und einfach küsste.

Eine Filmlänge *Grease* schaffte ich, dann ging ich ins Schlafzimmer, um zu gucken, ob er sich gemeldet hatte.

Hatte er nicht.

Keine Nachricht. Kein Anruf. Kein nichts.

Weiter ging es mit *Grease zwei*.

Von dem ich auch nichts mitbekam. Langsam wurde es Abend und er hatte sich immer noch nicht gemeldet!

Brooke wollte mit mir reden. Ich blockte ab, denn sie kannte Saint nicht und würde nur schlecht von ihm denken. Auch Levin versuchte sein Glück, aber mit ihm sprach ich erst recht nicht. Doch ich sagte auch nicht nein, als sie mich fragten, ob ich mit zum Karaoke an den Strand gehen würden.

Singen!

Das war meine Rettung!

Das würde mich vielleicht von den Dämonen in meinem Kopf ablenken, denn sie alle hatten glühend grüne Augen und küssten andere wunderschöne Frauen.

8. Wieso man ihm nicht widerstehen kann, selbst wenn man echt will!

Es war das erste Mal, dass wir am Abend einen Ausflug zum Strand machten, und ich fragte mich, wieso wir das eigentlich nicht schon eher getan hatten! Die Sonne war schon seit einer Stunde untergegangen, aber auf dem Boulevard hatten noch alle Geschäfte geöffnet und die Leute waren auf den Straßen. Kinder hüpften herum, Verkäufer boten ihre Waren an, verschiedene Künstler tanzten oder sangen vor ihrem Publikum. Der Sand zwischen meinen Zehen war weich und noch ein bisschen warm, und kaum, dass ich ihn berührt hatte, entspannte ich mich auch schon etwas und lächelte, als wir am Meer entlang und auf die kleine Holzhütte zuschlenderten, die bunt beleuchtet in einer kleinen Bucht lag. Überall flackerten Lagerfeuer, manche spielten Gitarre, manche sangen. Es wurde geredet und gelacht, es roch nach gebratenen Marshmallows und Würstchen, nach Fisch vom Grill, und ich bemerkte, was für einen Hunger ich hatte. Denn ich hatte heute vor lauter Kummer den ganzen Tag keinen Bissen gegessen, was echt nicht gut war, wenn man schwanger war!

Fackeln waren um die Hütte herum in den Sand gesteckt worden. Es gab ein Podium mit einem Mikrofon und Tische standen einfach im Sand mit flackernden bunten Teelichtern darauf. Fast jeder Tisch war besetzt, genau wie die mit Holz verkleidet *Tacka Ticki Bar*, wie die Aufschrift besagte. Gerade standen zwei schon gut betrunkene Frauen auf der Bühne, die »Its raining määään!« eher grölten, als sangen und das Publikum dazu animierten, mitzumachen. Wir fanden noch einen Tisch etwas weiter hinten. Levin und Jason gingen los, um in dem Gedränge an der Bar Getränke zu holen. Mein Blick schweifte immer wieder zum dunklen Meer, von dem man das Rauschen gar nicht mehr hörte, weil die Musik nur so über den Strand dröhnte.

Sobald wir unsere Getränke hatten – Tequila für die anderen, für mich eine alkoholfreie, aber echt eklig schmeckende Variante, oh Gott! –, exten wir die eklige Flüssigkeit und noch mehr Anspannung fiel von mir ab. Wir sangen mit, tranken noch ein bisschen – ich natürlich immer alkoholfrei, aber ihre losgelöste Stimmung steckte mich trotzdem an – und ich kicherte wie blöd, als Jason mit der vierten Ladung Getränke stolperte und damit echt Louis de Funès-mäßig im Sand landete. Ich bekam mich echt gar nicht mehr ein. Die Gedanken an Saint und unseren Streit verwischten immer mehr. Besonders, als mich Brooke mit einem Mal auf die Bühne zog und ich, ehe ich mich versah, von den bunten Scheinwerfern erhellt wurde.

Sie wählte »Shake it off« von Taylor Swift. Und wie wir abshakten!

Noch niemals hatte ich vor so einer großen Menge gesungen. Noch niemals so Stimmung gemacht wie jetzt, und mich vor keinem anderen außer Saint so bewegt, wie ich es jetzt tat. Mit Brooke war es einfach, Spaß zu haben, und ich kicherte mir den Arsch ab, als mit einem Mal auch Levin und Jason sich dazu gesellten und mit in das Mikrofon grölten, wobei mir Levin einen Arm um die Schulter schwang und mich an seine verschwitzte Achsel drückte. Aber selbst das war mir gerade egal!

»Cause the players gonna play, play, play, play, play
And the haters gonna hate, hate, hate, hate, hate
Baby, I'm just gonna shake, shake, shake, shake, shake
I shake it off, I shake it off
Heartbreakers gonna break, break, break, break, break
And the fakers gonna fake, fake, fake, fake, fake
Baby, I'm just gonna shake, shake, shake, shake, shake
I shake it off, I shake it off«

Sang ich gerade aus vollem Hals, als sich aus dem Pulk Menschen mit einem Mal ein Gesicht herauskristallisierte.

Scheiße!

Ich stockte, die anderen sangen weiter. Dann schloss ich die Augen und öffnete sie wieder, weil ich dachte, mein Gehirn hätte mir einen Streich gespielt, doch dieser Blick war so stechend, das Kribbeln so real, dass ich wusste, dass er wirklich da war und mich gerade tödlich anstarrte.

Oh Gott!

In dem Moment endete das Lied, alle jubelten und brüllten: »ZUGABE!« Aber ich konnte nur dastehen und ihn anstarren.

Scheiße!

Scheiße! Scheiße!

Levin drückte mir auch noch einen Schmatzer auf die Wange, hob mich auf die Arme und trug mich von der Bühne. Genau wie Jason Brooke.

Scheiße!

Saint stieß sich von dem Tisch ab, an dem er mit verschränkten Armen gelehnt hatte, und ging auf uns zu, wie der Rächer persönlich.

Doppelscheiße!

Panisch schaute ich mich nach allen Seiten um und versuchte, mich von Levin loszumachen, aber er war viel zu betrunken, um es zu checken.

Saint war noch etwa zehn Schritte entfernt.

Noch fünf.

Noch drei.

Zwei.

Eins.

Und dann ging alles ganz schnell.

Wortlos riss er Levins Arme unter mir fort, fing mich mit einem Arm ab, zog mich an sich und verpasste Levin mit der anderen Hand einen Kinnhaken, der sich gewaschen hatte.

»HEEEY!«, brüllte die kleine tapfere Brooke sofort und schob sich dazwischen. Da hatte Saint mich schon am Arm gepackt und zerrte mich von den Leuten weg, die uns anstarrten, immer weiter und weiter in die Dunkelheit des angrenzenden Strandabschnittes, während ich ihm nur total baff hinterherstolperte und nicht glauben konnte, dass er wirklich hier war!

Aus Fleisch und Blut!

In echt!

Weil ich immer noch dachte, ich würde träumen, betatschte ich seinen Arm mit der anderen Hand und spürte seine Muskeln unter meinen Fingern zucken. Sobald wir etwas von den anderen weg waren, wirbelte er mich herum und küsste mich. Also spätestens jetzt wusste ich ganz genau, dass er echt war.

Saints Finger griffen in mein Haar, zogen meinen Kopf radikal zurück, seine Zunge glitt in meinen Mund, sein harter Körper presste sich an mich, so heftig, dass ich taumelte. Aber er hielt mich aufrecht. Natürlich ging ich sofort auf den Kuss ein, krallte mich in seine Oberarme, fühlte die heiße Lust in mir explodieren und stöhnte auf.

So lange, bis mir einfiel, was er gerade getan hatte! Dann stieß ich ihn mit beiden Händen fest an der Brust von mir.

»Du hast Levin geschlagen!«, konnte ich gerade so brüllen, da hatte er schon meine Handgelenke gepackt und mit einer Hand hinter meinen Rücken gezogen. Knurrend hielt er sie da fest und umfasste mit der anderen Hand meinen Kiefer, hielt mich total in seiner Gewalt und küsste mich erneut. Härter diesmal. Drängender. Machte mir klar, wem ich gehörte, als könnte ich das jemals vergessen!

Ich hatte keine Chance mehr, mich von ihm zu lösen oder gar etwas zu sagen. Mit Zunge im Mund spricht es sich so schlecht.

Fest drückte er mich mit dem Rücken gegen einen Balken eines Rettungsschwimmerturms, sodass ich aufkeuchte. Meine Brust hob und senkte sich heftig, wobei ich jedes Mal mit meinen verräterisch steifen Nippeln über seine harte Brust strich, was echt ablenkend war. Genauso wie sein Bein, das sich grob zwischen meine drängte, damit ich sie spreizte.

»Saint!«, knurrte ich in seinen Mund.

»Klappe!«, knurrte er zurück und ließ meinen Kiefer los, nur um mit seiner Hand zwischen meine Beine zu fassen und mir unter meinem süßen weißen Kleidchen einfach so das Höschen vom Leib zu reißen.

»Hey, ich mochte dieses...« Schon waren seine Lippen wieder auf meinem Mund und er nestelte mit der Hand an seinem Gürtel rum und seinem Reißverschluss und an seinem Penis – den er mir kurz darauf gegen die Vagina klatschte. Mit einem Stöhnen reckte ich ihm mein Becken entgegen. War überflutet, war heiß und sauer und frustriert und konnte ihn immer noch nicht berühren, weil er mir mit einer Hand die Arme hinter dem Rücken festhielt. Nur ein paar Meter weiter waren Menschen, sie feierten wild und sangen und tranken, während er mir hier im Dunkeln einfach seine Spitze reinschob.

»Gott im Himmel!«, keuchte er an meinen Lippen, als er spürte wie eng und gleichzeitig bereit ich war. Wie gierig ich ihn in mir aufnahm und wie ich ihm das Becken noch weiter entgegenreckte. »Gott, Hailey!« Er ließ meine Arme endlich los und ich umfing seinen Nacken, während er ein Bein vor mir hob und es sich über die Ellenbeuge legte. Dann, ja, dann fand er den perfekten Winkel, um sich endlich ganz in mich zu schieben. Und wie er das tat. Ich fühlte jeden einzelnen Zentimeter seiner Härte übergenau und ließ den Kopf nach hinten fallen. Konnte immer noch nicht glauben, dass er hier war, auch wenn es nun wirklich nicht mehr zu leugnen war. Jegliche Gegenwehr war schon längst der Lust gewichen, als er sich herauszog und wieder in mich stieß. Bis zum Anschlag, was echt tief und sehr dehnend war, denn Saint war nicht gerade klein. Ich keuchte seinen Namen, kam ihm beim dritten Stoß aber entgegen, sodass er sich total anspannte und Sterne vor meinen Augen tanzten.

Wow!

Seine Stirn an meine gelehnt stieß er heftig in mich, nahm mich mit seinen in der Dunkelheit fast schwarzen, glitzernden Augen genauso gefangen wie mit seinem

Körper, und zeigte mir eindeutig seine Prioritäten. So was von!

Ich kam bereits nach ein paar Stößen, denn mein Körper lechzte seit Tagen verzweifelt nach der Erlösung, die nur er mir bieten konnte, und er folgte mir kurz darauf, explodierte tief in mir und blieb dann reglos stehen, mit der Stirn an mich gelehnt.

Ich hob die zitternden Hände, strich über seine Wangen, seine vom Schweiß feuchten Haare, spürte seinen Atem auf meinem Gesicht, roch seinen berauschenden Duft und war überwältigt davon, dass er wirklich hier war. Dass er gekommen war, sofort, als ich so verzweifelt gewesen war, als er bemerkt hatte, dass ich ihm entglitt. Das war mehr, als ich jemals von ihm erwartet hätte. Aber hatte ich nicht selbst einmal zu ihm gesagt: Liebe zeigt sich nicht durch Worte, Liebe zeigt sich durch Taten? Tja, Saint Conroy ließ eindeutig lieber Taten sprechen. Mir fehlten die Worte für das Gefühl, das mich durchrauschte, für das Glück und die Dankbarkeit, diesen Mann bei mir zu haben, und so konnte ich nur eines tun, ich ging auf die Zehenspitzen, hielt sein Gesicht mit beiden Händen fest wie etwas wahnsinnig Kostbares und küsste ihn – sanft und zärtlich, sog jede einzelne Faser von ihm in mich auf.

Wie ich diesen Mann doch liebte!

Das zwischen uns war so intensiv. So alles verzehrend! So berauschend und gleichzeitig so beruhigend, als würde ich in einem Boot dahintreiben und von sanften Wellen getragen werden. Diese Liebe war endlos und sanft und aufwühlend zugleich.

Er war alles, was ich brauchte – und was ich jemals wirklich brauchen würde.

Und er war hier.

Und er war mein.

Für alle Zeit.

9. Wieso ich manchmal einen Exorzisten brauche!

Gott sei Dank sahen wir keinen der anderen, als Saint – der immer noch kein Wort außer »Klappe!« gesagt hatte – mich über den Strand und den Boulevard führte. Aber ich schrieb Brooke eine kurze Nachricht, dass alles okay war, dass Saint mich nach Hause bringen würde, und fragte, wie es Levin ginge. Sie schickte ein Foto davon, wie er mit einer Rothaarigen an der Bar knutschte, also war mit ihm wohl alles in Ordnung. Zum Glück.

Saint hatte sich einen Leihwagen gemietet, einen schwarzen Mercedes, über den er in einer Tour motzte, als er einstieg und alles einstellte. Es ging eben nichts über seine *Eleonore*. Er gab meine Adresse ins Navi ein, keine Ahnung, ob ich sie ihm mal geschickt hatte, und fuhr los. Da ich kein Höschen mehr trug, saß ich ohne alles auf dem kühlen Leder, und seine Hand, die er auf meinen nackten Oberschenkel legte, machte das alles auch nicht besser. Ich beugte mich zu ihm und schmiegte mich an seinen tätowierten Arm, mit dem Rockerbiber drauf, den er sich mal sturzbesoffen als Hommage an meine Vagina hatte tätowieren lassen. Der kleine Verrückte. Er küsste meinen Scheitel und lehnte leicht seine Wange auf meinen Kopf, während ich den Radiosender wechselte und schließlich bei Whitney Houstans »Ill Will Always Looove Youuu!« hängen blieb.

»Katzengejammer«, murmelte Saint augenverdrehend, schaltete aber nicht weiter. Ließ mir diese kleine Kinderei und war einfach nur da. Ich wollte gar nicht wissen wie lange, ich musste auch nicht wissen, wieso. Ich wollte einfach nur die Zeit, die ich mit ihm hatte, aus vollen Zügen genießen, denn mir war klar geworden, wie kostbar diese war.

Wortlos stiegen wir aus, wortlos betraten wir das Wohnheim und wortlos gingen wir in mein Zimmer. Er schaute sich grinsend in dem typischen Mädchenzimmer um, und ich zog ihn herein, steuerte direkt auf mein kleines Bett zu und schubste ihn darauf. Er hob nur amüsiert die Augenbrauen.

So viel Initiative war er von mir nicht gewohnt, aber er liebte es, wenn ich sie mal ergriff, wie ich genau wusste. Ich setzte mich auf ihn, umfing sein Gesicht und küsste ihn. Zärtlich spielten unsere Zungen miteinander. Erst nach ein paar Sekunden wich ich atemlos zurück und lehnte meine Stirn mit geschlossenen Augen an seine.

»Danke, dass du hier bist.«

»Ich habe dir doch gesagt, ich werde immer da sein, wenn du mich brauchst. Und als ich deine Stimme vorhin hörte, wusste ich, dass genau jetzt dieser Moment gekommen ist. Es tut mir leid, dass ich dich in den letzten Tagen so im Stich gelassen habe! Es wird nie wieder vorkommen, Kleines!« Es war Balsam für meine Seele, das zu hören. Seine Hände zu fühlen, die über meinen Rücken strichen, die meine Schultern von hinten umfassten, und seine Lippen, die sich wieder auf meinen Mund legten. Sein nächster Kuss war träge und sinnlich und entfachte wieder jede einzelne Nervenzelle in meinem Körper. Mit einem Stöhnen rieb ich mich an der größer werdenden Delle in seiner Jeans und saute sie sicherlich total ein. Es war mir egal!

Ich hatte ihn so vermisst! Erst jetzt wurde mir das so wirklich klar, als ich seinen Duft roch, seine Stärke fühlte, seinen perfekten Körper, seine Arme, die er um mich legte, und seine Finger, die sich in meinen Hintern krallten, während er in meinen Mund stöhnte. Ein tiefer gutturaler Laut, der mir durch Mark und Knochen ging. Mit meinen Lippen glitt ich über seinen stoppligen Kiefer, weiter herab über seinen duftenden Hals, bevor meine Hände sein Shirt nahmen und es über seinen Kopf zogen.

Dann wich ich doch zurück, weil ich ihn ansehen musste. Die Laterne von draußen beleuchtete ihn perfekt und auch ziemlich verrucht.

Gott, war dieser Mann unglaublich. Gebräunt und muskulös und männlich und einfach nur atemberaubend schön. Mir fiel auf, dass ein neues Tattoo dazu gekommen war, und ich riss schockiert die Augen auf. Er grinste nur, als ich zaghaft die Fingerspitzen ausstreckte und über die verschlungenen Linien strich. Über die total realistisch gestochene Kette, deren Anhänger in Form eines Kreuzes genau zwischen seinen Brustmuskeln lag, in dem mein Name stand. Klar und deutlich.

H

A

I

L

E

Y

»Saint!«, rief ich.

»Ja, Kleines?«

»Du spinnst!«

»Das fällt dir aber früh auf!« Er lehnte sich auf seine Arme zurück und präsentierte mir seine Brust. »Gefällt es dir?«

»Ob es mir gefällt!« Eine Hand vor den Mund geschlagen, fuhr ich ehrfürchtig die Linien nach und konnte es nicht glauben. Da stand mein Name! Direkt auf seinem Körper!

»Du hast dir meinen Namen auf den Körper tätowieren lassen.«

»Damit jede sofort weiß, wem er gehört.« Seine Augen glühten. Ich beugte mich vor und küsste mich an dem Tattoo entlang, über jedes einzelne Glied der Kette, bis zu dem Kreuz ... Er stöhnte und ließ seinen Kopf nach hinten fallen, stützte sich auf die Ellbogen als ich mich weiter herabküsste, über jeden einzelnen seiner sechs Bauchmuskeln, die sich schwach unter der gebräunten Haut abzeichneten, und bis zum Bund seiner Hose, die ich währenddessen schon ohne jegliche Mühe öffnete. Die Zeit des peinlichen Gefummels war lange vorbei. Saint hatte mir sehr genau gezeigt, was er mochte und wie er es mochte ... Als ich vor ihm auf die Knie ging und an seinem Hosenbund zog, hob er den Hintern, damit ich den störenden Stoff beseitigen konnte ... Natürlich trug er keine Shorts, denn Shorts waren überflüssig für ein Sexsymbol. Seine Erektion sprang an die Luft, genau vor meinem Gesicht. Verführerisch groß und leicht nach oben gebogen ... Er wollte gerade noch was sagen, da beugte ich mich schon vor und leckte einmal von unten bis ganz nach oben, bevor ich ihn in den Mund nahm und seine Eichel mit der Zunge umkreiste ...

»OH MEIN GOTT!« Eine Hand vergrub er in meinen Haaren, während seine Hüften hochzuckten, er sich aber zurückhielt ... auf einen Ellbogen gestützt mich dunkel und gierig beobachtend, wie ich anfing, ihm einen zu blasen.

»Du willst mich bestrafen, oder?« Ich grinste um ihn herum, als er das keuchte ... und nahm ihn noch tiefer in den Mund. »Oder erlösen?«, knurrte er und stieß mit seinen Hüften leicht nach oben. Ich entspannte meine Kehle, genau wie er es mir beigebracht hatte, und würgte nicht, schaute seinen Körper nach oben, wie seine Bauchmuskeln zuckten und schon bald Schweißperlen auf seiner Brust schimmerten, wie sich seine Nippel aufstellten, er das Gesicht verzog und die Sehnen an seinem Hals hervortraten, während er anfing im Rhythmus meines Kopfes in meinen Mund zu stoßen ... Sein Blick war dabei das Erregendste, was ich je gesehen hatte. Die Stirn in süßer Qual gerunzelt, die Zähne in seine volle Unterlippe gegraben, einen konzentrierten lustvollen Ausdruck in den Augen. Das und das leichte Zucken seines ... Penis‹ in meinem Mund. Sein Lusttropfen trat aus und ich leckte alles genüsslich auf, während ich ihn alles genau sehen ließ und die Augen dabei mit einem Stöhnen schloss.

Ich war schamlos.

Ich war wild.

Ich war entfesselt ...

Und ich liebte es!

»Stopp!«, keuchte er und zog mich etwas an den Haaren zurück. Dann ließ er sich auf die Knie gleiten und drängte mich zurück vom Bett auf den harten Boden, beugte sich über mich und küsste mich – meine Lippen, meinen Kiefer, meinen Hals ... Ich ließ mich unter seinen Lippen treiben, ließ mich völlig gehen und half ihm, als er mir mein Kleid auszog und er damit meine Arme festmachte, den Stoff fest darum schlang, sie mit einer Hand über meinem Kopf festhielt, sodass ich gestreckt unter ihm lag, und er meine Brüste mit den Lippen verwöhnte, und der Zunge. Oh mein Gott, seine Zunge, wie hatte ich sie nur vermisst! Jeder einzelne Streich von ihr fuhr direkt in meine Klitoris, ließ sie pochen und mich auf dem Boden auslaufen. Mich hin und her winden und laut stöhnen. Er grinste mich teuflisch an, nur vom gelben Laternenlicht erhellt, und küsste sich weiter nach unten, über meinen Bauch, über meinen Venushügel, wo ich zusammenzuckte, als er einfach hineinbiss. Dann spreizte er mich, hielt meine Unterschenkel fest und leckte über meine feuchte Spalte, legte seine Lippen um meinen Kitzler und saugte sanft daran. Ich schrie seinen Namen, hob die gefesselten Arme und vergrub meine Finger in seinem nun fast schwarzen Haar. Mein Becken ruckte nach oben, sodass ich den Kontakt mit dem Boden verlor, und er ging stöhnend mit der Bewegung mit, leckte mich noch intensiver, noch gieriger, bis mein ganzer Körper mitzuckte und ich kurz davor war zu kommen.

Natürlich hörte er in dem Moment auf, nur um meinen Hintern festzuhalten, sich vor mich zu knien und sich mit einem Ruck in mich zu schieben.

Er war so groß!

Ich schrie seinen Namen, das Fenster war gekippt, es war mir egal!

Saint grinste, als er sich zurückzog, so quälend langsam, und sich dann wieder mit einem Ruck in mir versenkte, mich wieder zum Schreien brachte, und ich wusste, er machte es mit voller Absicht.

Damit jeder hörte, wem ich gehörte! Damit jeder wusste, wer mich fickte!

Niemals wäre er auf die Idee gekommen, mir zu befehlen, leise zu sein. Ganz im Gegenteil. Er forderte mich heraus, und ich biss mir fest auf die Unterlippe, als er wieder in mich stieß. Er ließ sich nicht gehen, hatte sich total unter Kontrolle. Quälend langsam raus. Mit einem heftigen Ruck wieder rein. Im absolut gleichen Rhythmus, mich folternd, mich verwöhnend, mich tötend und mir wieder Leben einhauchend. Ich fragte mich, wie lange er mich wohl so ficken könnte, und ja, in diesem Moment dachte ich sogar dieses Wort. Wie lange er es aushalten würde und ob ich ihn irgendwie aus der Reserve locken könnte, ob ich ihm jemals gewachsen wäre. Gab den Gedanken aber prompt auf, als er meinen Hintern wieder absetzte, sich über mich lehnte, mich küsste und tief in mir blieb. Mit seinen Hüften kreiste und mit seinem Becken über meinen Kitzler strich.

Ich wimmerte.

So war es noch intensiver, ich fühlte jeden Zentimeter seines perfekten muskulösen Körpers. Seine Zunge in meinem Mund, sein Atem, sein Geschmack machten das Ganze noch intensiver, den Lustrausch noch besser.

Er packte meine Handgelenke, drückte sie über meinem Kopf auf den Boden und verwöhnte meine Nippel, zog sich zurück und fickte mich nur noch mit seiner Spitze. Ich jammerte seinen Namen und warf meinen Kopf hin und her. Grinsend pustete er über meine aufgestellten Nippel und beugte dann den Kopf vor, rieb mit seinen Bartstoppeln über meine überempfindliche Brustwarze und brachte mich zum Quieken, während er nur noch mit der Eichel rein und wieder rausglitt. Er quälte mich so gekonnt, dass ich mich fühlte, als würde ich jede Sekunde wahnsinnig werden. Ohne ein Wort zu sagen, schaute mich nur an, genoss die süße Folter, mein Jammern, mein Wimmern, mein Betteln, genoss, dass ich nur noch aus Lust bestand und aus nichts anderem mehr.

Meine Vagina zog sich verlangend um ihn herum zusammen. Es war frustrierend, ihn nicht ganz zu spüren. Ich war mit einem Mal so leer und ich wusste, ich würde in dem Moment explodieren, wenn er sich wieder ganz in mich schob.

Der Schweiß lief mir mittlerweile die Schläfen herab und meine Haare klebten an mir. Es war mir egal!

»Saint!«, knurrte ich, doch als ich mein Becken heben und ihn einfach tiefer in mich aufnehmen wollte, wich er ganz zurück und mir entkam ein unartikulierter Schrei. Er gluckste. Es machte ihm gerade echt höllischen Spaß, mich so zu foltern, mich in den Wahnsinn zu treiben. Er war der Teufel in Person!

Und ich gab mich ihm zu gern hin, bis zu dem Punkt, an dem ich nicht mehr konnte, ich ihn trotz der gefesselten Hände ganz von mir stieß, sodass er auf dem Hintern landete und ich mich auf ihn stürzte, mich auf ihn rammte, mit so einer Wucht, dass es fast wehtat und ich im selben Moment explodierte.

Ich kam so heftig, dass es einige Sekunden schwarz vor meinen Augen wurde, und fühlte ihn nur am Rande gleichzeitig in mir pulsieren, vergrub meine Nägel in seinen Schultern und presste meine Lippen auf seine.

Oh!

Mein!

Gott!

10. Wieso es dich gibt

Wir waren noch nicht mal richtig fertig, da wurde die Tür aufgerissen und eine mit Pfefferspray bewaffnete Brooke stürmte mit einem wahren Kriegsschrei den Raum.

»Weiche von ihr!«

Saint runzelte lediglich total geschlagen die Stirn, schaute hoch und lachte kraftlos, als er bemerkte, wer da im Türrahmen stand und total verdattert war. Dann ließ er sich einfach nach hinten fallen und wedelte in ihre Richtung.

»Da is was!«

Ich schaute meine Mitbewohnerin und Freundin über meine Schulter an und wollte am liebsten im Erdboden versinken. Immerhin saß ich immer noch auf Saint, mit ihm in mir, total nackt!

»Äh ... Brooke?«, fragte ich, während sie benommen blinzelte und die Lage erfasste, woraufhin sie knallrot wurde und erklärte:

»S... s... sorry, das h ... hat sich a... a ... a ... angehört, als würdest du a ... a ... abgeschlachtet werden!« Ich wurde noch roter, als ob das möglich wäre, und versuchte, beruhigend zu lächeln, während Saint immer noch kraftlos vor sich hinlachte.

»Nein, es ist alles in bester Ordnung!«

Ich gab ihm einen Klappser, damit er endlich damit aufhörte! Er lachte nur lauter.

»S... s... sorry!«

»Schon gut!« Sie stand immer noch da und starrte uns an.

»Willst du vielleicht mitm...« Bevor Saint weitersprechen konnte, schob ich ihn an der Brust zurück, denn er hatte sich gerade aufgerichtet, und japste: »Okay, danke, du kannst jetzt gehen!«

Sie verschwand endlich und ich verdrehte die Augen, als Saint total losprustete, sich erneut aufsetzte und mich mit den Armen umfing.

»Sie hat so was noch nie gesehen, lass ihr doch den Spaß!«

»Woher willst du das wissen?«

»Ich erkenne eine Jungfrau, wenn ich sie sehe, Babe.« Seine Lippen glitten über meine Wange, meine Schläfe, meine Haare, er roch tief an mir und ich schob ihn weg, stand auf, grinste, als er motzte, weil er aus mir flutschte, befreite mich von meinen Fesseln und holte ein paar Tücher.

»Du hättest sie aber nicht wirklich mitmachen lassen, oder?«, fragte ich, während ich mich sauberwischte und versuchte, gegen die aufbrodelnde Eifersucht anzukämpfen. Er blieb einfach total schamlos liegen, wie er war, mit nun weichem Penis und schweißbedeckten Muskeln auf dem Boden, die Ellbogen aufgestützt, ein spitzbübisches Grinsen auf dem Gesicht.

»Würde dich ein Dreier anmachen?«

»Mit zwei Frauen? Pfffff!« Wütend wollte ich über ihn drübersteigen, aber er packte meinen Knöchel und zog daran, sodass ich auf meinem Bett landete. Sofort schoss er hoch, stemmte sich über mich und keilte mich mit seinen Armen ein.

»Das werte ich mal als nein. Und das ist auch okay so, ich kann dich auch mit zwei Schwänzen vögeln lassen, wenn du willst.« Seine Augen waren so nah und sie flackerten allein bei der Vorstellung daran.

»Gott, Saint!« Er vergrub sein Gesicht in meinen Haaren und wisperte mir heiser ins Ohr:

»Ich in deiner Pussy, denn da wird niemals irgendjemand außer mir reinkommen, wortwörtlich. Er in deinem Arsch, wie wir uns beide gleichzeitig in dir bewegen und dich wimmern lassen.« Ich schloss für einen Moment die Augen, als ich mir das vorstellte und wusste nicht, ob ich empört oder erregt sein sollte. Ich hörte genau in seiner Stimme, wie sehr ihn das anmachte und das ließ auch meinen Unterleib prickeln. Er war so unglaublich pervers. Seine Schwester hatte recht, er würde mich wirklich total versauen. Ich hatte gar keine andere Chance! Prüfend wich ich etwas zurück und schaute in sein Gesicht, bemerkte mit Erleichterung, dass er mich gerade mal wieder nur aufzog, denn ich glaubte nicht, dass ich jemals bereit für so was wäre! Bei aller Liebe!

»Hach ja, ich liebe es einfach, dich zu schocken!«, schnurrte er, und ich verdrehte schnaubend die Augen, musste aber selbst grinsen, als er sich vorbeugte und mich fast schon keusch küsste.

Er war eben wirklich ein kleiner Teufel.

***

Saint

Sie schlief tief und fest wie ein verdammter Engel, aber das war klar, so gründlich, wie ich sie totgevögelt hatte. Ich saß am Bettrand, beobachtete sie ein wenig, wie ich es öfter tat, wenn sie schlief, und strich über ihre Wange. Dabei dachte ich daran zurück, was ich empfunden hatte, als ich sie mit ihren Freunden auf dieser Bühne gesehen hatte. In diesem kleinen unschuldigen Kleidchen, mit offenen Haaren, die Augen glitzernd und den Körper so bewegend, wie sie das eigentlich nur tat, wenn sie mich ritt.

Dann war da auch noch dieser blonde Spargeltarzan gewesen, der eindeutig auf sie stand. Sie an sich gezogen hatte, ihre Wange küsste und eindeutige Grenzen überschritt.

Ich war durchgedreht, aber es war bitter nötig gewesen. Jeder sollte gleich wissen, wem sie gehörte! Deswegen ging ich jetzt auch nackt in die Küche und fand ihre kleine mutige Mitbewohnerin vor dem Fernseher auf der Couch vor. Das Pfefferspray immer noch neben sich, bereit, in Haileys Zimmer zu stürmen und sie vor dem bösen Unhold zu retten, wenn das nötig wäre. Ich kannte dieses Mädchen mit den riesigen Brillenglupschern nicht, aber ich mochte sie sofort. Sie schaute schockiert auf, als ich mit einem »Hi« an ihr vorbeiging, ganz nackt, und zum Kühlschrank trat, ihn öffnete und nach etwas zu essen durchforstete. Dabei fühlte ich förmlich Eulenauges Blick auf meinem Hintern und auf meiner Tätowierung am Rücken.

»Es ist cool, dass du Hailey vorhin retten wolltest!«, sagte ich und biss herzhaft von einer Gurke ab, suchte mir anschließend, was ich brauchte, um Sandwiches zu machen, und knallte alles auf den kleinen Tresen. »Sie braucht so jemanden, denn es gibt keinen, der sich öfter in miese Lagen bringt als diese Frau.« Ich deutete hinter mich in Richtung Zimmer und fing an, die Sandwiches zuzubereiten.

Die Eule antwortete nicht, aber das war okay. Sie sah sicher nicht jeden Tag einen nackten Adonis in ihrer Küche.

»Du bist mutig, das mag ich!«, sprach ich weiter und knallte die Brotscheiben aufeinander. Dann lud ich alles auf einen Teller und verstaute den Rest im Kühlschrank. Ich grinste sie an, sie saß wie eine Statue auf der Couch und starrte mich mit offenem Mund einfach nur an, wie in Trance. Langsam ging ich auf sie zu und wuschelte ihr durch die Haare. »Danke Süße!« Dann schlenderte ich weiter, erst ins Bad, wo ich die Schränke durchwühlte und schon bald grinste, weil ich Babyöl fand und es mir unter den Arm klemmte, sowie ein paar andere Dinge, die ich sicher noch brauchen würde. Vollgepackt ging ich zurück in Haileys Zimmer, wo ich alles neben dem Bett griffbereit hinlegte.

Sie hatte abgenommen, das war mir sofort aufgefallen, und ich mochte es nicht. Kein bisschen! Deswegen setzte ich mich jetzt neben sie und kreiste mit dem Sandwich vor ihrem Gesicht, wie bei diesen Möpsen in diesen Videos, die dann total gierig aufwachen und nach dem Essen schnappen, aber Hailey wachte nicht auf. Sie reagierte gar nicht, also war sie kein Mops. Schade, ich mochte die Viecher. Aber vielleicht reagierte sie ja auf was anderes! Ich kniete mich neben sie und strich mit der Spitze meines schon wieder halb steifen Schwanzes über ihre Lippen, ihre Wange, doch sie schlief einfach weiter. Wie enttäuschend! Also sie könnte schon ein bisschen mehr Elan zeigen, wenn mein Schwanz in ihrer Nähe war, ob sie nun schlief oder nicht! Kurz überlegte ich, sie wach zu swaffeln, aber das wäre dann vielleicht doch ein wenig radikal. Vielleicht könnte ich sie ja mit der Gurke wachficken? Den Gedanken verwarf ich auch, denn ich stand nicht so auf Gemüsesex.

Also schnaubte ich, kniete mich über sie, beugte mich vor, strich mit meinen Lippen über ihre Wange bis zu ihrem Hals und knabberte sanft daran.

»Hmmmmmm.« Jetzt wurde sie wach. Wurde auch Zeit.

Klar, Mylady wollte es halt auf die sanfte Tour. Konnte sie haben! Bei ihr war ich dazu fähig, sanft zu sein, und einfühlsam und nicht nur an mich zu denken.

Ich wanderte zu ihren Lippen und küsste ihren vollen Mund, strich mit meiner Zunge über ihre süße Unterlippe, knabberte sanft daran und fühlte, wie sie träge darauf reagierte.

»Aufwachen, Prinzessin.«

»Wieso?«

»Ich habe Sandwiches gemacht!«

»Es ist mitten in der Nacht, Saint!«

»Ich habe nur diese eine Nacht mit dir und ich will sie nutzen.«

Sofort war sie hellwach und richtete sich auf, nackt. Ihr Haar fiel über ihre Brüste, die mich echt ablenkten.

»Nur eine Nacht?«

»Ja, mehr konnte ich leider nicht rausholen, ich muss morgen früh wieder zurück.«

»UND DU LÄSST MICH EINFACH SCHLAFEN!«, brüllte sie mich an.

»Du wirst deine Kräfte brauchen!«, rechtfertigte ich mich, legte mich auf die Seite und biss von einem Sandwich ab, dann hielt ich es ihr hin. »Iss!«

Sie aß, total hektisch. Wie ein kleiner gieriger Hamster, und ich musste lachen.

»Beruhige dich, Kleines! In spätestens acht Wochen sehen wir uns wieder.« Und ich wusste selbst nicht, wie ich das überleben oder wie das bitte ein Trost sein sollte. Sie schaute mich an, als wäre ich blöd.

»Acht Wochen, Saint, weißt du eigentlich, wie lange das ist?»

»Ja!« Ich knabberte durch ihre Haare an ihrem Nippel, aber sie schob mich von sich.

»Ich verschlucke mich sonst!«

Ich lachte und strich stattdessen einfach mit meiner Wange – und meinen Stoppeln – über ihre Brustwarze und sie japste nach Luft.

»Saint!«

»Hm?« Ich glitt mit meiner Wange immer weiter, fühlte, wie ihr Nippel immer härter wurde.

»Soll ich essen oder sterben?«

Seufzend wich ich zurück und ließ mich in die Kissen fallen, beobachtete, wie sie das Sandwich vertilgte, und hielt ihr dann das andere hin.

»Ich habe heute total vergessen zu essen. Gott, ist das gut!« Sie stöhnte und ich verengte die Augen.

»Aha.«

»Aber es ist einfach alles so stressig, ich vergesse es manchmal einfach!«

»Aha.« Das schrie auf jeden Fall nach einer Strafe! Sie war schwanger, verdammte Scheiße! Da hatte man ordentlich zu essen! Doch erst mal behielt ich das für mich und wartete darauf, bis sie fertig gegessen hatte und sich zufrieden in meine Arme kuschelte. Ich schlang meinen

Arm um sie und strich mit meinen Fingerspitzen über ihre Schulter, küsste ihren Scheitel. Sie seufzte zufrieden.

Und so lagen wir da, nur atmend, fühlend, riechend – und es war mehr als genug.

Für den Moment.

11. Wieso ich sein Kick bin

Hailey

Keine Ahnung, wie lange wir einfach nur Arm in Arm dalagen, ich über seinen Oberkörper strich, seinen Bauch, die Gänsehaut fühlte, die meinen Fingerspitzen folgte und selbst Gänsehaut bekam, weil Saint meinen Rücken träge streichelte. Irgendwann hob ich meinen Kopf und küsste einen seiner Nippel, umkreiste ihn mit der Zunge und genoss sein kleines heiseres Stöhnen. Doch bevor ich richtig in Fahrt kommen konnte, hatte er mich schon auf die Seite gedreht und schmiegte sich von hinten an meinen nackten Körper. Jede einzelne Faser von mir erwachte glühend zum Leben und fokussierte sich auf ihn, auf seine Lippen an meiner Schulter, seine Finger, die meine Brust umfingen, sie kneteten und zärtlich mit einer Brustwarze spielten. Und auf seine Härte, die an meinem Hintern anschwoll und sich gegen mein Fleisch presste. Stöhnend reckte ich ihm meinen Hintern entgegen und fühlte sein Grinsen an meiner Haut.

»Du unersättliches kleines Luder.«

»Selber!«, keuchte ich.

Er wisperte in mein Ohr: »Weißt du noch, als ich dir gesagt habe, das wäre erst der Anfang, und dass ich dir so viel zeigen würde, dich entführen würde in eine Welt der Lust und dir Orgasmus für Orgasmus schenken würde?«

»Ja?«, sagte ich zaghaft, fast fragend, wusste nicht, worauf er hinauswollte.

»Genau genommen sind wir immer noch am Anfang«, wisperte er und hob mein Bein über eines seiner Beine, sodass ich offen war, fuhr mit einer Hand nach unten und umkreiste träge meinen Kitzler. Sofort zuckte ich stöhnend zusammen und warf meinen Kopf nach hinten, fühlte seine Finger so genau. Besonders, als er zwei von ihnen langsam in mich schob, mich dehnte, mich vorbereitete. »Ich habe noch so viel mit dir vor, dass du es dir nicht mal vorstellen kannst, aber dafür brauche ich dein Vertrauen, Hailey. Dein volles Vertrauen.«

»Ich vertraue dir!«, rief ich fast und presste ihm mein Becken entgegen, während er wieder aus mir glitt und mit meiner Klit spielte. Das war so gut, was er machte, so unglaublich gut, dass ich bereits kurz vor einem echt heftigen Orgasmus stand. Mein gesamter Körper spannte sich an, da fühlte ich mit einem Mal, die Finger seiner anderen Hand – und zwar an meinem Hintern, also am Eingang. Sanft rieb er über meinen Anus und ich verspannte mich erst, wusste nicht, was ich davon halten sollte. Ehrlich, das war komisch! Doch ich keuchte auf, als er die zwei anderen Finger wieder ruckartig in mich schob und damit über meinen G-Punkt glitt, vermutlich um mich abzulenken. Gleichzeitig hatte er auch einen Finger in meinen Hintern geschoben und ich wäre knallrot geworden, hätte ich darüber nachdenken können, aber das konnte ich nicht, weil er mir nämlich ins Ohr stöhnte, als er fühlte, wie eng ich hinten war, und mich tiefer fickte. Und zwar überall, nicht nur in meine Vagina. Da war ein Druck, der dagegen ankämpfte; etwas in mir, das mir zuwisperte: *Halte ihn auf! Das ist nicht richtig! Das gehört sich nicht!* Doch ich konnte nicht, weil er jetzt an meinem Ohrläppchen knabberte und ich genau bemerkte, wie sein Atem schneller wurde, und weil er immer und immer wieder über meinen G-Punkt strich. Mein Becken ruckte, bewegte sich mit, als er mit beiden Händen einen konstanten Rhythmus aufnahm und mich immer weiter dehnte, mich immer weiter in eine andere – so verbotene Welt – entführte. Als sich mit einem Mal etwas Dickes in meine Vagina schob, zuckte ich zusammen, denn es war ziemlich kalt. Ich schaute nach unten und bemerkte, dass es ein gebogener schwarzer Vibrator war. Keine Ahnung, woher er ihn hatte! Er schaltete ihn an und die Vibrationen surrten durch meinen gesamten Unterkörper. Ich stöhnte seinen Namen, streckte mich ihm entgegen, als er mich langsam damit fickte und immer wieder über diesen einen Punkt tief in mir glitt, wo es sich so gut anfühlte. Schließlich holte er ihn raus und fuhr damit über meine Spalte bis zu meinem Kitzler. Ich kam fast sofort, als die sanften Schwingungen die Lust in jeder einzelnen Faser meiner selbst entfachten.

Sein Finger strich erneut über meinen Hintereingang und er wisperte mir ins Ohr: »Entspann dich, du bist bereit.« Dann rieb er mit seiner Eichel darüber, bevor er sie ganz leicht in mich drückte.

Oh mein Gott! Er war feucht und glitschig von irgendwas.

Ganz langsam, ganz vorsichtig, drang er in mich ein. Immer ein Stück weiter vor und wieder zurück, ein Stück weiter vor und wieder zurück. Mit viel Geduld und Vorsicht, während er mit dem Vibrator meine Kitzler reizte und mit Lust überflutete. Es fühlte sich komisch an und gleichzeitig unsagbar gut, besonders, als er den Vibrator wieder vorn einführte und mich damit verwöhnte, sich nun auch hinten weiter vorwagte und mir heiser ins Ohr stöhnte, weil es unsagbar eng war.

»Gott!«, keuchte er, als ich fast kam und sich alles um ihn herum zusammenzog, und rührte sich nicht. Egal ob mit Penis oder Vibrator. So lange, bis sich meine Vagina wieder beruhigt hatte und nicht mehr zuckte. Mein Atem stockte, als er den Vibrator ganz still hielt und sich jetzt nur in meinem Hintern bewegte, fast bis zum Anschlag in mir war und mitbekam, dass ich mich mittlerweile bestens an ihn gewöhnt hatte. Er wollte, dass ich wusste, wie es wirklich war, wenn ich nicht weiter darüber nachdachte, sondern eben nur fühlte. Und ich stöhnte schon beim zweiten Stoß, weil es einfach nur unglaublich war. Dieser

Druck war weg beziehungsweise hatte sich gewandelt, in ein sanftes Pochen der Lust.

Jetzt wechselte er sich ab, stieß hinten in mich, dann vorn mit dem Vibrator, dann hinten, dann vorn – trieb mich immer höher. Ich wurde immer feuchter, gab mich immer mehr hin, ließ einfach los, krallte eine Hand in sein Haar, bog mich ihm entgegen, stöhnte: »Oh Gott, Saint!« Ich öffnete mich vollkommen für ihn. Es war unglaublich, auf diese Art ausgefüllt zu werden. Unglaublich, was er mit mir machte. Auch oder gerade eben, weil es so ein großes Tabu, so verboten war.

Zumindest in meiner Welt. Aber keineswegs in Saints!

»Gott im verfickten Himmel!«, knurrte er mir ins Ohr und schob sich mit jedem Wort ein Stück tiefer, bis ich es nicht mehr aushielt und kam. So heftig wie noch niemals davor.

Als ob das möglich wäre.

***

Stöhnend und zuckend lag ich in Saints Armen, der sich aus meinem Hintern zurückzog und den Vibrator zur Seite warf. Stattdessen schob er sich in meine Vagina und hielt mit einem Arm mein Bein hoch, während er in meine noch zuckende Spalte stieß. So hart, dass ich dachte, ich würde auseinanderbrechen; so hart, wie er das hinten wahrscheinlich nicht durfte, zumindest nicht, wenn er mir nicht wehtun wollte. Ich bemerkte erst jetzt, wie sehr er sich zurückgehalten hatte, als er sich wirklich gehen ließ, und gab ihm nochmal alles, bog mich ihm entgegen und versuchte, meine inneren Muskeln für ihn anzuspannen. Er stöhnte meinen Namen, als er es spürte, und explodierte, während er sich bis zum Anschlag in mich schob und mich festhielt. Ich fühlte jedes einzelne Pulsieren und erschlaffte schließlich total, schloss die Augen und ließ mich einfach nur treiben.

Nachdem er mein Bein losgelassen hatte, strich er mit seinen Lippen über meinen Hals. Ich spürte, wie schnell er atmete, hob träge die Hand und strich durch seine feuchten Haare. Er vergrub sein Gesicht an meinem Hals und umfing mich fest mit beiden Armen. Umschlang mich mit all seinen Muskeln, all seiner Kraft, presste mich an seinen harten Körper und machte mich vollkommen.

Im Himmel.

Ich war eindeutig im Himmel.

Es dauerte gute fünf Minuten, bis ich wieder klar denken und sprechen konnte.

»Wieso?«

»Wieso was? Wieso ich deinen kleinen heißen Arsch gefickt habe?«, fragte er und wich etwas zurück, drehte mich zu sich auf den Rücken, damit er mich ansehen konnte. Ich konnte aber nicht und schaute von ihm weg, auf seine Hand auf meinem Bauch, mit deren Fingern ich unsicher spielte.

»Ja.«

»Weil es heiß ist.«

»Aber reicht dir ... reicht dir ... äh ... mein Biber nicht mehr?« Fragend schaute ich ihn jetzt doch an. Er runzelte die Stirn, legte seine Hand an meine Wange und wisperte: »Alles, was du mir gibst, reicht mir. Was wirklich ein kleines Wunder ist.«

»Also wieso?«

»Weil ich vor dir gewisse Probleme hatte.« Es war ihm eindeutig unangenehm, darüber zu reden, weswegen ich es jetzt aber erst recht wissen wollte.

Was sollte Saint Conroy schon für Probleme beim Sex haben?

»Welche?«

»Ich war einfach satt.« Er lehnte sich zurück in die Kissen und strich sich mit einer Hand über das Gesicht.

»Wie meinst du das?«

»Hailey, es gab keinen Tag, an dem ich nicht zwei Orgasmen hatte, entweder durch eine Frau oder durch Selbstbefriedigung bei einem Porno. Ich glaube, ich habe jeden einzelnen Porno dieser Welt gesehen. Und ich habe jede einzelne Stellung dieser Welt ausprobiert, habe *alles* ausprobiert und einfach *alles* gesehen. Selbst die abgefahrensten und ja, auch ziemlich widerlichsten Dinge. Irgendwie bin ich dann abgestumpft. Je öfter ich es machte, desto schwerer war es, für mich Lust zu empfinden. Ich brauchte immer mehr, brauchte einen gewissen Kick. Irgendwas nicht *Normales,* um zu kommen.«

»Und dann?«

»Dann hast du mich geküsst und ich wurde nur von einem kleinen keuschen Kuss so unglaublich geil, wie ich es schon seit Ewigkeiten nicht mehr gewesen war. Es schockierte mich ehrlich gesagt total.«

»Okay ...«

Er grinste mich an, beugte sich wieder über mich und strich mit seiner Nasenspitze über meine Nase. »Du bist mein Kick, Hailey White. Du bist das Aufregendste und Heißeste, was ich je gesehen habe oder berühren durfte. Und du musst dafür gar nichts tun, du musst nicht gezwungen sexy sein und es darauf anlegen. Deine Unschuld ist mein Trigger, dein bedingungsloses Vertrauen zu mir der Kick, den ich brauche. Das Wissen, dass ich alles mit dir machen darf, was auch immer ich will, dass du dich mir vollends hingibst, und deine Ängste für mich überwindest, die ich in solchen Momenten so genau in deinen Augen sehen kann. Das macht mich einfach nur wahnsinnig. Jedes Mal aufs Neue.« Er küsste mich, während ich noch versuchte, seine Worte zu verarbeiten. Zu verarbeiten, was hier schon wieder geschah und was ich ihm bedeutete.

»Ich bin dein Kick?«, fragte ich lächelnd und er lächelte auch, so wunderschön.

»Ja, Kleines. Du bist mein Kick. Du bist mein Alles.«

12. Wieso ohne Saint alles doof ist

Saint

Wir hatten nicht mehr miteinander geschlafen, aber dafür noch bis um vier geredet.

»Wie läuft es so bei dir?«, hatte sie mich so nonchalant gefragt, dass ich sofort wusste, dass sie ganz und gar nicht unbekümmert war.

»Gut, ich habe ein wirklich cooles Team, also abgesehen von diesem verdammten Franky, den ich einfach nur ignoriere, weil ich ihn sonst umbringen würde. Da ist Jason, der oberste Mechaniker, ein kleiner Latino, und Flinn, unser Imageberater. Trevor, mein Teamchef, mit dem ich mich echt super verstehe, und natürlich Marley.«

»Das ist die Frau, die mit dir zusammenwohnt, oder?« Ihr ganzer Körper verspannte sich derart, dass es mir unmöglich entgehen konnte, obwohl lediglich ihr Kopf auf meinem Bauch lag. Beruhigend strich ich ihr durch die Haare.

»Ja.«

»Hmmm.«

»Hailey!«

»Hmmm?«

»Sieh mich an, Kleines!«

Sie schaute zu mir hoch, und ihre Augen waren so groß und verletzlich.

»Marley ist heiß, ja«, sagte ich ehrlich und strich mit meinen Fingern über die zarte Haut an ihrer Wange, ihren Kiefer und umfing ihr Gesicht. »Aber sie ist nicht du. Deswegen macht sie mich nicht an. Und wird mich nie anmachen, auch wenn sie es noch so sehr probiert. Ich werde dir treu sein. Für immer.«

»Ich weiß ...« Sie wurde rot vor Scham. »Ich weiß, dass du mir treu bist, Saint, wirklich, aber ...« Frustriert vergrub sie einfach ihr Gesicht an meinem Bauch und kitzelte mich mit ihrem Atem, als sie in meine Haut prustete. Ich gluckste leise und strich ihr weiter durch die Haare.

»Ja, das ist natürlich völlig verständlich«, sagte ich, als würde sie sich weiter total normal mit mir unterhalten, und versuchte, nicht zu lachen, als sie sich noch weiter in mich reinwuselte und genervt herumwarf. Fuck! Das kitzelte! Ich musste lachen und zog sie an den Armen zu mir hoch, direkt vor mich, und schaute ihr fest in das total genervte Gesicht, sah darin genau, dass sie selbst nicht wusste, wohin mit ihren Emotionen, und sagte fest und deutlich:

»Wir werden das hier schaffen! Auch wenn es nicht immer leicht ist! Du musst an mich glauben Hailey, genauso, wie ich an dich glaube!«

»Ich glaube an dich!« Und das tat sie wirklich! Sie glaubte so fest an mich wie sonst keiner an mich glaubte, zumindest in der Hinsicht, dass ich es als Rennfahrer schaffen und meinen Traum leben würde. Aber in Bezug auf Frauen war sie nach wie vor extrem unsicher und ich konnte es ihr nicht verübeln. Nicht nach dem Lebenswandel, den ich vor ihr gehabt hatte. Allerdings konnte ich nichts tun, außer es ihr zu beweisen. *Taten sagen mehr als Worte!* Und so ließ ich Taten sprechen und küsste sie einfach nur, zog sie in meine Arme und hielt sie.

Nur sie. Sonst keine andere hatte es jemals in meine Arme geschafft.

Hailey war mir unter die Haut gekrochen, hatte sich in jeder einzelnen Zelle breitgemacht. Keine Marley der Welt hatte das Zeug dazu, mich und meinen Körper dazu zu bringen, das zu vergessen.

***

Irgendwann waren uns jedoch beiden die Augen zugefallen. Zwar hatte ich echt nicht viel geschlafen, nur zwei Stunden, aber ich musste los, wenn ich meinen Flieger nicht verpassen wollte und das durfte ich nicht. Sonst wäre ich raus aus dem Team, wie mir Jessica mitgeteilt hatte, als ich angerufen und ihr gesagt hatte, dass ich auf dem Weg nach

L.A. war. Sie hatte getobt und gemeint, einmal ließe Julian es mir durchgehen, dass ich mich einfach so davonmachte, aber kein zweites Mal.

»Mein Hintern tut weh!« Das war das erste, womit sie mich im Morgengrauen begrüßte, als ich sie wachküsste, um mich zu verabschieden, schon voll angezogen und abreisebereit.

»Das ist gut«, wisperte ich und strich mit meiner Nase über ihre Nasenspitze. »Ich will, dass du mich heute den ganzen Tag spürst und an das denkst, was nur *ich* mit dir machen darf.«

»Hmpf«, machte sie total verpennt, dann jedoch ging ein Ruck durch sie.

»Wie viel Uhr ist es?«

»Fünf Uhr zwanzig, ich muss los, Kleines. Um halb sieben geht mein Flieger.«

»Ich will dich zum Flughafen begleiten!«

»Nein, Süße, du musst schlafen! Außerdem will ich nicht, dass du um diese Uhrzeit allein draußen rumrennst!« Ich küsste sie und fühlte, wie sie nachgab und gleichermaßen wie ihre Unterlippe zitterte, wie ihr Tränen in die Augen stiegen und die Verzweiflung sie übermannte. Fest umschlang sie mich mit den Armen und zog mich an sich und ich stöhnte ergeben und sank nochmal aufs Bett, küsste sie inniger, wobei ich ihren Kiefer mit einer Hand festhielt.

Verdammt!

Verdammte Scheiße!

Ich wollte nicht gehen!

Aber ich musste!

Meine Hand glitt zu ihrem Bauch, ich ließ sie darauf liegen und sie umfing meine Hand mit ihrer, drückte mich verzweifelt an sich, als könnte sie mich allein durch ihre Kraft hier halten. Doch irgendwann bekamen wir keine Luft mehr, lösten uns voneinander und lehnten die Stirn an die des anderen, um zu verschnaufen und noch mal die Nähe in uns aufzusaugen.

Ich würde sie vermissen.

Ich würde sie so verdammt vermissen!

Über ihre Wangen liefen natürlich Tränen, sie konnte einfach nicht anders, das wusste ich, auch wenn sie vor mir stark sein wollte. Ich strich sie wortlos fort, denn es gab nichts, was ich jetzt sagen konnte, um es besser zu machen.

Und dann drehte ich mich um und ging einfach, ohne noch einmal zurückzublicken – sonst hätte ich es nie geschafft.

***

Hailey

»Okay, und wenn er ihn dann reinsteckt, tut das nicht total weh? Ich meine, ich habe ihn gesehen und er ist ... äh ...« Brooke zeigte mit ihren Händen eine riesige Länge an und wir beide kicherten.

»Also so groß ist er auch nicht!«, rief ich und versuchte, nicht zu visualisieren, worüber wir sprachen. Sonst könnte ich mich sicher nicht konzentrieren! Ich saß mit Brooke in unserem Wohnzimmer, immer noch ziemlich k.o. von gestern Nacht und eigentlich halb am Schlafen auf der Couch, während ihr Kopf auf meinem Schoß lag und ich ihr eine Gesichtsbehandlung machte. Holy hatte mich ständig als Trainingsobjekt für irgendwelche Behandlungen missbraucht, weswegen ich ziemlich gut wusste, was ich tat – oder zumindest ließ ich es so aussehen. Brooke mochte es auf jeden Fall, wenn ich ihr die warmen Waschlappen auflegte, damit sich die Poren öffneten, ich ihr Pickel drückte, Cremes auftrug und ihr Gesicht massierte. Gerade eben zupfte ich ihr die Augenbrauen, dank Holy wusste ich genau wie, und trotzdem starb Brooke dabei tausend Tode. Denn sie hatte sehr dickes widerspenstiges Haar mit Wurzeln, die sich nur so in die Haut klammerten.

»Sind eigentlich alle so?« Sie machte mir wieder vor, was sie meinte und ich lachte ausgelassen.

»Nein, also ... äh ... ich weiß nicht. Saint war mein Erster.«

»Ehrlich?« Mit ihren riesigen Augen glupschte sie mich an und ich strich lächelnd mit dem Tuch über ihre Augenbraue.

»Ehrlich.«

»Wie lange seid ihr denn zusammen?«

»Fast ein halbes Jahr.«

»Wow!«

»Aber mir kommt es viel länger vor. Irgendwie ist es mit ihm, als ... als würden wir uns schon aus einem vorherigen Leben kennen, oder so«, gab ich zu und lächelte verträumt. »Weißt du, als er mich das erste Mal so richtig angesehen hat, da war es als ... als würde er bis auf den tiefsten Punkt meiner Seele blicken. Als würde er alles sehen. Was ich mir wünsche, wovor ich Angst habe, wer ich wirklich bin. Und er hat mich genauso akzeptiert, wie ich bin. Er hat mich nicht nur akzeptiert, er liebt mich auch genauso.« Wenn ich das so laut aussprach, dann wurde mir bewusst, was für ein enormes Glück ich mit ihm doch hatte, wie kostbar es war, was wir hatten. Diese so intensive, kraftvolle, alles verzehrende Liebe, die ich sonst nur aus Büchern kannte.

»Wenn ich mal einen Freund habe, dann soll er genau wie Saint Conroy sein«, schwärmte Brooke und schloss wieder die Lider. Ich zupfte weiter, wobei sie jedes Mal zusammenzuckte, egal, wie schnell ich es auch machte.

»Jede Frau braucht einen Saint Conroy.« Ich grinste in mich hinein.

»Und jetzt nochmal zum Sex!«, sagte sie nassforsch, und ich verdrehte die Augen. »Wie war euer erstes Mal?«

»Eine Katastrophe.« Ich musste grinsen, als ich daran zurückdachte. Sie riss die Augen wieder auf.

»Wieso?«

»Weil ich ... ich ihm den Penis gebrochen habe«, gab ich kleinlaut zu, und sie starrte mich total schockiert an, bevor sie rief:

»Wie konntest du das tun?«

»Es ... es war ein Versehen!«, verteidigte ich mich schnell, wobei ich knallrot wurde, und versuchte, sie abzulenken. »Aber davor war es richtig schön. Aber na ja, ich habe gehört, die meisten Jungs sind in dieser Hinsicht Idioten, also mach dir nicht zu viel Hoffnungen«, ergänzte ich, denn *das* hatte mir Holy auch beigebracht. Saint war eine Ausnahme in der Männerwelt.

Brooke sah nicht gerade begeistert aus. »Also, gestern hat es nicht so ausgesehen, als hätte er dir wehgetan.« Ich wurde erneut knallrot, als ich daran zurückdachte.

»Das würde er auch nie.« Und ich wurde noch dunkler, als vor meinem inneren Auge Bilder davon explodierten, was *genau* er mit mir gemacht hatte – solche verbotenen Sachen, so tabulos, so dreckig. Ich würde nach Saint wirklich nie wieder dieselbe sein.

»Hach, ich will auch einen Saint.«

Sie seufzte und schloss wieder die Lider.

***

Ich musste kurz darauf auch Levin und Jason erklären, wer Saint war und wieso er das mit Levin gemacht hatte, der das echt so gar nicht witzig fand und ihn natürlich hasste. Jason hingegen mochte Saint, war sogar begeistert von ihm und nannte ihn süß wie Brooke. Was ein Wunder auch. Wir trafen uns noch am Abend und übten zusammen ein bisschen, vor allem für die Aufführung, wobei ich die ganze Zeit kichern musste, wenn der schlaksige, total linkische Levin mir den Romeo machte. Aber er hatte eine wirklich tolle Singstimme und richtig viel Talent an der Gitarre. Aus ihm könnte mal ein richtiger Boyband-Mädchenschwarm werden. Während ich mir Saint nur als rüpelhaften Rocker vorstellen konnte, was mich in den nächsten Tagtraum schickte. Wie er ein Konzert gab, halb nackt auf der Bühne, halb seine Gitarre begattend, wie ich ihm mein Höschen auf den Kopf warf, er mich auf die Bühne holte, mich an einem Stuhl festkettete und allerhand dreckige Sachen mit einer Gerte mit mir machte ... Okay, das war eigentlich ein Buch, das ich mal gelesen hatte, aber egal!

Saint meldete sich, sobald er angekommen war, und fragte, ob mein Hintern immer noch wehtun würde. Was sollte ich sagen außer Ja! Und wie! Das war doch nicht mehr normal! Ich musste aufpassen, dass man es mir nicht ansah. Am liebsten wäre ich vor mich hin geschlurft wie ein Zombie.

Am nächsten Tag telefonierten wir, als ich morgens aufstand. Wir schrieben auch viel und schickten Bilder hin und her. Sein kleiner Besuch hatte mich wahnsinnig gestärkt, und so konnte ich besser damit umgehen, dass ich bei jedem Telefonat irgendwelche weiblichen Stimmen im Hintergrund hörte oder dass er jeden Abend bei einer anderen Party war.

Die Tage zogen sich anfangs dahin, wurden zu Wochen und schließlich zu Monaten, aber wir machten das Beste draus, hielten Kontakt, auch wenn es irgendwie nie genug war.

Ich klammerte mich an das nächste Mal, wenn ich ihn wiedersehen würde, hatte das Datum rot in meinem Kalender, der in meinem Zimmer hing, umkringelt und hakte die Tage bis zu den ersten Semesterferien ab – wie eine Drogensüchtige, die nach ihrem nächsten Schuss lechzt, aber ich konnte damit besser umgehen als in der ersten Zeit.

Denn ich war sein Kick. Ich und sonst keine andere!

Und schon bald hatte ich so viel zu tun, dass die Tage nur so dahinflogen, denn während ich lernen und lernen und lernen musste, hatte ich mich darum kümmern müssen, mir einen Gynäkologen zu suchen und meine Termine bei ihm einzuhalten. Unser kleines Baby wuchs, und ich liebte es, dem kleinen Herzschlag zu lauschen oder neue total unkenntliche Bilder zu bekommen und sie Saint zu schicken.

Das Wetter wurde ein kleines bisschen kälter, aber bei Weitem nicht so kalt wie der Herbst in der Heimat. Ich vermisste es, wie sich die endlos grünen Wälder langsam verfärbten und in den schönsten Gelb-, Orange- und Rottönen erstrahlten. Ich vermisste Holy und Sam und die Nachmittage mit Saint und den zweien, und ich vermisste unsere Ausflüge zum See und all die dreckigen Sachen, die er da schon so mit mir gemacht hatte.

Die Wochen vergingen, nachdem ich mit dem Studium richtig begonnen hatte, ehrlich gesagt wie im Flug und ich putzte bereits am Donnerstag ordentlich mein Zimmer, dachte dabei an gestern zurück und musste lachen. Er hatte mir eine endlos lange Liste geschickt, was ich alles dahaben sollte, wenn er mich besuchte. Also Essen.

Außerdem war am Mittwoch dank Saint ein ganz spezieller Lieferdienst vorbeigekommen, in Form von Kathrine – einer wunderhübschen Transsexuellen –, die mit lauter Päckchen bei Brooke und mir in der Wohnung einlief, anfing alles auszupacken und genauestens zu erklären, während Brooke und ich mit offenen Mündern und knallroten Wangen daneben standen.

Flogger.

Handschellen.

Dildos.

Vibrator.

Nippelklemmen.

Gleitgel.

Massagegel.

Knebel.

Augenbinde.

Analplugs! In drei Größen!

Ein Vibro-Ei mit Fernbedienung.

Einen vibrierenden String.

Und ein paar sexy Dessous. Farbe: schwarz, weiß, rosa.

Heilige Scheiße, um es in Saints Worten auszudrücken!

Ich war baff und mein Kopfkino spielte total verrückt.

Außerdem schenkte mir Kathrine noch eine bunte Federboa, die sie mir um den Hals hängte, während Brooke und ich uns vorsichtig an die teilweise – riesigen! – Dildos und Vibratoren heranwagten und dabei kicherten wie Kinder. Kathrine nahm es auch mit Humor, bevor sie uns noch begeistert die neueste James-Dean-Dildokollektion vorstellte. Als ich sagte, ich hätte keine Ahnung, wer James Dean wäre – also in der Pornowelt, den anderen, den Schauspieler kannte ich schon, denn meine Mom hatte ihn geliebt –, bekam Kathrine große Augen und tat so, als würde sie in Ohnmacht fallen. Laut ihr gehöre das ja wohl zur Allgemeinbildung! Also ehrlich!

Knallrot und in einem Zimmer voller Sexspielzeug ließ uns Kathrine zurück, nachdem sie uns James Dean in all seiner Pracht noch schnell auf ihrem Handy gezeigt und davon geschwärmt hatte, dass er ein wahrer Fickgott wäre. Ich wollte ja widersprechen und sagen, es gäbe in dieser Hinsicht nur einen wahren Gott in meinem Leben, aber es hätte bei Kathrines Begeisterung sowieso nichts gebracht.

Saint wollte am Freitagabend kommen und würde bis zum Sonntag bleiben, danach hatten wir vor, zu ihm zu fliegen, und für die Weihnachtsfeiertage zusammen in die alte Heimat zu fahren. Ich hatte schon alles genau durchgeplant. Ein Ausflug total romantisch am Strand bei Sonnenuntergang stand ganz oben auf meiner Liste! Den Tisch inklusive Fünf-Gänge-Dinner hatte ich auch schon reserviert. Und danach würde er mir New York zeigen, das zur Vorweihnachtszeit ja bekanntlich total schön sein sollte, und vielleicht würden wir diesen großen Weihnachtsbaum anschauen am Rockefeller-Center. Und Schlittschuhlaufen gehen, und all die Dinge, die man als verliebtes Pärchen im Winter halt so machte. Wir hätten einen ganzen Monat zusammen! Denn ich musste erst am dritten Januar wieder zurück an die Uni, und so lange könnte *und* würde ich an seinem kleinen schnuckligen Hintern hängen. Es würde so schön werden!

Während des Freitags – ich hatte schon den ganzen Tag nichts von ihm gehört – wurde ich immer aufgeregter, je näher der Zeiger der Uhr in Richtung acht rückte.

Um zehn vor acht konnte ich nicht mehr sitzen bleiben und lief in der Wohnung umher, richtete nochmal den Strauß mit Blumen aus, den Brooke von einem heimlichen Verehrer bekommen hatte, und lugte immer wieder durch die Vorhänge, um zu sehen, ob er schon kam. Um fünf vor acht glich ich einer Sprungfeder, die durch mein Zimmer wütete. Um acht starrte ich die Tür an und versuchte, sie zu hypnotisieren. Natürlich trug ich Dessous, ein hübsches Set in Rosa, hatte mich rasiert und geschminkt und für ihn besonders hübsch gemacht. Unter meinem leichten geblümten Kleid schmiegte sich die Spitze erregend an meine Kurven.

Um fünf nach acht war er immer noch nicht da.

Um zehn nach acht auch nicht.

Um zwanzig nach acht nahm ich mein Handy und rief ihn an, doch sein Handy war aus. Wahrscheinlich hatte sein Flieger einfach Verspätung und er hatte mir nicht Bescheid sagen können.

Um neun war er allerdings immer noch nicht da und nicht erreichbar.

Um zehn kippte ich das Essen weg, das ich für ihn gekocht hatte und knabberte lustlos an den Hafercookies, die ich extra für ihn gebacken hatte.

Um elf heulte ich und wählte unentwegt seine Nummer, doch immer wieder kam dieselbe Ansage. *Der Teilnehmer ist im Moment nicht erreichbar, bitte versuchen Sie es später noch einmal!*

Um zwölf Uhr in der Nacht wurde mir klar, dass er nicht kommen würde.

Er hatte mich versetzt.

Einfach so.

Völlig kraftlos saß ich im dunklen Wohnzimmer, ganz allein, denn ich hatte Brooke für die Nacht zu Levin ausquartiert, damit wir die Bude ganz für uns hätten, und wollte am liebsten sterben. Der Schmerz, der in mir explodierte, war unglaublich stark, verschlang alles und hielt mein Herz mit eisenharter Klaue fest.

Wieso tat er mir das an?

Wieso meldete er sich nicht?

Bedeutete ich ihm wirklich so wenig?

Ich weinte mich auf der Couch in den Schlaf und schreckte irgendwann in der Nacht auf, als mein Handy klingelte. Sofort war ich hellwach und mein blödes Herz schlug mir bis zum Hals. Das musste er sein. Ich angelte nach dem Telefon, ging ran und hielt es mir atemlos ans Ohr.

»Ja?«

»Haileeeey«, lallte Saint total hinüber in die Leitung. »Ich ... ich kann nich kommen, haben dieses Wocheennde ...« Er hatte Schluckauf, irgendwas knallte und irgendwelche Frauen lachten und johlten. »Ein ... ein spontaaanes Sponsorentreffen! Warte nich auf mich!« Ich konnte erstmal nicht antworten, denn diese Eisenklaue packte mein Herz noch fester und drückte zu, zerstörte damit noch das letzte bisschen Hoffnung, die ich gehabt hatte, dass er vielleicht doch noch jede Sekunde auftauchen und erzählen würde, sein Flieger hätte sich verspätet oder er hätte den Flieger später nehmen müssen oder sonst was.

Er würde nicht kommen.

Er würde nicht kommen!

Mit einer Hand auf dem Bauch schluckte ich, versuchte, das Chaos in meinem Kopf zu ordnen, irgendwie anders zu reagieren, als ihn anzubrüllen. Doch ich konnte nicht. Ich konnte nichts sagen.

»Hailey?«, lallte Saint. Dann hörte ich ihn fluchen und etwas rauschen, bevor mir eine allzu bekannte Stimme ins Ohr säuselte: »Schätzchen, lass einfach gut sein, er hat jetzt Besseres zu tun. Byyyeeee!«, und die Person einfach auflegte!

Meine Sicht verschwamm vor lauter Tränen und das Handy rutschte mir kraftlos aus den Händen.

Ich habe es dir gesagt!

Ich habe dir gesagt, dass es genauso kommen wird!, höhnte eine widerliche Stimme in mir, während etwas in mir völlig auseinanderbrach.

***

Ich ging nicht mehr ran, egal wie oft er danach anrief, und seine Nachrichten öffnete ich auch nicht mehr. Vielleicht war ich ein verdammter Masochist, denn ein kleiner Teil glaubte ihm das mit dem Sponsorentreffen nicht, glaubte ehrlich gesagt so gut wie gar nichts mehr.

Also saß ich am nächsten Morgen in aller Frühe, weil ich sowieso nicht schlafen konnte, an meinem Laptop und stalkte sein Profil, was ich wirklich noch nie getan hatte, außer ich wollte über seinen Bildern schwelgen.

Mein Magen drehte sich erneut um, denn sei Profilbild war nicht mehr sein Mustang. Oh nein! Stattdessen schaute ich auf ein Foto, auf dem er total verpennt aussah, oben ohne, zerzaust, mit blutunterlaufenen Augen und augenscheinlich total hinüber mit einer Frau, die ihm gerade über die Wange leckte. Ihr Ohr war gepierct, genau wie ihre Nase, das Haar tiefschwarz, die Wimpern endlos, das Profil perfekt. Eine schlanke manikürte Hand lag besitzergreifend auf seiner Brust, genau über meinem Namen.

Ihre Hand löschte ihn aus.

Natürlich hatte sie sich auf dem Bild markiert und natürlich war es Marley, wie ich bemerkte, nachdem ich der

Markierung auf ihr Profil gefolgt war. Was wirklich die mieseste Idee war, die ich nur hatte haben können, denn sie war einfach nur atemberaubend. Tiefblaue Saphiraugen, schwarzes langes Haar, an einer Seite aber fast komplett abrasiert, was ihr einen punkigen Touch verlieh, der Körper schlank und großgebaut. Ohne ein Gramm Fett, mit Rundungen an genau der richtigen Stelle. Sie hatte auch Profi-Fotos hochgeladen, weil sie nebenbei als Model arbeitete – natürlich. Und ihr Vater war Chester Burden – ein bekannter Hollywood-Schauspieler. Noch besser. Außerdem hatte sie in den letzten Wochen jede Menge Fotos mit Saint gemacht – mit meinem Saint! Der Magen drehte sich mir um, als ich es sah.

Meine Hand begann zu zittern, als ich mich durch die Bilder klickte – in mir brach immer mehr von meiner Welt zusammen, Stück für Stück, Haus für Haus, Hoffnung für Hoffnung, Gefühl für Gefühl – und sich alles in mir in Schutt und Asche legte. Sie sahen unglaublich gut zusammen aus, wie das perfekte Paar. Lagen gemeinsam an einem Pool mit New Yorks Skyline dahinter, oder sie stützte sich auf seine Maschine, während er draufsaß und sie locker angrinste. Als Beschreibung dazu: »Wir können es kaum erwarten, mit dem ersten Rennen zu starten.«

Jaja, war mir klar, dass sie es nicht erwarten konnte.

Sie saßen zusammen in teuren Restaurants, sie in einem atemberaubenden türkisfarbenen Kleid, er den Arm locker hinter ihr über die Lehne geworfen, einen Zahnstocher im Mund, total entspannt aussehend. Die Leute, die zu

Hunderten kommentierten, dachten alle, das wäre ihr neuer Freund und sie negierte es nicht. Sagte einfach nichts, sondern reagierte mit blöden Zwinkersmileys, wenn die Mädels zu Hauf kommentierten, dass sie auch alles für nur eine Nacht mit diesem Mann geben würden. Und als sie fragten, wie er hieß und ob er auch ein Profil hätte. Hatte er, wie ich herausfand, als ich dem Link folgte – unabhängig von seinem privaten.

Als Person des öffentlichen Lebens, mit über 80.000 Likes.

Gott! Was hatte ich die letzten Wochen noch alles nicht mitbekommen?

Er war ja ein richtiger kleiner Promi geworden!

Saint wurde wirklich richtig berühmt!

Es fiel mir wie Schuppen von den Augen, also googelte ich als Nächstes seinen Namen und kippte bei den ganzen Zeitungsartikeln, die mittlerweile über die beiden veröffentlicht worden waren, fast von meinem knarzenden kleinen Bürostuhl. Ich las nie Klatschblätter, doch es hätte mich vor dem bewahrt, was ich jetzt empfand, als ich mich durch die Artikel scrollte, die sich die letzten Wochen gehäuft hatten, seitdem die beiden in Berührung gekommen waren.

In einem Beitrag stand als Überschrift: »Marley Burden, endlich in festen Händen?« Auf dem Foto dazu saß sie auf Saints Schoß in irgendeinem schummrigen Club. Man sah ihn nur verwischt, deswegen konnte ich seinen Gesichtsausdruck nicht deuten. Die beiden wurden als das neue Traumpaar gehandelt. Es gab etliche Zitate von Saint, dass er auf gut trainierte Frauen stände, die wüssten, was sie wollten, und weitere Dinge, die sich immer tiefer in mein Herz gruben.

Es folgten Artikel über Artikel, Bilder über Bilder, eine endlose Flut des Grauens. Ich hielt es nicht mehr aus, schnappte mir mein Handy, machte es an und rief bei ihm an.

Ich brauchte Antworten!

Sofort!

Und ich bekam eine Antwort, die sich gewaschen hatte!

13. Wieso das Leben echt beschissen sein kann

Eine verschlafene Stimme meldete sich ziemlich genervt: »Ja?« Und es war wieder *sie*! Sie! Die ich hasste! So sehr hasste! Wieso ging sie mitten in der Nacht an sein Handy?

Im Hintergrund hörte ich Saint etwas knurren und sie wisperte ihm zu: »Schon gut, Baby, schlaf weiter.«

Ich legte auf, ohne ein Wort zu sagen.

Ohne ihr den Marsch zu blasen.

Ohne von ihm Antworten zu verlangen.

Ich legte auf und versuchte, mit ihm abzuschließen. Mit ihm und meiner Liebe zu ihm.

***

Saint

Eng schmiegte ich mich an Haiyles süßen Arsch und machte genüsslich »Mhmmm«, vergrub mein Gesicht in ihrem Nacken und zuckte zusammen, denn der Geruch war falsch! Keine Erdbeeren! Sondern irgendwas anderes. Keine weichen Rundungen, sondern Knochen, und tätowierte Haut unter meinen Fingerspitzen.

»Was zum Teufel!« Als ich den Kopf hob, um auf diejenige herabzublicken, an die ich mich gerade im Schlaf gekuschelt hatte, dröhnte er nur so, und ich grunzte vor Schmerzen.

»Fuck!« Keuchend ließ ich mich auf den Rücken fallen und presste meine Handballen gegen die Stirn, kniff die Augen zusammen und versuchte zu rekapitulieren, was geschehen war.

***

Gott, war ich angepisst, als Jessica mir am Freitagmorgen, gerade als ich losfahren wollte, mitteilte, dass es nichts mit meinem freien Wochenende bei Hailey werden würde. Ein großer Sponsor, und zwar kein geringerer als Hugo Boss, hatte sich bereit erklärt, mit uns zu verhandeln, aber er wollte uns erst persönlich kennenlernen und hatte uns auf sein Anwesen eingeladen. Ich konnte nicht Nein sagen! Denn wer die größten und meisten Sponsoren an Land zog, der war der Hauptfahrer.

Und ich konnte auch nicht mehr bei Hailey absagen, denn ab dem Moment ging der Stress los. Sachen packen, ab zum nächsten Flugplatz, wo man uns abholen würde, und in einem Privatjet hoch in die Lüfte. Natürlich war es ein fucking Scheißhaufen, den mir mein Schicksal vorsetzte, denn gerade als ich Hailey wenigstens schreiben wollte, bemerkte ich, dass ich nur noch einen Prozent Akku hatte. Mein Handy schaltete sich aus, während ich am liebsten gebrüllt hätte und noch panisch darauf herumdrückte, als hätte es was gebracht. Ich hätte es fast gegen die Wand des Jets gepfeffert. Mein Akkuladegerät hatte ich natürlich in all der Hektik vergessen. Der Flug dauerte ewig. Marleys Telefon war leider unter mysteriösen Umständen verschwunden und Franky hätte mir sein Teil sicher nicht geliehen, selbst wenn es um Leben und Tod ginge, also konnte ich nichts tun, außer abzuwarten, bis wir da waren.

Als wir in einer Villa irgendwo in der verfickten Karibik ankamen, war ich total gerädert und fertig – und auch ziemlich betrunken, denn ich hatte den teuren Whiskey gemischt mit Cola nur so in mich reingeschüttet.

Wir mussten sofort zum Essen, bei dem wir alle kennenlernten und ich noch mehr soff, und danach zu einer Privatparty. Keine fucking Chance, mir ein Ladekabel zu besorgen und mein Handy aufzuladen! Ich musste mich mit den ganzen Hugo Boss Leuten unterhalten und flirten und nett und charmant sein, obwohl ich eigentlich nur brüllen wollte! Ehrlich! Marley ging mir mit ihrem ständigen Rumgetatsche und Rumgereibe auch total auf den Sack, und zwar schon seit Wochen, wenn ich ehrlich war. Die Frau akzeptierte einfach kein verdammtes Nein. Ganz im Gegenteil, es spornte sie nur noch mehr an.

Sobald alle genug getrunken hatten, einschließlich mir, fragte ich nach einem verdammten Ladegerät, bekam sogar eins in der Küche von Martha, der Köchin, suchte die erstbeste Steckdose, rammte es rein und rief bei Hailey an, um ihr Bescheid zu sagen, was geschehen war und auf Knien zu rutschen. Mit einer Hand hielt ich mir ein Ohr zu, während es tutete, damit der Lärm der Party nicht alles übertönte. Es dauerte ewig, bis sie endlich abhob und ihre süße aufgeregte Stimme alles in mir, was vor Wut förmlich pulsierte, sofort beruhigte.

»Ja?«

»Haileeeey «, seufzte ich fast und schaute mich schnell um. Die Lichter zuckten nur so vor meinen Augen, all die Feiernden verschwammen zu einer einzigen Masse und ich stützte mich an der Wand ab, weil ich mein Gleichgewicht irgendwie nicht halten konnte. »Ich ... ich kann nich kommen, haben dieses Wocheennde ...« Marley warf einen Stuhl um, als sie auf mich zustolperte und lachte und johlte mit einer Flasche Champagner in der Hand. Ich versuchte, mich darauf zu konzentrieren, was ich Hailey sage wollte. »Ein ... ein spontaaanes Sponsorentreffen! Warte nich auf mich!«

Und sie sagte nichts.

Oder hörte ich sie nur wegen des verdammten Lärms nicht?

»Hailey?«, rief ich, dann zog mir Marley mein Handy aus den Fingern und ich fluchte. »Gottverdammte Scheiße nochmal!« Sie tänzelte allerdings schon grinsend von mir weg und brachte den Tisch zwischen uns, als ich ihr hinterher hechtete. Ihre Augen funkelten boshaft und ihr Gesicht glühte, als sie hauchte: »Schätzchen, lass einfach gut sein, er hat jetzt Besseres zu tun. Byyyeeee!«

Und einfach auflegte!

»FUUUUUCK!«, brüllte ich, machte einen Satz zu ihr. Sie dachte wohl, ich würde ihr das Handy aus der Hand ziehen, aber ich rammte sie gegen die Wand, und zwar mit einer Hand an ihrem Hals. Schockiert schaute sie mich an, denn so hatte sie mich noch nie gesehen, so sehr hatte ich mein Monster noch nie gezeigt, meine inneren Dämonen. »Was. Zur. Scheiße. Sollte. Das?«, knurrte ich sie an und fühlte ihr hektisches Schlucken unter meiner Hand.

»Saint ...« Ihre Stimme klang dünn, unsicher. »Das ... das war doch nur Spaß!«

»SPASS!«, brüllte ich und beugte mich vor, wollte ihre gerade erzählen, wie verdammt *spaßig* es mit mir noch so werden würde, wenn sie so was nochmal mit meiner Kleinen machte, aber Julian betrat in dem Moment den Raum und sah uns ernst an, forderte mich visuell auf, sie loszulassen und mich zu benehmen.

»Fickt euch alle!«, knurrte ich, schnappte mein Handy, das Ladegerät und ging durch die Villa nach oben, dahin, was ich für mein Zimmer hielt, rammte das Aufladegerät wieder in die Wand und schloss mein Handy an. Dann setzte ich mich auf den Boden, mit dem Kopf gegen die Tür und rief Hailey nochmal an.

Aber sie ging nicht mehr ran.

Verfickte Scheiße noch eins!

***

Als dann mitten in der Nacht mein Handy klingelte, nahm Marley den Anruf entgegen, während ich auf dem Boden pennte und erst gar nicht wusste, was los war. Doch bevor ich richtig wach war und reagieren konnte, hatte Hailey schon aufgelegt und ging danach wieder nicht ran, als ich es bei ihr probierte. Marley machte sich kichernd davon, ehe ich sie anbrüllen konnte. Für sie war das alles nur ein Spiel. Spaß. Ein Zeitvertreib. Für mich war das mein Leben, das sie langsam, aber sicher kaputt machte.

***

Erst mal soff ich mich zu, nachdem ich Marley irgendwann am nächsten Tag aus meinem Bett geschmissen hatte. Keine Ahnung, wie sie da schon wieder reingekommen war! Und egal, wie oft ich im Laufe des Tages auch bei Hailey anrief, das Ergebnis war immer das gleiche. Ihr Handy war aus. Und sie nicht mehr für mich erreichbar.

Es war mir scheißegal, was Jessica sagte. Ich buchte die nächste Maschine und flog zu ihr – Hugo Boss hatte ich sowieso in der Tasche. Es gab nur eine Art, wie ich das hier wieder gutmachen konnte. Nämlich von Angesicht zu Angesicht.

14. Wieso Maggy Conroy toll ist

Nach diesem verheerenden Telefonat konnte ich keine Minute länger mehr hierbleiben und darüber nachgrübeln, was er so machte. Also buchte ich kurzerhand einen Flug, verabschiedete mich für die Semesterferien von Brooke und den Jungs und flog fünf Stunden später nach Hause – dank Mrs. Conroy, die mir jeden Monat Geld auf mein Konto überwies, als wäre sie meine eigene Oma, damit ich alles zahlen konnte.

Ins gute alte Goodville.

Dahin, wo die Menschen waren, die ich jetzt brauchte.

Die mir sagen würden, was ich tun sollte und wieso Saint mir so was antat. Die mich verstehen würden.

Ich überraschte meinen Vater und Mrs. Dean gerade beim Abendessen. Mein Vater war außer sich vor Freude, sah richtig gut aus – hatte zugenommen und gebräunte Haut – und drückte mich fest an sich. Ich klammerte mich an ihn, sog seinen Geruch ein und schloss die Augen, aus denen sich schon wieder Tränen stehlen wollten, dann ging ich in mein altes Zimmer, unterdrückte all die Erinnerungen an Saint und mich hier drin und ging unter die Dusche.

Diese Nacht war grauenhaft. Ich machte kein Auge zu, während ich meinem Handy dabei zusah, wie es fast in einer Tour vor sich hin vibrierte, weil er anrief. Aber ich ging nicht mehr ran. Ich war zu verletzt, viel zu gekränkt, ich konnte es nicht ertragen, wenn es vielleicht nochmal sie wäre, die mich anrufen würde, um weitere Kerben in die sowieso schon offene Wunde zu schlagen.

***

Saint

Als ich nach verdammten Endlos-Flug bei Hailey im Wohnheim ankam, mir eine eiskalte Mitbewohnerin verkündete, dass Hailey heute Morgen verschwunden wäre und sie keine Ahnung hätte, wohin, brach die Welt um mich herum zusammen.

Sie verarschte mich doch!

Das musste es sein!

Deswegen baute ich einfach mein Lager vor ihrem Zimmer auf – früher oder später musste sie rauskommen – und verbrachte die nächsten Stunden und die halbe Nacht mit Klingelterror auf ihrem Handy. Allerdings ging sie nicht ran und sie kam auch nicht aus dem Zimmer. Irgendwann pennte ich ein und wurde von irgendeinem bekifften Hippie geweckt, der mich fragte, ob ich mal Feuer hätte.

Ich klingelte nochmal Sturm und stürmte einfach die kleine Bude, als eine total verschlafene Eulen-Brooke öffnete. Dann fegte ich in Haileys Zimmer. In ihr leeres Zimmer. Nur ihr Tagebuch war noch da und verhöhnte mich, den nur ein Eintrag stand darin und der machte genau klar, was in ihr vorging.

Sie war so unsicher.

Sie brauchte mich.

Und ich hatte sie im Stich gelassen.

Fast wäre ich Amok gelaufen. Wusste nicht, was ich tun sollte! Ich versuchte, Brooke auszuquetschen, aber die schwieg wie ein Grab und ihre Augen funkelten nur so vor Hass. Sie war die beste Freundin, die Hailey haben konnte, und hielt total dicht, nicht mal mit Charme gelang es mir, weiterzukommen, auch wenn ich ziemlich ruppig klang, weil ich so unglaublich wütend war, vor allem auf mich selbst.

Ich pennte in Haileys Bett, in ihrer duftenden Bettwäsche, wie ein armer Idiot. Zum Glück ließ mich Brooke. Am nächsten Morgen war ich nur noch fertiger und wusste noch weniger weiter.

Noch niemals hatte ich mich bei irgendwem so anstrengen müssen, oder hatte es bei irgendwem, der mir so wichtig war, so verkackt.

Verdammt!

Hailey

Am nächsten Morgen führte mich nach einer eigentlich eher durchwachten Nacht mein erster Weg zu Mrs. Conroy ins Altenheim. Ich überraschte sie, während sie wie immer total grummelig am Frühstückstisch saß – allein, denn sie *hasste* alte Menschen –, und hielt ihr von hinten die Augen zu.

»Na, wer ist denn da?«, fragte ich grinsend und hätte fast sofort losgeweint, als ihre weichen Hände meine nahmen und mich nach vorn zogen.

»Hailey!«, jauchzte sie schon fast, im nächsten Moment drückte sie mich an ihren knochigen Körper und auch ich umarmte sie so fest, dass ich Angst hatte, sie zu zerdrücken, obwohl ich ganz genau wusste, wie robust sie war.

Und sie sah noch genauso aus wie vor drei Monaten.

Eine Wolke weißer Haare um ein hageres und doch in Würde gealtertes Gesicht.

»Was tust du denn hier?«, fragte sie und schob mich von sich, um mich anzusehen. Sie brauchte genau zwei Sekunden, dann verdunkelte sich ihr Blick und sie verengte die leicht milchigen Augen. »Was hat er getan?« Und das war der Moment, in dem ich einfach losweinte und mich erneut an sie schmiegte. Sie hielt mich, und tätschelte mir den Kopf, doch dann wurden die anderen Alten auf mich aufmerksam, zumindest die, die sich an mich erinnern konnten, und ich wurde umarmt und geknuddelt und geküsst und ich musste einfach lachen. Doch Mrs. Conroy hatte keine Geduld, sie ließ mir fünf Minuten, dann zog sie mich von den anderen »alten Tattergreisen« weg und in den Garten auf unsere Bank.

Hemingway, der rote süße Heimkater, sprang sofort auf meinem Schoß, schnurrte und ließ sich von mir kraulen, während ich Mrs. Conroy genau erzählte, was geschehen war – ab dem Moment, als ich Goodville verlassen hatte, um nach L.A. zu fliegen.

***

Mrs. Conroy lauschte wie immer aufmerksam, während ich mich bei ihr ausheulte und nichts ausließ. Außer die genaue Beschreibung, was geschehen war, als Saint mich überrascht hatte. Und als ich fertig war, tätschelte sie meine Hand, die sie in ihrer hielt, und meinte: »Er ist eben ein kleiner Idiot!«

Ich musste lachen und schluchzen in einem und schnäuzte dann in das Stofftaschentuch, das sie mir mit trockenem Gesichtsausdruck schon am Anfang meiner Erzählung in die Hand gedrückt hatte.

»Hailey, ich habe dir gesagt, dass er ganz sicher ein Idiot sein wird, dass er es königlich verkacken wird, aber auch, dass er das alles nicht tun wird, weil er dich nicht liebt, sondern weil er dich liebt! Und meine Kleine, seit wann bist du feige? Weglaufen ist keine Lösung, war es noch nie!«

»Aber ...«

»Nichts aber, Hailey! Du bist stark. Und du bist alles, was er braucht und der Mensch, den er liebt, der ihn vollständig macht. Der Mensch, der ihm zeigen kann, was richtig und falsch ist und der ihn festhalten kann, wenn er droht, sich selbst zu verlieren. Ich weiß, in welches Leben er gerade mit voller Wucht hineinkatapultiert wurde, welchen Versuchungen er widerstehen muss und wie schwer es ist, da noch man selbst zu bleiben, wenn einem scheinbar alles einfach so in den Schoß fällt. Wenn man sich nur alles zu nehmen braucht und immer mehr und mehr bekommt, ohne jegliche Grenzen, immer schneller, immer höher, immer wilder. Was denkst du, wie lange es dauert, bis man da gegen eine Wand fährt? Und was denkst du, wen er dann mehr denn je brauchen wird? Dich! Und zwar bereit, um ihn zu kämpfen! Also, bist du bereit, für euch kämpfen, für das, was ihr seid? Oder willst du einfach aufgeben und dein Glück ziehen lassen, wenn es mal nicht so perfekt läuft?«

Darauf hatte ich keine Antwort. Sie sprach leise weiter: »Du hast dir nicht einmal seine Schilderung davon angehört, was passiert ist oder?«

Ich nickte.

Sie drückte meine Hand fest. »Er liebt dich, aber er liebt es auch, andere zu provozieren, vor den Kopf zu stoßen, sie zu testen. Wann wird der Moment kommen, wenn es genug ist? Wann wird man ihn fallen lassen?«

»Ich würde ihn niemals fallen lassen!«

Sie hob die Wolkenaugenbrauen. »Wirklich?«

»Nein! Ich ... ich brauchte einfach ein bisschen Zeit für mich und Rat.« Ich lehnte meine Stirn an ihre knochige Schulter. »Ich musste einfach nur mal mit jemandem reden, der ihn wirklich einschätzen kann, denn ich kann es momentan nicht. Diese ... diese Frau und das, was die Zeitungen über die beiden schreiben, das hat mich total aus der Bahn geworfen.«

»Diese Eifersucht, die du empfindest, dieses Gefühl, das dich so auffrisst. Das kommt nicht von ihm, das kommt von dir und deinen eigenen vermeintlichen Unzulänglichkeiten. Diese Unsicherheit kommt davon, wie du dich selbst siehst und dass du dich nicht akzeptierst, so wie du bist. Er kann nichts dafür, Hailey. In dieser Hinsicht lege ich meine alte knochige Hand für den kleinen Scheißer ins Feuer. Er würde vieles tun, aber wenn er einmal liebt, dann ist er treu und absolut loyal. Er würde dich nie betrügen. Jeder andere Mann, aber nicht Saint.«

Sie hatte recht, ich wusste es tief in meinem Inneren. Ja! Aber das war alles einfach ein bisschen zu viel gewesen. Und ich hatte mich total verrannt, mich selbst verloren, in dem Versuch, an ihm festzuhalten. Ich atmete tief durch und schloss die Augen, um das Chaos in meinem Geist zu klären, und fragte: »Und was soll ich jetzt machen?«

»Das, was man in einer guten Beziehung immer tun sollte, wenn es Probleme gibt. Darüber reden!«

15. Wieso Home Sweet Home das Beste ist

Saint

Total k.o. kam ich wieder daheim in meinem verfickten Apartment im verfickten New York an.

Sie war tatsächlich nicht mehr in L.A.

Eigentlich hatten wir die Semesterferien so verplant, dass ich erst ein paar Tage zu ihr käme, sie dann zu mir, bevor wir Weihnachten in der Heimat feiern würden. Und jetzt hatte ich keine Ahnung, was ich die nächsten vier Wochen ohne sie machen sollte. Erst recht nicht, was ich ein Leben lang ohne sie machen sollte!

Verdammte Scheiße noch eins!

Wenn sie mich wenigstens anhören würde!

Wenn sie mir wenigstens eine Chance lassen würde!

Aber sie blockte total ab und spielte die Unnahbare.

Das war unfair!

Und es machte mich immer pissiger, je mehr ich drüber nachdachte. Leider war Franky nicht da, als ich eintrat. Ich hätte nur zu gern an seiner hässlichen Fresse Dampf abgelassen. Auch Marley ließ sich besser nicht blicken. Geschlagen streifte ich mir die Boots von den Füßen und zog meine Lederjacke aus, fuhr mir durch die Haare und ließ den Koffer einfach im Flur stehen.

Ich war müde.

Ich war fertig.

Ich hatte einen Kater.

Ich wollte nur noch pennen und Druck abbauen, weswegen ich das erste Mal seit Ewigkeiten mal wieder einen verdammten Porno angucken und mir dazu einen runterholen würde. Allein schon als kleine Rache. Oh ja!

Mit hängenden Schultern schlurfte ich zu meinem Zimmer und öffnete seufzend die Tür.

Eigentlich hatte ich keinen Bock auf Wichsen.

Ich würde wohl nur duschen gehen und ... Ich erstarrte, als ich den Blick hob und auf mein Bett schaute. Denn da saß sie. Einfach so. Voll angezogen auf meiner Bettkante, und schaute mich mit ihren großen braunen Strahlern voller Hoffnung und Liebe an, als sie mich erblickte. Sie hielt den Atem an, das sah ich genau, genauso wie ich.

Ich blieb wie erstarrt stehen, die Klinke in der Hand, wollte mich nicht rühren, um diese wunderschöne Fata Morgana mit den Ringen unter den Augen nicht zu vertreiben, und zuckte zusammen, als sie leise sagte:

»Hi?«

»Hi«, erwiderte ich eher aus Gewohnheit und verengte dann die Augen. »Verpuffst du jetzt, wenn ich mich bewege?«

Sie lächelte schwach und stand auf. »Das war eigentlich nicht mein Plan.« Und dann kam sie auf mich zu. Ich rührte mich immer noch nicht – wie ein Idiot –, auch nicht, als sie mich vorsichtig ansah, die Hände hob und sie um meinen Hals legte, sich an mich drückte und ihr Gesicht an meiner Brust vergrub. Dann schluchzte sie so herzzerreißend auf, dass es mich aus meiner Starre riss, ich nach unten schaute und mit einiger Verzögerung meinen Arm um sie schlang. Ich schloss die Augen und drückte sie enger an mich, lehnte meine Wange an ihr Haar und versuchte, mit dem mitzukommen, was gerade geschah.

Soeben hatte ich noch gedacht, ich hätte sie verloren.

Jetzt lag sie in meinen Armen und weinte.

Heilige Scheiße!

Hailey war hier!

Sie war es wirklich!

Und sie berührte mich!

Ihr Duft stieg in meine Nase. Ich musste vom Flug stinken wie ein Penner, aber das schien ihr egal zu sein, während sie mein schwarzes Shirt total vollrotzte und sich gar nicht mehr einbekam. Daher ließ ich sie weinen, hielt sie eng an mich gedrückt, trat ein und schlug die Tür hinter mir mit dem Fuß zu. Kurzerhand zog ich sie zum Bett und auf meinen Schoß, dann umschlang ich sie richtig und wisperte: »Fuck!«, denn sofort bemerkte ich, dass sie noch mehr abgenommen hatte, was nicht gut war! Dieser ganze Stress war gar nicht gut für mein schwangeres Mädchen, verfluchte Scheiße noch eins! Das hier war meine Schuld!

»Hailey, was tun wir nur?«, fragte ich sie und küsste sie auf den Kopf.

»Ich weiß es nicht, aber ... aber ich liebe dich!«, schniefte sie und ich schloss geschlagen die Augen. In diesem Moment wünschte ich mir, sie würde es nicht tun, denn ich fühlte mich in letzter Zeit, als würde ich ihr nur wehtun. Und das wollte ich nicht. Bei jedem anderen war es mir so gut wie scheißegal, aber nicht bei meiner Kleinen.

So ging es nicht weiter!

Und egal, wie sehr es mir auch wehtat, ich stand eben nicht an erster Stelle! Also schob ich sie etwas von mir, nahm ihr Kinn und hob es, damit sie mich ansehen musste. Und der Anblick ihres Gesichtes, so fertig, so müde, zerriss mich fast.

Genau wie das, was ich jetzt tun musste.

Hailey

Ich sah es in seinen Augen, sah die Reue, sah den Schmerz, sah das schlechte Gewissen und diese unendliche Liebe, und ich sah auch einige Sekunden, bevor er es sagte, was er vorhatte.

»Hailey, so geht es nicht weiter«, setzte er an und strich mit seinem Daumen hauchzart über mein Kinn, doch schon der Anfang brachte mit einem Schlag Leben in mich. Ich hielt ihm einfach den Mund zu und blaffte »Nein!«

»Wasch?«, murmelte er gegen meine Handfläche.

»Du wirst mich nicht verlassen!«, sagte ich klar und deutlich und fest! Sein Gesicht verzog sich, als hätte er Schmerzen und er nahm sanft meine Hand, zog sie von seinem Mund und beugte sich vor, um seine Stirn an meine zu lehnen.

»Ich bin ein egoistischer Bastard bei jedem anderen, aber bei dir ... bei dir darf ich das nicht sein. Dich darf ich nicht zerstören.« Bei diesen Worten überkam mich Panik, denn sie hörten sich so endgültig an! So grauenhaft! So schrecklich!

»Nein! Saint, hör auf!« Am liebsten hätte ich mir die Ohren zugehalten. Ich wollte wieder nach ihm greifen, doch er packte meine Handgelenke und drückte sie blitzschnell nach unten. Als er mich jetzt ansah, brannten seine Augen geradezu. Brannte alles in ihm, vor lauter Verzweiflung.

»Ich mach dich kaputt, Hailey! UND DAS MUSS AUFHÖREN!«, brüllte er, und ich erschauerte, versuchte nachzudenken, versuchte, einen klaren Gedanken zu fassen, versuchte, vernünftig zu sein, für uns beide, weil er eindeutig durchdrehte, versuchte Argumente zu finden, eine Lösung. Irgendwas!

»Du bist schwanger, Hailey. Es geht nicht nur um uns, in erster Linie geht es um das Baby!« Jetzt sprach er sanfter, weil er meine Schwäche bemerkte, weil er bemerkte, dass ich keine Ahnung hatte, was ich tun sollte.

Weil er um so vieles stärker war als ich und ich ihm hilflos ausgeliefert war. Tränen der Verzweiflung stiegen nun in meine Augen und ich verabscheute mich, verabscheute mich dafür, dass ich gerade nicht denken konnte, dass ich *nichts* tun konnte, um das hier aufzuhalten. So hatte ich mir das hier sicher nicht vorgestellt. So sollte es nicht laufen!

Hilfe!

»Und wir tun diesem Baby gerade überhaupt nicht gut.« Er strich über meinen Bauch und ich schluchzte auf, nahm seine Hand und klammerte mich daran.

Nein!

Das durfte nicht geschehen!

Bitte nicht!

Fieberhaft schaute ich mich um, versuchte, die Schluchzer zu unterdrücken, während er mich nur so unglaublich geduldig ansah, so liebevoll, dass ich ihn anbrüllen wollte. Dass ich ihn schlagen wollte.

Er durfte mich nicht verlassen!

Doch dann dachte ich an Mrs. Conroys Worte, daran, was sie mir gesagt hatte, dass ich für uns, für ihn kämpfen musste, dass ich für ihn da sein musste, wenn er es selbst nicht konnte. Also sammelte ich das letzte bisschen Kraft, das noch in meinem bebenden Körper geblieben war, und zischte: »Du gibst also auf? Obwohl du versprochen hast, für mich da zu sein, und das wir für die Ewigkeit sind? Wenn das deine Taktik ist, sobald es ein bisschen kompliziert wird, sehe ich schwarz für deine Karriere, Saint!« Sein Blick flackerte, wurde unsicher – ganz kurz –, dann verengte er die Augen und beugte sich vor, knurrte: »Hier geht es nicht um meine gottverdammte Karriere, die ist mir gerade scheißegal! Was mir nicht egal ist, bist du! Und das Baby!«

»Dann kämpfe auch um uns, so wie ich um dich kämpfe!«, brüllte jetzt ich und wir starrten uns an. Keuchend, lodernd, sauer und wütend und verzweifelt. Ich wusste, ich musste mal wieder den ersten Schritt machen, weil er es nie tun würde. Also beugte ich mich einfach vor und presste meine Lippen auf seine, zeigte ihm, mit welchen Mitteln ich bereit war zu kämpfen und seine Hände rutschten von meinen. Ich krallte mich in sein Haar, krallte mich in sein Herz, in seine Seele und machte ihm klar, dass er mich schon mit Gewalt von sich reißen müsste, damit ich ihn jemals aufgab!

16. Wieso Hailey White der absolute verdammte Wahnsinn ist und mich an den Eiern hat

Ich kam mir vor, als wäre ich zu schnell in eine Kurve gerast, und hätte sie gerade nochmal gekriegt, als ich Haileys süßen Mund auf meinem spürte. Sie hatte recht. Doch sie war noch nicht fertig, sie löste sich von mir, die Augen funkelten aufgebracht. Dann griff sie nach unten, öffnete meine Hose und knurrte an meinen Lippen: »Rede dir nur ein, dass du völlig selbstlos handelst, aber ich weiß es besser! Es wird schwierig und du hast die Hosen voll, also rennst du weg und lässt mich zurück!«

Sie riss meine Hose auf, fasste hinein und umfing meinen total harten Schwanz, massierte ihn, was mir einen ziemlich verzweifelten Laut entlockte, und küsste mich, biss mir in die Unterlippe, war wie von Sinnen.

Ich war dem total hilflos ausgeliefert, weil sie mich schon wieder wortwörtlich an den Eiern hatte.

»Aber so läuft es nicht, Saint! Weil ich mich entschieden habe zu kämpfen!«, keuchte sie in meinem Mund und positionierte sich rittlings auf mir. Sie riss meinen Kopf an den Haaren zurück, damit ich sie ansehen musste, und knurrte: »Ich weiß, was ich will, und ich weiß, warum ich es will. Ich will dich, Saint, und so wird es nicht aufhören!« Damit ließ sie sich einfach auf mir herab und umfing mich fest mit ihrer verdammt perfekten, feuchten, kleinen Pussy. Umklammerte mich mit ihr, genau wie mit ihren Fingern meine Schultern und mit ihren Worten meinen Verstand, mein Herz und meine Seele.

Und ich hatte dem echt so gar nichts entgegenzusetzen.

Ehrlich nicht.

Weil ich nicht wollte.

Mit einem Stöhnen gab ich nach, gab auf, und fasste mit beiden Händen nach ihrem Arsch, zog sie mit einem heftigen Ruck ganz auf mich, stieß nach oben, genoss ihr schockiertes Aufkeuchen und knurrte: »Du hast es so gewollt!«

Und dann wirbelte ich sie herum und fickte sie. Richtig!

***

Hailey

Irgendwie war es nur richtig, wenn wir zusammen waren. Dann war mein Leben nicht nur richtig, sondern regelrecht perfekt. Ich lag in seinen Armen, total ausgepowert, in Schweiß getränkt, und kuschelte mich enger an seine Brust, lauschte dem dumpfen stetigen Poltern in seiner Brust und sog tief seinen unverwechselbaren Geruch ein. Saint pennte schon tief und fest. Er war total k.o. und zwar nicht nur von dem Sex, den wir gehabt hatten, sondern von den letzten Tagen, wenn nicht sogar Wochen. Er tat mir leid und ich strich über seine Augenringe, wisperte: »Ich werde dich niemals aufgeben, ich verspreche es«, beugte mich vor und küsste ihn sanft. Er murmelte meinen Namen, zog mich enger an sich. Endlich konnte auch ich mich vollends entspannten – und schlafen!

Halleluja!

17. Wieso ich seine Turteltaube bin

»Diese Dusche ist eindeutig zu klein für uns beide.« Ich kicherte, als Saint versuchte, mir die Haare zu waschen, wofür ich mich total eng gegen die kalte Duschwand pressen musste, weil sonst einfach nicht genug Platz war. Er stieß sich auch immer wieder die Ellbogen an und fluchte in einer Tour vor sich hin. Sein Körper war einfach zu groß für diese kleine Kabine, besonders mit mir darin. Er konnte nicht mal gerade durch die Tür gehen, wegen seiner breiten Schultern, sondern musste sich seitlich reinschieben. Außerdem stach mir seine Erektion in den Rücken, was mich mehr als ablenkte. Nebenfrei fragte ich mich, was dieser Mann eigentlich für ein unmenschliches Stehvermögen hatte, denn wir hatten heute Morgen schon zweimal Sex gehabt und er hatte immer noch eine Erektion – oder besser gesagt schon wieder.

»Jetzt sei ruhig, das hier ist romantisch!«

»Das ist vor allem kalt!«, nuschelte ich, weil ich mein Gesicht an der Duschwand plattdrückte. Genau wie meine Brüste. Ich zitterte sogar, weil es so kalt war und der Wasserstrahl nur für einen reichte. Momentan für Saint.

»Du bist aber auch mit nichts zufrieden. Ruhe jetzt!« Er gab mir einen Klapser auf den Hintern, und ich kicherte wieder. Dann wusch er mein Haar aus, fluchend, weil der blöde Duschkopf nicht so wollte wie er, aber irgendwann waren wir Gott sei Dank fertig. Er flutschte leise fluchend an mir vorbei durch die enge Öffnung, während ich mich vor Lachen gar nicht mehr einbekam und ihn noch weiter reizte mit Kommentaren wie: »Ein bisschen eng hier, oder? Aber du magst es doch so, Saint. Ich weiß gar nicht, was du hast! Eng und flutschig, das ist doch genau das Richtige für dich!«

»Du freches Weibsstück!« Kurzerhand zog er mich aus der Dusche und rubbelte mir die Haare, das Gesicht und meinen Körper ab, bevor er mir das Handtuch um den Körper wickelte. Dann nahm er ein anderes Handtuch und drehte es mit funkelnden Augen ein. Oh Gott! Ich wusste genau, wie das schnalzen würde, wenn er mich damit traf, denn er hatte mich nicht nur einmal so durch sein Haus gejagt.

»SAINT, NEIN!«, brüllte ich und hatte schon Muskelkater vom Lachen.

»Ich gebe dir drei Sekunden Vorsprung, Teufelsweib!« Ich lachte und schrie in einem, als ich aus dem Bad rannte – eher stolperte, weil er genau neben mir die Wand traf –, die

Tür aufriss und fast ausrutschte, weil meine Füße immer noch glitschig waren. Gerade so konnte ich mich an einer Kommode festhalten und schaute auf, direkt in schwarz geschminkte Augen.

Marley!

Sie stand mit Einkaufstüten im Eingang zum Wohnzimmer und schaute mich mit hochgezogener Augenbraue an. Ich verengte meine Augen und raffte das Handtuch fester um mich zusammen. Dann kam Saint hinter mir aus dem Bad, und zwar in nichts weiter als einem Handtuch um die Hüften. Die Luft wurde dick – wortwörtlich. Ihr arroganter abschätziger Blick glitt von mir zu ihm und sie presste die vollen Lippen aufeinander, als sie verstand.

Im gleichen Moment legte mir Saint seinen Arm um die Schultern und zog mich an sich. »Das ist nur Marley, meine Mitbewohnerin, lass dich von ihr nicht stören!« Er machte sich nicht die Mühe, mich vorzustellen, gab mir einen demonstrativen Kuss auf die Schläfe und führte mich an ihr vorbei.

Sie starrte mich an.

Und ich starrte zurück. Hörte schon fast das epische Mundharmonikaspiel aus einem Western-Film und sah ein paar Steppenläufer vorbeikullern.

Dann schlug Saints Tür hinter uns zu, er drückte mich dagegen, zog meine Hände über den Kopf und küsste mich.

»Aufhören!«, knurrte er an meinen Lippen. Ich wusste erst gar nicht, was er meinte und schaute ihn verwirrt an.

»Dir von ihr den Kopf ficken zu lassen. Wenn dich hier einer fickt, dann bin ich das!«

Und das tat er auch, direkt an der Tür, sodass es alle in der Wohnung – und vor allem sie – hören konnten. Also manchmal liebte ich ihn schon extrem!

***

Es war wunderbar kühl in New York, und der Winter lag in der Luft. Nicht mehr lange, dann würden die ersten Schneeflocken herabsegeln, dessen war ich mir sicher. Was nach der Hitze in L.A. wirklich eine wahre Wohltat sein würde. Saint beichtete mir, dass er die Stadt selbst noch nie besichtigt hatte, als wir am nächsten Vormittag aufbrachen, da er heute frei hatte. Es war ein typischer Herbsttag, wolkenverhangen und feuchte, stechend kühle Luft. Und hier und da ein paar Regentropfen, die herabfielen, weswegen wir einen Regenschirm mitnahmen. Ich war von oben bis unten in warme Sachen gepackt, einen roten Mantel mit Kunstfell – natürlich. Eine weiße Mütze mit einer Bommel oben drauf, weiße Handschuhe, eine Jeans und meine weißen Keilabsatzs-Stiefel, die mir Holy bei unserem letzten Shoppingtrip aufs Auge gedrückt hatte. Das war wirklich keine schlechte Wahl gewesen, denn Saint fand mich in diesen Stiefeln und der engen Jeans, die meinen Knackarsch betonte – seine Worte – unsagbar heiß. Ich konnte in den Schuhen auch noch perfekt gehen und würde keine bösen Blasen bekommen, egal wie lange wir unterwegs wären. Saint hingegen trug seine schwarze Lederjacke – als ob er jemals was anderes getragen hätte. Einen schwarzen, eng anliegenden Pullover mit V-Ausschnitt und eine dunkelblaue Jeans – wow, mal nicht nur schwarz! –, dazu seine Boots mit den offenen Schnürsenkeln und seinem Lederarmband. Die schokobraunen Haare hatte er sich erst vor ein paar Tagen für mich schneiden lassen. So waren sie auf dem Oberkopf länger und perfekt in Form gegelt und an den Seiten sehr kurz. Ich liebte es, bei jeder sich mir bietenden Gelegenheit mit den Fingerspitzen hindurchzustreichen. Und natürlich trug er seinen Dreitagebart, der so wunderbar an meinen Lippen und anderen Körperteilen kratzte, wenn er mich verwöhnte.

Wir ließen den Weg zur Freiheitsstatue aus, denn da wimmelte es nur so vor Touristen, aber eine Sache wollte mir Saint unbedingt zeigen. Kurz darauf fanden wir uns an der Fifth-Avenue wieder und standen vor *dem* Spielzeugladen. Dem aus einem meiner Lieblingsfilme, Kevin allein in New York, wie ich Saint irgendwann einmal vor Urzeiten erzählt hatte. Ich brüllte auf und sprang Saint an, und zwar mit Armen und Beinen. Er lachte leise, fing mich auf, und wir küssten uns kurz. Dann setzte er mich wieder ab, ich packte seine Hand und zog ihn rein – mitten ins Getümmel. Die Weihnachtsdekoration stand schon. Überall glitzerte und funkelte es. Ich fühlte mich wie ein kleines Kind im Wunderland. Zerrte ihn zum Polar-Express, der seine Runden um einen riesigen festlich geschmückten Tannenbaum tuckerte, weiter zu einem Land voller Schneeflocken aus Zuckerwatte, die man essen konnte. Und natürlich zu dem riesigen Lebkuchenhaus. Wir setzten uns gegenseitig verschiedene Weihnachtsmützen und Masken auf und lachten uns den Arsch ab. Saint zog sich einen weißen Rauschebart und rote Weihnachtsmannmütze auf und tat so, als ob er der Weihnachtsmann wäre, wofür ich mich auf seinen Schoß setzen sollte, wobei er anzüglich mit den Augenbrauen wackelte. Dann wollte er mich zu einer Nummer in dem Lebkuchenhaus überreden. Ich konnte ihn nur mit dem Argument damit abhalten, ob er wollte, dass unser Kind mal so was sehen würde!

Zum Schluss kaufte er zwei Turteltäubchen beim uralten Verkäufer, drehte sich zu mir um und legte sie in meine offene Hand, bevor er meine Finger darum schloss. Seine Ohrenspitzen waren ein bisschen rot. Er sagte nichts, aber ich verstand ihn auch ohne Worte – nur durch seine Taten. Ich war so gerührt, dass ich fast in Tränen ausbrach. Aber so konnte ich ihn nur küssen und Gott dafür danken, dass er diesen wunderschönen Mann erschaffen hatte.

***

Gerade als wir nach einem Spaziergang im Central Park und einer epischen Schneeballschlacht in der U-Bahn saßen und ich eng an ihn gekuschelt vor mich hindöste, weil diese vielen Leute, die Geräuschkulisse und der Verkehr mich ganz fertiggemacht hatten, klingelte sein Handy und er ging ran.

»Japp.« Er lauschte, dann seufzte er und rieb sich erschöpft den Nasenrücken. »Ja, ja, ich komme. Aber ich bin in Begleitung. Japp. Okay. Bis dann!« Angepisst legte er auf und ich schaute ihn neugierig an.

»Wir gehen heute Abend aus.« Das kam mir so gar nicht recht. Ich hasste es, auszugehen, ganz im Gegensatz zu ihm, aber ich wusste, dass es geschäftlich war und so sagte ich nur: »Okay«, und kuschelte mich wieder enger an ihn, während er seine Wange an meinen Kopf lehnte.

Dann würden wir eben ausgehen, wenn es unbedingt sein musste. Denn eigentlich wollte ich Saint nur für mich. Doch so langsam ging mir auf, dass ich ihn wahrscheinlich nie wieder jemals wirklich nur für mich haben würde. Nicht in diesem Leben, das er lebte.

18. Wieso ich Clubs hasse

Hailey

Ich trug ein schwarzes Kleid, das in meinen Augen für die Öffentlichkeit echt viel zu kurz war, dazu halterlose Strümpfe, die an so einem Ding an meinem Bauch befestigt waren. Außerdem schwarze, ziemlich verruchte Unterwäsche, mit einem Schlitz im Schritt! Dazu hohe Schuhe, eine Funkelstein-Kette und Ohrringe, die Saint mir kurzerhand noch gekauft hatte. Es war eng und stickig und wahnsinnig voll im Club, als wir eintraten, nachdem Saint bei den Türstehern seinen Namen genannt hatte und von einer Liste gestrichen worden war. Er mischte sich gleich zielsicher unter die feiernden Massen. Alles war in Schwarz und Gold gehalten, alles funkelte, war exquisit. Von den Getränken, zu der Kleidung, dem Schmuck und den Tänzerinnen an den Stangen. Die Leute waren sehr aufreizend gekleidet und extrem geschminkt, teilweise trugen sie so wenig Kleidung, dass sie genauso gut hätten nackt gehen können! Ein Mann führte seine Frau an einem

Halsband vorbei und an der Bühne stand ein riesiges schwarzes X. Keine Ahnung wozu. Der Alkohol floss in Strömen – kostenlos, im Champagner-Brunnen. Das hier hatte nichts gemein mit der kleinen Diskothek, in der sich die Goodviller Jugend am Wochenende traf, um ein Bier miteinander zu zischen und auf den ranzigen alten Sofas zu schlechter Musik abzuhängen. Das hier war ein völlig anderes Kaliber, und ich fühlte mich unsagbar fehl am Platz. Ganz im Gegenteil zu Saint. Eigentlich war er extrem genervt gewesen, als wir hierher gefahren waren, aber sobald er den Laden betreten und ihn die ersten Leute erblickt hatten, wirkte er wie ausgewechselt. Er grinste, machte Witze und schlängelte sich elegant durch die Leute, einen Arm besitzergreifend um meine Schulter gelegt. Natürlich fielen mir die Blicke der Frauen auf, die ihm alle verlangend folgten, während sie über mich die Nase rümpften. Natürlich ging es mir gegen den Strich, wie viele ihn beim Namen kannten und behandelten wie einen alten Bekannten. Wie vielen er davon die Wangen küsste und wie viele ihre perfekt manikürten Nägel auf seine Brust legten, genau da, wo mein Kreuz von dem dünnen schwarzen Shirt verdeckt wurde.

Ich kam nicht umhin, mich zu fragen, was ich hier tat, und was er von mir erwartete. Ganz zu schweigen davon, wie ich mich verhalten sollte.

Er führte mich geradewegs an den zwei Bodyguards vorbei in die VIP-Lounge, die sich etwas erhöht auf einer Art Podest befand. Der Boden bestand aus Glas und es gab gemütliche schwarze Couchen und Sitzsäcke. In einem davon saß Marley, in einem knappen Nichts von Oberteil und einer enganliegenden Lederhose. Daneben hatte Franky Platz genommen, der die Augenbraue hob und mich angrinste, sobald er mich sah. Ich hatte Saint davon nichts erzählt, aber Franky hatte mich, als ich angekommen war, in die Wohnung gelassen und war dabei mehr als aufdringlich gewesen. Er hatte mich gefragt, wie es mir ginge, und mich angemacht. Doch ich hatte ihn abgewimmelt und mich in Saints Zimmer verbarrikadiert. Der Typ war echt gruslig. Da war ein Funkeln in seinen Augen, das mich an die Leute im Altenheim erinnerte, die nicht mehr ganz bei sich waren, und so versuchte ich, ihm aus dem Weg zu gehen. Saint begrüßte hier jeden mit Namen und Handschlag, stellte mich als seine Kleine vor und verteilte schon mal vorsorgehalber Drohungen, was passieren würde, wenn sie mich auch nur zu lange anschauten. Ich konnte nur die Augen verdrehen und schüchtern lächeln.

Nachdem er alle begrüßt hatte, hob er mich an den Hüften auf einen Hocker an der Bar des VIP-Bereiches und keilte mich mit beiden Armen ein, strich mit der Nase über meine und wisperte: »Und jetzt zum lustigen Teil des Abends.« Gleichzeitig schob er meine Beine auseinander und stellte sich dazwischen. Mein Kleid rutschte peinlich weit hoch, aber das war ihm völlig egal! Und was soll ich sagen, irgendwas machte ihn gerade gewaltig an, wie ich genau an meinem Innenschenkel spüren konnte.

»W... was meinst du?«, stotterte ich unsicher und schaute mich um, aber es achtete keiner weiter auf uns.

»Das wirst du schon sehen.« Er holte etwas aus seiner hinteren Hosentasche und schob es mir in den Mund. Es war etwas Rundes aus Plastik. »Saug, Kleines!« Ich tat wie mir befohlen und wurde dabei knallrot, während seine Augen sich merklich verdunkelten. »Wie gern würde ich jetzt mit dem Ding tauschen«, wisperte er und zog es aus meinem Mund, nur um es erneut zwischen meine Lippen zu schieben und dann an dem kleinen Schnürchen wieder rauszuziehen.

»Saint?«, fragte ich unsicher und gleichermaßen erregt, als er mit dem feuchten Teil über meinen Hals strich, an meinem Dekolleté entlang, meinen Bauch herab und es mir schließlich zwischen die Beine drückte. Ich zuckte zusammen und fiel fast vom Hocker, denn es vibrierte!

»Huch!« Ich kicherte aufgeregt, als er damit meine Klitoris massierte – durch den Schlitz im Höschen kam er perfekt dran –, und schaute mich wieder um. Doch in dieser schummrigen Ecke beachtete uns keiner. »Gott!«, keuchte ich und ließ meinen Kopf nach vorn an seine angespannte Schulter fallen. Sein Duft vernebelte mir noch mehr die Sinne.

»Das hier ist ein Vibro-Ei.« Damit schob er es mit einem Mal mit zwei Fingern in mich, und zwar tief, wo es fröhlich weitervibrierte.

Oh Gott!

Mit einem Stöhnen bog ich den Rücken durch. Er zog die Finger zurück und verteilte meine Feuchtigkeit auf meiner Unterlippe, grinste teuflisch und so verrucht. »Ich habe die Macht über dich und deine kleine gierige Pussy.« Dann küsste er mir kurz die Feuchtigkeit von den Lippen, beugte sich vor und strich mit seinen Lippen über meinen Hals, knabberte an meinem Kiefer und sprach direkt in mein Ohr: »Ein Knopfdruck und du kommst, und mir ist fuckegal, wer dir dabei zusieht! Also solltest du dich heute Abend besser benehmen und genau tun, was ich dir sage. Verstanden?«

»Saint!«, keuchte ich nur und die Vibration wurde stärker, weil er sie anscheinend hochgeschalten hatte, während er mir ruhig ins Gesicht sah.

»Ich habe gefragt: Verstanden?«, artikulierte er sehr deutlich und todernst.

Ich nickte wie blöd.

Die Vibration wurde noch stärker.

»JA!«, schrie ich auf, und jetzt drehte sich das Pärchen neben uns doch nach uns um. Mist! Voller Scham ließ ich mein Gesicht nach vorn an seinen Hals fallen und krallte meine Hände in sein Shirt. »Ja, Saint. Ich habe verstanden!«

»Braves Mädchen!« Damit schaltete er das blöde Ding aus, gab er mir einen Kuss auf den Kopf und bestellte beim Barkeeper hinter mir laut brüllend etwas zu trinken.

***

Saint bewegte sich zwischen den anderen wie ein Fisch im Wasser. Er trank mit ihnen – und zwar nicht gerade wenig. Er lachte mit ihnen und ging völlig in seiner Rolle als charmanter Bad Boy auf. Kurz war er auf die Toilette gegangen und als er zurückgekommen war, hatten sie sich auf ihn gestürzt wie die Geier. Ich hatte ihm lächelnd zu verstehen gegeben, dass es okay war, wenn er sich etwas von mir entfernt mit ihnen unterhielt. Hauptsache, ich musste mich nicht bewegen, denn bei jeder noch so kleinen Bewegung fühlte ich das Ding in mir. Also nippte ich an meinem alkoholfreien Cocktail und tat das, was ich am liebsten machte, nach dem Sex mit Saint. Ich beobachtete ihn.

Wie sein Bizeps hervortat, wenn er die Flasche an seine Lippen führte, wie eng sich das Shirt um seine Brustmuskeln spannte; die zwei Grübchen an seinen Wangen, wenn er lachte; wie sein Hintern in der Hose aussah, wenn er ging; wie die Lichter über sein perfektes Gesicht tanzten und die Konturen zur Geltung brachten – ihn in eine Art ätherisches Wesen verwandelten, das jede einzelne Frau hier drin wollte. Natürlich ließ er alle abblitzen, hatte immer im Blick, was ich gerade machte und wie es mir ging. Aber er stand da drüben, in dem Pulk an Leuten. Ich saß abseits. Allein an der Bar. Und ich wusste, dass mein Leben an seiner Seite immer so aussehen würde. Denn ich war keine Marley, die sich ins Getümmel stürzte und mit irgendeiner Frau wild auf dem Tisch tanzte, die Stimmung machte, die selbstbewusst war und aus sich herausging. Ich war keine, die sich wohlfühlte, wenn alle sie anstarrten. Ich war es gewohnt, in der Menge unterzugehen, denn jegliche Aufmerksamkeit von Fremden schüchterte mich ein. Doch ein Leben an Saints Seite bedeutete ein Leben in der Öffentlichkeit. Ein Leben im Rampenlicht. Und ich wusste ganz ehrlich nicht, ob das ein Leben für mich war.

Das ist kein Leben für dich, und das weißt du genau! Wieder meldete sich dieses Stimmchen in meinem Kopf und verhöhnte mich. *Du wirst niemals die Frau sein, die er an seiner Seite braucht! Nie!*

Mit einem Mal ging das blöde Ding in mir an und mein Unterleib erwachte zu Leben. Als ich mich schockiert mit einer Hand am Tresen festkrallte und zu ihm schaute, bemerkte ich, dass er eine Hand in der Hosentasche hatte und mich düster anstarrte. Ich schaute ihn fragend und keuchend an. Er schüttelte einmal knapp den Kopf.

»Was?«, rief ich. Was hatte ich falsch gemacht? Er setzte sich in Bewegung, kam mit einer Hand in der Hosentasche auf mich zugeschlendert und trat direkt zwischen meine Beine, die er mit einer Hand spreizte. Dann nahm er mein Kinn und hob meinen Kopf, damit ich in sein nicht gerade amüsiertes Gesicht sehen musste.

»Du grübelst!« Seine Aussprache war noch ziemlich klar, dafür, was er schon alles in sich hineingeschüttet hatte, genau wie seine Augen. Sie waren dunkel, klar und stechend.

»Tu ich gar nicht!«, keuchte ich und krallte eine Hand in seinen angespannten Unterarm.

»Doch, das tust du. Du fragst dich, was du hier überhaupt machst!« *Mist!* Wieso musste er nur immer so genau wissen, was ich dachte? »Ich habe dir schon einmal gesagt, deine Gedanken stehen dir auf die Stirn geschrieben. Du bist ein offenes Buch für mich, also versuche nicht, mich zu verarschen!« Die Vibration wurde heftiger. Ich kniff die Augen zusammen und stöhnte auf.

»Hör auf damit!«, knurrte er. »Du bist hier mit mir. Und wo ich bin, bist du genau richtig!« Damit presste er sich an mich, sodass ich ihn genau spüren konnte. »*Das* machst du mit mir und keine andere!« Ich stöhnte auf und küsste ihn, denn ganz ehrlich: Ich wollte ihn, ich brauchte ihn, immer, aber ganz besonders jetzt. Fest schlang ich die Arme um ihn und verschmolz mit seinem Mund, genau wie mit seinem Körper. In mir vibrierte es, die Schwingungen gingen durch meinen gesamten Biber und entfachten ein Feuer in meinem Lustzentrum, was nicht gerade schwächer wurde, als Saint seine Erektion zwischen meine Beine drückte, sich an mir rieb, mich so unglaublich heiß machte, und sich selbst auch. Ich war in genau der richtigen Höhe, er erreichte perfekt diese eine Stelle, wo es sich besonders gut anfühlte und er mich wahnsinnig machte.

»Saint«, stöhnte ich und presste ihm mein Becken entgegen, denn die Hitze hatte schon lange jeglichen klaren Gedanken zu Asche verbrannt. Ich wollte ihn, hart und groß in mir. Nicht dieses blöde Vibrationsteil!

»Scheiß drauf!«, knurrte er mit einem Mal und griff zwischen meine Beine. Er zog das Ding aus mir heraus und im nächsten Moment fühlte ich, wie er stattdessen sich selbst in mich schob.

Einfach so!

»Oh Gott!«, keuchte ich und riss die Lider auf, als ich ihn in mir pulsieren fühlte und wie er noch härter wurde. Die Lichter blitzten über uns, offenbarten jedem, der genauer hinsah, was wir taten, und in mir protestierte etwas. Wild und verzweifelt. Doch er stöhnte nur auf, als ich versuchte, ihn an der Brust wegzudrücken und gegen ihn kämpfte, packte ein Knie von mir, hielt mich fest und schob sich tiefer in mich. Ganz tief.

Jetzt war ich verloren, denn ich fühlte jede einzelne seiner Fasern übergenau. Jedes einzelne Zucken, jeden einzelnen Millimeter, jede Ader. Ich fühlte übergenau seine Zunge, als er mich wieder küsste, seine Hände, die mich unerbittlich festhielten, und den Stoff seines Shirts, als ich mich fester hineinkrallte. Ich fühlte genau die stickige Luft im Club, während der Beat durch meinen Körper dröhnte. Doch zum Glück bewegte er sich nicht, er blieb einfach nur in mir und küsste mich leidenschaftlich.

»Lass dich gehen, Kleines!«, raunte er an meinem Mund. »Ich weiß, dass du kommen willst. Genau jetzt und hier. Vor den anderen. Zeig ihnen, wem ich gehöre!« Als Antwort auf den erregten tiefen Klang seiner Stimme, zogen sich meine inneren Muskeln zusammen. »Oh ja, genau so.« Er stöhnte tief und so männlich, küsste meinen

Hals, biss mich genau da, wo mein Puls raste, und leckte dann darüber. Da, wo seine Zunge soeben noch gewesen war, wurde es kalt und ich fühlte einen Luftzug darüber streichen, als eine besoffene Tussi gegen Saint prallte, sich kichernd entschuldigte und ihm den Rücken tätschelte. »Hups! Sorry, Saint-Baby! Das wollte ich so was von gar nicht.«

»Verschwinde!«, knurrte ich sie wie eine Furie an und bewegte etwas mein Becken, drückte mich noch enger an ihn. Er stöhnte und lachte gleichzeitig an meinem Hals. Seine Finger bohrten sich in mein Fleisch und er wurde noch härter.

»Ist ja schon gut, mein Gott!« Sie hob ihre Hände und torkelte davon. Er nutzte meine kurze Ablenkung und schob sich noch tiefer in mich, sodass kein Blatt mehr zwischen uns passte und er mit seinem rasierten Intimbereich über meine Klitoris rieb, wenn er sich nur ein kleines bisschen bewegte. Hatte ich schon mal erwähnt, dass ich alles an ihm so intensiv fühlen konnte, wie ich es noch nie gefühlt hatte?

»Saint, kommst du später noch mit zur Afterhour?« Einer seiner »Freunde« torkelte an unsere Seite und ich versteckte mein Gesicht an ihm, während er sich locker hinter mir abstützte und ihm antwortete, als wäre er soeben nicht bis zum Anschlag in mir.

»Nein, keinen Bock.« Er trank einen Schluck Bier und hielt es mir auch an die Lippen. »Auch was?« Nur, um mich zu necken, schließlich wusste er allzu gut, dass ich schwanger war. Ich schüttelte lediglich den Kopf und wollte ihn umbringen! Gleichzeitig verlagerte er etwas seine Position, wie nebenbei, und rieb somit über meinen Kitzler. Ich biss die Zähne zusammen, um keinen Laut von mir zu geben. »Geht nur ohne mich, das nächste Mal bin ich wieder dabei und Hailey auch. Hey, hast du meine Kleine eigentlich schon kennengelernt?«

Ich stöhnte, als er sich wieder ein bisschen an mir rieb und noch weiter anschwoll.

»Nein, habe ich noch nicht! Hi Hailey, ich bin George!«

»Hi!«, keuchte ich an Saints Brust und musste gezwungenermaßen Georges schwitzige Hand schütteln, die er mir entgegenhielt. Keine Ahnung, wie er aussah; keine Ahnung, was sie noch besprachen, weil Saint sich wieder bewegte, und ein kleiner Vororgasmus durch meinen Körper raste.

Gott! Dafür würde er büßen! Ich wusste noch nicht wie, aber *das* würde ich ihm heimzahlen!

»Okay, Saint, bis dann, Alter!«

»Bis dann!« Die beiden machten wieder ihren komischen Handknöchel-an-Handknöchel-Gruß, dann waren wir *allein,* und Saint grinste mich teuflisch an, küsste meine Schläfe. »Also?«

»Also was?«, knurrte ich.

»Wie ich fühle, bist du bereit zu kommen.«

»Saint, ich warne di...« Da hatte er schon seine Hand zwischen uns geschoben und drückte zwei Finger auf meine total überreizte Klitoris. Gleichzeitig ging er einmal zurück und schob sich dann mit voller Wucht in mich. Ich konnte nicht, ich konnte mich nicht wehren, selbst wenn ich es noch so sehr versuchte. Ich brach auseinander und fügte mich neu zusammen. In dem Moment traf mich Marleys Blick, die das Ganze genauestens beobachtet hatte. Von einem inneren kleinen Teufel getrieben, schlang ich Saint meinen Arm um den Nacken, grinste sie an und dann küsste ich ihn, während ich direkt vor ihr kam.

Mit ihm.

In mir!

19. Wieso du mich umbringst

»Scheiße, Hailey!« Saint hielt ganz still, während ich zuckte und zuckte und zuckte und zuckte ... So lange, bis ich fertig war, dann griff er mit verbissenem Kiefer zwischen uns: »Verdammt, wenn ich mir jetzt den Schwanz einklemme, bist du schuld!« Ich runzelte die Stirn, als er seine steinharte Erektion wieder in die Hose packte. Erst dann ging er einen Schritt von mir weg und brüllte dem Barkeeper fast schon verzweifelt zu: »Noch eins!«

Er lehnte sich mit den Ellbogen an die Bar und ließ den Kopf zurückfallen, ich sah seinen Adamsapfel hüpfen, als er angestrengt schluckte, schaute an ihm herab und zu der riesigen Delle in seiner Jeans.

Quälte sich da gerade jemand?

Buhu.

War da jemand nicht zum Schuss gekommen?

Armes Baby.

War hier jemand dafür gerade total zufrieden und befriedigt und hatte sich geschworen, ihm das heimzuzahlen?

Oh ja!

Also grinste ich und schmiegte mich an seine Seite, ging auf die Zehenspitzen und küsste ihn unter seinen Kiefer, da wo der Puls immer noch raste, bevor ich mit der Zunge darüber leckte.

»Ist da jemand gerade nicht gekommen?«, hauchte ich und er schaute mich mit einem Auge vorsichtig an.

»Was wird das?«, knurrte er, und ich grinste.

»Ach, weißt du, so langsam reicht es mir. Immer bist du derjenige mit der Macht. Immer sagst du, was wir tun. Immer *fickst* du mich, wann und wo du willst!« Er riss die Augen auf, als ich dieses eine Wort sagte und es lasziv betonte. »Ich will dich auch mal um den Verstand bringen und den Ton angeben.« Ich schmollte ihn an, biss mir mit funkelnden Augen auf die Unterlippe und leckte dann ganz langsam mit der Zungenspitze über meine Oberlippe.

»Hailey!«, warnte er mich rau, konnte aber nicht den Blick von mir nehmen.

»Ja, Saint?« Ich streichelte geradezu seinen Namen mit der Stimme, hauchte ihn eher, als dass ich ihn normal aussprach. Und er grinste halb. »Du hast wirklich keine Ahnung, mit wem du es hier zu tun hast, oder? Und wo wir sind?«

Das nahm mir etwas den Wind aus den Segeln.

»Wo sind wir denn?« Flüchtig schaute ich mich um, erkannte aber nichts Besonderes. Er grinste teuflisch. Dann stieß er sich von der Bar ab, nahm meinen Arm und wirbelte mich herum, drückte mich gegen den Tresen und sich gegen meinen Hintern.

»Wir sind in New Yorks angesagtestem Sexclub, Kleines«, raunte er in mein Ohr.

»Was?«

»Keinen hier würde es weiter interessieren, wenn ich dich mitten auf der Bar ficke, und ich bin gerade versucht, es zu tun, auch wenn du eigentlich noch nicht so weit bist. Also bist du dir sicher, dass du wirklich gerade jetzt und hier dieses Spiel mit mir spielen und meine Selbstbeherrschung weiter herausfordern willst?«

So, jetzt war es vorbei. Ich wirbelte herum und schob ihn an der Brust von mir.

»Du hast mich ohne mich zu fragen mit in einen Sexclub geschleppt?« Langsam lichtete sich dieser Schleier in seinem Blick, sowie der über meinem Verstand.

Er runzelte die Stirn, als würde er meine Frage nicht wirklich verstehen. »Äh ja.«

»Wie kannst du es wagen!« In dem Moment fiel mir ein, dass es eine Person mindestens gesehen hatte. Marley. Wozu hatte ich mich nur hinreißen lassen? Ich wollte vor Scham im Boden versinken, aber das musste warten. Erst wollte ich etwas wissen.

»Warst du schon öfter hier?«

»Ziemlich oft, ja.«

»Ohne mich?«

»Na ja, du warst ja nicht hier!«

»WOAH!«, brüllte ich ihm heftig ins Gesicht, das oder ich hätte ihm eine geschmiert, dann drehte ich mich um und eilte davon. Und zwar schnell.

Ich wollte ihn nicht mehr sehen, wollte auch nicht mehr an diesem Ort sein. Wollte mit alldem nichts zu tun haben! Das hier war nicht ich! Das war er! Und so würde ich nie sein! Niemals! Das war doch total pervers! Was dachte er eigentlich von mir! Mich hierher mitzuschleppen, in diesem kleinen Fummel, in dem mich jeder anstarrte, ohne mich zu fragen, ob ich das überhaupt wollte!

Diesmal war er zu weit gegangen!

Ernsthaft!

Saint

Wow! Ooookay.

Das hier lief irgendwie gar nicht so, wie ich mir das gedacht hatte. Ich meine, ich war ja extra früh mit Hailey hier gewesen und hätte sie sicher nicht mit dem konfrontiert, was in dem Laden nach ein Uhr so passierte. Aber ich hatte sie schon mal einführen wollen – ganz, ganz vorsichtig. Vielleicht war ich dabei etwas zu forsch vorgegangen, weswegen sie jetzt vor mir davonlief und das ziemlich schnell. Ein paar Idioten wollten auch noch mit mir reden, aber ich schob sie zur Seite und rief: »Hailey!« Doch sie rannte einfach weiter, direkt auf den Ausgang zu.

»Verdammte Scheiße!«, fluchte ich und machte, dass ich ihr hinterherkam. Gott sei Dank hielt mich keiner mehr auf. Ich erwischte sie in dem Moment draußen vor dem Club, als sie sich nach einem Fluchtweg umsah, am Arm.

»Warte jetzt, verdammt nochmal!«

Sie wirbelte herum und schmierte mir eine. »FASS MICH NICHT AN!«, brüllte sie mir mit aller Kraft ins Gesicht und ich ließ sie total verdattert los.

Wow, also mit so einem Ausbruch hätte ich jetzt nicht gerechnet. Mit festen Schritten lief sie den Gehweg entlang, egal wohin, Hauptsache weg von mir, und umschlag sich dabei selbst mit den Armen. Ich eilte ihr hinterher.

»Was ist los?«

»Was los ist?« Sie lachte auf und klang dabei ziemlich hysterisch – nichts für ungut –, außerdem glitzerten Tränen in ihren Augen. Sie schüttelte nur den Kopf und stapfte weiter.

»Hailey, rede mit mir!«

»Wird es immer so sein zwischen uns? Du entscheidest alles und ich habe kein Mitspracherecht? Ist es das, was du willst?«, fragte sie eindeutig eher sich selbst als mich, denn sie sah mich nicht an. »Die Aufmerksamkeit von anderen – selbst dabei?«

Ich runzelte die Stirn.

»Irgendwelche halb nackten Körper um dich herum, Leute, die dir in einer Tour sagen, wie toll du bist, die dich anschmachten und dir zu Füßen liegen? Eine Frau, die zu allem Ja und Amen sagt und keine eigene Meinung hat? Während du den ach so tollen harten Playboy spielen kannst, der seine Freundin vor allen anderen ...« Sie stockte kurz, dann zischte sie weiter: »Ist es das, was du willst, dass alle mich so sehen? Dass ... dass sie alles sehen, was zwischen uns ist?«

»Hailey, jetzt bleib stehen!« Wie passend, genau jetzt fing es an, zu regnen und ich legte ihr erst mal meine Jacke um die Schultern, die ich noch in aller Eile vom Stuhl mitgefetzt hatte. »Das ist es nicht und das weißt du! Ich will nur dich und sonst nichts anderes!«

»Wieso nimmst du mich dann dahin mit und fragst mich nicht mal?!«

»Ich dachte, du würdest Nein sagen und wollte, dass du es dir erst mal ansiehst!« Sie blieb stehen und funkelte mich an.

»Ich habe es gesehen und ich fand es *grässlich*!« Das letzte Wort brüllte sie wieder in mein Gesicht.

»Okay, ist gut. Dann gehen wir da nie wieder hin!«

»Aber du warst schon oft da!«, brüllte sie aus vollem Hals weiter.

»Ja ...« Ich hatte echt keine verdammte Ahnung, was dabei ihr Problem war! Ich hatte nichts gemacht!

»Und? Hat es dir gefallen, den anderen dabei zuzusehen oder hast du selber mitgemacht?«

»Ich habe nicht mitgemacht! Ich war da nur zum Feiern und Trinken und sonst nichts!« Langsam wurde ich auch wütend und bekam die Zähne kaum auseinander. Was dachte sie nur von mir?

»Wer's glaubt!« Und jetzt reichte es mir! Sie marschierte weiter, ich folgte ihr und konnte nicht mehr anders.

»Hailey, wieso flippst du gerade so aus? Weil ich dich dahin mitgenommen habe, ohne dich zu fragen, oder weil du denkst, ich wäre ohne dich da gewesen, um mich aufzugeilen?« Ich verstand sie nicht und langsam wurde auch ich richtig, richtig pissig. Ehrlich! »Oder geht's dir vielleicht nur darum, dass du Probleme mit dir selber hast und denkst, du bist nicht genug für so jemanden wie mich? Denkst du wirklich immer noch, ich bin das oberflächliche Arschloch? Es ist doch gar nichts passiert!«, brüllte ich sie jetzt auch an und wirbelte sie wieder am Arm zu mir herum, damit ich sie ansehen konnte. Sie wurde blass und mied meinen Blick. In ihren Augen las ich so viel Unsicherheit und Verletzung. Verfickte Scheiße noch eins, das hatte ich zu verantworten. Dann drehte sie sich wortlos um und ging weiter. Was mich allerdings erstaunte, war die Tatsache, dass es einem Teil von mir egal war, wie sie sich gerade fühlte. Anstatt sie zu trösten und ihr zu versichern, dass ich nur sie brauchte, wollte ich meiner Wut nachgeben. »Ahhh, laufen wir jetzt also davon, anstatt zu kämpfen?«, fragte ich sie, nachdem ich wieder aufgeholt hatte. »Wird es unangenehm und du ziehst den Schwanz ein? Tja, Hailey, ich hatte dich gewarnt. Als ich sagte, dass ich abgefuckt bin, habe ich es so gemeint! Willkommen in meiner Welt!« Sie zog die Schultern hoch und ging schneller. Ich wusste, dass sie sich am liebsten die Ohren zuhalten wollte, aber ich konnte nicht aufhören, ich war zu sehr in Rage. »Gefällt dir nicht, was du siehst? Heulst du jetzt deswegen? Tja! Da kann ich dir auch nicht weiterhelfen, ich bin nur dafür da, um dich zu ficken!«

In dem Moment schluchzte sie auf und rannte los – kopflos, einfach über eine rote Ampel. Ein Auto konnte gerade noch so anhalten.

Fuck!

»HAILEY«, brüllte ich durch den stärker fallenden Regen und fluchte dann laut. Jetzt war ich zu weit gegangen!

20. Wieso das Schicksal eine dumme Hure ist

Hailey

Ich konnte nicht mehr! Und damit meinte ich nicht nur meine brennende Lunge und mein wild rasendes Herz, sondern das, was in mir vorging. Geschlagen ließ ich mich in irgendeinem Park auf eine Bank fallen, schlug die Hände vors Gesicht und ließ den Tränen freien Lauf. Denn Heulen und Laufen gleichzeitig war wirklich zu anstrengend.

Ich fühlte mich so unsagbar mies. So minderwertig. So leer.

Nein, Saint respektierte mich nicht, das hatte er mir heute gezeigt, und was er eben zu mir gesagt hatte, bohrte sich in mein Inneres. Ein spitzer Dorn, der immer weiter eindrang und alles vergiftete. Es regnete so heftig, dass ich kaum noch etwas sehen konnte, oder vielleicht war auch wegen meiner dummen Tränen alles so verwischt. Tränen, von denen ich mir geschworen hatte, sie seinetwegen nicht zu vergießen.

Als er wenig später herantrat und sich einfach nur auf die Bank neben mir niederließ – in nichts weiter als seinem T-Shirt – und den Kopf in seine Hände stützte, verkniff ich mir den derzeitigen Schluchzer, kämpfte ihn meine Kehle runter und drehte das Gesicht von ihm weg. Ich wollte ihn nicht sehen, wollte ihn nicht riechen und ganz sicher wollte ich auch nicht mit ihm reden.

Er hatte genug gesagt!

Willkommen in meiner Welt, erklang seine eiskalte sarkastische Stimme in meinen Ohren und ich schloss die Augen. Wenn ich klar gedacht hätte, hätte ich ihm gesagt, dass dies nicht seine Welt war. Zumindest nicht von dem Saint, den ich kannte. Dass er sich veränderte und dass ich mich fühlte, als würde er mir entgleiten. Dass ich deswegen so war, weil ich dachte, ich müsse mich an ihn klammern, damit ich ihn nicht ganz verlor.

Aber Tatsache war wohl: Ich bedeutete ihm nicht genug. Ansonsten wäre er sicher nicht bereit gewesen, mich mit all diesen Menschen zu teilen, denn genau das hatte er vor, auch wenn mich wahrscheinlich keiner von ihnen anfassen würde. Aber allein der Gedanke, wie ihre Augen wie Finger über meine Haut glitten, ließ mich würgen. Ich fühlte mich verraten und benutzt.

Der Saint, den ich kannte, hätte mich niemals teilen wollen, mich ganz für sich allein haben wollen, weil ich sein kostbarster Schatz war, sein Heiligtum. Eine Heilige und nicht eine Hure, die ohne mit der Wimper zu zucken bei so etwas mitmachte. Er wusste doch, wie ich war! Dass ich für sowas nicht bereit war.

Mittlerweile war ich mir nicht mehr sicher, ob wir uns nicht längst verloren hatten. Hatte das Leben dafür gesorgt, dass es kein *Wir* mehr gab? Was war von *uns* übrig geblieben?

***

»Hailey, gehen wir nach Hause.« Er stand vor mir, und ich wusste, dass er recht hatte. Wir hatten hier lange genug gesessen, aber ich konnte mich im ersten Moment nicht rühren, war völlig durchgefroren, mein Körper war taub. »Bitte, Baby.« Er ging vor mir auf die Knie, in nichts weiter als diesem dünnen T-Shirt, das nass an ihm klebte, und nahm meine eiskalten Hände in seine. »Bitte, komm mit mir nach Hause.«

»Das ist nicht dein Zuhause!«, sagte ich, erhob mich aber und ging langsam vor in Richtung seines Autos.

***

Saint

Sie sagte kein einziges Wort mehr. Weder als wir nach Hause fuhren oder zumindest zu dem Apartment, in dem ich momentan lebte – sie hatte recht, das hier war niemals mein zu Hause gewesen –, noch als wir oben ankamen.

Meine Wut war längst verraucht. Jetzt bereute ich, was ich ihr alles an den Kopf geworfen hatte.

Sie ging nur kurz duschen, zog sich dann ihr Höschen und Schlafshirt an, schlüpfte ins Bett, drehte mir den Rücken zu und lag dann reglos da.

Und ich wusste echt nicht, was ich tun oder sagen sollte.

Wusste nicht, wie ich wieder an sie rankommen sollte, denn dieses eine Mal konnte ich die Sache nicht mit Sex lösen. Obwohl Sex sonst immer meine Lösung für alles war.

Du weißt nicht weiter? Sex!

Du streitest dich? Sex!

Du willst unbedingt das Ersatzteil für das Auto von der scharfen Verkäuferin haben? Sex!

Also natürlich vor Hailey. Jetzt war aber Hailey hier, meine Kleine. Der eine Mensch, der mich besser kannte als jeder andere, und den ich besser kannte als jeden anderen, und sie ließ mich nicht ran. Und zwar nicht im übertragenen Sinn. Sie hatte sich vor mir verschlossen wie eine Auster und ich hatte keine Ahnung, wie ich in sie dringen sollte, also mental. Verdammt!

Sex war diesmal *echt* keine Lösung!

Sex hatte uns hier hergebracht!

Es fühlte sich an, als wäre sie meilenweit weg.

Mein Blick glitt zu der Uhr. Es war zwei Uhr nachts. Granny würde sicher schon schlafen, und selbst wenn ich jetzt mit ihr reden könnte, was hätte ich schon sagen sollen, außer: *Ich hab es verkackt! So richtig verkackt!*

Sie hatte mir vertraut und ich hatte es missbraucht. Der Kick war verdammt nochmal nach hinten losgegangen.

»Verdammte Scheiße!«, fluchte ich und stand auf. Ich musste mich bewegen, also verließ ich das Zimmer, knallte die Tür fest hinter mir zu, zündete mir eine an und raufte mir die Haare, während ich mich, so wie immer, ans offene Fenster setzte und die blöde Backsteinwand gegenüber betrachtete. Rot. Ich sah genauso rot, wie dieser Backstein war, aber nicht vor Wut, sondern weil ich keinen blassen Schimmer hatte, was ich tun sollte. Ich ließ meinen Kopf hängen und presste fest die Lider aufeinander.

Mein Kopf, der vom Alkohol sowieso schon total schwammig war, wollte einfach auf keine Lösung kommen. Da war nichts, keine geniale Ausrede, keine charmanten Worte, nichts, womit ich sie wieder dazu bringen konnte, »normal« zu werden, und das regte mich letztendlich doch auf. Ich war es nicht gewohnt, mich so hilflos zu fühlen!

Nach drei Zigaretten fühlte ich mich immer noch so beschissen wie davor. Also ging ich unter die Dusche, versuchte, meinen Verstand mit heißem Wasser zu klären, aber mir wollte nach wie vor keine Lösung einfallen.

Als ich zurück ins Zimmer kam, schlief sie schon oder tat zumindest so.

Gut!

Ich legte mich neben sie, auch mit dem Rücken zu ihr, und machte die Nacht kein Auge zu.

***

Offenbar war ich doch eingeschlafen, denn ich wachte aus einem ekelhaften Halbschlaf auf, als mit einem Mal eine schweißnasse Hand nach meiner tastete.

»Saint«, wimmerte Hailey hinter mir und ich wirbelte herum, aufgeschreckt vom panischen, atemlosen Klang ihrer Stimme.

»Was?«

Ich knipste das Licht an und zuckte zurück, als es die Szenerie erhellte. Sie war kreidebleich, aber nur im Gesicht. Mit meinem Blick flog ich über ihre feuchte Brust, weiter über ihr einst weißes T- Shirt, das rot war – tiefrot – und schließlich zwischen ihre Beine, wo es noch mehr von dieser Farbe gab, ehe ich wieder in ihre Augen sah, die riesig waren und um Vergebung flehten.

»Saint!«, keuchte sie wieder und die Panik in ihrer Stimme bohrte sich in meinen Magen wie ein Eissplitter. Sie umklammerte meine Hand, krümmte sich zusammen und hielt mit der anderen Hand ihren Bauch. »Es stimmt was nicht!«

21. Wieso manches einfach gehen muss

Tu was, tu was, tu was!, schrie die Stimme in meinem Kopf und ich brüllte fast. *WAS SOLL ICH TUN?*

Was war los?

Noch einmal nahm ich Haileys Anblick in mich auf, sich vor Schmerzen windend, flach atmend und keuchend. Aber da war dieses Blut, das mich förmlich blendete, und alles in mir blockierte. So viel Blut!

Haileys Blut!

Meine Kleine war verletzt!

NOTARZT! IDIOT!, brüllte die Stimme in mir. Ich hielt ihre Hand und sagte: »Baby, ich bin hier!« Gleichzeitig schnappte ich mir mein Handy und rückte an sie heran, strich ihr das verschwitzte Haar von den Wangen und machte »Shhh ...«, während ich mit bebenden Fingern versuchte, diese Fucknummer zu wählen. Wie lautete überhaupt diese scheiß Nummer? Verdammt! Die kannte jedes Kleinkind, wieso also ich gerade nicht?

»FUUUCK!«, brüllte ich und war kurz davor, mein Handy gegen die Wand zu schmettern.

»911«, wimmerte Hailey und ich wählte mit zittrigen Fingern, verwählte mich immer wieder, ehe ich versuchte, mich zu konzentrieren. Nur auf diese verdammte Nummer auf diesem verdammten viel zu kleinem Zahlenpad. Nach einer gefühlten Ewigkeit hatte ich es geschafft und eine gelangweilte Stimme meldete sich.

»Bringeroad 15, ich brauche einen Krankenwagen. SOFORT!« Damit legte ich auf und zog Hailey an mich.

***

Ich saß völlig allein im Warteraum des Krankenhauses, der wie ausgestorben schien – über und über mit ihrem Blut –, und hatte den Kopf in meine Hände gestützt. Es war nicht gerade warm hier und ich trug nichts weiter als eine Jeans, aber es war mir egal, denn meine Gedanken waren ganz woanders. Sie hatten sie mir vor – keine Ahnung, wann, ich hatte jegliches Zeitgefühl verloren – genommen, sie davongefahren und mich allein zurückgelassen, mit den Worten: »Wir kümmern uns um sie!«

Ihr Gesicht war so bleich, sie war gar nicht mehr wirklich bei mir gewesen. Sie hatte noch versucht, meine Hand zu halten, aber ihre Finger waren einfach aus meinen geglitten. So schwach war sie gewesen.

Ich schluchzte auf, wischte mir die verdammten Tränen weg, die unaufhörlich aus meinen verdammten Augen liefen und einfach nicht versiegen wollten. Ja, ich war ein Mann. Ja, Männer sollten nicht heulen. Männer mussten stark sein. Aber ich war gerade nicht stark. Ich war schwach – ein verdammtes Häufchen Elend, das nicht wusste, wohin mit seinen Gefühlen.

Ich hatte solche Angst.

Wenn sie das hier nicht überleben würde, würde ich nie wieder in ein verdammtes Auto steigen, oder auf ein Motorrad. Ich würde gar nichts mehr tun, was mich jemals wieder glücklich machen könnte. Stattdessen würde ich meinem Leben ein Ende setzen. Denn ohne Hailey würde ich es nicht schaffen. So wahr ich Saint Conroy hieß.

***

Die Ärztin kam und sprach irgendwelches Kauderwelsch. Das Adrenalin war abgeebbt und der Kummer war so intensiv, dass ich alles gegeben hätte, um ihm zu entgehen und zu schlafen. Doch mit aller Mühe hielt ich mich wach und konzentrierte mich darauf, was sie mir sagte. Ich hörte nur heraus, dass es Hailey den Umständen entsprechend gut ging, sie viel Blut verloren hätte und dass es unser Baby nicht geschafft habe. Ein kleiner Teil in mir war deswegen erleichtert, weshalb ich mich verfluchte, aber ein anderer Teil in mir brach komplett zusammen. Es war, als wäre ein riesiger Felsbrocken von meinem Herz gefallen und hätte dabei alle Innereien zerfetzt.

Unser Baby hatte es nicht geschafft.

Hatte keine Chance bekommen.

Ich würde es niemals auf dem Arm halten.

Niemals die verdammten Windeln wechseln, wie ich es mir schon so oft vorgestellt hatte, mit dem kleinen Wunder auf der Brust auf der Couch chillen, es mehr schlecht als recht in den Schlaf singen, es meinen Eltern, meiner Schwester und meiner Oma vorstellen und stolz den Kinderwagen durch Goodville schieben.

Verdammt!

Ich hatte mich darauf gefreut.

Wirklich gefreut. Aus ganzem Herzen.

Obwohl wir noch so jung waren und unser Weg steinig gewesen wäre.

Es wäre ein Teil von uns gewesen, von unserer Liebe, von meiner Kleinen.

Und es würde niemals eine Chance bekommen, etwas von dieser Welt zu sehen.

Jener Brocken, der mich innerlich zerstört hatte, blieb schwer in meinem Magen liegen. Kurz wusste ich nicht, ob ich daran nicht ersticken würde. Mir wurde schwindlig vor Augen. Ich fühlte die Hand der Ärztin auf meiner Schulter. Sie fragte mich, ob ich mich hinlegen wolle, aber ich schüttelte ihre Hand ab, rieb mir die müden Augen und meine Stimme war ungewohnt rau, als ich fragte: »K... kann ich sie sehen?«

»Ja, folgen Sie mir bitte.« Sie ging vor und erklärte dabei, dass sie nach der Ausschabung noch nicht richtig bei sich wäre, und ich konnte nur daran denken, was

Ausschabung doch für ein widerliches Wort war. Sie hatten es ausgeschabt, hatten unser kleines Baby einfach aus ihr rausgeschabt, wie man die Reste aus dem Nutellaglas kratzt, und in den Müll geschmissen, oder was auch immer.

Mein Kopf spielte völlig verrückt, während ich der Ärztin folgte wie ein wandelnder Toter. Vorbei an geschlossenen Türen, über den menschenleeren gespenstischen Gang und in ein Zimmer.

Sobald ich sie erblickte, wurde der Fels in meinem Magen etwas kleiner, die Last auf meinen Schultern etwas weniger, die erleichtert nach vorn sackten.

Da lag sie – noch schlafend –, angeschlossen an eine Infusion, aber ihre Brust hob und senkte sich konstant.

Und sie war mir noch nie schöner vorgekommen.

In diesem Moment gaben fast meine Beine nach und die Tränen liefen wieder über. Ich war so ein verdammtes Weichei.

Gerade so schaffte ich es an ihr Bett, nahm ihre kalte Hand, drückte sie an meine Stirn und schluchzte: »Es tut mir so leid.«

***

Hailey

Saint war da, das wusste ich, noch bevor ich die Augen öffnete. Unheimliche Erleichterung durchströmte mich, denn egal, was auch passieren würde … Ich müsste da nicht allein durch. Meine Finger zuckten und ich fühlte, wie seine Hand die meine drückte. Meine Lider flatterten und ich hörte, wie er meinen Namen sagte. Ganz nah über mir. Also öffnete ich die Augen und schaute hoch in sein total verschwommenes Gesicht. Ich wollte meine Sicht scharf stellen, wollte ihn sehen, aber je mehr ich es probierte, desto übler wurde mir. Also schloss ich die Augen wieder und fragte mit kratziger Stimme:

»Das Baby?«

Als er anfing zu weinen, hatte ich die Antwort, die ich schon die ganze Zeit tief in mir geahnt hatte. Und ich wusste, mit diesem kleinen unschuldigen Wesen hatte ich auch einen Teil meiner selbst verloren. Einen Teil, den ich nie wieder zurückbekommen würde.

22. Wieso du alles bist, was bleibt

Saint

Hailey war immer noch total schweigsam, als ich sie in einem Rollstuhl aus dem Krankenhaus schob und in mein Auto hob. Gehen kam gar nicht in Frage. Sie lächelte nicht oder verdrehte die Augen, als ich sie die Treppen hoch in mein Apartment brachte, sondern lehnte nur geschlagen ihre Stirn an meine Schulter. Gott sei Dank war keiner meiner Mitbewohner da. Somit konnte ich uns eventuelle Sprüche ersparen. Ich immer noch oben ohne, nur in Jeans und zwei ungleichen Turnschuhen. Sie in einem viel zu großen Höschen, Shirt und Jogginghosen, die ich im Krankenhaus gekauft hatte. Komischerweise hatte ich dabei gar nicht an mich gedacht.

Sie war immer noch bleich, als ich sie erst auf die Couch im Wohnzimmer legte und schnell in mein Zimmer rannte. Dort zog ich die blutverschmierten Laken ab, zumindest versuchte ich es, während mein Kopf wieder verrückt spielte. Ich hatte die Nacht kaum geschlafen, deswegen drehte sich wohl alles. Außerdem waren so viele verdammten Gedanken da, aber vor allem diese eine Stimme. Diese Stimme, die ich hasste und die in einer Tour auf mich einknurrte: *Du bist schuld, du bist schuld, du bist schuld! Du bist schuld, Haileys Blut an den Händen zu haben! Sogar in deinem Bett! Du bist schuld daran, dass sie das jetzt durchmachen muss! Du bist. SCHULD!* Mit einem Brüllen riss ich an dem verdammten Laken, das an einer Stelle geklemmt hatte, und ging in die Knie, presste die Hände an die Stirn und wippte heulend vor und zurück. Das sollte aufhören, diese Stimme sollte mich endlich in Ruhe lassen! Ich wusste es! Ich. War. Schuld! Meine Aufgabe war es, sie zu beschützen! Stattdessen hatte ich sie in Lebensgefahr gebracht! Ich hatte dafür gesorgt, dass sie verlor, was sie liebte! Ich war gerade wirklich auf dem perfekten Weg, sie vollkommen zu zerstören.

»Saint!« Ich fühlte ihre Hand an meiner Schulter und musste mich zusammenreißen, sie nicht wegzuschlagen. Stattdessen schüttelte ich sie ab, drehte mich von ihr weg, krallte meine Hände in mein Haar und presste die Augen fest zusammen.

»Saint!« Ich schüttelte nur den Kopf, immer und immer wieder.

Nein, nein, nein, nein!

»SAINT!« Mit einem Mal war ihre Stimme lauter, und ich öffnete die Augen, als sie meine Handgelenke umklammerte und ich mir ein paar Haare ausriss, weil sie sie runterdrückte. Sie war genau vor mir, kniete vor mir auf dem Boden, aber alles, was ich sehen konnte, war ihr blutverschmierter Körper, wie sie in meinem Bett gelegen und mich mit Panik im Blick angestarrt hatte.

Und ich ihr nicht hatte helfen können.

Ich sie nicht hatte beschützen können.

»Hailey!« Meine Stimme klang so schwach, so verletzlich, so unsicher und doch voller Hingabe. Sie lächelte gezwungen, in ihren Augen sah ich die Angst um mich, aber auch diese Stärke, die sie immer an den Tag legte, wenn es darauf ankam. Diese unglaubliche Stärke, die mich immer wieder verwunderte. Sie nahm meine Hand und legte sie an ihre Wange, die warm und weich war.

»Ich bin hier.«

Ich starrte sie nur an.

»Ich bin hier und ich bleibe hier. Du hast mich nicht verloren.«

Ich schluckte an dem Kloß in meiner Kehle vorbei.

»Ich brauche dich, Saint.«

Ich nickte.

»Bitte, Baby.«

»Alles.« Meine Stimme war so rau, die Tränen versiegt. Ich war völlig auf sie fokussiert, auf ihre Augen, ihre Haut unter meinen Fingern, ihre Wärme.

Ich nickte wieder und ließ es zu, dass sie mich ins Bad zog und mir die Jeans von den Beinen streifte. Dann schob sie mich unter die Dusche und ich wusch das Blut von meiner Brust, ohne sie aus den Augen zu lassen. Ich hatte Angst, dass sie einfach verschwinden würde, wenn ich das tat. Doch sie blieb vor der Dusche stehen, sah so geschafft aus und doch lächelte sie mich voller Zuversicht an, als ich heraustrat und sie mich abtrocknete. Dann zog sie mich in mein Zimmer und zum Bett. Fuck auf ein neues Laken!

Ich legte mich hin und sie zerrte sich die Kleidung vom Leib, wobei sie zusammenzuckte und mir klar wurde, dass ich wirklich der allergrößte Arsch dieser Welt war. *Sie war ausgeschabt worden! Sie war fast gestorben und kümmerte sich um mich!*

Ich wollte aufspringen, doch sie sagte: »Nein!« Dann schob sie mich an der Brust zurück und schmiegte sich an mich. Bis auf ihr Höschen ganz nackt. Ganz weich. Ganz Hailey.

Die Sonne schien durch das Fenster, ließ ihr Haar glänzen, während sie ihr Bein über mich legte und ihren Arm um mich schmiegte, ich sie fest mit beiden Armen hielt und die Augen schloss.

Die Last erdrückte mich immer noch, ließ mich kaum richtig atmen, aber mit jedem Mal, wenn ich ihren süßen Duft inhalierte, und mit jedem Herzschlag, den ich an meiner Brust spürte, wurde es leichter, besser.

Wir sagten kein Wort.

Wir hielten uns nur.

Weil wir alles waren, was uns noch geblieben war.

23. Wieso es einen Unterschied macht

Hailey

Zwei Wochen waren vergangen. Zwei Wochen, in denen ich mich immer wieder wortwörtlich leer fühlte. Immer wieder wanderte meine Hand zu meinem Bauch, dahin, wo einmal mein kleines Wunder gewesen war, und jetzt nichts als gähnende Leere herrschte. Immer wieder machte ich mir Vorwürfe, denn die Ärzte meinten, Stress hätte für meinen Abgang verantwortlich sein können – und Stress hatte ich in letzter Zeit wirklich viel gehabt. Nicht nur mit Saint, sondern auch durch mein Studium.

Aber am allerschlimmsten war es gar nicht, dass ich das Baby verloren hatte. Dabei sollte man das doch eigentlich meinen. Am allerschlimmsten waren meine abartigen Gedanken. Gedanken darüber, dass es vielleicht sogar gut war, wie es gekommen war, dass ein Baby in unserer Situation einfach nur Wahnsinn gewesen wäre, dass es einfach nicht hatte sein sollen und dass es vielleicht einen Grund gab, warum es geschehen war.

Ich war eine widerliche Person!

Denn irgendwo, tief in mir drin, war ich erleichtert.

Ich suchte auch in Saints Ausdruck nach diesem Gefühl, wenn er sich unbeobachtet fühlte, versuchte, ihn sozusagen auf frischer Tat dabei zu ertappen. Aber ich ging leer aus, glaubte nicht, dass er solche Gedanken hatte. Er quälte sich viel mehr als ich und ich wusste wieso.

Er dachte, er wäre an allem schuld.

Er hätte mich nicht beschützt.

Aber diese Last konnte ich ihm nicht nehmen, das lag ganz allein bei ihm. Denn egal, wie oft ich ihm auch sagte, dass so was manchmal eben passierte, dass Gottes Wege unergründlich waren und dass solche Schicksalsschläge zum Leben dazu gehörten, dass wir nichts hätten tun können, und wenn hier einer schuld wäre, dann ich, weil ich nicht verantwortungsbewusst genug mit dem Körper umgegangen war, in dem das neue Leben heranwuchs. Egal wie oft ich ihm auch sagte, dass ich oft vergessen hatte zu essen, dass ich mich nicht hätte so aufregen sollen, es ruhiger angehen lassen sollen, er glaubte mir nicht. Er wollte mich unbedingt als Heilige sehen und sich als den Sünder, sich als das Problem, als das abartigste Individuum, das auf dieser Welt wandelte.

Da waren wir ja schon zwei.

Wir versuchten, uns abzulenken, denn keiner von uns wollte und konnte wirklich darüber reden. Weder über das

Baby noch darüber, was in dem Club geschehen war oder was wir während des Streits zueinander gesagt hatten. Denn was hätten Worte schon geändert? Wir machten Ausflüge, er lud mich zum Essen ein. Wenn er arbeiten musste, dann nahm er seine Termine allein wahr, denn ich fühlte mich noch nicht fit genug. Und jedes Mal, wenn er zurückkam, musste er mich wieder halten und sich vergewissern, dass ich noch da war.

Und wir hatten keinen Sex nach der vom Arzt empfohlenen Wartezeit.

Er war lieb und süß und las mir jeden Wunsch von den Augen ab, aber auf diese Art berührte er mich nicht mehr. Was ich ihm nicht verübeln konnte. Ich hätte mich auch nicht mehr angefasst!

Saint hatte noch einen wichtigen Termin, bei dem er mich unbedingt dabei haben wollte. Dann würde auch er frei haben und wir könnten endlich nach Hause. Nach Goodville. Da, wo alles noch gut gewesen war, wo die Welt noch heil war. Ich sehnte mir den Frieden herbei, den wir an diesem Ort gehabt hatten, das Unkomplizierte, das Ruhige und Konstante. Ich sehnte mich danach, diesem Chaos zu entfliehen, zu dem unser Leben in letzter Zeit geworden war. Und es wurde immer chaotischer.

Für den Termin mussten wir nach Miami fliegen, wo Saint seinen Vertrag mit Hugo Boss unterschreiben würde. Er würde ihr neues Gesicht werden, würde eine landesweite Kampagne starten und auch Werbeclips drehen. Mittlerweile war er schon ein paar Mal im Fernsehen gewesen – in Bezug auf Marley – und auch schon für Zeitschriften interviewt worden. Sie alle waren verrückt nach Saint. Natürlich waren sie das. Er war *der* Newcomer des Jahres und seine Social Media-Follower, genauso wie die Leute, die ihn auf der Straße erkannten, schossen nur so in die Höhe. Praktisch über Nacht, sobald Boss die Meldung rausgegeben hatte, dass er ihr neues Gesicht werden würde, war es nicht mehr aufzuhalten.

Mittlerweile warteten sogar regelmäßig Paparazzi vor seinem Haus, immer bereit, das Foto ihres Lebens zu schießen. Saint kam damit perfekt klar, lebte seine Rolle als Rebell voll aus, zeigte ihnen nur mit der Kippe im Mund den Stinkefinger oder auch mal aus dem Fenster den blanken Hintern, wenn sie ihn zu sehr nervten. Ansonsten war er lässig, cool, als wäre er für das Leben im Scheinwerferlicht gemacht. Ganz im Gegensatz zu mir.

***

Saint fragte mich zum tausendsten Mal, ob ich wirklich mitkommen wollte, als wir uns am Abend fertig machten und ich in mein weißes Kleid schlüpfte. Es war wirklich ein Traum – trägerlos, oben eng anliegend und unten weit auslaufend –, hatte eindeutig etwas vintagemäßiges und schmeichelte wirklich vorzüglich meinen Kurven. Nur würde es bei meinem Glück nicht lange so strahlend weiß bleiben. Die Haare hatte ich, so gut es ging, wellig geföhnt und mit ein paar Klammern an der Seite festgesteckt, sodass sie mir über eine Schulter fielen. Dank Holy wusste ich so langsam ein bisschen, wie ich mit dem Gestrüpp auf meinem Kopf und ein wenig Schminke umgehen sollte, weswegen ich mich gar nicht so hässlich fühlte. Bereit für den Wahnsinn, der gleich kommen würde.

Ich versicherte Saint zum tausendsten Mal, dass es für mich okay sei, ihn zu dieser Party zu begleiten. Denn ich wusste genau, wie wichtig ihm das hier war und dass er mich gern an seiner Seite haben wollte.

Er trug mal nicht seine typischen, halb zerfetzten, dunklen Bad-Boy Klamotten, sondern eine legere schwarze Hose und ein passendes dunkles Hemd, das wie angegossen anlag. Damit sah er so umwerfend aus, als wäre er gerade von einer Reklametafel herabgestiegen, und ich fühlte die Hitze in mir, allein wenn ich ihn anschaute. So breitschultrig, aber nicht massig, sondern hochgewachsen und elegant. Ich verstand, wieso sie ihn unbedingt wollten, wieso er mit seinem unsagbar guten Aussehen und Charisma alle in seinen Bann zog und sich ihm keiner entziehen konnte, während ich meine Ohrringe anlegte und ihn dabei beobachtete, wie er auf dem Balkon stand und die funkelnde Stadt mit einer Hand in der Hosentasche überschaute.

Zwischen uns war alles immer noch ein bisschen vorsichtig – und einfach komisch. Nicht Saint und Hailey. Dennoch trat ich an ihn heran und umarmte ihn von hinten. Er versteifte sich nicht, hatte wahrscheinlich schon gespürt, dass ich kommen würde, und umfing meine Arme mit seinen Händen, während ich mich an ihn schmiegte und seine Kraft genoss.

»Bist du bereit?«, fragte ich, und er schnaubte nur.

»Schon mein ganzes Leben.« Dann drehte er sich um und gab mir einen Kuss auf die Nasenspitze, nicht auf die Lippen – denen näherte er sich nur im absoluten Notfall –, bevor wir uns aufmachten.

***

Wie passend, dass wir auf der Rennstrecke von Miami feiern würden, dort, wo nächstes Jahr auch die Saison starten würde. Ich war noch niemals bei einer professionellen Rennstrecke gewesen und mir klappte der Mund auf, als ich sah, was für Ausmaße das alles hatte, sobald mir Saint aus dem Auto half und ich sofort geblendet wurde. Denn wir befanden uns tatsächlich auf einer Art rotem Teppich.

»Scheiße!«, murrte Saint, der anscheinend auf den regen Andrang der Fotografen, die sich rechts uns links der Absperrung eingefunden hatten, überhaupt nicht vorbereitet gewesen war. Doch sobald er sich zu ihnen umdrehte, grinste er frech. Und ich stolperte gegen seinen Rücken, fiel fast um und konnte mir ein Brüllen in letzter Sekunde verkneifen, weil sich meine Füße in dem blöden viel zu weißen Kleid verhedderten. Er konnte mich gerade noch so am Arm abfangen und an sich ziehen. »Opps«, machte er verschmitzt, während die ersten offiziellen Fotos von uns gemacht wurden. Wie ich in seine Arme stürzte wie ein kleiner dummer Bauerntrampel!

Super, Hailey!

Gut gemacht!

Doch Saint rettete es, indem er mich nach hinten schwang – so richtig, wie im Film – und mich für die Kameras küsste. Heiß, besitzergreifend, höschennässend, sodass die Welt um uns herum verschwamm und sich alles nur auf ihn fokussierte. Auf seine Lippen, seine Zunge, auf das Gefühl seines harten Körpers an meinem, und auf die Sehnsucht nach allem, was er damit mit mir tun könnte.

Dann war es schon vorbei. Er schwang mich wieder hoch, und ich kicherte. Das war der Saint, in den ich mich so unsterblich verliebt hatte. Doch mein Grinsen fiel in sich zusammen, als er mich schon weiterzog, denn dieser Kuss war nicht echt gewesen. Er war nur Show, und ich würde ganz sicher nicht *mehr* bekommen.

Wir wurden von einer abgehetzten Frau mit Ohrstöpsel ins Hauptgebäude und durch lange leere Gänge und unendliche Treppen hinaufgeführt beziehungsweise eher gescheucht, direkt in den VIP-Raum vor der Rennstrecke. In einen riesigen Glaskasten, von dem aus man einen perfekten Blick auf die von Flutlichtern erhellte Strecke hatte, wo es eine Bar gab, einen Sitzbereich, leise Musik, viele Stehtische und Sofas. In dem alles in Rosa und Schwarz gehalten war und natürlich wieder mal total teuer wirkte. Es waren ein paar Fotografen zugegen, die schon mal Promofotos für Hugo Boss machten.

»Kommen Sie bitte mit!«, forderte die Tussi Saint auf und er schaute mich mit einer Grimasse an. Ich lächelte und sagte: »Geh nur, ich bleibe hier.« Er verzog sein Gesicht, aber die Tussi war schon davongeeilt und er musste ihr hinterher.

Ich blieb allein zurück. Überschaute die Menschen, das Buffet; mein Magen knurrte und mir wurde klar, dass ich heute Morgen das letzte Mal etwas gegessen hatte, als Saint gerade unterwegs gewesen war, um die Verträge zu unterschreiben. Doch ich würde mir ganz sicher keins dieser kleinen eleganten Häppchen nehmen und mich zum Affen machen, indem ich mein hübsches weißes Kleid vollkleckerte. Meine Kehle war trocken. Ich hatte Durst, doch ich traute mich nicht mal, an die Bar zu gehen, wo edle Gentlemen und Ladys gepflegte Konversation führten. Also blieb ich in einer Ecke vor einer echt hübschen Blume stehen und schaute lippenkauend an die Decke, verschränkte die feuchten Finger hinter dem Rücken und wippte auf meinen Hacken auf und ab. Leider war das auf Heels gar nicht so leicht und ich zog einige Blicke auf mich, als ich das Gleichgewicht verlor und mich gerade so an der Wand abfangen konnte.

So typisch!

Mist!

Mein Gesicht brannte!

Also setzte ich mich lieber auf den erstbesten Sessel in meiner Nähe und tat so, als wäre ich gar nicht da, als wäre ich unsichtbar.

Aber anscheinend gelang es mir nicht gut genug, obwohl ich es wirklich versuchte, denn mindestens einer Person fiel ich auf. Marley. Wo war sie eigentlich mal nicht? In unsagbar hohen Stiefeln, einem atemberaubenden rotschwarzen, halb zerfetzten Kleid, perfekt gestyltem Irokesen und dunkel glitzernder Schminke sah sie aus, als wäre sie gerade von einem Laufsteg für Punkermode runtergestiegen. Hip und total trendy kam sie auf mich zugeschwebt, setzte sich auf meine Lehne und schwang mir den Arm um die Schultern.

»Na, wie geht's?«

»Super«, murrte ich und rieb meine schwitzigen Hände über den teuren Stoff des Kleides. Es war übrigens natürlich auch von Boss – was auch sonst. Ein Geschenk an Saint. Sie hatten wohl gedacht, er hätte eine Freundin, die das hier vorteilhaft präsentieren würde. Tja, da hatten sie falsch gedacht.

»Bist du aufgeregt, jetzt, wo dein Süßer ein richtiger Star wird?«, fragte Marley und steckte sich eine Traube zwischen ihre dunkel-lila geschminkten vollen Lippen. »Auch eine?«, frage sie und hielt mir einen kleinen Teller unter die Nase. Natürlich. Eine Lady aß ja keine Kohlenhydrate! Kohlenhydrate waren böse! Ich hörte noch genau Holys ausschweifende Predigten über die bösen, bösen Dinger und musste lächeln. Was hätte ich nur darum gegeben, Holy bei mir zu haben, die solchen Frauen wie Marley den Marsch blies und mich stärkte?

»Nein, danke«, antwortete ich nur knapp und hoffte, sie würde endlich gehen. Aber nichts da.

»Also ich an deiner Stelle würde förmlich durchdrehen. Wäre sicher nicht leicht für mich, ihn mit all diesen hübschen, perfekten Frauen zu teilen«, sinnierte sie und wir beobachteten Saint, der gerade wieder in den Raum kam. An seinem Arm hing Victoria, Frau von Julian Heart, die für das Promoten des Rennstalls verantwortlich war und die ich schon von der ersten Sekunde an nicht ausstehen konnte. Mit ihren den langen Beinen und den perfekten blonden Haaren. Sie wisperte ihm was ins Ohr, er lachte und der Ton schwebte zu mir. Ich hätte Marley sagen sollen, dass ich ihn nicht teilen, er mich nicht betrügen würde, dass ich keine Angst hatte, aber es wäre nicht die Wahrheit gewesen. Denn genau diese Angst saß tief in mir und sie wusste es! Wusste es ganz genau, als sie weitersprach: »Er steht gar nicht mal so auf die blonden Püppchen, die Braunhaarigen haben es ihm mehr angetan, nicht wahr?« Sie legte den Kopf schief und beobachtete, wie Saints Blick für eine Sekunde dem kleinen Hintern einer wunderschönen Brünetten folgte, die kokett lächelnd an ihm vorbeistolzierte. Dann schaute er jedoch weg, als wäre nichts geschehen, schob die Hand in die Hosentasche und unterhielt sich mit einem Mann im Anzug, den ich noch nie gesehen hatte. »Saint mag es gern rau, oder? Er ist wie ein wilder Fluss, unaufhaltsam und gefährlich. Er reißt dich einfach mit und verschluckt dich in düstere Tiefen. Aber er lässt sich nicht einsperren, er findet immer einen

Weg, um dahin zu gelangen, wohin er will, oder das abzustoßen, was ihm nicht guttut«, flößte Marley mir weiter Gift ein, und ich wusste, ich hätte endlich aufstehen und einfach gehen sollen, aber ich traute mich nicht mal zu atmen. »Dieses Leben wird ihn verändern, das weißt du. Er wird über dich hinauswachsen, über eure süße unschuldige Liebe, und erkennen, was er wirklich braucht.« Sie steckte sich noch eine Weinbeere in den Mund und grinste ihn an, als er zu uns schaute und bemerkte, dass sie neben mir saß. Dann winkte sie ihm und sein Blick verdunkelte sich, während er die Augen verengte. »Und das ist kein kleines Trampeltier vom Land, sondern eine Frau mit Klasse, die weiß, was sie will und die neben einem Mann wie ihm bestehen kann!« Sie nickte in Victorias Richtung, die sich von seinem Arm gelöst hatte und sich mit ein paar Anwesenden unterhielt, stand auf und machte sich davon, genau in dem Moment, als Saint zu mir kam.

»Hailey?«, fragte er und hob eine Augenbraue, schaute Marley wütend hinterher. Ein Muskel an seinem heute glattrasierten Kiefer zuckte und ich schüttelte den Kopf, versuchte, nicht durchzudrehen, versuchte, ihre Worte nicht an mich ranzulassen. Aber das alles so zu hören, laut ausgesprochen, was genau meinen Ängsten entsprach, machte mich fertig.

Doch nicht jetzt! Nicht hier!, flehte eine kleine Stimme in mir verzweifelt. Ich lächelte ihn zaghaft an und erhob mich. »Alles gut!« Doch meine Unterlippe zitterte, ich hatte einen Kloß im Hals und spürte, dass ich kurz vor einem Zusammenbruch stand.

Nicht hier!

Natürlich bemerkte er, dass etwas mit mir nicht stimmte, und seine Augen flackerten unsicher, als er mich in seine Arme zog, so nah, so trostspendend, womit er alles noch schlimmer machte. Sein Duft hüllte mich ein, genauso wie der Trost seiner Arme um mich herum, wie die Geborgenheit, die ich immer empfand, wenn er mich so hielt. Riesig und hart und unkaputtbar.

»Kleines?«

Krampfhaft schluckte ich gegen die Tränen – und verlor.

»Ich muss kurz aufs Klo!«, wisperte ich und riss mich von ihm los, stürmte zu den Toiletten und knallte die Tür hinter mir zu. Ich lehnte mich mit dem Rücken dagegen, schloss die Augen und versuchte, bedacht ein und aus zu atmen. Denn wenn ich jetzt heulen würde, wäre meine sowieso schon laienhaft aufgetragene Schminke dahin, und ich würde ein noch schlechteres Bild abgeben als sowieso schon.

Ich musste mich beruhigen!

Ehrlich!

Ich wusste doch, dass sie mit mir spielte!

Dass sie mich verunsichern wollte!

Wieso ließ ich es dann nicht einfach an mir abprallen, wie eine Holy es getan hätte?

Wieso konnte ich das nicht?

Weil es die Wahrheit war.

24. Wieso das Feuer brennen muss

Die Tür ging so heftig auf, dass ich nach vorn geschoben wurde und aufschrie. Ich wirbelte herum, gerade als Saint hereinkam, das Gesicht angepisst und seine Haltung entschlossen.

»Was?« Schockiert schaute ich mich um. Was war geschehen?

»Mir reicht es!«, sagte er nur, packte meine Hand und zog mich mit. Vorbei an all den Leuten, die uns blöd anschauten, die Treppen runter, wobei ich fast stolperte und er mich wieder mal auffing, ehe er etwas langsamer ging. Meine Hand fest in seiner liefen wir einen dunklen Keller entlang und weiter hinein – anscheinend befanden wir uns unter der Rennstrecke –, durch eine Feuerschutztür und in eine Art hochmoderne Garage, oder so was.

Hier roch es nach Motoröl, Eisen und Gummi. Ich sah nichts, bis er die Hand ausstreckte und Neonröhren an der Decke alles erhellten. Besonders das schwarze, wirklich unsagbar schöne, genauso wie gefährlich aussehende Motorrad in der Mitte der Garage.

Sie hatten es von New York hierher geflogen.

Und es war einfach nur unglaublich.

Es war Saints.

Und noch nie hatte ich es aus der Nähe gesehen.

»Mir geht diese ganze Scheiße schon die ganze Zeit so auf den verdammten Geist!« Er fetzte sich das Designerjackett herunter und riss das Hemd oben ein paar Knöpfe auf, egal ob sie dabei absprangen oder nicht, öffnete die Manschetten und schob die Ärmel seine sehnigen Unterarme nach oben. Anschließend griff er sich in die nach hinten gegelten Haare und zerwuschelte sie, nahm sich eine Kippe, steckte sie sich in den Mund und zündete sie sich an. Leise stöhnend lehnte er an der Tür und inhalierte mit geschlossenen Augen den Rauch – was eine der erotischsten Dinge war, die ich je gesehen hatte –, dann stieß er sich von der Wand ab und öffnete die Augen wieder. Sie waren ruhig, klar und er grinste mich an. »Jetzt zu dir!«

Er drückte auf einen Knopf auf der anderen Seite der Garage. Die Rolltore glitten fast lautlos auf. Vor uns erstreckte sich die Boxengasse und in ein paar Metern Entfernung die von Flutlichtern erhellte Rennstrecke.

Mir schwante Übles.

Dann kam er auf mich zu und nahm meine Hände – die Augen warm, das Gesicht so offen und so voller Gefühle, wie schon seit zwei Wochen nicht mehr, seit dem Moment, als er mich blutend in seinem Bett vorgefunden hatte und wir unser Baby verloren hatten.

Uns verloren hatten.

»Weißt du, was ich mache, wenn mir alles zu viel wird, wenn alles meinen Kopf fickt, ich keinen klaren Gedanken mehr fassen kann und einfach nicht mehr weiterweiß?«

Ich schüttelte den Kopf. Er ließ es mir durchgehen und drückte fest meine Hände.

»Ich fahre.«

Damit zog er mich zu der Maschine.

»Setz dich!«

»Saint!«, wisperte ich nur total empört.

Also erstens war ich nach wie vor noch niemals mit einem Motorrad mitgefahren, das kam mir einfach viel zu gefährlich vor. Außerdem trug ich ein Fünftausend-Dollar-Kleid und fast genauso teure Schuhe und Schmuck, von dem ich gar nicht wusste, wie viel der wert war. Ich würde es zerstören oder den Schmuck verlieren oder beides.

Er setzte mich einfach auf sein Bike und keilte mich mit seinen Armen rechts und links ein, sah einfach nur unglaublich in dieser Umgebung aus, besonders in diesem Anzug, das musste ich zugeben.

»Hör auf zu denken! Und fang wieder an zu fühlen. Hab keine Angst davor, Babe, auch wenn es erstmal wehtun wird! Ich bin da!« Ich verzog mein Gesicht, als er die Hand hob und sie an meine Wange schmiegte. »Und vor allem: Lass dir nicht einreden, wir müssten so wie sie sein, denn das sind wir nicht, das werden wir nie sein, das müssen wir auch nicht sein! Lass uns einfach nur wir sein. Bitte!« Beim letzten Wort war seine Stimme heiser, sein Blick so warm und so flehend und mein Widerstand gebrochen.

Ich nickte, weil er recht hatte.

Weil er es brauchte.

Und weil ich es brauchte.

Weil wir es brauchten.

Weil wir uns wiederfinden mussten, bevor alles verloren wäre!

Also nickte ich bebend und wisperte: »Okay!« Das Lächeln, das er mir schenkte, war das schönste, was ich jemals in meinem ganzen Leben gesehen hatte. »Du musst die Füße oben lassen, egal, was passiert, okay? Und in den Kurven musst du mitgehen, auch wenn du denkst, wir kippen um, das tun wir nicht.« Ich nickte, während mein Herz mit einem Mal wie wild bis in meine Kehle schlug und dieser Funken aufloderte. *Unser* Funken, der alles in mir wiederbelebte, was die letzten Wochen so taub und grau gewesen war.

Saint hob mein Kinn, sodass ich ihm in die Augen sehen musste, wobei sein Daumen zart darüber strich, und ich ertrank förmlich in seinen grünen Tiefen. Momentan hatten sie einen aufgeregten lodernden Schimmer, ein Feuer brannte darin, das endlich auch wieder auf mich übersprang und mich von innen wärmte.

»Vertraust du mir?«

Ich nickte wie blöd und grinste wie irre.

»Gut!« Er beugte sich vor und gab mir einen langsamen, fast schon keuschen, genießerischen Kuss.

Mit funkelnden Augen setzte er sich dann vor mich auf dieses Höllengefährt und ich umfasste ihn so fest mit den Armen, wie ich konnte, sog seinen Geruch in mich ein und lehnte meine Stirn an seinen Rücken, schloss die Augen und fühlte ihn so nah wie schon seit Tagen nicht mehr. Nicht nur körperlich.

Er nahm meine Hand und gab mir einen Kuss auf mein Handgelenk. An meiner Haut wisperte er: »Ich liebe dich über alles, Hailey White!« Und dann startete er den Motor, der dröhnend zum Leben erwachte.

25. Wieso ich frei bin, wenn ich dein bin

Das Herz klopfte wild in meiner Brust, und das Blut rauschte durch meine Blutbahn wie ein Wildwasserfluss, während Saint die unzähligen PS in Bewegung setzte und langsam aus der Garage rollte. Ich wusste genau, dass sie uns von oben beobachten konnten und grinste noch breiter, als ich daran dachte, wie sehr es mir gefiel, dass sie uns so sahen.

In unseren schnieken hübschen Kleidern, mitten in der Nacht, auf dieser Höllenmaschine, auf der von Flutlichtern erhellten Strecke.

So verboten.

So wild.

Aber vor allem gefiel mir, wie nah wir uns in diesem Moment waren, als wir auf die Rennstrecke fuhren und Saint den Motor aufröhren ließ. Es fuhr mir durch Mark und Bein, setzte mein Blut in Flammen, feuerte alles in mir an. Gänsehaut überzog meinen gesamten Körper, als die

Spannung mich überflutete, und mein Herz noch schneller zu rasen begann.

»Bereit?«, fragte er mit einer für mich bis jetzt unbekannten Ungeduld in der Stimme und ließ den Motor noch einmal aufröhren, zeigte mir die Kraft, die in der Maschine unter uns steckte. Ich nickte euphorisch und rief: »Immer!«

Und dann gab er Gas.

Mein Magen blieb irgendwo hinter uns, der hatte keine Chance hinterherzukommen, so schnell, wie alles ging. Wir trugen beide keinen Helm. Der Fahrtwind war unglaublich stark, drückte wie eine Mauer gegen mein Gesicht und ließ meine Haare und mein Kleid hinter mir herflattern.

Ich dachte daran, wie wir gestern hierher geflogen waren, an das Gefühl, welches man kurz vorm Abheben immer hat, wenn die Maschine immer schneller wird und man nicht weiß, wann dieser eine Punkt erreicht ist, an dem es in die Lüfte geht. Dieses Kribbeln, das durch den Körper strömt, die Angst und gleichzeitige Vorfreude auf das, was kommen wird.

Denn das hier war genauso.

Ich schrie, weil es sich anfühlte, als würden auch wir gleich abheben. Saint lachte. Ich bemerkte es am Beben seiner Brust, denn hören konnte ich außer dem lauten Rauschen und dem Motor gar nichts. Denken konnte ich auch nicht, sondern nur fühlen. Nur sein.

Erst ging es eine Gerade entlang. Wir flogen sie nur so dahin. Dann kam die erste Kurve und Saint kippte seinen

Körper und somit die Maschine ... wobei ich automatisch mitkippte und mich panisch an ihn klammerte. Ich hatte in diesem Moment das erste Mal in meinem Leben richtige Todesangst. Als ich unser Baby verloren hatte, hatte ich gar nicht richtig verstanden, was geschah. Das war nichts gewesen gegen das hier. Denn ich dachte, wir würden jede Sekunde stürzen. Der Puls hämmerte nur so in meinem Kopf, weil er so heftig nach oben schoss und meine Hände wurden schwitzig.

»OH MEIN GOTT!«, brüllte ich und schloss die Augen, als der Asphalt immer näher kam. Saint berührte mit seinem Knie fast den Boden, wie meine Haare, wenn der Wind nicht so stark gewesen wäre.

»GOOOOOOOOOOOOOOOOTT, SAAAAAAAAAAAAAAAAAAAAINT!« Ich brüllte die ganze Strecke zusammen und klammerte mich mit allem, was ich hatte, an ihm fest.

Ich wollte noch nicht sterben!

Er lachte erneut, dann richtete er sich auf und gab so richtig Gas.

Wow!

Ich hatte überlebt!

Ich lebte!

Ich presste meine Schenkel an seine Beine und hob die Arme, schaute in den schwarzen vorbeirasenden Himmel.

Und ich schrie.

26. Wieso Sex auf einem Motorrad der Hamster ist

Hailey

Ich war ein vor Endorphinen triefendes, glückliches, irre vor mich hin grinsendes, total zerzaustes Wrack, als Saint und ich ganz gemächlich wieder in die Garage einfuhren. Aber nicht nur das.

Ich war unsagbar heiß.

Angefüllt mit Adrenalin.

Und Lust.

Und Glück.

Was wirklich ein verrückter, total berauschender Cocktail war.

Ich war den Emotionen und meinem Verlangen hilflos ausgeliefert, denn er war mir so nah, direkt zwischen meinen Schenkeln. Meine empfindlichen harten Nippel rieben über seinen Rücken, als er sich etwas bewegte und nach mir umdrehte. Ich stöhnte auf, weil ich es überdeutlich spürte, und griff nach vorn zu seiner Hose und fühlte, wie hart er war.

»Hailey?«, fragte er nur, mit zusammengebissenen Zähnen, da war ich schon dabei, seine Hose zu öffnen. Ich richtete mich etwas auf und küsste seinen frisch rasierten Nacken, glitt mit der Zunge über seine salzige Haut und stöhnte ihm ins Ohr, als ich seine Härte an die Luft holte.

»Wow!«, keuchte er und ließ seinen Kopf zurückfallen, gab sich meinen Händen hin, die ihn fast schon verzweifelt massierten. »Scheiße! Also eigentlich wollte ich dich nicht ...« Er konnte nicht weiterreden und stöhnte stattdessen unsagbar heiß auf, weil ich seine Eichel fester packte und den Lusttropfen verrieb. Seine Hüften ruckten immer wieder nach oben und er kniff die Augen zusammen, gab sich meinen Berührungen noch ein paar Sekunden hin, bevor er meine Hände packte und von sich fortzog.

»Ist gut! Ist ja gut! Fuck!« Damit stieg er vom Motorrad, sicherte es und wirbelte mich darauf herum, dann drängte er sich schon zwischen meine Beine, umfasste seinen Penis und strich damit direkt über meine Pussy, wobei wir beide fasziniert zuschauten. Nur leider über dem Höschen – was echt frustrierend war, weswegen unsere Blicke hochschossen und sich im selben Moment fanden. Seiner teuflisch lauernd, meiner frustriert und verzweifelt.

»Wie ich sehe, geht es dir gerade genauso wie mir.« Seiner Stimme war fast nicht anzumerken, obwohl sein Härtegrad deutlich zeigte, dass er kurz vorm Platzen stand. Besonders nach der Entbehrung.

Ich nickte.

Er schob den dünnen, total nassen Stoff zur Seite und biss die Zähne zusammen, als er mit seiner Spitze nun direkt über meinen feuchten Intimbereich fuhr – von oben nach unten, bis zu meinem Eingang.

»Fühlst du es?«

»Ja«, stöhnte ich und ließ den Kopf nach hinten fallen, als er sich etwas in mich schob, nur ein kleines, total unbefriedigendes Stück. Ich hob ein Bein und schlang es um seinen Hintern, versuchte, ihn enger an mich zu ziehen, aber er hielt dagegen und schaute mich mit wild funkelnden Augen an.

»Fühlst du uns wieder, Hailey?«, fragte er mit Nachdruck.

»Ja, Saint! Gott, bitte!«

»Dann vergiss es in Zukunft nicht mehr!« Somit drang er bis zum Anschlag in mich ein. Leider wackelte sein Bike dabei ziemlich und drohte umzukippen, als er heftig in mich stieß, dass es Saint wohl doch zu heiß wurde. Er packte mich einfach am Hintern, hob mich hoch und setzte mich auf die Werkbank zu unserer Rechten, während ich meine Finger in seinen Haaren vergraben hatte und sein Mund endlich wieder mit meinem verschmolz. Er endlich wieder in mir war und wir *wir* wurden. Komplett!

Es dauerte nicht einmal fünf Sekunden.

Dann explodierten wir.

Und zwar episch.

Zehn Minuten darauf stand ich – immer noch ein bisschen außer Atem – ganz weit oben im Aussichtstower, mit Saints Lederjacke über den Schultern und seinen Armen um meinen Bauch. Und ich konnte alles überblicken. Das funkelnde Miami bei Nacht, das so riesig war, dass es von einem Horizont zum nächsten reichte, und die hell erleuchtete Rennstrecke direkt unter uns. Der Wind fuhr heftig in meine Haare und ich fröstelte ein bisschen. Oder erschauerte ich, weil Saint mit seinen Lippen über meine Wange glitt?

Ich wusste es nicht, ich wusste nur, dass ich ihn liebte, wie noch nie ein Mensch dieser Welt einen anderen Menschen geliebt hatte.

»Es tut mir leid, dass ich dir immer wieder wehtue, dass ich immer wieder Scheiße baue. Es tut mir leid, dass ich so oft nicht für dich da sein kann, wenn du mich brauchst, und es tut mir leid, dass wir ... dass wir *ihn* verloren haben.«

»Ihn?«

»Ich wette, es wäre ein Junge geworden.« Ich schloss die Augen, hatte diesen kleinen süßen Jungen mit den strahlend grünen Augen direkt vor mir, wie er auf mich zuwatschelte, wie er lachte, wie die kleine Hand meine hielt, doch das Lachen verklang gespenstisch in meinem Kopf. Wohl wissend, dass es niemals real werden würde. Zumindest nicht so bald. Ich umfasste fest seine Hände auf meinem Bauch und fühlte, wie meine Augen feucht wurden.

»Mir tut es auch leid.«

»Dir muss nichts leidtun!«

»Doch!« Damit drehte ich mich zu ihm um und legte meine Hand an seine Wange. »Es tut mir leid, dass du dir immer Sorgen um mich machen musst, dass du mit deinen Gedanken niemals wirklich frei bist, weil du dir immer überlegst, wie ich mich damit fühle.«

»Das ist doch keine Bürde, Hailey. Das ist Liebe. Erst an den anderen zu denken und dann an sich selbst. Und es ist selbstverständlich für mich, du bist meine Kleine.« Er drehte seinen Kopf und küsste meine Handfläche.

»Also bin ich kein Klotz an deinem Bein?«

»Du bist kein Klotz, du bist mein Anker, Hailey White.« Ich riss die Augen weit auf, sah in seine warmen wunderschönen Tiefen und schloss die Lider, als er seine Stirn an meine lehnte und wisperte: »Ich brauche dich, um nicht abzuheben, um ich selbst zu bleiben. Bitte sag mir, dass du mich immer festhalten wirst, egal wie stark der Fuckwind auch sein mag und versuchen wird, mich aus deinen Händen zu reißen. Bitte lass mich nicht los.«

»Ich verspreche es.« Noch niemals war mir ein Versprechen leichter gefallen als das.

27. Wieso es zu Hause am schönsten ist

Saint

Was mir früher wie die verdammte Hölle vorgekommen war, erschien mir jetzt wie mein ganz persönlicher Himmel. Allein an einer der zwei einzigen Ampeln zu stehen und darauf zu warten, dass sie grün wurde, obwohl kein anderer in der Nähe war, was mich früher echt rasend gemacht hatte, bescherte mir jetzt ein warmes Gefühl im Bauch. Genauso als ich an den kleinen schnuckligen Läden der Hauptstraße entlang rollte, Mr. Harrison sah, der uns sofort winkte, als er mein Auto erblickte, weiter an der einzigen Tankstelle vorbei und in die Wir-haben-Geld-und-wir-zeigen-das-auch-Siedlung am Rande der Stadt. Entlang an den penibel gemachten Gärten, an den hübschen Blumentöpfen, die jetzt aber alle leer waren, da der erste Schnee gefallen war. Vorbei an den kleinen Zäunchen und den grinsenden Gartenzwergen, bis nach hinten zu unserem

Haus. Gelb mit weißem Zaun und weißen Fensterläden, mit der gepflegten Veranda, der Hollywoodschaukel, auf der ich Hailey nicht nur einmal vernascht hatte.

Hailey lächelte mich so strahlend an, dass ich froh über ihre Ohren war, sonst hätte es wohl ihren Kopf umrundet. Sie konnte es nicht mehr aushalten und sprang fast aus dem fahrenden Auto. Dann wartete sie, bis ich ausgestiegen war und unsere Koffer rausgeholt hatte – total zapplig. Ich verdrehte die Augen und bedeutete ihr, dass sie vorgehen sollte, bevor sie noch platzte, da war sie schon herumgewirbelt und wäre fast auf dem feuchten frischen Schnee ausgerutscht. Gerade so konnte sie sich am Zaun abfangen. Ich schaute sie wütend an, sie mich schuldbewusst. Denn ich konnte ihre ständigen Stunts nicht ausstehen. Dann zog sie das Tor auf und rannte und rutschte förmlich zur Eingangstür, wohinter meine Mutter schon gewartet haben musste. Denn mit einem wilden Amazonen-Kreischen hechtete sie auf Hailey zu – als wäre sie ihr Kind und nicht ich – und zog sie in ihre alles abdrückende Umarmung. Hailey hatte ein paar Tränen in den Augen und strahlte, während meine Mutter sie streichelte und streichelte und heulte und heulte und sagte, wie schön sie doch geworden wäre und wie sehr ihr das mit Baby leid täte und dass Hailey so stark wäre, *so stark*, und dass sie so toll wäre und super und wunderbar und weiß die Muschi. Bevor ihr irgendwann auffiel, dass ich – ihr Sohn, by the way – auch danebenstand und mir schon mal gelangweilt eine Kippe angezündet hatte, ehe sie auch mich an ihre Brust zog. Ich musste zugeben, irgendwie mochte ich es hier.

Dann gingen wir ins Haus, wo es heimelig nach Plätzchen sowie Punsch roch – wie immer zu dieser Jahreszeit – und alles über und über mit Weihnachtsdeko war. Gott, wie hatte ich diesen verdammten Geruch doch vermisst! Die Sauberkeit und das alles an seinem Ort war! Dass ich keine Wäsche waschen musste und kein Geschirr spülen und nicht kochen ...

Halleluja!

Es war schön, daheim zu sein!

Wirklich, wirklich schön!

Die Begrüßung meines Vaters war etwas verhaltener, aber das war nicht besonders schwer. Er zog mich fest an sich und schlug meine Schulter fast tot, während ich das an seiner auch machte. Dann stand er ratlos vor Hailey. Beide wussten nicht, wie sie sich begrüßen sollten, waren immer ein bisschen schusslig, weil sie die Grenzen des anderen nicht übertreten wollten. Mein Dad entschied sich für einen Kuss auf die Wange, während Hailey eine Umarmung wählte. Das alles wurde total peinlich und beide hatten einen knallroten Kopf.

Ich grinste nur so vor mich hin.

Besonders, als mir von hinten an die Schulter getippt wurde und ich mich Holy gegenüberfand. Gerade so konnte ich einen Schrei unterdrücken.

»Was hast du mit deinen Haaren gemacht?«, fragte ich mit großen Augen und schaute auf das Grauen vor mir, denn ihre Haare waren knallblau, sehr kurz und hochgestylt.

»Ich brauchte mal was Neues!«, sagte sie, um ein paar Piercings reicher und um sehr viel Stoff ärmer, als ich sie das letzte Mal gesehen hatte. Das war wohl ihre Art, gegen dieses schnuckelige Kleinstadtleben zu rebellieren, in dem sie nur noch dieses Jahr gefangen sein würde, bevor sie sich davonmachen könnte. »Gefällt's dir?« Sie drehte sich, wobei ihr halber Arsch aus der Hotpants rausschaute und das schwarze Shirt so zerrissen war, dass es mehr offenbarte als verdeckte.

»Bist du unter den Mähdrescher gekommen?«, fragte ich. Ich war sicher nicht verklemmt, aber eben doch ein großer Bruder. Und ehrlich gesagt, war ich echt nicht damit einverstanden, dass meine kleine Schwester so durch die Gegend rannte.

»Das könnte ich dich auch fragen!« Sie musterte meine Jeans, die einige Löcher aufzuweisen hatte. Aber schließlich verdrehte sie die Augen und zog mich an sich. Dann war schon Hailey da und die beiden hielten sich an den Händen und hüpften und kreischten und fielen sich in die Arme und kreischten noch mehr. Ich machte, dass ich in die Küche kam, denn ich brauchte was zu trinken – und Sam!

***

An diesem Abend trafen wir uns alle in dem kleinen süßen Pub, an der kleinen süßen Ecke und feierten gemeinsam. Sogar Hailey blühte hier auf, unterhielt sich mit den alten Leuten von unserer Schule, strahlte und schmiegte sich an mich, küsste mich und trank ein bisschen Glühwein. Nicht viel, denn sie vertrug praktisch gar nichts. Sam und sie waren ein Herz und eine Seele, als wären sie beste Freunde, wobei ich sagen musste, seitdem Sam bei der Armee war, hatte er sich gemacht. Er hatte sicherlich zehn Kilo abgenommen, war männlicher geworden, kantiger und reifer, so sehr, dass Holy nur schwer ihre Augen von ihm lassen konnte. Sie sah ihn heute Abend auch das erste Mal wieder, denn er war selbst erst vor ein paar Stunden zum Weihnachtsurlaub hier hergekommen und sofort von all den Frauen, die damals keinen einzigen Blick für ihn übrig gehabt hatten, überfallen worden. Ekelhaft. Ehrlich. Was Holy echt so gar nicht gefiel, wie ich genau beobachtete. Nancy arbeitete hier an der Bar und verteilte an alle eher Gift als Getränke, denn sie war an keinem großen College genommen worden und hatte damit keine glorreiche Zukunft weitab vom kleinen Goodville. Sie würde hier für immer versauern. *Wenn das mal nicht Karma ist,* dachte ich, während ich sie träge mit meinem Bier in der Ecke sitzend dabei beobachtete, wie sie aggressiv den Tresen polierte, und besonders Hailey mit Blicken abschlachtete. Denn nicht nur Sam war auf einmal Mittelpunkt des Trubels, sondern auch meine Kleine. Schließlich würde sie sicherlich ein großer Star werden und lebte fernab im sonnigen L.A. Sollten die Kerle nur sabbern und sie weiter ausquetschen, sie würde heute Abend stöhnend unter mir liegen. Ich bestellte bei Nancy noch ein Bier, das sie mir mehr als angepisst hinknallte und dann wieder abdampfte, ohne mich auch nur eines Blickes zu würdigen. Hailey saß zwischen Sam und Holy, die beide kein Wort miteinander sprachen und sich nur anschauten, wenn der andere gerade nicht hinsah, am Tisch gegenüber und unterhielt sich lebhaft mit den anderen, hatte rote Wangen, und tuschelte kichernd mit Holy herum. Ich saß etwas abseits, weil ich gerade rauchen gewesen und wieder reingekommen war und weil ich meine Kleine einfach nur in Ruhe beobachten wollte. Hier, wo sie sich so losgelöst gab, wo sie Zuhause war, wo sie *sie* war.

Das hier war mein Mädchen, nicht das verschreckte Ding aus New York.

Sie war wunderschön.

Sie hatte in ihrem Leben schon so viel durchgemacht.

Schon so viel verloren.

Ein anderer wäre daran zerbrochen, aber sie war nur stärker geworden.

Hailey war wegen ihres harten Schicksals nicht boshaft geworden, nicht abgestumpft, nein, sondern offen, lieb und mitfühlend. Ein rundum guter Mensch.

Und das machte ihre wahre Schönheit aus.

***

Ich ließ Hailey im Kreis derer, die sie so liebten, wie sie war und ging wieder raus an die frische Luft, lehnte mich an die Wand und stützte einen Fuß hinter mir ab. Es war so kalt, dass der Atem in kleinen Wölkchen meinem Mund entwich. Ein leiser weißer Flaum lag auf der Straße und den umliegenden Häusern, der dem Ganzen etwas Friedliches verlieh. Ich klappte den Kragen meiner Lederjacke hoch und schloss sie, bevor ich die Ärmel ausschüttelte, damit sie mehr von meiner Haut vor der Kälte schützten und mir eine Zigarette anzündete. Dann ließ ich den Kopf nach hinten fallen, schloss die Augen und inhalierte tief den Rauch. Ich hatte getrunken, alles drehte sich schon ein bisschen, aber das war okay.

Wir waren wieder okay.

Und das war das Wichtigste.

Ich bemerkte, dass die Tür geöffnet wurde, denn kurz hörte ich sie drin reden und lachen. Genau erkannte ich Hailey, die gerade einen heftigen Lachanfall hatte und grinste in mich hinein. Dann ging die Tür wieder zu und ich schaute nach rechts. Nancy stand neben mir und zündete sich auch eine Zigarette an, bevor sie ihre Jacke fester zusammenzog und stur vor sich hinblickte. Mich total ignorierte. Weswegen ich sie eingehender betrachten konnte. Sie hatte abgenommen. Die Furchen in ihrem Gesicht waren unglaublich tief, sodass sie wie dreißig aussah. Dabei war sie gerade mal Anfang zwanzig. Ihre Haare waren schwarz gefärbt und fettig. Ihre Haut war blass und ihr Gesicht irgendwie eingefallen.

Ich war vielleicht ein Idiot, aber irgendwie tat sie mir leid.

Auch wenn ich wusste, dass es dumm war, ging ich auf sie zu und sagte: »Hey Nanc!« Dann lehnte ich mich mit einer Schulter an die Wand und grinste sie an, eine Hand in der Hosentasche vergraben.

Sie warf mir einen kurzen Blick aus stark geschminkten Augen zu. »Was willst du?«

»Nur ein bisschen plaudern.«

»Ha, der Oberpromigott lässt sich dazu herab, mit dem niederen Volk zu sprechen. Woow!«, keifte sie hart und ich zog eine Augenbraue hoch. *Oberpromigott* war schon ein bisschen witzig.

»Komm schon, Nance, sei nicht so verbittert, das steht dir nicht und gibt hässliche Falten.« Sie wurde ein bisschen rot, als ich sie mit der Schulter anstieß und mit *dieser* Stimme sprach, der keine jemals widerstehen konnte, und schaute zu Boden. Ihre Lider flatterten, dann drehte sie mir den Kopf zu.

»Was willst du von mir, Saint, ernsthaft?« Und sie schaute mich ehrlich und auch ziemlich müde an.

»Ich wollte nur ein bisschen mit dir reden.«

»Wieso? Früher hat dich auch nicht interessiert, was ich zu sagen habe!«

»Früher war ich dumm.«

»Ach, und jetzt hat sich das auf einmal geändert?« Sie hob eine Augenbraue, als sie das ironisch fragte und heftig an ihrer Zigarette zog. Ihre Nägel waren nicht mehr gemacht, sie waren vom Nikotin gelb verfärbt. Im Großen und Ganzen wirkte sie nicht mehr gepflegt und ließ sich gehen. »Das glaube ich wohl kaum! Du bist genauso ein beschissener kleiner Heuchler wie früher, nur kannst du das jetzt noch besser verstecken!« Sie schnippte ihre Kippe weg und wollte reingehen, aber ich schoss mit meiner Hand vor und hielt sie am Arm fest.

»Wenn du willst, helfe ich dir«, sagte ich leise und sie schaute von meiner Hand hoch in meine Augen. Das hatte ihr noch niemals jemand angeboten, das wurde mir in diesem Moment klar. Ich bemerkte, wie sie auftaute, wie die Verzweiflung kurz in ihr Gesicht trat und die Hoffnung auf ein besseres Leben.

»Du...« Die Tür glitt auf und Hailey und Holy kamen rausgestolpert, sich den Arsch ablachend und mit hochrotem Kopf, immer wieder einem total verdatterten Sam Blicke zuwerfend. Er hatte Holys Lippenstift überall um den Mund verschmiert und die beiden Frauen kriegten sich wirklich gar nicht mehr ein. Bis sie nach rechts zu uns schauten. Und sahen, wie ich hier mit Nancy stand und sie am Arm festhielt.

Ooops!

Hailey wurde sofort ein wenig blass um die Nase. Unsicherheit flackerte in ihren so wunderbar glänzenden Augen auf, während Holy mit hochgezogener Augenbraue fragte: »Ähhh? Was is'n jetz los?«

Ich schaute nur Hailey an, hielt sie mit meinem Blick fest.

»Ich habe mich mit Nancy unterhalten, ist das verboten?«
*Mach keinen Aufstand, Kleines. Du weißt, wie es ist! Du
weißt, wen ich heute Nacht ficke*, gab ich Hailey nonverbal
zu verstehen. Und sie verstand, weswegen ein Grinsen ihre
Mundwinkel hochzog, das ich stolz erwiderte. Sie kam auf
mich zu und schmiegte sich an meine Seite. Klar, sie ließ
heraushängen, wem ich gehörte, und ich legte ihr nur
liebend gern meinen Arm um die Schultern und zog sie an
mich. Aber sie war eben doch eine Heilige, weil sie Nancy
total offen anlächelte und fragte: »Hey Nancy, wir haben
uns heute noch gar nicht unterhalten. Wie geht's dir so?«

Sie vertraute mir.

Und ich liebte sie gleich noch ein bisschen mehr.

Nancy hingegen keifte: »Super geht's mir, siehst du
doch!«, und stürmte an uns vorbei ins Innere des Pubs.

Das war eine Person, die sich nie ändern würde,
zumindest nicht zum Guten. Nein, sie würde immer
boshafter, missgünstiger, immer fieser und mieser werden
und schließlich an sich selbst zerbrechen.

Aber ich hatte es wenigstens versucht!

Das war mir zu Weihnachten irgendwie passend
vorgekommen.

Ich hatte dieser Blödkuh eine zweite Chance gegeben,
wie sie jeder Mensch verdiente, das hatte mir zumindest
einmal eine ganz weise Person gesagt – eine, die mir jetzt
ihr Gesicht entgegenhob, damit ich sie küssen konnte.

Und ich tat es.

Mit dem größten Vergnügen.

28. Wieso Trainieren wirklich wichtig ist – für die Frau, die zusieht

Hailey

Was das Beste ist, was einem passieren kann, wenn man am Weihnachtsmorgen die Augen aufschlägt?

Saint Conroy beim Trainieren vorzufinden!

Nur in einer lockeren schwarzen Hose und einem gleichfarbigen Muskelshirt. Wie er vor dem Bett auf dem Boden liegt und Sit-ups macht, leicht schwitzt und von der Sonne erhellt wird.

Oh ja!

Da kann ein Mädchen sich wirklich glücklich schätzen.

»Also, das nenn ich mal einen Anblick«, murmelte ich und legte mich quer übers Bett, die Arme unter dem Kopf verschränkt.

»Morgen, Baby!« Er machte noch einen Sit-up und gab mir einen schnellen Kuss, als er nach oben kam, dann ließ er sich wieder zurückfallen. Ich streckte die Hand aus und schob sein Shirt an seinem verschwitzten Körper hoch, damit ich seinen Bauchmuskeln dabei zusehen konnte, wie sie arbeiteten.

Mir entkam ein kleines Seufzen, und ich ließ die Fingerspitzen über seinen Bauch streichen, verträumt und noch etwas verschlafen, während er nur eine Augenbraue hob, locker grinste und fragte: »Gefällt dir, was du betatschst?«

»Könnte besser sein. Ich glaube, du hast etwas an Muskelmasse abgenommen und an Fett zugelegt«, log ich nonchalant und lachte auf, als er blitzschnell nach oben griff und mich kitzelte.

»Du freches Stück!« Glucksend wich ich seiner Hand aus und rettete mich nach hinten. Er brummte vor sich hin, drehte sich um und machte Liegestütze. Ich konnte nicht anders, denn der Schalk saß mir im Nacken. Grinsend kroch ich wieder an den Rand und schob seine Hose den Hintern runter.

»Also bitte!«, empörte er sich und schlug nach meiner Hand, aber ich wich wieder glucksend aus.

Sorry, das war einfach viel zu einladend gewesen.

Er lachte auch und verdrehte die Augen, als ich mit schief gelegtem Kopf schmollend zusah, wie er sich die Hose wieder den Hintern hochzog und weiter seine Liegestütze machte. »Du hast es wirklich faustdick hinter den Ohren, ich wusste es schon immer!«, stellte er amüsiert fest, stemmte sich ein paar Mal mit nur einem Arm nach oben, während er den anderen auf dem Rücken ließ. Dann andersrum. Als Nächstes nutzte er wieder beide Hände und klatschte einmal, ehe er sich auf dem Boden abfing. Ich murmelte: »Angeber«, wobei ich so tat, als würde ich total gelangweilt meine Nägel betrachten. Leise lachend sprang er auf die Beine, ging zu der Stange, die in seiner Tür angebracht war, und machte Klimmzüge. Hoch und runter, hoch und wieder runter. Dann hob er die Beine in die Waagerechte, bis die schweißbedeckten Muskeln an seinen Armen bebten und es auf seinen stahlhart gespannten Körper überging. Ich dachte, jeden Moment würde ihn die Kraft verlassen, doch er hielt noch ein bisschen länger durch, dann ließ er los, sprang auf den Boden, schüttelte seine Arme und Beine aus und grinste mich an. »Willst du auch mal?«

»Sehe ich lebensmüde aus?« Er beugte sich über mich und sagte direkt an meinem Kiefer, mit seinen Lippen fast an meiner Haut, aber nur fast: »Ich könnte dich hochheben und wieder runter, natürlich während ich dich dabei ficke.« Ich schloss erschauernd die Augen.

»Das wäre ja geschummelt!«, wisperte ich und lehnte mich ihm entgegen, wollte, dass er mich küsste, dass er mich packte, dass er mir seine Stärke auf andere Art zeigte. Doch er ließ mit einem »Na und!« von mir ab und ging zu seinem Boxsack, der in der anderen Ecke direkt am Fenster hing. Also er besaß ein wirklich interessantes Muskelspiel im Schulterbereich, wenn er darauf eindrosch. Das musste man ja schon mal sagen. Dazu auch noch die Tätowierung darauf, die ihm etwas Düsteres und Hartes verlieh.

»Ohne Shirt wäre es sicher effektiver!«, merkte ich an und er tat mir augenverdrehend den Gefallen, zog es sich mit einer Hand über den Kopf und machte dann so weiter.

Halleluja!

Wo war der nächste Fächer, wenn ich ihn mal brauchte?

Das war wirklich nicht zu verachten. Saint im Sonnenlicht, oben ohne, während er den Boxsack bearbeitete, und dem Schweiß, der über seine Muskeln herabperlte.

Natürlich wusste er ganz genau, was für eine Wirkung er auf mich hatte – was für eine Wirkung er wohl auf jede Frau gehabt hätte und wie er mich langsam, aber sicher in den Wahnsinn trieb. Und das sogar noch vor meinem ersten Kaffee!

Fies, einfach nur fies!

Doch mittlerweile kannte ich mich mit seinen Spielchen bestens aus, nahm mein Handy und drückte darauf herum, auch wenn ich eigentlich gar nicht wirklich sah, was ich da machte. Innerlich lauerte ich nur auf jede seiner Regungen und grinste, als er mit einem Mal über mir landete und mich in die Kissen drückte.

»Bist du meiner schon so überdrüssig?«, fragte er, leicht keuchend, die Augen glühend, der Körper immer noch zitternd.

»Hm?«, fragte ich und tat, als wüsste ich nicht, was er meinte, schaute ihn mit großen Augen an. Er verengte seine, und ich musste meine Finger in die Handflächen krallen, um ihn nicht zu berühren.

»Ich liefere hier für dich eine total heiße Show und du genießt sie nicht mal, obwohl du in der ersten Reihe sitzt?« Er hob eine Augenbraue, dann beugte er sich vor und sprach direkt an meinem Ohr. »Oder muss ich das nächste Mal ganz nackt trainieren?«

»Vielleicht«, wisperte ich zurück, versuchte, ganz locker zu sein, was mir aber mehr als schwerfiel, wenn er mir so nah war und so duftete und so wenig anhatte.

»Oder vielleicht sollte ich auch ganz anders trainieren?« Mit offenem Mund fuhr er an meinem Hals nach unten, hauchzart, und ich schloss die Lider, als dieses Knistern zwischen uns unerträglich wurde. Wir hatten gestern, nachdem wir mit den anderen aus gewesen waren, phänomenalen Sex gehabt. Wir hatten eigentlich immer phänomenalen Sex – und doch war es nicht genug. Es würde nie genug sein. Das ahnte ich tief in mir.

»Vielleicht sollte ich mich auch eher auf eine andere Muskelpartie konzentrieren«, sinnierte Saint; ich lächelte und keuchte in einem, als er mir seine Erektion zwischen die Beine drückte. Ganz kurz, dann wich er wieder zurück und ließ mich nach mehr lechzend zurück.

»Vielleicht«, murmelte ich und streckte die Arme von mir und rekelte mich verschlafen unter ihm, fühlte, wie meine Nippel steinhart wurden und sich durch das dünne kleine Oberteil drückten. Ich war völlig schamlos, völlig gelöst und ich wollte nur eins, was ich ihm auch zeigte.

»Gottverdammt!«, knurrte er mit einem Mal, packte meinen Arm und wirbelte mich herum, sodass ich auf dem Bauch zum Liegen kam – keuchend und mit schneller schlagendem Herzen. »Und vielleicht sollte ich dir deinen kleinen Arsch erst mal versohlen, weil du ein verdammt kleines freches Biest geworden bist!« Er zog mit einem Ruck mein Höschen auf die Oberschenkel und gab mir einen schnalzenden Klapser auf die nackte Haut.

»Aua!«

Also jetzt war ich wach!

»Was?« Er gab mir noch einen Klapser auf die andere Arschbacke.

Ich stöhnte und keuchte empört in die Kissen, vergrub mein Gesicht darin, damit er gleichzeitig mein Grinsen nicht sah. Außerdem war ich damit beschäftigt, ihm nicht wie eine willige kleine Prostituierte den Hintern entgegenzustrecken und mich ihm wild stöhnend darzubieten. Seine Lippen fuhren über meine Schulter zu meinem Ohr, und als er sich diesmal gemächlich an meinen Hintern drückte, war kein Stoff mehr zwischen uns, und er steinhart. »Aber vielleicht werde ich dich jetzt auch so hart ficken, dass du das ganze Haus zusammenschreist, bis ich komme, und dich einfach geil und triefend zurücklassen!«, sinnierte er weiter, was mir gar nicht gefiel.

Doch bevor ich empört protestieren konnte, hatte er mit einer Hand meinen Bauch umfangen, meinen Hintern hochgezogen und sich in mich geschoben – und was sollte ich sagen?

Saint Conroy machte wahr, was er mir angedroht hatte, weswegen es ein seeeeeeeehr langer, seeeeeehr frustrierender Tag wurde!

Arsch!

***

Weihnachten, das Fest der Liebe, feierten wir bei Saint daheim. Mein Vater kam nach der Messe, die ich mit Saint zusammen besuchte und an die ich nicht weiter zurückdenken wollte, weil ich diese Kirche nie wieder mit denselben Augen sehen würde, auch zu uns, genauso wie Mrs. Dean.

Es wurde ein schönes, schlichtes Abendessen und eine wunderbare Bescherung. Auch wenn ich keine Ahnung hatte, wie Saint es schaffte, meinem Vater in die Augen zu sehen, nach dem, was er vorhin mit mir in seiner ehrwürdigen Kirche gemacht hatte! Und ich hatte es nicht nur zugelassen, sondern auch noch genossen! Das war wahrscheinlich das Verwerflichste daran! Was hatte er nur aus mir gemacht?

Es war das erste Mal, dass Saint und mein Vater so direkt miteinander zu tun hatten, und nach ihrer, äh, sagen wir mal, etwas komplizierten Vergangenheit, war ich wirklich froh, dass mein Vater ihn nicht zerfleischte. Beide gaben sich Mühe. Es war etwas angespannt, aber schon okay. Insgeheim wusste ich, mein Vater würde Saint niemals vergeben, dass er vom Kirchendach gepinkelt hatte, ganz zu schweigen von den anderen Vergehen, an die ich jetzt nicht denken wollte. Es war auch das erste Jahr, dass Saints Oma nicht im Altenheim, sondern wieder im Kreis ihrer Familie feierte. Saint persönlich hatte sie abgeholt und würde sie später auch wieder hinbringen. Er sagte, sie gehöre dazu! Punkt, aus, basta! Und dafür liebte ich ihn noch ein bisschen mehr! Ohne sie hätte hier etwas gefehlt! Sie war uns beiden enorm wichtig. Eigentlich war sie die Oma, die ich nie gehabt hatte, und die einzige weibliche Person, die mir während meiner Jugend, als ich freiwillig im Heim gearbeitet hatte, geholfen hatte. Die Einzige, die mir wirklich mit Rat und Tat zur Seite stand, seitdem meine Mutter weg war.

Mein Dad gesellte sich nach dem Essen zu mir in die Küche, trug einen peinlichen, aber süßen Rentierpullover und fragte mich aus, ob *er* mich glücklich machte, wie es mir ging. Wir redeten ein wenig darüber, wie Weihnachten gewesen war, als meine Mutter noch da gewesen war. Wir vermissten sie beide schmerzhaft und mussten die Tränen unterdrücken, die fast überliefen. Zusammen schauten wir hinaus auf die verschneite Straße und dachten daran zurück, wie meine Mutter immer Plätzchen gebacken und uns umhegt und geliebt hatte. Ich hatte die beste Mutter der Welt gehabt und er die beste Frau. Mein Vater legte mir wortlos den Arm um die Schultern und presste seine Lippen auf meinen Kopf. Ich kniff fest die Augen zusammen und kuschelte mich an ihn. War so dankbar, dass er noch hier war, auch wenn es mit ihm nicht immer leicht gewesen war. Er hatte immer versucht, mir ein guter Vater zu sein. Und das gilt bei Weitem nicht für alle Väter dieser Welt. Er hatte gekämpft, damit ich wieder stolz auf ihn sein konnte – und den Kampf gewonnen. Ich sagte ihm, dass ich unsagbar stolz auf ihn sei; er antwortete, dass, wenn hier einer stolz wäre, er es auf mich wäre und meine Mutter auch. Er glaubte, dass sie irgendwo da oben saß, auf mich herabblickte und lächelte, dass sie immer bei mir wäre und auf mich aufpasste, worauf ich wirklich losweinte und bei ihm auch fast die Schleusen brachen. Zum Glück klingelte in dem Moment das Glöckchen und Saints Mom rief zur Bescherung. Erleichtert ließ er mich los, machte einen lustigen Spruch und ich grinste augenverdrehend. Mein Vater war ganz anders mit Mrs. Dean an seiner Seite, und ich überlegte, ob die wahre Liebe vielleicht alles war, was wir Menschen brauchten. Um wir zu sein. Um glücklich zu sein. Um vollständig zu sein.

Meine wahre Liebe saß im Sessel neben dem festlich geschmückten Baum und klopfte auf sein Knie, als ich ins Zimmer trat. Natürlich sah er, dass ich geweint hatte, aber er kommentierte es nicht weiter, als ich zu ihm ging, mich auf seinen Schoß setzte, mein Gesicht an seiner Brust vergrub und mich von der Behaglichkeit seiner Arme und seines Duftes einhüllen ließ.

Er zeigte mir ohne Worte, dass er immer für mich da war.

Ich bekam wirklich tolle Geschenke, obwohl mir nur wichtig war, diesen Tag mit denen zu verbringen, die ich liebte. Holy schenkte mir ein Weiber-Wochenende, wobei ich eher Angst davor hatte, als mich zu freuen. Sam einen Playstation-Gutschein von der Tankstelle, Saints Mom eine hübsche Orchidee und mein Vater einen neuen Anhänger für meine Kette – ein sehr hübsches Kreuz mit eingefassten Granat-Steinen, die mochte ich besonders gern. Von Saint bekam ich ein gemeinsames Wellness-Wochenende in einer lauschigen Berggegend. »Nur wir beide, ganz romantisch, ganz allein, ganz nackt, nur mit etwas Öl auf unserer Haut«, wisperte er mir ins Ohr, aber ich schnaubte nur, weil ich wegen heute Morgen immer noch total frustriert und geladen war.

»Wieso Öl?«

»Weil ich dich so massieren werde, wie ein Mann noch nie eine Frau massiert hat. Überall.«

»Überall?« Ich riss die Augen auf.

»Überall.« Das Wort klang viel zu sinnlich in mir nach, als dass es angemessen gewesen wäre, und mein Kopfkino lief Amok. Aus Rache rieb ich mich auf seinen Schoß, weswegen er sein Stöhnen zurückdrängte und mir ins Ohrläppchen biss. Außerdem spannte sich sein Arm um meinen Bauch an und er versuchte, mich still zu halten.

»Hör auf oder du wirst es bereuen!«, warnte er mich heiser.

»Pah!«, machte ich und rieb mich nochmal über die immer größer werdende Delle in seiner Hose. Was wollte er jetzt schon mit mir tun? »Mach jetzt erst mal mein Geschenk auf.« Ich hielt es nicht mehr aus, deswegen hechtete ich nach vorn, nahm es und drückte es ihm in die Hand.

»Was ist das?«, fragte er amüsiert, als würde er das nicht schon an der Form erkennen. Ich wurde knallrot und wollte sterben.

»Jetzt mach!«

»Schon gut.« Saint gluckste und öffnete das Geschenkpapier, das so ungefähr dieselbe Farbe wie meine Wangen hatte, während die anderen gar nicht wirklich auf uns achteten. Seine Finger waren viel zu geschickt und schnell und schon ein paar atemlose Sekunden drauf hatte er die CD inklusive Hülle in der Hand, die ich ihm gestaltet hatte.

Ich war echt nicht die Beste in Photoshop und hätte ohne Jasons Hilfe gar nichts hingekriegt. Auf jeden Fall wollte ich im Erdboden versinken, als er den Titel darauf las: »Wild Rivers«, es öffnete und ihn die einfache silberne CD anglitzerte.

»Ist das ein Porno?«

»Es ist kein Porno!« Ich versteckte mein knallrotes Gesicht an seiner Brust, hielt es nicht mehr aus. »Du musst es dir anhören, wenn du allein bist.«

»Okay.« Er grinste und wisperte in mein Ohr:

»Ist dein Stöhnen drauf?«

»Saint!« Ich schlug ihm auf die Brust und kicherte aufgeregt. Wenn er nur wüsste. Gott, was war das nur für eine verrückte Idee von mir gewesen und wieso hatte mich Brooke nicht davon abgehalten, sondern mich noch, zusammen mit einer Professorin, bei der Umsetzung unterstützt? Gott im Himmel, wieso?

»Warte!« Mit einem Mal versteifte er sich, hob mein Kinn und schaute mir prüfend und gleichermaßen aufgeregt in die Augen. »Hast du was für mich gesungen?«

Ich konnte nur nicken.

»Fuck!« Damit sprang er auf und zog mich hoch. Alle schauten uns verwirrt an, und er grinste. »Also wir würden ja wirklich gern länger bleiben, aber wir tun's nicht! Ich muss mein Geschenk anhören!« Damit drehte er sich um und zog mich in sein Zimmer und mein Verderben.

Gott!

29. Wild Rivers and Deep Waters

Ich war mit den Nerven praktisch am Ende, saß oben in dem weichen Korbsessel von Saint und wippte mit den Füßen auf und ab, während er zu seiner Anlage ging und die CD mit funkelnden Augen einlegte. Dann grinste er mich an, nahm die Fernbedienung, trottete auf mich zu und zog mich hoch. Er setzte sich selbst und positionierte mich wieder auf seinem Schoß. Er lehnte sein Kinn auf meine Schulter, verschränkte unsere Hände und schaltete auf Play.

Ich wünschte, die CD würde nicht funktionieren.

Aber die sanften sehnsüchtigen Klänge eines Klaviers füllten den Raum. Jene Klänge, die ich vor vier Wochen mit meinen Fingern erschaffen hatte, die ich immer noch in- und auswendig kannte, die ein Teil von mir waren, zu Musik geworden – nur für ihn.

Und dann setzte meine Stimme ein und ich offenbarte ihm meine tiefste Seele:

Ich war allein an einem dunklen Ort,

dann kamst du und zogst mich fort.

Du führtest mich hinaus ins Licht.

Ich wisperte ängstlich: Verlass mich nicht.

Zusammen gingen wir Hand in Hand durch ein wundersames Land.

Dessen Name war mir unbekannt, bis ich merkte, es wurde Liebe genannt.

Du hast gesagt, ich weiß nicht, was Liebe ist,

und ich sagte: Verlass dich nur auf mich.

Leise wisperte ich dir ins Ohr:

Wie das Wasser über die Steine im Fluss streicht, so kraftvoll und rein ...

Wie die Flammen des Feuers, heiß und unzähmbar ...

So wird unsere Liebe sein.

Wie die Erde unter unseren Füßen, fest und beständig ...

Wie die Luft, die ich zum Atmen brauche, so sehr liebe ich dich.

Ich presste fest meine Augen zusammen, weil ich ihn nicht sehen wollte. Am liebsten hätte ich mir noch die Ohren zugehalten, es war so peinlich, es war so intim. Als hätte sich mein tiefstes Inneres nach außen gekehrt. Das war immer so, wenn ich meine eigenen Songtexte sang. Weswegen es mir nach wie vor total schwerfiel, es vor anderen zu tun.

Außerdem sagte Saint *nichts.*

Gar nichts.

Selbst als das Stück schon längst verklungen und Stille im Zimmer eingekehrt war.

Vorsichtig öffnete ich ein Auge und linste über meine Schulter zu ihm. Er atmete tief aus und versteckte sein Gesicht an meiner Schulter. Und ich spürte Feuchtigkeit. Er hatte geweint.

Eine so große Welle der Liebe überspülte mich, dass ich fast in ihr ertrank, mich zu ihm drehte und mein Gesicht an seines lehnte. Eine Hand an seiner Wange, die Augen geschlossen. Ich spürte die Tränen auf seiner Haut – und es war das Schönste und Berührendste, was ich je gefühlt hatte.

Ich sah ihn an, er lächelte und schniefte. »Das war das Schönste, was ich jemals gehört habe, und das sage ich, obwohl ich weiß, wie sich dein Stöhnen anhört.« Seine Stimme war rau. Ich schloss erneut die Augen und atmete tief aus, ließ all die angestaute Angst raus und gab einfach nach.

Mit einem leisen »Danke« küsste ich ihn – ganz sanft und zart und vorsichtig. Und er küsste mich genauso zurück. Als könnte ich zerbrechen, wenn er mich zu grob berührte. Das war die andere Seite von ihm. Die Seite, die nur mir gehörte; die Seite, die ich in diesem Lied geehrt hatte.

Wir küssten uns eine halbe Ewigkeit, während der Schnee vor dem Fenster herabrieselte, genossen nur den Geschmack des anderen, die elektrisierenden Funken, die unsichtbar zwischen uns hin und her sprangen. Um den anderen zu atmen, zu fühlen, zu riechen, zu schmecken ... Nur wir beide. Ganz bedacht und ohne jede Eile. Zogen das Unausweichliche in die Länge, bis es nicht mehr anders ging. Und selbst dann lösten wir nicht unsere Lippen, als er mich kurzerhand hochhob und zu seinem Bett trug, als er sich auf mich legte und mich weiterküsste – sanft und zart, nicht drängend und wild – und als er sich dann auf seine Arme stützte und mich anschaute, als würde er mich das erste Mal in seinem Leben sehen.

»Du wirst einmal die größte Sängerin unserer Zeit, Hailey White. Denn du kannst etwas, was nur wenige können.«

»Was denn?«, fragte ich lächelnd und strich über sein wunderschönes Gesicht, umfing es mit einer Hand und konnte nicht glauben, dass er mir gehörte.

»Du berührst andere.« Damit beugte er sich wieder vor und küsste mich, küsste sich meinen Hals entlang und zog den Pullover an meinem Bauch hoch, überflutete auch diesen mit ehrfürchtigen zarten Küssen, bis ich mich vor Wonne unter ihm hin und her wand und meine Finger in seinen Haaren vergrub. Ich stöhnte und er sagte leise »Oh yeah!« Dann öffnete er meine Hose und zog sie meine Beine hinab, genauso wie mein Höschen, bevor er sich wieder an meinem Bein herauf küsste, meinen Intimbereich aber ausließ und wieder an mir nach oben rutschte. Er zog mir den Pullover aus und auch gleich das Top. Wieder umschlang er mit dem Stoff gekonnt meine Handgelenke und zog sie einmal durch die verschnörkelten metallischen Maschen seines Bettes, machte mich teuflisch grinsend fest, sodass ich die Arme gestreckt halten musste und ihm hilflos ausgeliefert war. Ich liebte es. Den BH schob er aber nur an meinen Brüsten nach oben, die sich ihm mit aufgestellten Nippeln entgegenstreckten. Er geisterte mit seinem Mund direkt über ihnen, sodass sein Atem über sie strich, als er mich fragte: »Hart oder zart, Hailey?« Ich wollte schon fast mit den Schultern zucken, ein Ruck ging aber durch mich und ich keuchte schnell: »Zart!«

»Das war knapp, aber ich lasse es dir noch mal durchgehen!« Gemächlich verwöhnte er meine Brüste, ganz leicht. Wie das Streichen einer Feder fuhr seine feuchte Zunge über sie, von einer zur anderen und um die aufgestellten Brustwarzen, kaum spürbar und doch vorhanden und machte mich damit wahnsinniger, als er es mit jeder intensiven Berührung gekonnt hätte.

»Gooott!« Ich bog meinen Rücken durch und drängte ihm mein Becken entgegen.

»Uh, uh, uh, wer wird denn hier so ungeduldig sein?« Er machte gemächlich an meinen Brüsten weiter, lag nun neben mir, auf einen Ellbogen gestützt, und strich mit einer Hand über meinen Vorderkörper, umkreiste meine Nippel und legte dann ein Bein über meine, spreizte sie mit einem Ruck und glitt mit der Fingerspitze weiter hinab – immer weiter. Mir wurde immer heißer. Sanft fuhr er über meinen Venushügel und hauchte: »Wie gerne ich hier meinen

Namen eintätowieren lassen würde.« Ich schaute ihn nur mit großen Augen an, die ich dann verengte.

»Nur über meine Leiche!« Ich wollte mir gar nicht vorstellen, was das für Schmerzen wären!

Er grinste. »Ein Mann darf doch wohl träumen, oder?« Sein Finger glitt über meine äußeren Schamlippen, links runter, rechts hoch und wieder über meinen Venushügel, malte dort kleine Herzchen und die Initialen seines Namens, reizte mich, als ob er alle Zeit der Welt hätte, während sich sein Ständer gegen meine Hüfte drängte und immer härter wurde. Doch ich bemerkte es weder an seiner Berührung noch seinen Blicken oder seiner Stimme. Saint hatte sich perfekt im Griff, auch wenn ich wusste, dass er mich eigentlich nur nehmen wollte – hart und schnell –, und das war irgendwie das Erotischste an dem Ganzen. Ich hingegen? Ich hingegen hatte *gar nichts* im Griff! Ich ruckelte an seinen provisorischen Fesseln und drängte ihm stöhnend mein Becken entgegen. Es machte alles nur umso schlimmer, weil ich nicht mal die Beine schließen und aneinanderreiben konnte, weil sein Bein zwischen meinen es verhinderte. Mich offen hielt und verletzlich und ...

Es klopfte an der Tür. »Wollt ihr noch Punsch, Kinder?« Saints Mutter!

Ich betete, dass sie nicht reinkam, und sah ihn panisch an, während er kurz mit seinen Fingern innehielt, dann aber weiter malte.

»Nein danke, Mom!«, rief er, während er seine Finger zwischen meine Schamlippen schob. Ich musste ein

Quieken unterdrücken, schaute ihn noch panischer an. Er war die Ruhe in Person, strich an ihnen entlang, ehe er mit zwei Fingern in mich eindrang – gaaaanz langsam.

»Und Cookies? Wollt ihr Hafercookies?«

Ich biss mir auf die Unterlippe, bis sie fast blutete, damit ich nicht stöhnte, als er gegen meinen G-Punkt drückte und ich meinen Rücken durchbog.

»Nein danke, Mom.« Er verdrehte die Augen und zog seine Finger zurück, nur um sie diesmal mit einem heftigen Ruck wieder in mich zu schieben. Seine Augen glühten dabei vor sadistischer Freude. Er lauerte nur darauf, dass ich nicht mehr konnte.

»Soll ich euch was von den Cookies aufheben?« Saint hob die Hand und strich mit einem feuchten Finger über meine Unterlippe, sodass ich mich selbst schmeckte. Dann biss ich wieder darauf, weil er erneut in mich stieß.

»Das wäre nett.«

Einige Sekunden blieb es still, während ich fast wimmerte, weil er mich jetzt rhythmisch mit seinen Fingern fickte.

»Und Orangensanft?«

»Wir wollen keinen verdammten Orangensaft!«, brach es aus mir heraus und Saint kicherte. Ich fühlte mich sofort schlecht. Hinter der Tür blieb es still, dann kam ein leises »Okay!«, und verhaltene Schritte entfernten sich.

»SAINT!«, schrie ich empört. »Sie wird mich hassen!«

Er grinste nur und rollte sich endlich über mich. »Nein, wird sie nicht! Das kann sie gar nicht.« Dann öffnete er

seine Hose und strich jetzt mit seiner Härte endlich –
endlich – über meinen Intimbereich. »Keiner könnte das
jemals! Dich muss man einfach lieben!« Und dann schaltete
er mein Denken komplett aus, indem er sich in mich schob.

Meine Lider glitten vor Wonne zu.

Er stoppte.

»Sieh mich an, Kleines!«, befahl er und ich tat es,
schaute ihm in die Augen, während er sich auf die Ellbogen
gestützt in mir bewegte, ganz langsam – fließend und
elegant, wie die wilden Wellen eines Flusses.

***

Mitten in meinem Orgasmus schob er sich an meinem
Körper hinunter und zwei Finger in mich, verlängerte mit
gekonnten Begegnungen meinen Höhepunkt ins
Unermessliche und leckte über meine Klitoris, weswegen
sich die Lust, sobald sie abflaute, noch einmal aufbaute.
Hart und schnell stieß er mit den Fingern in mich, sodass
ich gar nicht anders konnte, als innerhalb von ein paar
Sekunden sofort noch einmal zu explodieren.

Ich brüllte wirklich das ganze Haus zusammen und
drückte mein Gesicht gegen meinen Oberarm. Ich kam und
kam und kam und kam.

Ich hatte schon Angst, dass es nie aufhören würde, doch
seine Bewegungen wurden langsamer, sanfter, bis er
einfach meinen Venushügel küsste und sein Kinn darauf
abstützte. Mit einem frechen Grinsen und gesättigtem

trägen Ausdruck schaute er zu mir hoch, sobald ich wieder klar denken konnte.

Ich war über und über mit Schweiß bedeckt und sah ihn mit riesigen Glupschern an. Zwar wollte ich sein Ego wirklich nicht noch mehr füttern, aber ...

»Das war ...«

»Ich weiß!« Er machte meine Arme los und schob sich dann wieder zwischen meine Beine, wo er es sich gemütlich machte. Sanft küsste er meine Handfläche, die ich an seine Wange schmiegte. Dann schloss er die Augen, als ich anfing, sanft mit seinen Haaren zu spielen und mich vollends entspannte. Auch ich ließ die Lider zugleiten und trieb in dem seligen Gefühl nach so einem heftigen Höhepunkt. Genoss einfach nur seine Nähe und das Gefühl seiner seidig weichen Strähnen zwischen meinen Fingern.

»Sing!«, sagte er mit einem Mal schon leicht schläfrig.

»Was?«

»Dein Lied für mich. Sing es!« Ich hatte noch niemals für ihn gesungen. Also nicht direkt ... »Ich habe dir gerade einen multiplen Orgasmus beschert. Weißt du eigentlich wie wenig Frauen in ihrem Leben in so einen Genuss kommen?« Er öffnete die Augen, um mich streng zu mustern.

Ich lachte. »Ist ja gut, ist gut! Aber ... aber schau mich dabei nicht an!«

»Okay.« Er schloss wieder seine Lider und ich nahm meinen Mut zusammen und begann zu singen, während ich immer noch sein Haar streichelte und er meinen

Venushügel als Kissen benutzte, sich schmatzend hineinkuschelte. Meine Stimme erklang im Zimmer, ganz leise, nur für ihn.

Es dauerte nicht mal drei Minuten, da war er schon eingeschlafen.

30. Wieso er mich irgendwann noch totf...

Hailey

Schon heute Morgen wusste ich, dass etwas absolut anders war, als er mich in aller Frühe damit weckte, indem er mir seinen Penis einfach in den Mund schob und knurrte: »Blas oder dein letztes Stündchen hat geschlagen!«

Das hatte ich noch witzig gefunden, hatte gekichert und gleichzeitig – weil ich es sicher nie wieder in meinem ganzen Leben schlucken würde, das war einfach zu widerlich und Saint wusste das zu gut! –, auf die Toilette gehen wollen, als ich bemerkte, dass er es ernst meinte. Todernst.

Immer noch total ernst fesselte er mir erst die Hände mit einem rauen Seil vor dem Körper und verband dann meine Augen mit einem weichen Tuch. Dabei war ich noch nicht mal richtig wach. Ich verdrehte diese, als er mich an dem Seil nur in einem seiner Shirts hinter sich herzog und zur

Toilette brachte. Ich musste vor ihm pinkeln und wurde knallrot, als er mich abwischte. Erst trocken, dann mit feuchten Tüchern, megagründlich. Gleichzeitig stöhnte ich und zuckte zusammen, weil ich spürte, dass ich total wund war. Weswegen er sich heute Morgen auch wahrscheinlich erstmal meines Mundes bedient hatte.

»Was wird das, Saint?«

»Ruhe!« Er klatschte mir auf die Wange und ich riss empört die Augen auf, obwohl sie nach wie vor verbunden waren.

»Mach aahhhh!« Ich tat wie mir befohlen, und runzelte dabei die Stirn. Sehr gründlich putzte er mir die Zähne, wobei ich zweimal würgen musste. Dann kämmte er meine Haare, als wäre ich eine übergroße Puppe, und zog mich zurück in sein Zimmer. Zum Glück trafen wir keinen im Flur, als er mich am Seil durch den Gang führte, und ich hinter ihm herstolperte, sonst wäre ich im Erdboden versunken. Sobald die Tür hinter uns zu – und abgesperrt – war, forderte er ruppig: »Setz dich!«, und schubste mich auch schon auf seinen gemütlichen Gamingstuhl.

»Arsch vor!« Ich schob meinen Hintern vor, »Noch ein bisschen!«, bis ich nur noch mit dem hinteren Teil das Leder berührte und mich ansonsten total entblößt präsentierte. Dann band er meine Arme an den Gelenken an den Lehnen fest, sodass ich mich nicht mehr rühren konnte, und auch meine Beine, sodass ich sie nicht mehr schließen konnte. Als Nächstes machte er irgendetwas, ziemlich Lautloses, während mein Herz schon wieder total schnell schlug und jede einzelne Nervenfaser sich auf ihn konzentrierte. Schließlich nahm er mir die Augenbinde ab.

Das Zimmer war abgedunkelt. Überall brannten Kerzen. Sein PC-Monitor vor mir war an und ich konnte dabei zusehen, wie ein attraktiver trainierter Typ es gerade mit einem riesigen Penis einer laut stöhnenden hübschen Blondine besorgte.

»Was?« Ich schaute schockiert an Saint hoch, wie er mit in den Hüften gestemmten Armen vor mir stand und mich streng ansah. Nur in Shorts. Mit einer heftigen Erektion hinter dem schwarzen engen Stoff.

»Das ist die Strafe für Weihnachten, als du mich so gereizt hast. Weißt du noch?«

Ich nickte. Er beugte sich vor, brachte sein atemberaubendes Gesicht direkt vor mein zerknittertes.

»Schau nur zu, Baby, genieße es.« Sanft schob er einen Finger in meine wunde Vagina, und Gott im Himmel, ich wurde sofort feucht und Lust durchschoss mich gleichzeitig mit Schmerz, als er sich vorlehnte und an meinen Lippen sprach, während er gleichzeitig langsam seinen Finger bewegte – rein und raus, rein und raus, rein und raus ...

»Die nächsten zwei Tage bist du meine Sex-Geisel. Ich werde alles mit dir tun, was ich will, du bist mir hilflos ausgeliefert. Auf meine Gnade und meinen Schwanz angewiesen. Ich werde dich zum Brüllen bringen und zum Wimmern, zum Ausflippen und zum Kommen. Immer und immer und immer wieder. Erstmal habe ich ein paar hübsche Pornos für dich ausgesucht. Sieh sie dir genau an und wage es nicht, die Augen zu schließen. Ich werde dich später fragen, was ich auch mit dir machen soll. Wenn du es mir nicht ehrlich sagst, mache ich, was mir so durch den Kopf geht, und glaube mir, nicht alles davon wird dir gefallen. Ich hole inzwischen Frühstück!« Damit zog er seine Finger zurück, strich mir meinen Saft auf die Unterlippe, küsste mich kurz und verschwand fröhlich pfeifend.

Irgendwann, irgendwann würde er mich wirklich noch umbringen!

***

Saint fütterte mich mit Cornflakes, während ich mir ansehen musste wie zwei Kerle eine kleine Brünette verwöhnten. Er lehnte mit dem Hintern an dem Schreibtisch vor mir, aber so, dass ich den Bildschirm genau sehen konnte, und beachtete ihn gar nicht weiter. Nein, er starrte mich an und fragte mich auch noch aus.

»Wie findest du das?«

Ich zuckte mit den Schultern, obwohl ich genau bemerkte, wie unsagbar feucht ich schon geworden war. Er machte: »Ts, ts, ts«, und schaltete weiter. Nun trieb es ein muskulöser Kerl mit einer Frau mitten in einem Club, während andere zusahen. Der Mann war heiß; das, was er mit ihr machte, auch, obwohl es echt unerhört war! Ich wand mich etwas auf meinem Stuhl. Die Feuchtigkeit zwischen meinen Beinen nahm zu. Und Saint grinste.

»Also doch was für dich. Ist vermerkt.« Er ließ den Porno laufen und stellte sich hinter mich, beugte sich vor und küsste meinen Hals. Ich schloss stöhnend die Augen. »Augen auf! Sieh es dir an!« Ich sah mir an, wie der Mann sie auf dem Tresen einer Bar oral befriedigte, während andere tanzten, feierten oder Frauen Männern die Penisse massierten oder sie mit dem Mund beglückten. Das alles, zusammen mit Saints Lippen, die meinen Hals mit zärtlichen Küssen und Bissen malträtierten, vermischte sich zu einer Art Rausch und ich fühlte, wie die Feuchtigkeit träge meine Schamlippen und am Stuhl herablief. Es war so peinlich. Doch ich konnte die Beine nicht schließen, da er sie an den Knöcheln auch befestigt hatte. Ich wollte, dass Saint in mich stieß, dass er mir endlich ein wenig Erlösung gab, aber er dachte gar nicht daran. Sondern schaltete weiter, ohne hinzusehen, voll auf mich konzentriert. Eine Frau war gefesselt, lag auf einem Sofa und eine andere Frau verwöhnte sie oral, während die Gefesselte den Penis von einem Mann im Mund hatte.

Ich stöhnte auf und warf meinen Kopf nach hinten.

»Hm, hm«, machte Saint ganz wissenschaftlich und umrundete mich. Kurzerhand schob er mir seinen Penis in den Mund, während er weiterschaltete, zu einem Film, in dem zwei Frauen einem Mann einen bliesen. Mein Becken kreiste verlangend, mein Kitzler pochte. Automatisch machte ich das auch an Saints Erektion, was ich vor mir sah, und genoss sein kehliges Stöhnen und wie er den Kopf nach hinten warf. Doch er nahm ihn mir schnell wieder weg, und kniete sich zwischen meine Beine, beugte sich vor und leckte ganz hauchzart die Feuchtigkeit auf, sah mir dabei in die Augen. Ich konnte mich nicht mehr auf das konzentrieren, was sich auf dem Bildschirm vor mir abspielte. Ich konnte nur ihn beobachten – seine glühenden grünen Augen, seine Zunge, die über meine Vagina fuhr. Das Stöhnen aus dem Film vermischte sich mit meinem eigenen, als er an meiner pulsierenden Klitoris saugte und alles sich in mir zusammenzog.

»Oh nein«, sagte er nur und ließ von mir ab, schaltete den nächsten Porno an, ehe er das Zimmer verließ.

»SAINT!«, brüllte ich ihm hinterher. Und hörte nur noch sein amüsiertes Glucksen.

Als er wiederkam, hatte er ein paar Dinge dabei. Er zeigte mir wild grinsend das Vibro-Ei und ich wimmerte. Dann schob er es quälend langsam in meine zuckende Vagina. Ich warf meinen Kopf hin und her, die Augen geschlossen, vor Lust schon halb wahnsinnig. Aber noch schlimmer wurde es, als er es anmachte, auf ganz, ganz leichter Stufe!

Oh Gott!

Dann lehnte er sich direkt vor mit dem Hintern an seinen Schreibtisch und zog die Shorts nach unten, sodass seine enorme Erektion hervorsprang – sehnig, leicht nach oben gebogen, hart und verlockend. So nah vor mir und doch so fern, fing er an, sich langsam einen runterzuholen, ohne mich aus den dunklen Augen zu lassen. Sie besaßen fast die Farbe zweier unendlich tiefer Abgründe.

Saint

Das war das Heißeste, was ich je gesehen hatte, weswegen ich jetzt erstmal kommen musste, um weiterzumachen, sonst würde ich mich vergessen, sie einfach ficken und ihr einen phänomenalen Orgasmus verschaffen. Obwohl das so nicht geplant war. Also stellte ich mich vor sie und holte mir direkt vor ihr auf sie einen runter. Sie war der beste Porno, den ich je gesehen hatte. Wie rote Flecken sich über ihren Körper zogen, wie ihr Haar bereits verschwitzt an ihr klebte, die Augen voller Lust, die Lippen bebend, die Nippel steinhart, und wie ihr Becken kreiste, wie angeschwollen und feucht sie zwischen den Beinen war, wie sie sich mir darbot. Wie eine nur von Lust regierte, triebgesteuerte kleine Furie.

»Saint, bitte!«, wimmerte sie in diesem Moment und leckte sich gierig über die Lippen, während sie meinen Schwanz beobachtete, den ich immer schneller wichste.

»Okay!«, meinte ich schulterzuckend, ließ den Kopf nach hinten fallen und kam tief stöhnend auf ihren perfekten Körper. Auf ihre Titten, ihren Bauch, ein wenig rann träge in Richtung Pussy. Dabei genoss ich ihr schockiertes Keuchen und lächelte sie an. Sie verengte die Augen, weil ich danach sanft mit meiner Eichel über ihre Unterlippe strich. Selige Ruhe breitete sich in mir aus und meine Eier spannten nicht mehr so verdammt, wie sie es in ihrer Nähe immer taten.

Jetzt könnte ich das hier noch länger durchziehen.

Sie schnappte nach meinem Schwanz und ich zog ihn glucksend zurück. Ich liebte es, wenn sie sich so vergaß. Gerade, weil sie sonst so bedacht und brav und lieb war. Doch mit mir war sie alles andere als das!

***

Hailey

Was soll ich sagen?

Saint machte mich an den zwei Weihnachtsfeiertagen total fertig.

Schlaf? Was war das? Freiheit? Ade.

Er machte mir klar, wie es in ihm aussah, wenn er sich wirklich gehen ließ. Wenn er jegliche Mauern und Masken fallen ließ. Wenn er mir jegliche Fantasien von sich offenbarte, und waren sie noch so dreckig und versaut. Er ließ mich tief in seine schöne abgefuckte Seele blicken.

Und machte mich kaputt.

Genauso wie er mich danach wieder aufbaute.

Als wir am dritten Tag danach morgens in der Wanne lagen und er sanft meinen geschundenen Gelee-Wabbel-Masse-Körper wusch, war ich völlig fertig.

Er hatte mir wortwörtlich den Kopf weggeblasen.

Hatte mir völlig neue Horizonte eröffnet, völlig neue Welten.

Ich würde niemals wieder dieselbe sein! Nicht, nach dem, was er alles mit mir gemacht und was ich gesehen hatte. Nie wieder.

Aber er hatte mir auch sehr viel von mir selbst gezeigt. Abgründe, in die ich davor nicht bereit gewesen war zu blicken. Abgründe, in die wir zusammen sprangen und hindurchgingen. Abgründe, die heiß und beängstigend zugleich waren. Und die ich trotz allen Vorbehalten unbedingt noch genauer mit ihm erkunden wollte. Bis in die letzte Ecke.

Dafür brauchte ich jede Menge Mut, aber mit ihm zusammen besaß ich davon genug. Ich vertraute ihm, dass er genau wusste, wie weit er mit mir gehen konnte und was zu viel war. Dass er genau wusste, wann dieser eine Punkt der absoluten Lust überschritten wäre.

Sanft fuhr er mit dem weichen Waschlappen über meinen Körper, während ich in seinen Armen hing wie ein Schlenkerpüppchen. Jeder einzelne Muskel in mir war ausgepowert, mein Hirn wie leergefegt, bestand praktisch aus Watte, aber ich musste nicht mehr denken, ich musste mich nicht bewegen, ich musste gar nichts tun. Saint übernahm alles für mich, sagte nichts, sondern kümmerte sich nur liebevoll und fürsorglich um mich, als wäre ich sein kostbarster Besitz. Sein Heiligtum. Was ich auch war.

Er hatte es mir, obwohl er so hart und dreckig vorgegangen war, genauestens klargemacht. Ich konnte gar nicht beschreiben, wie nah ich mich ihm jetzt fühlte. Er hatte seine Seele genauso vor mir offenbart, wie er meine ans Tageslicht gerissen und von allen Seiten beleuchtet hatte.

Saint hatte nicht nur meinen Körper gefickt, sondern vor allem meinen Kopf.

Jetzt trug er mich ins Zimmer, legte mich ins Bett, zog die Vorhänge zu und krabbelte zu mir. Haut an Haut lagen wir da, während er mein Haar streichelte, meine Stirn küsste, mich so süß berührte, mich liebkoste, mir zeigte, wie wichtig ich ihm war.

Und ich driftete mit einem seligen Lächeln schneller in den Schlaf, als ich es je für möglich gehalten hätte.

31. Wieso wir von der Autorin ein Sex-Verbot bekommen haben

Am nächsten Tag hatte ich immer noch Muskelkater im ganzen Körper, aber Saint überredete mich, sehr sanft übrigens, zu einem Ausflug. Dafür musste ich mich wirklich warm einpacken, denn der Winter war mit aller Härte über uns hereingebrochen und hielt alles in seinem eisigen Griff.

Als wir eine Stunde später durch den verschneiten einsamen Wald marschierten, wusste ich schon, wohin es ging, und ich konnte es kaum erwarten. Auch wenn meine Muskeln mit jedem Schritt ein bisschen mehr schmerzten. Saint hingegen hatte unsere Sexkapade total locker weggesteckt und marschierte mit einer Zigarette im Mundwinkel locker vor mir her. Angeber.

Eine halbe Stunde später war ich total durchgeschwitzt, denn mir war so heiß, dass ich mir am liebsten die Kleidung vom Leib gerissen hätte, was im Winter ganz sicher nicht ratsam ist. Als wir ankamen, war ich baff. Wenn ich dachte, ich hätte bis jetzt alles Schöne der Welt gesehen, da ich Saint Conroy nackt kannte, dann hatte ich mich ganz klar getäuscht. Unser See – kreisrund, fast wie von Menschenhand gemacht, eingebettet in den dichten Wald – war im Sommer schon atemberaubend und eine Oase der Ruhe. Aber jetzt im Winter, mit den von Schnee bedeckten Tannen und anderen Bäumen, vor allem aber mit der in der Sonne glitzernden Eisschicht, hatte er förmlich etwas Magisches an sich. Als würde er direkt aus einer anderen Welt kommen – oder in eine andere Welt führen. Es war unglaublich schön. Ich musste mich setzen, oben auf unserem Sprungfelsen, erschlagen von der Schönheit der Natur. Außerdem wollte ich dringend verschnaufen, sonst wäre ich gestorben.

Zehn Minuten später gingen wir nach unten und ich fühlte mich, als wäre ich ins Winter Wunderland katapultiert worden. Von den Bäumen, deren Äste sich unter den Schneemassen herab bogen, hingen kleine funkelnde Eiszapfen. Es war keine Menschenseele zu sehen, nichts zu hören, außer dem Knirschen meiner Winterboots und Saints leiseren, geschmeidigeren Schritten hinter mir.

Ich ging auf das schwarze Metall-Bett zu, das wir hier hatten stehenlassen und unter den Schneemassen fast nicht mehr zu sehen war, und wurde rot, als ich daran dachte, wie wir hier unser erstes Mal gehabt hatten. Auf schwarzen

Laken mit rosa Blütenblättern – und wie ich ihm damals den Penis gebrochen hatte.

»Grins nicht so! Das war überhaupt nicht lustig!«, verkündete Saint aber selbst grinsend und warf seinen Rucksack aufs Bett. Dann holte er zwei paar Schlittschuhe heraus. Meine Augen wurden groß.

»Ha! Du willst mich töten, ich wusste es!«

»Nope!«, meinte er, schob mit dem Arm Schnee vom Bett und klopfte drauf.

»Saint, ich kann schon mit normalen Schuhen keinen Schritt gehen, ohne mich und alle um mich herum in Lebensgefahr zu bringen. Was, denkst du, wird passieren, wenn ich *damit* ...« Ich deutete auf die Schuhe, dann auf den See. »*Diese* rutschige Eisfläche betrete?«

»Ich werde dich führen, wie immer. Komm her jetzt!« Ich schnaubte und tat augenverdrehend wie mir geheißen, setzte mich schmollend und mit verschränkten Armen aufs Bett und schaute ihm dabei zu, wie er meine Schuhe aus- und mir die Schlittschuhe anzog. Das war ja so romantisch – eigentlich! *Eigentlich* war das romantisch, aber in Wahrheit einfach nur gefährlich!

Sobald ich diese komischen Dinger anhatte, schlüpfte Saint in seine, dann stand er auf und half mir hoch. Er packte mich fest um die Seite und trug mich eigentlich eher zum See, als dass er mich führte.

»Wenn du fällst, werde ich dich auffangen!«, sagte er mir mit eindringlichem Blick und machte rückwärts einen

Schritt aufs Eis – meine behandschuhten Hände in seine gekrallt.

»Ist es denn dick genug?«

»Ja.«

»Auch für mein Gewicht?«

»Du wiegst weniger als ich, Hailey!« Vorsichtig wagte ich einen Schritt auf die Oberfläche und erwartete ein verdächtiges Knacken, weswegen ich sofort in Sicherheit gesprungen wäre, aber da war nichts. Das Eis war dick genug.

»Das soll man eigentlich nicht machen«, murmelte ich und machte noch einen wackligen Schritt aufs Eis. Prompt rutschte ich aus, aber Saint zog mich hoch und ich landete an seiner Brust. Er grinste mich an, hatte offenbar schon damit gerechnet.

»Was soll man nicht machen, Kleines?«

»Auf unbekannte zugefrorene Gewässer gehen!«

»Dieses Gewässer ist ja wohl alles andere als unbekannt. Außerdem bin ich hier jeden Winter und noch nie ist das Eis eingebrochen.«

»Es gibt immer ein erstes Mal!«

»Ich weiß.« Sein dreckiges Grinsen verdeutlichte mir, woran er gerade dachte. Ich schnaubte und kreischte dann auf, als er einen Schritt von mir wegmachte, sodass ich den sicheren Halt seines Körpers verlor und er mich nur noch an den Händen hielt. »Folge mir, Kleines«, lockte er mich echt verlockend, und ich wagte die ersten tapsigen Schritte, die an ein neugeborenes Kalb erinnerten. »So ist gut. Jetzt stoß dich mit einem Bein ab und lass dich auf dem anderen dahingleiten. Vertrau mir, ich halte dich.«

»Ich weiß!«, quäkte ich ihn genervt an, während ich versuchte, dem nachzukommen, was er mir gesagt hatte. Er zeigte mir, was er meinte, und glitt rückwärts vor sich hin. Die Eleganz in Person.

»Also ich hätte nicht gedacht, dass der große Überbadboy Eislaufen kann«, neckte ich ihn und er grinste.

»Ich kann vieles, was man mir nicht zutraut. Jetzt ein bisschen schneller!« Ich schnaubte, versuchte, mich fester abzustoßen, und verlor prompt das Gleichgewicht. Wieder fing er mich auf und stabilisierte mich am Arm.

»Macht nichts! Weiter!« In kleinen Schritten führte er mich übers Eis, bis ich etwas sicherer wurde und schließlich auch anfing zu gleiten. Es war gar nicht so schwer – wenn man sich mit einer Hand an neunzig Kilo Muskelmasse festkrallen konnte.

Ich lachte, als Saint mich schneller hinter sich herzog, einerseits vor Freude, andererseits vor Angst, doch ich stürzte nicht und traute mich immer mehr. Sein Lächeln zeigte mir, wie stolz er auf mich war.

Irgendwann, nach gefühlten Stunden, stand ich eigentlich ganz sicher, und zwar direkt unter dem zugefrorenen Wasserfall, der episch in der Sonne glitzerte. Mir war immer noch richtig warm, aber ich ließ meine Mütze und meine Handschuhe trotzdem an, als Saint mich in unsere kleine Höhle führte. Genau dahin, wo wir uns das erste Mal so richtig geküsst hatten und er mich nur mit seinen Lippen und Zähnen am Ohr zu meinem ersten Orgasmus gebracht hatte. Natürlich war ich knallrot und Saint trat von hinten an mich heran. »Ich weiß genau, woran du gerade denkst!« Er knabberte spielerisch an meinem Ohr und ich wimmerte. »Bitte nicht!«

Er lachte.

»Keine Sorge, heute kriegst du einen Tag Pause, aber morgen geht's weiter!«

Er zog mich in die Höhle, wo wir uns hinsetzten, mit Ausblick auf das funkelnde Eis vor uns, und Saint holte aus seinem Rucksack eine Thermoskanne Tee mit Schuss, wie ich genau bemerkte, nachdem ich einen Schluck genommen hatte. Saint amüsierte sich köstlich über meine Grimasse. Außerdem hatte er noch Milchschnitte eingepackt und ich musste grinsen, als er mit seiner an meine stieß und »Cheers!« rief. Saint starb für Milchschnitte und Hafercookies. Und sein Auto und mich.

Ich lehnte meinen Kopf an seine Schulter und aß lächelnd, trank immer wieder einen wärmenden Schluck von dem Tee – und was auch immer darin war –, und fühlte mich einfach nur glücklich.

»Wieso tust du das alles für mich?«, fragte ich. Er zündete sich eine Kippe an und schlang mir einen Arm um die Schultern, ich kuschelte mich noch enger an ihn und beobachtete, wie der Rauch seinen vollen Lippen entwich. Echt sexy.

»Ich tue es nicht nur für dich, sondern für mich.«

»Wieso?«

»Weil es mich glücklich macht, wenn du glücklich bist. Ganz einfach.«

»Aber wieso ist das so?«

»Weil du mein Mädchen bist, noch nicht verstanden?«

»Doch. Aber manchmal kann ich es einfach nicht glauben, dass ich so viel Glück verdient habe.«

»Gerade du hast es verdient, Hailey. Jeder Mensch mit so einem Herzen, wie du es hast, hat es verdient, dass er einen anderen hat, der für ihn alles tut, was in seiner Macht steht. Aber leider gibt es zu viele, die das niemals bekommen.«

»Ja, das ist so traurig.« Ich dachte an seine Oma zurück, die fast ihr gesamtes Leben damit verbracht hatte, es nach den Vorstellungen von anderen Menschen zu leben – und wie unglücklich sie wohl damit gewesen war. Vielleicht versuchte sie deswegen, Saint und mir alles zu ermöglichen, was wir wollten, und tat so viel für unsere Beziehung, weil sie genau wusste, dass wir beide nur miteinander tief in unserem Inneren glücklich waren. Weil sie niemals mit ihrer wahren Liebe hatte zusammenleben können und ihren größten Traum nur so kurz hatte ausleben dürfen.

»Das ist es. Wobei viele selbst daran schuld sind.«

»Wie meinst du das?«

»Na ja, um das Leben zu leben, das man wirklich will, muss man schon auch was dafür tun. Es fällt einem nicht alles in den Schoß. Man muss mutig sein und was wagen.

Ein Risiko eingehen. Wer immer nur auf Sicherheit setzt, hat schon verloren.«

»Vielen bleibt aber nichts anderes als Sicherheit«, murmelte ich.

»Das denken sie zumindest. Aber ich hab dich mir einfach genommen.« Er zog mich enger an sich und vergrub sein Gesicht in meinen Haaren. Seine Stimme wurde leiser, eindringlicher: »Und ich werde dich nie wieder hergeben. Du gehörst mir, Hailey White.«

»Versprich es!«

»Ich verspreche es!«

Ich schloss lächelnd die Augen und hoffte, dass es die Wahrheit war.

***

Den Abend verbrachten wir mit Maggy Conroy. Sie hatte Saint und mich in ein Restaurant in Virginia eingeladen, denn sie liebte italienisches Essen. Es wurde ein wirklich schöner Abend, besonders das Strahlen in den Augen der alten Frau erwärmte mein Herz. Genau wie die Art, wie Saint mit ihr umging. So respektvoll, so zuvorkommend, einfach so lieb. Er wusste, wie wichtig es war, die Zeit mit den Menschen, die man liebte, voll auszukosten, und ihm bereitete es wirklich Freude, andere glücklich zu machen. Er tat das nicht, weil er sich was davon erhoffte, denn ihr Erbe war ihm sowieso sicher – mir übrigens auch, wie sie mir neulich erzählt hatte. Natürlich hatte ich abgelehnt, aber mit Maggy Conroy zu streiten, war ungefähr so sinnvoll, wie mit einem tollwütigen Dachs zu ringen. Man hat keine Chance.

Wir unterhielten uns über unsere Zukunft, wie wir sie uns vorstellten, wobei wir noch keine konkreten Vorstellungen hatten, auch nicht haben konnten. Denn unser Leben – vor allem in Bezug auf Saint – war einfach zu ungewiss. Wir wussten nicht, was nächste Woche passieren könnte. Wir wussten nicht, ob und wie wir zusammen wohnen würden, denn Saint war ja immer noch fest davon überzeugt, dass ich auch den großen Durchbruch schaffen und dann durch die Welt reisen würde. Ich war mir da nicht so sicher, aber ich liebte es, seiner Stimme zu lauschen, wenn er mir die Zukunft mit Worten malte. Hier ein Konzert, Sex mit ihm, da ein Konzert, Sex mit ihm, da ein Interview bei Jimmy Kimmel, am besten mit Saint zusammen, Sex mit ihm. Da den Emmy gewinnen, Sex mit ihm, dort die Music Awards gewinnen, Sex mit ihm ... Und so weiter und sofort.

Ja, Saint hatte unser Leben schon durchgeplant. Dabei sollte er doch am besten wissen, dass es im Leben niemals so kommt wie geplant. Denn wenn man eines nicht planen kann, dann ist es das Leben.

32. Wieso ein gutes Herz kostbar ist

Silvester feierten wir bei Saint zu Hause und veranstalteten eine riesige Party, wobei die halbe Stadt eingeladen war. Es wurde viel getrunken, viel gegessen, viel gelacht, und um punkt null Uhr befand ich mich oben in Saints Zimmer in seinem Bett und hatte einen Orgasmus. Denn er hatte es sich einfach nicht ausreden lassen, mich ins nächste Jahr reinzuficken, wie er es nannte. Ich hatte auch nichts dagegen gehabt, denn ich hatte mich mittlerweile von den Strapazen des Weihnachtsfestes wieder erholt.

Es war so schön, ich genoss es in vollen Zügen, besonders, weil ich wusste, dass wir uns morgen wieder trennen müssten. Diesmal auf unbestimmte Zeit, denn Saint würde nun mit den Kampagnen für Boss anfangen und sich intensiv auf die Saison vorbereiten, weshalb ich ihn noch weniger zu Gesicht bekommen würde als in den letzten Monaten. Aber das war wohl der Preis, den ich für das unendliche Glück mit ihm zahlen musste. Meine Mutter hatte einmal gesagt: »Alles muss sich die Waage halten. Du bekommst im Leben genauso viel Glück, damit es all das Leid ausgleicht, das du ertragen musst.«

Wenn das tatsächlich stimmte, dann stellte ich mich besser auf sehr viel Leid ein, denn die letzten Wochen mit Saint waren praktisch ein einziger Glücksrausch gewesen.

Mit Saint Conroy war alles unsagbar intensiv, unvergesslich und atemberaubend. Das Leben an seiner Seite war wie die Fahrt auf einem Motorrad. Der PS-Rausch packt dich, sobald du über den Asphalt rast, und vernebelt dir jeden klaren Gedanken, aber sobald du an einer roten Ampel halten musst, bricht das Leben wieder über dich herein, mit all seinen Tücken und Herausforderungen. Ein wahrer Hindernisparcours, durch den wir alle unseren Weg finden müssen. Ob wir am Ende gemeinsam über die Ziellinie fahren würden, konnte jedoch nur die Zeit zeigen.

***

Montagmorgen. Wieder Vorlesungen. Wieder Lernen, wieder getrennt von Saint sein. Ich war genervt. Und das war noch stark untertrieben, denn die Zeit mit ihm war wirklich viel zu schnell vorbei gegangen, und jetzt musste ich mich wieder dem Alltag stellen. Im so gar nicht kalten Los Angeles. Es war gerade mal Januar, aber von Winter bemerkte man hier nicht viel, es fühlte sich falsch an, das alles fühlte sich so falsch an.

Während ich in der ersten Vorlesung saß und eher so vor mich hindöste, weil Saint mich die Nacht wach gehalten hatte und ich danach ewig geflogen war, dachte ich daran zurück, wie er mich zum Flughafen gebracht hatte, wie er mich geküsst hatte, wie er mich angelächelt hatte ...

Und überlegte, was er wohl gerade machte.

Sicherlich war er schon längst wieder in New York, in seinem Apartment, mit Marley und Franky – und all seinen neuen Freunden, von denen ich nicht mal die Namen kannte. Er würde sicherlich nicht viel Zeit haben, an mich zu denken.

Die Vorlesung war schneller vorbei, als mir lieb war, und ich ging neben der plappernden Brooke über den Campus. Sie erzählte mir, was sie an Silvester gemacht hatte, dass sie mit ihren Eltern in den Hamptons gewesen war und da total den schnuckligen Kellner kennengelernt hatte und dass der sie immer so toll angelächelt hatte und dass er sooo schöne blaue Augen gehabt hätte und so weiter und sofort.

Wieder in unserem Zimmer kamen kurz darauf Jason und Levin reingepoltert und schwangen sich mit einem »Na, was geht ab?« auf unsere Sofas.

»Alles, was Beine hat und nicht im Rollstuhl sitzt«, antwortete ich mechanisch und ließ mich neben Levin auf die Couch sinken, lehnte meine Wange an seine Schulter und er lachte.

»Was los?«

»Sie ist müde, weil ihr Traumloverboy sie nicht hat schlafen lassen.« Brooke wackelte mit den Augenbrauen, während sie sich Limonade einschenkte. Levin schnaubte.

»Traumloverboy. Pfff.«

Ich schlug ihm auf die Schulter. »Hör auf damit!«

»Was?«, fragte er grinsend.

»Ihn schlechtzumachen.«

»Ich habe doch gar nichts gesagt!«

»Du hast gepffftet!«

»Und?«

»Ich will nicht, dass jemand über Saint pfftet!»

»Okay, okay, ist gut. Hauptsache du kommst heute Abend mit auf die Verbindungsparty!«

»Oh nein.« Ich seufzte und legte mich gemütlich auf die Couch, also soweit das ging. »Geht ihr nur, ich mach es mir hier mit *Romeo und Julia* gemütlich.«

»Wie oft willst du den Schinken noch lesen?«

»Ich muss für unser Stück üben, hast du das überhaupt schon gemacht?«

»Ach, den Romeo mach ich dir aus dem Stegreif!« Levin kniete sich vor mich und fing an mit theatralischer Stimme zu rezitieren:

»Oh, Julia, Julia, lass dein Haar herunter!« Also Saint hätte den genauen Text gewusst, denn immer, wenn wir uns den Film anschauten – die Variante mit dem süßen, süßen Leo und Claire Danes –, dann flüsterte er mir Leos Text ins Ohr und machte mich damit ganz wuschig.

»Das ist aus Rapunzel, du Honk!« Jason schlug ihm mit einer Zeitung auf dem Kopf, und wir Mädels lachten. Brooke setzte sich auf die Couch gegenüber und überschlug die Beine, während Jason mich lässig anschaute.

»Jetzt komm schon, Hailey, du warst nie bei einer dieser Partys, und die ersten Monate haben wir es dir durchgehen lassen, aber jetzt ist die Schonfrist vorbei!«

»Wer sagt das?«

»Wir!«, sagten alle drei wie aus einem Mund und wir mussten lachen.

***

Okay. Dann würde ich eben das erste Mal in meinem Leben auf eine Verbindungsparty gehen. Ich hatte mir sagen lassen, dass man das wohl als Collegestudent so machte. Obwohl ich mich viel lieber mit einer schönen Tasse heißen Tee und einem Buch in meinem Bett eingekuschelt und später mit Saint telefoniert hätte. Er rief mich an, gerade als ich im Bad aus der Dusche stieg und ich ging grinsend ran.

»Hey!«

»Hey!« Allein seine Stimme zu hören, versetzte mein Herz in Aufruhr.

»Was geht so?«

»Alles, was nicht ...«

»Ja, ja, ja, ja. Was machst du so?«

»Ich war gerade duschen und mache mich gleich fertig.«

»Für was?«

»Ich gehe auf eine Verbindungsparty«, antwortete ich nur pseudoeuphorisch und trocknete mir mit einer Hand umständlich die Haare, bis sie von meinem Kopf abstanden wie ein Vogelnest.

Es war still in der Leitung.

»Saint?« Ich schaute aufs Handy und vergewisserte mich, dass ich nicht zufällig aufgelegt hatte, aber er war noch dran. »Saint?«

»Ja.« Und er klang angepisst.

Ein Licht ging mir auf.

»Was ist los?«, fragte ich, obwohl ich es schon ahnte.

»Du weißt, wie das bei Verbindungspartys so abläuft?«

»Du wirst es mir sicher gleich erzählen.« Ich machte den Lautsprecher an und putzte mir nebenbei die Zähne.

»Es wird viel zu viel getrunken, viel zu viel gelabert, viel zu viel gefummelt und viel zu viel gevögelt. Es werden dämliche Spiele gespielt, es gibt immer einen Idioten, der Stress sucht, und ein paar, die unkontrolliert durch die Gegend kotzen. Und zum Schluss haben alle einen Riesenkater und wissen nicht mehr, was sie gemacht – und mit wem sie gebumst – haben.«

Ich spuckte die Zahnpasta aus und spülte mir den Mund aus. »Das hast du aber schön beschrieben.«

»Ich will nicht, dass du da hingehst!«

Oh ha! Ich dachte einige Sekunden, ich hätte mich verhört, aber eigentlich hätte ich es besser wissen müssen. Und verengte die Augen. »Ich bitte dich nicht um deine Erlaubnis, Saint, das werde ich auch in Zukunft nicht. Das

Einzige, worum ich dich bitte, ist, mir und meinen Entscheidungen zu vertrauen, so wie du es täglich von mir verlangst.«

»Ich vertraue dir, aber ich vertraue ihnen nicht!«

»Hmm, da haben wir aber ein Problem.«

»Wieso?«

»Ist das nicht ein bisschen heuchlerisch von dir, mir meinen Spaß zu verbieten, während du jeden Abend auf einer anderen Party bist?«, sprach ich weiter und kämmte mir die Haare.

»Ich kann auf mich aufpassen, aber du nicht.«

»Sagt wer?«

»Ich!«

»Tja, da liegst du aber komplett falsch, Saint Conroy!«

»Du hast keine Ahnung von diesen Arschlöchern da draußen, Hailey! Die schlucken dich unzerkaut!«

»Ich habe meine Freunde dabei!«

Er schnaubte. »Deine Freunde sind in Goodville.«

»Du weißt nichts über das Leben, was ich hier führe. Ohne dich bin ich allein. Ich brauche Freunde und endlich hab ich Menschen gefunden, die zu Freunden werden können, das werde ich mir nicht von dir verderben lassen!«

»Also heißt es, du gehst? Egal, was ich dazu sage?« Er klang besorgniserregend eisig.

»Ja!«, blaffte ich trotzdem. Er konnte mich nicht einsperren und ich würde mir von ihm nichts verbieten lassen! »Soweit ich mitbekommen habe, bin ich ein freier Mensch und kann selbst entscheiden, was für mich richtig und was falsch ist, und da kannst du dich gern auf den Kopf stellen und mit den Arschbacken Fliegen fangen, weil ich gehen werde und Spaß haben werde und mir nichts passieren wird!« Ha! Dem hatte ich es aber gezeigt, doch er sagte nichts mehr.

»Saint?« Ich schaute auf das Display, und es wurde schwarz, weil er einfach aufgelegt hatte.

Boah!

***

Ich rief ihn nicht mehr an, auch wenn es mein erster Impuls war, ihn zusammenzubrüllen. Stattdessen zog ich mich an – ein einfaches weißes Top und eine Jeans, dazu Chucks, die mir Holy letzten Sommer geschenkt hatte. Einfach so. Sie machte ständig Geschenke – einfach so. Kurz föhnte ich mein Haar an, damit es etwas trocken war und sich nicht ganz so wild wellen würde, dann legte ich etwas Eyeliner, Mascara und Lippenstift auf. Fertig.

Immer noch wütend ging ich ins Wohnzimmer, wo sich die anderen schon versammelt hatten.

»Ich bin so weit!«

***

Wir kamen beim Verbindungshaus an. Der Rasen davor war voller Menschen, die in der Dunkelheit zusammenstanden und sich unterhielten. Bereits hier draußen hörte man die Musik dröhnen, aber das war wohl normal. Als wir das Haus betraten, waberte uns eine Rauchwolke gemischt mit der total lauten Musik entgegen. Ich verzog etwas mein Gesicht, aber Brooke kicherte aufgeregt und Levin grinste mich frech an. Hier drin sah es schon eher aus, wie ich es in den Filmen gesehen hatte. Überall waren Leute. Auf den Sofas im Wohnzimmer machten einige miteinander rum, in der Ecke wurde Flaschendrehen gespielt und wild geknutscht. Mitten im Raum wurde getanzt, darunter auch zwei nicht so nüchterne Mädchen auf dem Couchtisch. Überall standen Pappbecher herum, Chips lagen über dem Boden verstreut, einige rauchten Joints, andere soffen aus Eimern mit total langen Strohhalmen.

»Willkommen auf dem College!«, brüllte Levin mir zu, nahm meine Hand und zog mich in die Küche. Ich ließ sie erstmal in seiner, vor allem weil wir uns um eine Gruppe herumkämpfen mussten, die gerade Twister spielte – und zwar nur in Unterwäsche.

In der Küche lag ein Kerl mitten auf der Theke mit angemaltem Gesicht und pennte, Levin ignorierte ihn völlig. Kurz darauf hatte ich einen weißen Pappbecher in der Hand. Vorsichtig schnüffelte ich daran, es roch nach Bier oder so.

»Nicht nachdenken! Einfach trinken!« Er drückte auch jeweils Brooke und Jason einen Becher in die Hand, die uns gefolgt waren, und zusammen tranken wir das widerliche Zeug auf ex. Ja, ich weiß, eigentlich hätte ich das nicht tun sollen. Es war absolut unverantwortlich, aber irgendwie wollte ich Saint beweisen, dass ich auch ein ganz normales Mädchen war und nicht so ein Freak, wie er mich vorhin dargestellt hatte. Ich konnte auch Partys feiern und Spaß haben! Genau wie er! Ohne, dass mir was passierte! Jawohl!

Nachdem wir alle einen neuen Becher in der Hand hatten und mir schon viel wärmer und mein Kopf viel wattiger war, gingen wir zurück in den Wohnraum. Die Jungs unterhielten sich mit ein paar anderen Kerlen, während ich einfach versuchte, nicht aufzufallen und Brooke davon abzuhalten, beim Flaschendrehen mitzumachen. Gerade eben musste ein total besoffenes Mädchen den anderen ihre Brüste zeigen, diese Demütigung wollte ich ihr ersparen!

»Schau mal, d... d ... der starrt dich an!«, brüllte mir Brooke mit einem Mal ins Ohr, gerade als ich dankend verneinte, als mir ein Joint vor die Nase gehalten wurde.

»Wer denn?«, fragte ich und folgte ihrem Blick. Gegenüber an der Wand lehnte ein schwarzhaariger Typ, der mich tatsächlich anstarrte und lächelte, sobald ich ihn ansah. Natürlich wurde ich knallrot und schaute sofort zu Boden.

»Na und!«

»Na und? D... d ... der ist total süüüüüß!«

»Ich habe einen Freund, Brooke!«

»Ich habe m...m ... mal von der andere Staaten-Regel gehört. W... w... was in einem anderen Staat passiert, gilt nicht.«

»Wer hat sich denn den Scheiß ausgedacht?«

Sie zuckte mit den Schultern, bevor sie zu mir herumwirbelte und quietschte.

»Oh Goott! Er k ... k .... k ....k...« Bevor sie fertig gesprochen hatte, war er schon da und stützte sich mit einem Arm tatsächlich hinter mir an der Wand ab.

»Hi«, hauchte er total hauchig in mein Gesicht und ich verzog meines. Der hatte echt schon eine üble Fahne!

»Äh, hi.«

»Öfter hier?«, fragte er auch noch und kam sich dabei total lässig und sexy vor. Ich musste aufpassen, dass ich nicht anfing zu lachen.

»Eigentlich nicht.«

»Das dachte ich mir, denn du wärst mir sofort aufgefallen.«

»Aha.« Hilfesuchend schaute ich zu Levin und Jason, die aber gerade in ein Gespräch mit drei anderen Typen und einem Mädchen vertieft waren und mich nicht bemerkten. Und Brooke würde mir ganz sicher nicht helfen, die war total hin und weg.

»Willst du mit mir hochgehen?« Er nickte zu den Treppen, die ins obere Stockwerk führten.

»Wozu denn?«

»Ich habe dort meine turkmenischen Goldfische, die sind preisgekrönt. Willst du sie mal sehen?« Er bat mich so nett, da konnte ich doch schlecht Nein sagen!

»Okay.« Ich lächelte freundlich und zuckte mit den Schultern. Ich war froh, dem Lärm und dem Qualm hier unten zu entkommen und mich lieber nett zu unterhalten. Außerdem hatte ich noch nie turkmenische preisgekrönte Fische gesehen und man lernt ja nie aus. Er nahm meine Hand, ich runzelte die Stirn, sagte aber zu Brooke: »Er will mir nur kurz seine Goldfische zeigen.« Sie nickte und zwinkerte mir zu. Wieso zwinkerte sie denn jetzt? Oder hatte sie vielleicht was im Auge? Doch ich konnte mir darüber keine großen Gedanken machen, weil er mich durch die Menge und die Treppen hochschleifte, wo ein paar Paare miteinander rummachten. So ganz öffentlich! Natürlich wurde ich knallrot.

Das war ich auch immer noch, als wir oben in seinem Zimmer ankamen. Es war ganz schön muffig und düster. Ich schaute mich um und fand ein winziges Aquarium, wo zwei ziemlich traurig aussehende Fische vor sich hin schwammen. Aber die sahen so gar nicht besonders aus … Irgendwie einfach nur ganz normal …

»Sind sie das?«, fragte ich blöderweise und beugte mich vor, beobachtete sie durch die dichte grüne Schicht, die die Scheiben bezog.

»Ja, das sind sie.« Seine Stimme klang so komisch. Als ich mich zu ihm umdrehte, stand er völlig nackt vor mir! Und er hatte ein Piercing in der Eichel, das mich förmlich anstrahlte.

»Oh!« Schnell hielt ich mir die Augen zu und fühlte, wie heiß meine Wangen brannten. Er lachte und mit einem Mal war seine Stimme ganz nah – zu nah.

»Du bist unglaublich süß!« Seine Lippen lagen an meiner Wange. Ich wich ein paar Schritte zurück.

»Danke.« *Oh Gott, bloß nicht seinen Schniedel berühren!,* dachte ich panisch und wusste gar nicht, wohin mit mir. »Ich ... ich werde dann mal wieder runtergehen! Du hast echt ganz tolle Fische! Wirklich!« Damit rannte ich zur Tür, riss sie auf und stürmte über den Flur, direkt in Levin hinein.

»Woah, was los?« Er war schon etwas betrunken, aber bemerkte wohl trotzdem meinen gehetzten Gesichtsausdruck. »Ich hab dich gesucht. Was machst du denn hier oben?«

»Da war ein Typ, der wollte mir seine Goldfische zeigen und er hatte einen Prinz Albert.« Diesen Ausdruck kannte ich, weil Holy mir einige Prinz Alberts per Google gezeigt hatte, da gerade einer ihrer Lover so ein Ding gehabt hatte. Diesen Tag des Grauens werde ich nie wieder vergessen, genauso wenig wie den Begriff.

»Was?«

»Nichts. Gehen wir bitte wieder runter?«

»Ja, klar.« Levin nahm wieder meine Hand und zog mich hinter sich her.

»Briefmarken sind out, Fische sind in«, nuschelte er dabei vor sich hin, doch ich war mir nicht sicher, ob ich ihn richtig verstanden hatte. Wir kamen wieder bei Brooke an, die auf einem Sessel etwas abseits saß und nicht gerade nüchtern aussah.

»Heeey, da is sie ja!«

»Hey!«, knurrte ich sie an. Sie hätte mich ja wenigstens mal warnen können, was der Kerl vorhatte! Denn sein Prinz Albert hatte eine ganz eindeutige Sprache gesprochen – und zwar stehend. Ich nahm ihr den Becher ab und trank ihn fast leer. Dann setzte ich mich auf die Lehne, verschränkte die Arme und versuchte, bloß nicht irgendwie einladend auszusehen.

Auf nochmal so eine Begegnung der dritten Art konnte ich verzichten!

***

Vier grauenvolle Stunden später fühlte ich mich wie bei einem Zombiewalk. Denn ich war die einzig Nüchterne. Ich hatte im Laufe des Abends keinen einzigen Schluck mehr getrunken, denn das Zeug war einfach widerlich! Also schleppte ich zusammen mit dem total besoffenen Levin die noch besoffenere Brooke, während sie Schnulzen vor sich hinsangen und dabei wirklich keinen einzigen Ton trafen. Jason war mit einer hübschen Schwarzhaarigen abgedampft – dabei hatte ich gedachte, er wäre schwul – und hatte mir die zwei Schnapsdrosseln überlassen.

»Youre the one that I want ... hu hu hu ... sing it!«, grölten sie über die verlassene Straße. Aus einem Fenster wurde uns zugerufen, dass wir die Klappe halten sollten, doch die beiden machten sich gar nichts daraus. Brooke sah in dem Moment einen Briefkasten, den sie unbedingt als

Stripstange missbrauchen musste, während Levin sich einfach auf die Straße legte und schlafen wollte.

»Boah!«, brüllte ich und marschierte zu Brooke. »Du kommst jetzt mit!« Ich fasste sie fest am Arm und zog sie hinter mich her, dann stapfte ich zu Levin und stellte mich mit den Händen in die Hüften gestemmt über ihn.

»Huui, schöne Aussicht!« Er grinste mich frech an.

»Aufstehen! Sofort!«, brüllte ich.

»Oh Menno!« Er stand auf, dann packte ich beide an den Armen und zog sie weiter.

Ich war genervt.

Das hier war nicht meine Welt!

Darauf konnte ich echt getrost verzichten.

Und als wäre es noch nicht genug, wurde Brooke im nächsten Moment schlecht und sie kotzte vor sich auf den Boden.

»Mist!« Ich führte sie zu einem Beet, entschuldigte mich mental bei dem Besitzer und tätschelte ihr den Rücken, während ich am liebsten die ganze Straße zusammengebrüllt hätte.

»Levin, lass die Mülltonne stehen!« Gerade so konnte ich ihn davon abhalten, sie sich auf den Kopf zu setzen und den Müll überall – vor allem über sich – zu verteilen.

»Ich muss nich mehr kotzn!«, lallte mir Brooke ins Ohr und ich zog sie weiter.

»Levin, komm jetzt! Nein! Lass das!« Ich zerrte ihn von dem Auto weg, auf dessen Haube er es sich wieder gemütlich machen wollte und verfluchte mein Leben.

In unserem Apartment verfrachtete ich die eine in ihr Bett und den anderen auf die Couch. Natürlich stellte ich beiden den obligatorischen Eimer neben den Kopf und hielt ihnen die dazugehörige Kotzansprache. Ich bezweifelte, dass irgendetwas davon in ihren benebelten Gehirnen ankam, aber ich hoffte, dass sie trotz ihres Suffs den Eimer treffen würden.

Also, das hier war das Leben, von dem alle so schwärmten und das in Hunderten von Teenager-Filmen in den Himmel gehoben wurde? Ich konnte dem beim besten Willen nichts abgewinnen! Ganz im Gegenteil!

***

Ich träumte von einem menschengroßen Prinz Albert, der mir seine turkmenischen Goldfische zeigen wollte und mich durch die Flure des Verbindungshauses jagte. Schweißgebadet wachte ich auf und warf einen Blick auf mein Handy. Es war mitten in der Nacht.

Meine Güte, was war das nur für irres Zeug gewesen, das sich mein Hirn zusammengereimt hatte?

Ich brauchte einfach ein bisschen Kraft, ein bisschen seelischen Beistand, weswegen ich kurz darauf Saints Nummer wählte, ohne weiter darüber nachzudenken.

Mit einem »Was?« ging er schon nach dem ersten Klingeln ran und es herrschte ein paar Sekunden Stille, bevor ich hauchte: »Verbindungspartys sind nichts für mich.«

»Ach?«

»Ja.«

Er seufzte, dann wurde seine Stimme etwas weicher.

»Alles klar, Kleines?«

»Nein.«

»Wieso?«

»Ich bin als einzig Nüchterne mit zwei total besoffenen Teenagern nach Hauses gegangen, und eine Strecke von normalerweise fünfzehn Minuten dauerte ein einhalb Stunden. Das sagt alles, oder?« Er musste lachen und ich bei dem Ton grinsen, während ich fühlte, wie die Anspannung endlich von mir abfiel.

»Es tut mir leid!«, wisperte ich und er atmete tief durch.

»Mir tut es auch leid, Kleines. Normalerweise bin ich nicht so, aber bei dir ist alles anders. Bei dir läuft mein Kopfkino Amok. Im guten, wie auch im schlechten Sinn. Dabei weiß ich ja eigentlich, dass du auf dich aufpassen kannst, aber du bist meine Kleine. Es ist meine Aufgabe, dich zu beschützen. Es ist meine Aufgabe, mit dir auf Partys zu gehen, mit dir zu tanzen und zu knutschen und Kerlen auf die Fresse zu hauen, die dich anmachen. Ich will all das mit dir erleben, was zum Erwachsenwerden dazugehört, all deine Höhen und Tiefen, deinen ersten richtigen Suff und wenn du das erste Mal Auto fährst und wenn du das erste Mal heulst, weil eine Freundin von dir sich einfach beschissen verhält. Und es macht mich manchmal wahnsinnig, dass ich das nicht kann.«

»Ich verstehe dich. Ich wünschte auch, du wärst heute dabei gewesen.« Dann hätte es meine Bekanntschaft mit Prinz Albert niemals gegeben. Er wäre nicht einmal in meine Nähe gekommen, weil Saint die Ausstrahlung eines tollwütigen Pitbulls hatte, wenn mich auch nur jemand zu lange ansah. »Ich ... ich habe heute Mist gebaut, Saint.«

Er schwieg.

Und das war schlimmer, als wenn er mich angebrüllt hätte. Irgendwann hauchte er ganz sanft: »Was hast du getan?«

Ich kniff die Augen zusammen. »Ich bin mit einem Typen hoch in sein Zimmer gegangen, weil ... weil er mir seine turkmenischen Goldfische zeigen wollte.« Gott, jetzt, wenn ich es aussprach, bemerkte ich selbst, wie total dämlich ich mich verhalten hatte, doch ich konnte es nicht mehr rückgängig machen und ich wollte immer ehrlich zu ihm sein. Auch wenn er jeden Moment total Amok laufen würde.

»Und?« Seine Stimme war eiskalt.

»Er ... er ... er war mit einem Mal nackt und er hatte einen Prinz Albert.« Saint schwieg. Er schwieg einfach, bevor ich ihn mit einem Mal brüllen hörte und irgendwas krachte.

»Saint?«

Er keuchte mir ins Ohr.

»Saint?« Mir stiegen Tränen in die Augen. Was würde er jetzt tun? Würde er sich von mir trennen? Mir sagen, dass er mit so einer elendigen dummen Kuh nichts zu tun haben wollte? Würde er mich anbrüllen, so wie es mein Vater schon so oft getan hatte?

Doch ich hörte nur, wie er ganz tief durchatmete und fragte: »Du hast ihn aber nicht angefasst oder dich anfassen lassen?«

»Nein! Natürlich nicht! Ich bin ganz schnell weggelaufen!«

»Gut.« Er klang erleichtert, aber immer noch hart. Zu hart. Irgendwas bedrückte ihn noch, aber er seufzte nur und ich hörte, wie er sich eine neue Zigarette anmachte.

»Es tut mir leid, Saint. Das nächste Mal werde ich vorsichtiger sein.«

»Ist schon gut, Baby, es ist ja nichts passiert.« Wow, mit dieser Reaktion hätte ich nicht gerechnet! Ich war ehrlich gesagt etwas baff.

Wir schwiegen eine Weile und ich hörte, wie er an einer Zigarette zog und langsam den Rauch ausstieß. Es war beruhigend wie Meeresrauschen.

»Hailey?« Er klang etwas unsicher.

»Hm?« Einige Sekunden war es still, dann sagte er: »Ich habe ...«, aber er stoppte sich und sprach nicht weiter. Ich schwöre, das Herz rutschte in mein Höschen. Irgendwie überkam mich sofort ein ungutes Gefühl.

»Was hast du?«, fragte ich und bemerkte, wie ich das Telefon viel zu fest umklammerte, und hörte ihn schlucken, leise fluchen, dann meinte er: »Ich habe mir gedacht, dass du mir was versprechen musst!«

»Was denn?« Wieder schwieg er etwas zu lange, bevor er leise sagte:

»Bewahr dir dein gutes Herz.«

»Was?«

»Ich weiß, du wirst noch einige abgefuckte Dinge erleben. Menschen werden dich belügen und verletzen und hintergehen und dich eiskalt ausnutzen, gerade, weil du so bist, wie du bist. Und ich würde dich so gern davor bewahren, aber diese Erfahrungen muss irgendwie jeder machen. Aber bitte versprich mir, dass du niemals verbittert wirst und dein Herz vor allem verschließt. Auch vor denen, die es vielleicht verdient haben könnten.« Ich seufzte. Manchmal sagte er einfach so schöne Dinge, so wahre Dinge. Dinge, die mir eine Gänsehaut bescherten. Aus heiterem Himmel ließ Saint diese Gefühlsbomben explodieren. Jemand, der ihn nicht kannte, hätte ihm niemals so viel Tiefsinnigkeit zugetraut, wie Saint manchmal an den Tag legte.

»Das war gerade unglaublich schön, was du gesagt hast.«

»Ich habe auch meine lichten Momente.«

»Wie kommst du darauf?«

»Egal.«

»Saint!«

»Ach übrigens: Gerade eben habe ich das dringende Bedürfnis, dich mit der Zunge zum Orgasmus zu bringen, hab ich dir das schon gesagt?!«

Oh.

Mein.

Gott!

»Schockiert?«, hauchte er, als ich so gar nichts antwortete, sondern nur mit offenem Mund vor mich hinstarrte. Ich schüttelte meinen Kopf, versuchte, wieder klar zu denken.

»Du bist tiefgründig und verdammt schlau! Und so unglaublich böse!« Ich musste aufgeregt kichern.

»Ahhh, jetzt langsam hat sie mich durchschaut.« Und dann lenkte er mich auf seine ganz spezielle Weise ab und entführte mich in eine andere Welt.

33. Wieso eine Sekunde manchmal reicht ...

Ein paar Stunden vorher

Saint

Ich flippte aus!

Nachdem ich aufgelegt hatte, schnappte ich mir das Glas, das auf meinem Schreibtisch stand, und schmiss es brüllend gegen die Wand. Doch das reichte nicht, also nahm ich noch den verdammten Teller und warf ihn hinterher, genau wie ich alle Papiere, die auf dem Schreibtisch lagen, auf den Boden pfefferte, zusammen mit dem Aschenbecher.

Ich war hier!

Sie war da drüben!

Wenn ihr was geschah, konnte ich nichts tun; ich konnte sie nicht aus der Scheiße holen. Ich konnte sie nicht beschützen und ich konnte sie auch nicht davon abhalten, in ihrer Naivität irgendwelche Dummheiten zu begehen. Vor meinem geistigen Auge spielten sich die übelsten Bilder ab, von Hailey, tanzend mit irgendwelchen Arschlöchern, die sie hoch in ihr Zimmer nahmen, gegen ihren Willen begrapschten und vielleicht sogar mehr taten. Ich wusste genau, was passierte, wenn diese notgeilen Wichser zu viel tranken, wie hemmungslos sie dann wurden und dass so eine reine Seele wie Hailey leichte Beute für sie war. Ich konnte nur darauf hoffen, dass ihre gottverschissenen »Freunde« auf sie aufpassen und sie nicht noch absichtlich abfüllen und dann ihren Zustand ausnutzen würden. Wild raufte ich mir die Haare, setzte mich aufs Bett und kniff die Lider fest zusammen, lehnte meine Ellbogen auf meine Knie und versuchte, die Bilder zu vertreiben, versuchte, mich zu beruhigen, was aber leichter gedacht war als getan.

Es fuckte mich ab!

Einen Tag hier und schon war ich ein nervliches Wrack.

Ich würde die Zeit ohne sie nicht überstehen.

Ich brauchte sie und sie brauchte mich.

Es klopfte. Ich brüllte: »Verpiss dich!«, aber Marley schob trotzdem vorsichtig ihren Kopf ins Zimmer.

»Hey!«

»Hau ab!«

»Alles gut?«

Ich schnaubte nur, nichts war gut. Marley hörte nicht auf mich und trat einfach in ihrem Morgenmantelkimono ein. Ihr Blick glitt durchs Zimmer und über das Chaos, das ich angerichtet hatte, bevor er auf mir strandete. Ich spürte es genau und es nervte mich. Konnte sie mich nicht einfach in Ruhe lassen, verfickte Scheiße noch eins?

»Willst du darüber reden?«

»Seh ich so aus?«

Sie setzte sich neben mich und überlegte wohl, ob sie mich berühren sollte. Es wäre besser, sie würde es lassen, denn alles in mir brodelte, und in diesem Zustand war ich nicht zurechnungsfähig. Die Bilder drehten immer noch ihre Runden. Verfickte Runden in meinem Schädel, immer und immer wieder.

Hailey, wie sie einen anderen anlachte.

Wie sie ihn küsste.

Wie sie miteinander tanzten.

Wie er ihren Arsch befummelte, nach vorn fuhr ...

Wie sie für ihn stöhnte und ihren Kopf nach hinten warf.

»Saint?«

»Was?«, blaffte ich sie an, und als ich sie ansah, zuckte sie fast zusammen. Ich bemerkte erst jetzt, dass sie ihre Hand auf meinen Rücken gelegt hatte und dort sanfte Kreise zog.

»Was ist dein Problem?«, fragte sie leise, und ich presste die Zähne aufeinander.

»Gerade eben ist mein gottverdammtes Problem, dass du mich antatschst!«, blaffte ich und sie nahm sofort ihre Hand zurück. In ihren Augen stand echte Verletzung und ich atmete tief durch.

»Okay, sorry. Ich wollte dir nur helfen.« Das kam nicht zickig, ganz im Gegenteil, und das war auch der Grund, wieso ich nach ihrem Handgelenk griff, als sie aufstand und wieder gehen wollte, und sie zurück neben mich aufs Bett zog.

»Es ist Hailey«, knurrte ich, ohne sie anzusehen.

»Okay.«

»Sie geht heute auf eine Party.«

»Und?«

»Was und? Du hast sie doch kennengelernt! Sie ist wunderschön, total sexy, macht jeden Schwanz hart, ohne dass sie es überhaupt mitbekommt!«, blaffte ich sie an, dann vergrub ich das Gesicht in meinen Händen und sprach gegen meine Haut. »Sie werden sie antatschen! Und sonst was mit ihr anstellen! Sie werden sie kaputtmachen!«

»Saint«, sagte Marley sanft.

»Hm?«

»Hailey ist nicht so schwach, wie du denkst.«

Ich schnaubte.

»Sie kann schon ganz gut Nein sagen, wenn es wirklich sein muss, glaube mir. Und sie würde dich nie betrügen. Dafür ist sie viel zu prüde.« Ich warf ihr einen tödlichen Blick zu. Wenn sie auch nur ein falsches Wort über sie sagte, würde ich sie rausschmeißen und nie wieder ein Wort mit ihr reden. Marley hob die Hände und grinste entschuldigend. »Ist nur die Wahrheit! Weißt du übrigens, was schon immer geholfen hat, wenn man den Kopf freibekommen muss?«

»Wenn du jetzt Sex sagst, schmeiß ich dich aus dem Fenster.« Sie lachte und holte einen Joint aus ihrer Zigarettenschachtel hervor.

»Das!«

»Ich nehme keine Drogen!«

»Das ist doch keine Droge, das ist nur Gras! Es wird dich beruhigen, Saint, vertrau mir.«

Sie zündete ihn an und die Spitze flammte auf.

»Die Scheiße stinkt abartig!« Ich wedelte mit der Hand vor meinem Gesicht rum.

»Ach komm, sei keine Pussy!« Sie hielt ihn mir vor die Nase und ich verdrehte die Augen. Eigentlich machte ich mir wirklich nichts aus diesem Drogenscheiß, aber andererseits hätte ich ein bisschen Entspannung wirklich nötig. Und ich wollte vor Marley auch nicht wie ein Schlappschwanz dastehen, also nahm ich das Teil schulterzuckend, zog und musste prompt husten. Marley lachte, ich knurrte: »Schnauze!« Weshalb sie noch lauter lachte. Ich musste auch dümmlich grinsen, vor allem, weil der Rauch scheinbar augenblicklich jede einzelne meiner Gehirnzellen vernebelte. Der Scheiß war echt stark! Es haute mich praktisch sofort um und ich ließ mich nach hinten aufs Bett fallen, als sich alles in meinem Kopf drehte. Marley tat es mir gleich. Wir starrten an meine Decke, während sie nochmal zog und dann den Joint in den Aschenbecher neben dem Bett legte. Ich spürte ihren Blick auf meinem Gesicht, doch ich schaute weiter nach oben.

»Vielleicht braucht sie es ja.«

»Was?«

»Erfahrungen, die jedes junge Mädchen machen sollte, mit verschiedenen Männern als nur einem.« Sie lachte, als ich sie wieder tödlich anstarrte, richtete sich auf einen Ellbogen auf und schlug mir auf die Brust. »Ach komm schon! Sie denkt sicher mal an wen anders, und du auch.«

»Nein.«

»Erzähl mir keinen Scheiß, Saint. Ich sehe doch, wie du die Frauen ansiehst. Wenn es Hailey nicht gäbe, würdest du sie alle der Reihe nach vernaschen. Du bist praktisch dauerhart.«

»Tja, es gibt Hailey aber!« Ich nahm ihre Hand und wollte sie wegschieben, doch mit einem Mal beugte sie sich komplett über mich.

»Aber du willst es. Sex ist dein Ventil!«, wisperte sie an meinem Mund und ihre Hand strich nach unten, direkt über meinen Schwanz, der – ich gebe es zu – halb steif war. Fuck! Sie grinste triumphierend, als sie es bemerkte und ich versteifte mich, denn sie hatte mich durchschaut. Doch bevor ich was erwidern konnte, küsste sie mich einfach.

Es gab da diese eine Sekunde, die ich mir niemals vergeben würde. Diese eine Sekunde, die aus mir einen Mann machte, den ich verachtete. Einen Mann, der seine Freundin betrügt und der in meinen Augen nichts weiter war als ein Stück Scheiße. Einen Mann, der eine Sekunde lang darüber nachdachte, Marley einfach zu ficken – hart und heftig –, ohne sie kommen zu lassen, natürlich. Als Strafe sozusagen, weil sie mich schon seit *Wochen* nervte.

Also küsste ich sie zurück und drängte sie auf den Rücken.

Wenn hier einer die Oberhand hatte, dann verdammt nochmal ich!

Sie keuchte auf, als meine Zunge in ihren Mund eindrang und ich ihren Kiefer grob umfasste, sodass sie sich nicht mehr rühren konnte.

Ich war so sauer!

So unsagbar wütend!

So verdammt außer mir!

So hart.

Ich würde sie vögeln, bis sie nicht mehr laufen konnte und sich wünschte, sie wäre niemals in mein Zimmer gekommen. Ich würde sie ficken, bis ...

Fuck.

Was tat ich hier?

Ich mutierte zum Vor-Hailey-Saint!

Der Saint, der ich für sie sein wollte, der ich ihr versprochen hatte zu sein, fickte keine anderen Frauen.

Also schob ich Marley mit einem »Gottverdammt nochmal, du willst es einfach nicht checken!« von mir und sprang auf. Schnell zog ich meine Lederjacke an und packte meine Kippen und mein Handy ein, während sie sich augenverdrehend auf meinem Bett aufsetzte.

»Wenn ich wieder da bin, hast du dich verpisst!« Damit stürmte ich praktisch aus dem Zimmer. Das oder es wäre für alles zu spät gewesen!

34. Wieso es mich umbringt

Als ich später mit Hailey telefonierte, wusste ich, dass ich es ihr sagen musste. Ihr sagen musste, dass Marley mich geküsst und es diese eine Sekunde gegeben hatte, diese Sekunde, die ich mir niemals vergeben würde. Aber ich konnte nicht, ich brachte es einfach nicht über meine Lippen! Weil ich mich so sehr schämte.

Also lenkte ich sie gekonnt ab und gab ihr auch über die Entfernung von 2.789 Meilen einen phänomenalen Orgasmus. Als sie danach glücklich und zufrieden war, legten wir auf und ich versuchte zu schlafen.

Aber ich bekam kein Auge zu, denn gedanklich fühlte ich mich, als hätte ich sie betrogen.

***

Am nächsten Tag versuchte ich, Marley aus dem Weg zu gehen. Leider ohne Erfolg. Während ich mich fertig machte, tanzte sie halb nackt im Bad um mich herum. Sie war total gut drauf und dachte, sie hätte gewonnen, aber in Wahrheit hatte sie mich nur darin bestärkt, mich erst recht von ihr fernzuhalten. Franky ging mir auch gewaltig auf die Nüsse, indem er mit seinem fetten Arsch die Küche blockierte und seine verdammte stinkige Scheiße die ganze Zeit rauchte. Ich konnte hier nicht bleiben! Also flüchtete ich aus der Wohnung und lief eine Runde, obwohl ich noch drei Stunden bis zu meinem ersten Termin zur Anprobe von ein paar Kleidungsstücken hatte. Doch egal, wie schnell ich rannte, vor meinen Dämonen konnte ich nicht flüchten.

***

Hailey

Die Wochen vergingen nur so im Flug. Die Aufführung rückte immer näher und ich konnte Levin sogar dazu überreden, jeden Tag mit mir zu üben, denn ich wollte, dass es absolut grandios wurde. Besonders, weil Saint mir versprochen hatte, am Wochenende zu kommen.

Levin hatte wirklich eine unsagbar schöne Stimme. So einzigartig und berührend, dass ich jedes Mal Gänsehaut bekam, wenn er als Romeo meinen Tod betrauerte, während ich reglos in seinen Armen lag. Ein paar Mal musste ich sogar weinen und er verdrehte nur die Augen und sagte, er könne mit Amateuren nicht arbeiten, und dass Tote nicht heulten! Was mich wiederum zum Kichern brachte. Brooke, ganz besonders Levin und ich wurden richtig gute Freunde. Wir wuchsen immer mehr zusammen und wurden eine Einheit. Jason war nicht mehr ganz so oft dabei, weil er mit einer kleinen Schwarzhaarigen von der Party zusammen war und mit ihr mehr als genug zu tun hatte. Aber ab und zu unterhielten wir uns. Meist über unsere Beziehungen. Seine Süße hieß Mindy und war richtig nett. Gelegentlich machten wir etwas zusammen. Gingen zum Strand. In Restaurants. Eis essen oder hingen einfach nur bei Brooke und mir ab, denn wir hatten das größte Zimmer mit eigenen Schlafzimmern, was hier echt absoluter Luxus war. Erst viel später, lange nach dem Studium, erfuhr ich, dass ich das alles Maggy Conroy zu verdanken hatte, denn sie kannte den Dekan persönlich und zahlte jeden Monat horrende Spenden an die USC. Deswegen liebten mich die meisten Professoren auch so, was mich eigentlich total nervte, denn ich würde mein Leben lang das Gefühl haben, mir meinen Erfolg nicht selbst erarbeitet zu haben.

Andererseits: Erfolg ist Erfolg. Ob du ihn nun mit oder durch andere hast, ist doch total egal. Hauptsache, du gehst dafür nicht über Leichen oder verrätst dich und deine Prinzipien.

Wie auch immer ...

Der Frühling kam und es wurde wieder heiß im sowieso schon total warmen L.A.

Es gab immer mehr, was ich erledigen und lernen musste. Die Abende verbrachten wir oft zusammen und büffelten. Ein paar Künstler und Plattenbosse tauchten regelmäßig an der Musikschule auf, entweder, um Projekte mit uns zu machen, oder, um nach neuen Talenten zu suchen.

Ich fiel aus allen Wolken, als mein Prof plötzlich mitten in einer Vorlesung zu mir kam.

»Hailey, du musst mit mir mitkommen«, sagt er ernst und mein Herz rutschte in die Hose. Hatte ich was falsch gemacht? In meinem Kopf spielten sich sofort die übelsten Szenarien ab, aber ich diskutierte nicht oder fragte nach, sondern sammelte mein Zeug zusammen, während Professor Right nach vorn ging und es Ms. Hemptons mitteilte. Dann folgte ich ihm durch den langen Gang und runter zu den Verwaltungsräumen.

»Hab ich was falsch gemacht?« Ich konnte es mir nicht verkneifen, aber als Professor Right leise lachte, fiel mir ein Stein vom Herzen.

»Ganz im Gegenteil!« Er öffnete eine Tür zu seiner Rechten und wir traten in ein großes helles Zimmer. An den Wänden hingen Bilder von all den Absolventen, die es im Musikgeschäft geschafft hatten – unter anderem Alicia Keys und Lenny Kravitz. Am Tisch mitten im Zimmer saß ein dicker Mann in blauem Anzug und lichtem blondem Haar.

»Da ist sie ja!« Er stand auf, wobei er so gar nicht schwerfällig wirkte, und ich erinnerte mich daran, dass er während ein paar Stunden in der letzten Reihe gesessen hatte. Mit einer Sonnenbrille, wie ein Stalker.

Ich lächelte. »Da bin ich, ja.« Er kam auf mich zu und nahm meine Hand. Sein Händedruck war fest und schwitzig.

»Mein Name ist Manson Gordon von Wellworth Records.«

»Okay.«

»Komm, setz dich doch. Wasser?« Ich schüttelte den Kopf und folgte ihm zu dem Tisch, an den er sich genauso wie mein Professor setzte. Sein Lächeln beruhigte mich etwas. Ich fragte mich, was das hier sollte, als Mr. Gordon mit einem Mal sagte: »Ich habe dich in den letzten drei Wochen beobachtet.«

»Okay.«

»Und ich finde, du bist ein absolutes Ausnahmetalent. Deine Stimme ist unglaublich, aber du hast auch das Gesamtpaket. Okay, beim Tanztraining müssen wir noch was machen, aber ich spüre es in meiner Pisse. Du bist dafür gemacht, um auf der großen Bühne zu stehen.«

Ich konnte nicht antworten, seine Worte kamen irgendwie nicht so richtig in meinem Hirn an, mein Blick glitt zum Professor, der mir zuzwinkerte, doch sein Grinsen fiel in sich zusammen, als ich nicht reagierte. Mr. Gordon runzelte die Stirn.

»Du willst doch auf die große Bühne, oder?«

»Ja«, bekam ich krächzend heraus.

»Du würdest alles dafür tun?« Bei dieser Frage wurde mir mulmig, aber ich bejahte auch sie, weil es die Wahrheit war. Ich würde alles dafür tun, um meinen großen Traum zu leben – und noch viel mehr.

Er grinste breit und seine Augen funkelten, dann fing er an zu erzählen, wie er sich die Zusammenarbeit vorstellte. Mir kam das alles utopisch vor, nicht greifbar. Ich sollte um die Welt reisen, Konzerthallen füllen? Die ganze Zeit lag mir die Frage auf der Zunge, ob er mich vielleicht verwechselte, aber ich behielt sie für mich. Eine Stunde später war er fertig mit seinen Ausführungen, während ich so gut wie gar nichts gesagt hatte. Nur Professor Right hatte hier und da mal was eingeworfen, das genau in meinem Interesse lag, und wofür ich ihm ewig dankbar sein würde. Er beruhigte mich immens, allein mit seiner Ausstrahlung und mit seinem hübschen Lächeln. Zudem wusste er genau, was er wie sagen musste, selbst wenn er sich gegen ein Video aussprach, in dem ich nur einen Bikini tragen und in der Karibik rumtanzen sollte – so wie es sich dieser Gordon vorstellte – und lenkte das Gespräch immer wieder gekonnt in eine Richtung, bei der ich mich wohlfühlte.

»Sehr gut! Dann werde ich mir noch deinen Auftritt nächste Woche ansehen und dann entscheiden wir weiter! Aber ich denke, du hast den Vertrag so gut wie in der Tasche, Süße!« Ich mochte es nicht, dass Mr. Gordon mich Süße nannte, aber mir war klar, dass ich mir das nicht anmerken lassen durfte. Daher schluckte ich und lächelte zaghaft.

»Okay.«

»Sehr gut!« Er sprang wieder auf. Ich erhob mich ebenfalls, genau wie der Professor, der mich vorgehen ließ, während uns der Plattenboss die Tür aufhielt und meine Hand schüttelte.

»Dann sehen wir uns, Süße!« Und dann schlug mir Mr. Gordon auf den Hintern und schloss die Tür hinter uns. Professor Right zuckte ebenso zusammen wie ich, schien zu überlegen und presste die Lippen aufeinander. Ich schaute ihn fragend an und blieb auch stehen. Doch schließlich schüttelte er den Kopf und meinte hart: »Gehen wir!« Und wir gingen. Einer ungewissen Zukunft entgegen.

***

Nicht nur Saint würde extra zu unserer Aufführung kommen, sondern auch einer der Macher im Musikgeschäft überhaupt. Weswegen ich am Ende des Flurs fast einen Anfall bekam, der damit endete, dass ich in eine Papiertüte atmete, die mir Professor Right mit einem mitfühlenden Schmunzeln gereicht hatte. Er streichelte beruhigende Kreise auf meinen Rücken, während ich innerlich total durchdrehte, und wisperte mir zu, dass alles gut werden würde. Ich entspannte mich etwas, bis mir einfiel, dass mich ein fremder Mann berührte und wie unangenehm mir das eigentlich war.

»Ist schon gut. Die Durchdreherei ist vorbei.« Ich lächelte meinen Professor schüchtern an, sagte: »Danke!« und umarmte ihn spontan – obwohl das sonst gar nicht meine Art war. Irgendwie musste ich der tiefen Dankbarkeit und dem Glück, das mich durchströmte, Ausdruck verleihen. Er war hart und groß und roch unsagbar gut. Alles an ihm wirkte beruhigend. Er tätschelte mit einem »Äh, schon gut, Hailey, wirklich« unbeholfen den Rücken und war sichtlich froh, als ich wieder von ihm abrückte.

Gott, wie peinlich! Hailey, ehrlich!

Ich sah zu, dass ich nach Hause ging. Schnellstmöglich. Dort versuchte ich, Saint anzurufen, aber wie immer erreichte ich nur die Mailbox. Als Brooke und Jason kamen, saß ich im Wohnzimmer und starrte aus dem Fenster.

»Was ist los?«, fragte sie sofort alarmiert.

Ich sagte mechanisch: »Wellworth Records überlegt, mich unter Vertrag zu nehmen.« Ihr Brüllen war ohrenbetäubend erschreckend. Genau wie ihr Gewicht, das mit einem Mal auf mir landete, als sie mich umarmte.

»Oh mein Gott! D ... d ... d ...«

»Das ist der Hammer, ich weiß.« Geistesabwesend umarmte ich sie und schaute zu Jason, der mich angrinste und zur Küchenzeile ging.

»Das schreit nach einem Sekt!« Er holte den Hugo heraus, den wir eigentlich immer im Kühlschrank hatten, weil wir abends gern mal ein Gläschen tranken, ohne horrende Summen in irgendwelchen Bars auszugeben, und schenkte uns drei Gläser ein.

»Oh mein Gott, stell dir vor, die nehmen dich w... w... wirklich. D... dann ... bist du auf den ganz ... g ... g ... großen Bühnen unterwegs.«

»Hmmm.« Ich nahm immer noch wie betäubt mein Glas entgegen.

»Dann kriegen wir doch Backstage-Pässe, oder?«, fragte Jason und setzte sich neben mich.

»Ihr werdet meine Crew.« Ich grinste schwach, als sie mit mir anstießen.

Das wäre wirklich zu schön, um wahr zu sein.

***

Saint

Die Wochen vergingen wie im Rausch. Als wäre ich in einem Ketten-Karussell festgeschnallt, das sich nicht stoppen ließ. Alles zog ultraschnell an mir vorbei, nichts war greifbar, nichts konnte ich wirklich genießen oder mich darauf konzentrieren. Nichts, außer die Vorbereitung für die Saison. Vor mir lag diese imaginäre Ziellinie, die ich unbedingt als Erster passieren wollte, die ich als Erster passieren musste. Denn ich hatte das Zeug dazu, ich konnte das und ich würde es schaffen. Ich dachte praktisch an nichts anderes als dieses Ziel. Sogar Hailey rückte in den Hintergrund und vermischte sich mit den vorbeifliegenden Gesichtern und Ereignissen. Ich hetzte abends von Event zu Event. Die Tage verbrachte ich in der Werkstatt oder auf der Strecke, denn die Maschine lief noch nicht optimal. Ich traf mich mit verschiedenen Sponsoren und drehte meine Sachen mit Hugo Boss ab, war bei Shootings, Galas und auf den heißesten Partys.

Ich kiffte immer öfter, um in den wenigen Momenten, in denen das möglich war, runterzukommen und lernte immer mehr wichtige Leute im Rennzirkus kennen. Teilweise richtige Rennfahrgrößen, zu denen ich schon immer aufgeschaut hatte. Es war ein Freitagabend und ich auf einer exklusiven Party in irgendeinem exklusiven Fünfhundert-Quadratmeter-Penthouse, als mir Valentino Terini – eines meiner großen Idole, seitdem ich denken konnte – das erste Mal Kokain anbot. Ich sagte nicht Nein, allein schon, weil ich nicht abkacken wollte. Das Koks pushte mich noch mehr. Ich fühlte mich wie der König der Welt und unterhielt mich die ganze Nacht durch mit Leuten, von denen ich nie gedacht hätte, jemals in ihre Nähe zu kommen, und fiel schließlich halb tot ins Bett.

Am Montagmorgen verpennte ich erst mal einen wichtigen Termin und wurde von meinem Manager zur Sau gemacht. Ich war völlig fertig, jede Bewegung erforderte unmenschlich viel Kraft und mein Kopf war am Platzen. Ich hing da wie ein Schluck Wasser in der Kurve und wollte nur noch sterben. Am Abend ging es auf eine Spendengala. Ich war dermaßen im Eimer, dass ich kaum ein Wort rausbrachte, was Marley natürlich bemerkte. Obwohl ich mit ihr eigentlich kein Wort sprach, konnte ich sie nicht ignorieren. Selbst dafür fehlte mir die Kraft.

Als sie mir grinsend eine Tablette zuschob und mir zuwisperte: »Damit wirst du es überstehen«, schluckte ich sie, ohne darüber nachzudenken. Dieser Abend war zu wichtig, um zu versagen. Ich flog den restlichen Abend förmlich dahin, ich telefonierte sogar kurz draußen mit Hailey. Die halbe Nacht sprach ich mit Besitzern von Kinderheimen und wie ich sie unterstützen könnte, mit jungen engagierten Leuten, und ging schließlich noch mit einigen von ihnen auf eine Party im Underground in einer verlassenen U Bahn Station.

Völlig k.o. fiel ich am nächsten Tag ins Bett und musste dann zu einem Termin bei Boss, bei dem ich fast einschlief. Als ich am Abend nach Hause kam, war ich noch fertiger, aber ich musste schon wieder weiter, und so sagte ich nicht nein, als mir Hellen, eine rattenscharfe Freundin von Franky, wieder was von dem weißen Pulver anbot.

Ich würde das ohne einfach nicht schaffen, außerdem kam ich mir so unbesiegbar vor, wenn ich es intus hatte. So, als wäre ich Superman, als könnte mir nichts etwas anhaben. Außerdem vergaß ich unter der Wirkung, was ich Hailey fast angetan hätte und wie sehr ich sie vermisste. Wie sehr es mich fickte, wenn ich daran dachte, was sie wohl machte und ob sie noch öfter auf irgendwelchen Partys ohne mich unterwegs war. Und wie groß die Angst war, sie zu verlieren, wegen der Scheiße, die ich gebaut hatte. Und von der sie nach wie vor nichts wusste.

35. Wieso nicht alles Romeo und Julia ist

Hailey

Die große Aufführung kam schneller als erwartet und so auch das nächste Treffen mit Saint. Ich war davor extra beim Friseur gewesen und hatte mir sexy Dessous gekauft. Mein Zimmer glänzte förmlich vor Sauberkeit und der Kühlschrank war vollgestopft mit Sachen, die er gern aß.

In letzter Zeit hatten wir beide nicht viel voneinander gehabt, denn Saint war meist ziemlich kurz angebunden. Aber er hörte mir geduldig zu, wenn ich ihm was erzählte. Auch wenn ich genau spürte, dass ihn etwas bedrückte, so hatte ich mir am Telefon nie etwas anmerken lassen. Aber eins stand fest, wenn er hier war, müssten wir reden. Und zwar richtig.

Weihnachten und unsere schöne Zeit in Goodville schien mir Jahre her zu sein, und der junge Mann, der mein Herz jedes Mal aufs Neue im Sturm eroberte, kam immer weniger in ihm durch. Manchmal klang er am Telefon regelrecht mürrisch, was er sonst nie grundlos gewesen war. Vorgestern hatte er nur genervt geknurrt, weil ich ihn so früh angerufen hatte. Dabei war das früher nie ein Problem gewesen. Ich fühlte mich langsam wie die Hailey von damals – zumindest in Bezug auf Saint. Unsicher und ein bisschen, als würde er mich nur dulden. Wie ein Klotz am Bein, obwohl er mir versichert hatte, ich wäre sein Anker.

Irgendwas stimmte nicht, aber ich kam nicht darauf, was es war.

Während er nun sogar im Fernsehen über den Bildschirm flimmerte und mir seine Schönheit das Herz brach, fühlte ich ganz genau, dass wir uns immer weiter entfernten, und das hatte nichts mit den Meilen zwischen uns zu tun. Der Clip mit ihm hatte es echt in sich. Brooke und ich hatten uns eines Sonntags Transformers angesehen, als in der Werbung mit einem Mal die Lippen meines Freundes über den Bildschirm zogen. Sie grinsten frech. Ein peppiger Slogan wurde eingeblendet: *Du willst sie* – Saint biss sich auf die Unterlippe –, *du kriegst sie!*

Sie zeigten Saint von hinten, wie er halbnackt mit wunderschönem Rücken, inklusive seines Totenkopf-Tattoos, auf eine hübsche Blondine, die auf der Terrasse eines Penthouses stand, zuschlenderte. Dahinter die Skyline irgendeiner Großstadt. Er hatte sich neue Tattoos stechen lassen. Sein gesamter rechter Arm war voll und es stach in meinem Bauch, weil ich es auf diese Art und Weise mitbekam, denn er hatte mir kein Wort davon gesagt. Er sah aus wie ein Punker-Gott, mit tief sitzenden schwarzen Jeans. Meine geliebten Grübchen schauten heraus, die Frisur auf seinem Kopf war ein stylisches Chaos und sein Lächeln absolut höschennässend. Die Blondine sah so unschuldig aus, so rein und so wunderschön, als er sie von hinten an den Haaren zurückzog und ihr was ins Ohr wisperte. *Du kriegst sie alle!* Sie legte ihre Hand dorthin, wo mein Name auf seinem Körper eintätowiert war. Er schaute in die Kamera und zwinkerte den Zuschauern zu, drehte sie zu sich herum und zog ihr das Nachthemdchen über den Kopf. Gerade so konnte man sehen, wie ihre Lippen sich berührten. Dann warf er die Kleidung auf die Kamera und das Bild wurde schwarz, bevor das Parfum eingeblendet wurde. *Hugo Boss – du kriegst sie alle.*

Während die Werbung ausgestrahlt wurde, saßen Brooke und ich mit offenem Mund da und starrten den Fernseher an. Ich wusste nicht, was ich davon halten sollte. Ich konnte nicht glauben, dass dieses Sexsymbol da im TV *mein Freund* war! Doch er war es wirklich, unverkennbar. Zum Glück konnte ich zurückspulen. Ich tat es und wir schauten uns den Trailer nochmal an, und nochmal, und nochmal … Ich stoppte bei einigen Bildern wie ein verrückter Teenie und beobachtete, ob seine Lippen sie wirklich berührten – und ja, sie taten es. Saint hatte diese wunderschöne Frau vor laufender Kamera geküsst. Und er hatte mir davon gar nichts erzählt. Er hatte mir weder erzählt, was genau in dem Clip vorkommen würde, noch, wann er das erste Mal ausgestrahlt werden würde. Vielleicht, weil er nicht wollte, dass ich ihn sah? Oder weil ... weil ich ihm nicht mehr wichtig genug war, damit er solche wichtigen Dinge noch mit mir teilte?

Ich hatte fast befürchtet, dass es so weit kommen würde, aber so bald? Nein, das hätte ich mir nicht mal in meinen schlimmsten Träumen ausgemalt. Und erst recht nicht das, was an diesem Wochenende passierte.

***

Saint versetzte mich wieder.

Als er um zwölf Uhr in der Nacht immer noch nicht da war, obwohl er eigentlich um fünf hatte kommen wollen, wartete ich nicht länger. Ich versuchte, mit dieser brennenden Leere in mir klarzukommen, versuchte, damit klarzukommen, dass ich anscheinend wirklich nicht mehr genug war, und versuchte, mit dem klarzukommen, was sich doch schon die letzten Wochen abgezeichnet hatte. Nicht nur auf seinem Körper, sondern auch zwischen uns. Er veränderte sich. Und es gab nichts, was ich dagegen tun konnte.

Ich rief ihn nicht an.

Ich schrieb ihm nicht und erwartete es auch nicht von ihm.

In dieser Nacht weinte ich mich in den Schlaf.

***

Obwohl Levin mich sofort fragte: »Oh mein Gott! Was ist los?«, als ich in unsere Kabine kam, schüttelte ich nur den Kopf und ging mich hinter dem Paravent umziehen.

Ich wollte nicht darüber reden, ich wollte auch nicht weiter darüber nachdenken. In den letzten Stunden hatte ich genug gegrübelt, und war zu keinem Entschluss gekommen. Es half mir nicht, es dämmte den Schmerz nicht, stattdessen machte es alles nur noch schlimmer. Und jetzt war eine der wichtigsten Aufführungen in meinem Leben. Ich musste mich darauf konzentrieren!

»Hailey, du siehst furchtbar aus.«

»Wie ich es doch liebe, dass du mir immer so schöne Komplimente machst«, antwortete ich tonlos und schmiss mich in mein wunderschönes weißes Kleid, das ich als Julia tragen sollte. Es war trägerlos, oben mit funkelnden Perlen besetzt, an der Taille eng, und nach unten hin immer ausschweifender. Wir würden das Stück modern aufführen, deswegen trug Levin auch einen schwarzen zerfetzten Smoking, der ihm vorzüglich stand, als ich aus der Kabine trat. Er sah hübsch aus, das Schwarz ließ seine blauen Augen strahlen.

»Kannst du bitte?« Ich drehte ihm den Rücken zu.

Er schloss den Reißverschluss meines Kleides. »Er hat es schon wieder getan, oder?« Über den Spiegel hinweg funkelte mich sein Blau traurig an.

»Lass es, Levin!«

»Er hat dir wehgetan!« Er klang wütender, als er sollte, so, als würde es ihn wirklich berühren; so, als hätte man ihn verletzt und nicht mich. Ich schnaubte nur.

»Ich bin selber schuld.«

»Wieso in Gottes Namen bist du schuld, wenn der Kerl ein totales Arschloch ist?«

Ich setzte mich an den Schminktisch. »Bitte, Levin, wenn wir jetzt weiterreden, heule ich und dann kommen wir nie auf die Bühne.«

Er schaute mich noch ein paar Sekunden mit verschränkten Armen an und sagte dann leise: »Kein Mädchen hat das verdient! Und erst recht nicht du! Du bist zu gut für ihn!« Damit drehte er sich um und ließ mich allein.

Ich schaute mich im Spiegel an und hätte fast schon wieder geheult, vor allem, weil mich diese Worte so an Saint erinnerten.

Ich werde der beste Mann sein, den sich eine Frau jemals wünschen kann; ich werde alles für dich tun.

Das hatte er einmal zu mir gesagt.

Aber er hatte sich nicht an seine Worte gehalten.

Stattdessen hatte er mein Herz gebrochen.

***

Während ich die perfekte Julia gab und von meiner unendlichen Liebe zu Romeo sang, vergaß ich sogar für ein paar wunderschöne Minuten, dass mein Handy bis jetzt nicht einmal geklingelt hatte, dass er mir nicht geschrieben und sich nicht gemeldet hatte. Dass einfach gar nichts kam. Ich ging völlig in meiner Rolle auf und gab alles. Die Zuschauer blendete ich aus, konzentrierte mich nur auf Levin, der mich sicher durch das Stück geleitete.

Dann kam die Schlussszene und ich vergaß Saint völlig, weil Levin wirklich seine Lippen auf meine drückte, anstatt mir nur einen Filmkuss zu geben. Kurz wurde ich panisch! Das hatten wir so nicht abgemacht! Aber dann dachte ich an Wellworth Records, dass dieser Gordon zusah und ich alles geben musste und küsste Levin zurück, auch wenn es sich total falsch anfühlte. Auch wenn es nicht der Mund war, den ich berühren wollte. Ganz kurz schoss durch meinen Kopf, wie es wäre, mit jemandem wie Levin zusammen zu sein. Mit jemandem, der so lieb und so bedacht und so ausgeglichen war. Mit jemandem, der das genaue Gegenteil von Saint war, und ich küsste Levin vielleicht etwas inniger, als ich es hätte tun sollen. Denn tief in mir wusste ich, dass so einer wie Levin genau der Richtige für mich wäre, dass es bei uns einfach passen würde, ohne großen Ärger und Komplikationen. Als Levin zurückwich und mir in die Augen sah, war da ein Funkeln, das mein Herz schneller schlagen ließ.

Ob Saint sich genauso gefühlt hatte, als er die hübsche Blonde in dem Clip geküsst hatte? Ob er so was nun öfter für die Arbeit tat? Ich hätte ihn so gern gefragt, aber ich glaubte, dass ich dazu wohl nie wieder die Chance bekommen würde. War es wirklich einfach alles vorbei?

Konnte das wirklich alles gewesen sein? Ich wollte es nicht glauben.

Und so rief ich ihn nach der Vorstellung – die von allen in höchsten Tönen gelobt wurde – in der kleinen Kabine an.

Er ging nicht ran. Jedes einzelne Tuten brach mein Herz ein bisschen mehr, bis ich die Tränen nicht mehr zurückhalten konnte und einem absoluten Wrack glich, als Levin, Jason und Brooke hereinkamen.

Sie sahen mich, packten mich und schleppten mich zum nächstbesten Taxi. Obwohl ich immer noch mein wallendes Julia-Kleid trug. Obwohl die Schminke in schwarzen Schlieren über mein Gesicht gelaufen war und ich in den Schuhen kaum einen Meter weit gehen konnte.

»Äh, Leute, was tun wir hier?«

»Das ist eine I ... I ... I ...«

»Intervention!«, seufzte Levin, weil Brooke hängen geblieben war.

»Wieso?«

»Du wirst z ...z ... zu ihm f ... f ...f ...f ...«

»Fliegen, und die Sache ein für alle Mal klären!«, sagten Jason und Levin wie aus einem Munde, weil Brooke zu aufgeregt war, um noch einen gescheiten Satz herauszubekommen.

»Was?«

»Deine Sachen sind gepackt und im Auto. Ich habe einfach genommen, was ich finden konnte.« Jason zuckte mit den Schultern.

»Du musst es tun!«, sagte Brooke jetzt fest, die sich wieder gefangen hatte und ruhiger war. »Du wirst dahinfahren u ... u ... u ...«

»Und ihm zeigen, wo der Hammer hängt, und dass er das mit dir nicht machen kann, Hailey White!« Levin nickte und ich lachte aufgeregt und schniefte gleichzeitig auf.

»Ich weiß nicht.«

»Doch, du weißt! Und du wirst!« Levin war wie ein verdammter Drill Sergeant. »Denn wenn du das jetzt nicht ein für alle Mal klärst, wirst du niemals frei sein!«

Ich wollte aber gar nicht frei sein! Das war es ja!

Doch eigentlich hatten meine Freunde recht, und sie waren so süß, hatten mir dieses Ticket gekauft und würden mir eine Woche freischaufeln. Sie konnten es nicht ertragen, wenn ich so litt, und taten etwas, anstatt nur danebenzustehen und zuzusehen, wie ich langsam aber sicher ertrank.

Das waren wahre Freunde.

Meine verrückten besten Freunde, die ich früher nie gehabt hatte. Und die rein gar nichts mit Saint zu tun hatten. Die nur für mich da waren und immer zu mir halten würden.

»Ich liebe euch«, sagte ich und lehnte meinen Kopf an Brookes Schulter neben mir. Sie tätschelte mein Knie, während ich Levin mit Tränen in den Augen ansah und mich zum ersten Mal, seitdem ich ihn kannte, fragte, ob ihm diese Worte vielleicht mehr bedeuteten als mir. So viel mehr, und doch wäre es niemals genug.

36. Wieso Schicki-Micki-Partys scheiße sind

Ich war völlig gerädert, als ich endlose sieben Stunden später in New York ankam. Immer noch in meinem wallenden Kleid und mit meinem kleinen quietschpinken Koffer passierte ich die Kontrollen des Flughafens und wurde von den Leuten blöd angeschaut. Genau wie von dem kleinen Chinesen, der im Flugzeug neben mir gesessen und nicht die Augen von mir gelassen hatte. Ich hatte mich nicht mal umziehen können – mein Koffer war ja unten beim Gepäck gewesen.

In den letzten Stunden hatte ich Zeit gehabt, mir Gedanken zu machen, und war zu dem Entschluss gekommen, dass meine Freunde recht hatten. Ich musste mit ihm reden. Und zwar sofort! So ging das nicht mehr weiter! Außerdem war er vielleicht krank, hatte ich mir überlegt, oder er hatte vielleicht einen Unfall beim Training gehabt! Und ich war sicher nicht als seine Kontaktperson verzeichnet, weswegen mir keiner hatte Bescheid sagen können, oder es war sonst passiert.

Der Taxifahrer würdigte mein Outfit nicht mal mit einem zweiten Blick. In dieser Stadt war er sicher andere Aufzüge gewohnt. Ich schaute nach draußen, während ich mir überlegte, was ich zu Saint sagen sollte. Ich hatte keine Ahnung, aber wie immer würde er vielleicht die richtigen Worte finden. Worte, die dieses brennende Chaos in mir hoffentlich besänftigen würden.

Natürlich regnete es auch noch wie aus Kübeln und ich kam völlig durchnässt vor Saints Tür an – die keiner öffnete.

Ich klopfte immer und immer wieder, aber wahrscheinlich waren sie nicht da. Also scrollte ich mit zitternden Fingern durch mein Handy und fand die Nummer von der Rennstall-Managerin Jessica Ambers. Mir war klar, dass es schon spät war, aber das hier war wichtig. Ein Notfall.

»Ja?«, bellte sie nach einiger Zeit ins Telefon. Anscheinend war sie auf einer Party.

»Hallo. Hier ist Hailey White. Saints Freundin, ich wollte nur wissen ...«

Sie unterbrach mich mit einem harten Lachen. »Gott, immer diese irren Weiber! Saint Conroy hat keine Freundin! Vergiss ihn einfach, Süße!« Damit legte sie auf.

Ich sank mit dem Rücken an die Wand und rieb über mein feuchtes Gesicht. Jetzt blieb mir nur noch die Wahl zwischen Pest und Cholera und entschied mich erst mal für Pest.

Franky ging total verpennt nach dem dritten Klingeln ran.

»Hallo?«

»Äh ... hi, hier ist Hailey.«

»Hailey, wer?«

»Hailey von Saint.«

»Was willst du?«

»Ist er daheim?«

»Es ist zwei Uhr in der Nacht, natürlich ist er nicht da.« Franky gähnte.

»Oh ... okay.« Ich schwieg betreten.

»Hör mal zu, Kleine.« Es tat weh, von einem anderen so genannt zu werden. »Du solltest dir den Penner aus dem Kopf schlagen. Der ist nicht mehr der Pisser, den du kanntest. Er ist nur noch ein abgehobenes Arschloch, das über Leichen geht und alles fickt, was nicht bei drei auf den Bäumen ist.«

Wow, was sollte ich dazu sagen?

»Weißt du, wo er ist?«

»Mit Marley unterwegs. Sie wollten ins Golden Rush.«

Das tat mehr weh, als es sollte. »Okay, danke.«

»Passt scho!« Damit legte er einfach auf.

***

Gott sei Dank fand ich schon bald das nächste Taxi, selbst um diese Uhrzeit, das mich zum besagten Club kutschierte. Anscheinend war der in New York bekannt.

Besagter Club war ein riesiges Wohngebäude, in dessen Eingangshalle ich mich kurz darauf wiederfand. Vor mir war ein Tresen mit einer hellwach und perfekt aussehenden Rezeptionistin. »Ja bitte?«, fragte sie höflich.

»Ich muss ins Golden Rush.« Sie überschaute mein Outfit leicht zweifelnd, aber nickte schließlich. »In den Aufzug und die dreißigste Etage.« Ich hörte noch, wie sie in den Hörer sagte: »Die Tänzerin kommt.«

Okaaaaay! Bei den Schuhen und in diesem Funkelteil konnte man das schon mal annehmen.

Mit einem leicht bitteren Gefühl im Mund fuhr ich nach oben und versuchte, mich zu beruhigen. Ich würde ganz friedlich mit ihm reden und nicht hysterisch werden. Ich würde ihn fragen, was los war und keine voreiligen Schlüsse ziehen. Ich würde mich erwachsen benehmen und besonnen.

Als es plingte, war ich ein nervliches Wrack. Sofort hörte ich die laute Musik, das viele Stimmengewirr und ignorierte die freizügig gekleideten Menschen um mich herum. Das hier war so gar nicht meine Welt. Ich fühlte mich wie ein Pinguin in der Wüste. Dazu auch noch das Kleid, das ich ständig hochraffen musste, weil ich sonst in den hohen Heels, in denen ich sowieso schon so schwer gehen konnte, ständig stolperte. Was hatte ich mir nur dabei gedacht, mich nicht umzuziehen? War ich denn total blöd?

Ich kam in einem riesigen Wohnzimmer an – total luxuriös, wunderschön –, wo die Menschen ziemlich gesittet beieinanderstanden und sich unterhielten. Hier war er nicht, also ging ich raus auf die von Fackeln erhellte Terrasse mit dem riesigen Pool. Verwirrte Blicke, genau wie leises Getuschel folgten mir. Ich fühlte mich so unwohl. So unsagbar fehl am Platz. Ich wollte nach Goodville! Oder sogar noch lieber auf eine dieser schrecklichen Studentenpartys! Da hatte ich es wenigstens mit normalen Menschen zu tun und nicht mit diesen Models!

Und dann hörte ich ihn – sein Lachen – und drehte den Kopf in seine Richtung. Er stand vor dem Pool mit ein paar anderen Männern und Frauen, irgendein Glas in der Hand und unterhielt sich mit ihnen.

Ich hatte ihn gerade Mal etwas über zwei Monate nicht gesehen, aber er wirkte völlig verändert! Zum einen trug er nicht nur schwarz! Nein! Ein enges weißes Shirt mit V-Ausschnitt umspielte seinen harten Körper. Die Tätowierungen schimmerten durch den Stoff. Außerdem waren seine Haare länger und die Ringe unter seinen Augen tiefer. Er hatte abgenommen, war zwar immer noch groß und muskulös, aber bei Weitem nicht mehr so sehr wie noch vor einigen Wochen. Irgendwas stach heftig in meiner Brust, als ich ihn da so stehen sah, mit diesen mir total fremden Menschen, zu denen ich mich niemals zugehörig fühlen würde. Die Kluft zwischen uns war niemals größer gewesen, nicht einmal an der Highschool, als er der begehrteste Junge und ich die kleine verklemmte Pummelfee gewesen war.

Er war hier und amüsierte sich, obwohl er eigentlich bei mir sein sollte.

Das hier war ihm wichtiger als ich.

Diese Gedanken brannten wie Säure.

Als hätte er meinen Blick auf sich gespürt, hob sich seiner und strandete in meinen Augen. Irgendwie diffus, als würde er durch Watte sehen. Er brauchte ein paar Sekunden, dann riss er die Augen auf und in mir erstarrte alles.

Mein alter Saint hätte gelächelt und wäre auf mich zugeschlendert, hätte mich vor all den Leuten in die Arme geschlossen und mich filmreif geküsst, doch der Saint, der vor mir stand, presste die Lippen aufeinander und ein harter Ausdruck trat in sein Gesicht. Ich raffte mein pitschnasses Kleid und ging auf ihn zu, auch wenn ich am liebsten davonlaufen wollte.

Dann stellte ich mich direkt vor ihn. »Hi«, sagte ich hart und fühlte genau die Blicke der anderen auf mir. Wie sie tuschelten und Witze über mein Outfit machten, doch sie interessierten mich nicht. Saint war alles, was mich interessierte. Er war es, der mich in den Himmel heben oder geradewegs in die Hölle stoßen konnte. Und er entschied sich für die Hölle.

»Was willst du hier?«, zischte er.

Ich war so schockiert, dass ich nicht antworten konnte.

»Wer ist das denn, Saint, dein neues Betthäschen?«, fragte ein Kerl mit widerlich britischem Akzent. Ich wollte gerade zu ihm rumwirbeln und ihn fragen, ob er nicht mehr alle Tassen im Schrank hätte, als sich Finger hart um meinen Oberarm schlangen. Zu hart. Saint zerrte mich von den anderen weg in eine etwas ruhigere Ecke. Ich entriss mich ihm. »Ich kann es nicht glauben!«, blaffte ich ihn an. Er runzelte die Stirn, war wohl schon ziemlich betrunken, denn er schwankte etwas und schnaubte:

»*Was* kannst du nicht glauben? Dass ich ein Arschloch bin? Tja, willkommen in der Realität, Kleines!«

»Dass du mich vergessen hast, um *hier* abzuhängen!«

Die Worte schockten ihn ehrlich. Er riss die Lider auf, während ich ihn nur mit Tränen in den Augen anstarrte. Er schluckte, dann sagte er: »Fuck!«, und strich sich durch die Haare. Dabei schien er ehrlich verzweifelt und ein wenig von meinem alten Saint kam durch, doch dann begannen seine Augen unheilvoll zu lodern.

»Dann hab ich dich eben vergessen! Davon geht die Welt auch nicht unter!« Wow! Genauso gut hätte er mir mit der Faust in den Bauch boxen können. Ich konnte nicht glauben, was ich hier hörte; konnte nicht glauben, dass er mich tatsächlich vergessen hatte und dass er so unglaublich gemein zu mir war. So kannte ich ihn nicht! So war er nie gewesen! Weder zu mir noch zu irgendeinem anderen!

»Fuck, das hier ist so abgefuckt!«, rief er mit einem Mal und rieb sich mit einer Hand über das Gesicht. »Fahr nach Hause, Hailey!«

Ich dachte, ich hätte mich verhört. »Du schickst mich weg?« Meine Stimme klang so kraftlos, wie ich mich gerade fühlte. So wollte er das hier beenden? Einfach so?

»Nein, Mann! Zu mir nach Hause!« Er gab mir seinen Schlüssel und ich umschlang ihn mit kalten Fingern wie einen Rettungsanker. »Das hier ist kein Ort für dich, Hailey White. Geh jetzt!« Nun klang er ehrlich verzweifelt und schaute sich hektisch um, als könnte er es nicht erwarten, dass ich endlich verschwand. Ich brachte nur heraus: »Ich dachte, ich wäre überall richtig, wo du bist.« Damit drehte ich um und ging. Ich konnte mir das hier nicht eine Minute länger antun, ohne völlig zusammenzubrechen. Und diese Genugtuung würde ich Marley nicht geben. Genau sah ich noch ihr fieses Lächeln, als ich mich abwandte und mich davonmachte.

✳✳✳

Kaum hatte ich das Haus verlassen, gelang es mir nicht mehr, die Tränen zurückhalten. Okay, eigentlich hatte ich schon im Aufzug angefangen zu schluchzen. Ich fühlte mich, als würde ich zerbrechen, in tausend Einzelteile zerspringen, die man nie wieder zusammensetzen könnte. Ich fühlte mich, als hätte man mir die Luft zum Atmen genommen. Kurz überlegte ich, seinen blöden Schlüssel einfach in den Müll zu schmeißen und ins Hotel zu gehen, aber das wäre dann wohl doch zu radikal. Aber ich würde ganz sicher nicht bei ihm zu Hause wie ein braves

Hündchen auf ihn warten, während er seine Party noch zu Ende feierte. Wütend und total verzweifelt zerrte ich meinen Koffer hinter mir her, stolperte immer wieder und lief durch den Regen. Ich konnte nicht glauben, was ich da gerade erlebt hatte, wie widerlich er sich verhalten hatte, wie ...

»Hailey!« Oh Gott sei Dank! Das war mein erster Gedanke, als ich seine Stimme hinter mir durch den rauschenden Regen hörte und ich blieb wie ein Idiot stehen. »Ich bringe dich nach Hause!« Er trat an meine Seite und fasste nach meinem Arm. Doch ich konnte das nicht ertragen, also entzog ich mich ihm. »Bei dir ist nicht mehr mein Zuhause!«

»Du kannst nicht mitten in der Nacht allein durch New York rennen!«

»Es würde dich doch sowieso nicht interessieren, wenn mir was passiert!« Ich wischte mir die Tränen von den Wangen und versuchte, mich zu beruhigen, ging noch schneller, bis er meinen Arm mit einem Fluch packte.

»Jetzt hör auf, dich so aufzuführen, verdammt nochmal!« Damit zerrte er mich zu seinem Auto. Ich musste nur noch mehr weinen. Aber ich wehrte mich nicht. Viel zu weich waren die vertrauten Sitze, viel zu warm war es, sobald er den Motor gestartet und die Heizung angemacht hatte, und viel zu müde und ausgelaugt war ich von diesem ganzen Hin und Her. Ich war so fertig. So unglaublich fertig. Und es war wirklich keine gute Idee, in der Nacht allein durch New York City zu rennen.

Außerdem gab es in mir immer noch die Hoffnung, dass sich Saint wieder in den Mann verwandeln würde, in den ich mich unsterblich verliebt hatte.

Was war das hier nur?

Wieso war er so eiskalt?

37. Wieso am Ende ich zähle

Es war mir nicht peinlich, dass ich die ganze Fahrt über schluchzte, denn er sollte spüren, was er mir antat. Aber er sagte nichts, fasste mich nicht an, beruhigte mich nicht, sondern schaute nur stur nach vorn und tat so, als wäre ich gar nicht da. Bei ihm angekommen, sprang ich aus dem Auto, lief die Treppen hoch und sperrte mit seinem Schlüssel auf. Meinen Koffer ließ ich bei ihm im Auto. Es war mir egal.

Ich stürmte in sein Zimmer und knallte die Tür hinter mir zu. Kurz war ich schockiert darüber, wie chaotisch es hier aussah, dann entdeckte ich sein vertrautes Bett und schmiss mich in die Laken. Nur noch heute Nacht. Dann würde ich verschwinden. Denn so einen Saint in meiner Nähe ertrug ich noch viel weniger, als wenn es gar keinen Saint in meinem Leben geben würde. Das dachte ich zumindest.

Ich schälte mich aus meinen total nassen Kleidern, die flatschend zu Boden fielen, und legte mich unter die kühlen, aber duftenden Decken. Seinen Geruch zu riechen, der immer noch derselbe war, tat noch mehr weh.

Ich hatte nicht abgesperrt, weil ein kleiner dummer Teil in mir hoffte, er würde mir endlich hinterherkommen, mich küssen und mir versichern, wie leid es ihm täte, aber er tauchte nicht auf.

Die Tür blieb zu. Die ganze Nacht.

***

Als ich am nächsten Morgen aufwachte, fühlte ich mich furchtbar. Total verquollen und mit übel dröhnendem Kopf. Okay, es war eigentlich noch gar nicht Morgen. Der graute gerade erst vor dem Fenster. Doch ich konnte kein Auge mehr zumachen. Saint war immer noch nicht hier. Ich war ganz allein im Bett und fröstelte, während ich mich aufrichtete. Als ich meinen Blick durchs Zimmer schweifen ließ, bemerkte ich aber, dass er mir meinen Koffer gebracht hatte. Der befand sich vor dem Bett. Ich stand auf und öffnete ihn mit klammen Fingern, zog ein einfaches Top und eine Yogapants heraus. Denn so halb nackt würde ich mich ihm ganz sicher nicht stellen. Bevor mich mein Mut verlassen konnte, ging ich ins Wohnzimmer. Es war besser, es so schnell wie möglich hinter mich zu bringen, damit ich anfangen konnte, meine Wunden zu lecken.

Ich hatte erwartet, er würde dort schlafen. Aber dem war nicht so. Er saß auf der Couch, den Kopf in die Hände gestützt, die Ellbogen auf den Knien. In den Sachen von gestern. Unweigerlich fragte ich mich, wie lange er hier schon so hockte – so total verzweifelt und am Ende. Auch wenn ich unsagbar wütend und verletzt war, durchströmte mich eine Welle des Mitleids. Ich atmete tief durch. Er hörte mich wohl, denn er sah zu mir hoch. Seine Lider waren blutunterlaufen und sein Blick träge, doch nicht mehr so eiskalt und abweisend wie gestern. Sondern nur total fertig, genau wie der ganze Mann.

»Hey.« Seine Stimme war heiser und er räusperte sich, bevor er gegen die Lehne sank und sich müde mit beiden Händen über das Gesicht strich.

»Hey.« Ich trat vorsichtig an ihn heran, wartete nur darauf, dass er wieder gemein zu mir wurde. Dass er wieder dieses eiskalte Arschloch heraushängen ließ, das ich gestern kennengelernt hatte, aber er sagte nichts mehr, sondern sah einfach nur total fertig aus und gleichzeitig wie immer schmerzhaft schön.

Ich setzte mich vorsichtig neben ihn und konnte mich gerade so davon abhalten, ihn zu berühren. »Saint.« Er kniff die Augen zusammen, als würde ich verschwinden, wenn er mich nicht sah. »Was ist nur aus uns geworden?«

Er verzog das Gesicht, als hätte er Schmerzen, dann sagte er tonlos: »Ich habe es verkackt.«

»Das hast du.«

Er warf mir einen unsicheren Blick zu, dann legte er den Arm über sein Gesicht und schwieg.

»Saint?« Er antwortete nicht.

»Hey!« Ich zog seinen Arm zurück und bemerkte, dass seine Augen gerötet waren, was mich echt schockierte.

»Weinst du?«

»Nein!« Damit stand er auf und ging zu einem Schrank. Er wühlte darin herum, fand wohl nicht, was er suchte und probierte es in einem anderen Schrank. Dort fand er noch eine Schachtel Zigaretten und zündete sich eine an, bevor er sich wieder neben mich setzte. Wieder den Kopf in die Hände gestützt, starrte er zu Boden, während die Asche einfach so herabfiel, und sagte leise: »Ich habe es verkackt, so wie es alle gesagt haben. Aber hey, ich habe mich lange gehalten, oder?«

»Saint, von was redest du eigentlich?« Er kam mir völlig wirr vor, und ich zog seine Hand vorsichtig von seinem Kopf. Ich brauchte es, dass er mich ansah.

»Ich habe Marley geküsst!«, sagte er wütend und ich erstarrte mitten in der Bewegung. »Und ich war so kurz davor, sie zu vögeln, einfach nur, weil ich ein abgefuckter Bastard bin!« Das zu hören sprengte noch einen Teil meiner selbst in lauter kleine Einzelteile. Das, wovor ich immer Angst gehabt hatte, war geschehen, ausgerechnet mit ihr! Deswegen hatte er sich von mir distanziert. Er hatte endlich gemerkt, dass ich nicht gut genug für ihn war. Dass ich nicht in sein neues Leben gehörte. Ich konnte nichts mehr sagen, einige Sekunden war ich wie gelähmt. Wieder hob er seine Hand und vergrub sein Gesicht darin, bevor er sich durch die Haare strich. »Also kann ich es verstehen, wenn du gehst und mich nie wiedersehen willst. Lass mich nur aufrauchen, dann bringe ich dich, wohin auch immer du willst.«

»DU BIST WIRKLICH EIN BASTARD, SAINT CONROY!« Ich wollte ihm genauso weh tun, wie er mir gerade eben, und schmierte ihm eine. Aber nicht, weil er mit diesen Lippen, die nur mir gehören sollten, eine andere berührt hatte, sondern weil er sich so einfach seinem Schicksal fügte, weil er uns einfach aufgab, weil er so ein verdammter Feigling war. Er reagierte auf den Schlag gar nicht, hob nicht mal die Hand und rieb sich die Wange oder so was, als hätte er ihn gar nicht gefühlt. »WAS STIMMT MIT DIR NICHT?«, brüllte ich weiter und schubste ihn. So kannte ich mich gar nicht. Ich wurde sonst nie handgreiflich, aber ich musste ihn irgendwie aus dieser Starre reißen oder alles wäre vorbei. »WIESO KÄMPFST DU NICHT UM MICH! VERDAMMT! KÄMPFE!«

»Hailey ...« Er verzog sein Gesicht.

»Du hast es mir versprochen! Du hast mir versprochen, mich nie gehen zu lassen, egal was auch passiert! Du hast gesagt, wir gehören zusammen!« Als ich ihn wieder schubsen wollte und durch den verdammten Tränenschleier vor meinen Augen gar nicht mehr richtig sah, packte er mit einem Mal meine Handgelenke und drückte sie runter.

»ICH BIN NICHT GUT GENUG FÜR DICH!«, brüllte er, und ich entdeckte wieder etwas von dem alten Feuer in seinen Augen. »Ich habe dich betrogen und das war erst der Anfang! Ich werde es wieder tun! Immer wieder. Du hast das nicht verdient! Du hast einen Kerl verdient, der nur dich begehrt und keine anderen Frauen, der nur dich will, immer nur dich, der dich auf Händen trägt und dir all das gibt, was du brauchst! Nicht einen, der hinter deinem Rücken mit billigen Schlampen knutscht!«

»Du willst sie?«

»Ich wollte sie in dem Moment, ja!«

»Aber du hast dem nicht nachgegeben?«

Er schnaubte. »Ich habe sie nicht gevögelt, falls du das meinst.« Sein Blick war genauso hart wie seine Hände an meinen Handgelenken. »Aber ich habe darüber nachgedacht. Ein paar Sekunden lang habe ich darüber nachgedacht und das ist schon zu viel!«

Ich beugte mich vor und küsste ihn.

Ja, ich war vielleicht ein bisschen wahnsinnig, wenn es um ihn ging. Aber in mir war diese rasende Gier, dieses schreckliche Gefühl, dass ich noch die letzten Teile meiner selbst verlieren würde, wenn ich ihn jetzt nicht spürte. Wenn ich ihn jetzt nicht markierte, wenn ich ihm jetzt nicht klarmachte, wem dieser Mund gehörte.

Gut! Dann hatte er sie eben geküsst!

Aber er hatte sich zurückgehalten, bevor es weitergegangen war!

Er erstarrte, weil er wahrscheinlich einige Sekunden genauso verwundert von meinen Überfall war wie ich.

»Hailey ...«, sagte er an meinem Mund, doch er zog sich nicht zurück.

»Sei still!«, befahl ich und kletterte auf seinen Schoß, vergrub meine Hände in seinen Haaren und drängte seinen

Kopf zurück. Dann küsste ich ihn nochmal, während ich fühlte, wie er zwischen meinen Beinen sofort hart wurde.

»Das ist nicht richtig.«

»Ich entscheide, was für mich richtig ist und was nicht!«

»Aber ...«

»Halt die Klappe und küss mich!«

»Hailey ... Oh Gott.« Ich war mit meiner Hand heruntergewandert und schob sie nun einfach in seine Hose, umfasste ihn so, wie er es liebte, und genoss sein verzweifeltes Stöhnen. »Hailey«, keuchte er wieder und versuchte, nicht in der Lust zu ertrinken, die ich ihm bescherte. »Bitte, Baby, tu das nicht!«, sagte er, aber seine Hüften stießen nach oben in meine Hand. Er war so sexy in seiner Verzweiflung und ich fühlte mich mit einem Mal so machtvoll, wie noch nie zuvor. Ich hatte ihn in der Hand – wortwörtlich. Und er gehörte mir! Er würde mir immer gehören! Solange dieses Feuer zwischen uns noch brannte, war es niemals zu spät!

Er war mein Feuer.

Ich brauchte ihn, um nicht zu erfrieren.

Und ich wusste, dass es andersrum genauso war.

»Bitte Saint, fick mich!«, raunte ich an seinen Lippen. Ich hatte noch niemals so etwas zu ihm gesagt. Doch es gefiel mir, es so auszusprechen. Er stöhnte so heiß. »Ich brauche dich in mir. Jetzt!«, sprach ich weiter, von diesem irren Wahnsinn geleitet. Ehe ich mich versah, wirbelte er uns herum und drückte mich in die Kissen. Dann beugte er sich über mich. Nun hatte auch er Feuer gefangen, denn er küsste mich und presste mich mit seinem Becken in die Kissen.

»Ja, Baby! Oh Gott, ja«, stöhnte ich und fasste wieder in seine Hose, holte ihn heraus, während er fiebrig meinen Hals küsste und sich dann kurz von mir löste. Sein Blick brannte lichterloh, als er mir die Hosen vom Leib fetzte und sich dann wieder über mich beugte. Er drang sofort in mich ein. Seine gesamte riesige Länge schob sich unerbittlich in mich und ich schrie seinen Namen – genauso wie er meinen. Fest krallte ich meine Hände in seine Haare, in seinen Rücken und suchte nach seinen Lippen. Als er mich wieder küsste und unsere Zungen sich trafen, rauschte die erste Welle eines heftigen Orgasmus‹ durch mich. Er hob eines meiner Beine, sodass er noch tiefer dringen konnte und stieß genauso verzweifelt in mich, wie dieser ganze Akt war.

»Wow, das nenne ich mal ›ne Show!«, sagte mit einem Mal eine Stimme neben uns, die ich genauestens kannte. Ich öffnete die Augen und schaute geradewegs in Marleys missbilligendes Gesicht.

Verdammt!

»Verpiss dich!«, knurrte Saint und wollte sich zurückziehen, aber ich grinste sie an, nahm sein Gesicht und zog es herab, um ihn wieder zu küssen. Gleichzeitig hob ich ihm mein Becken entgegen. Er stöhnte in meinen Mund und wir explodierten, während sie wahrscheinlich immer noch dastand und uns zusah.

Gut so!

Als ich die Augen wieder öffnete und auf der Erde ankam, hatte Saint sein Gesicht an meinem Hals vergraben und atmete immer noch heftig. Marley war verschwunden. Aber mir war es nicht peinlich, dass sie uns so gesehen hatte. Immer noch nicht. Saint allerdings rührte sich nicht, als würde er mich verlieren, wenn er nur eine falsche Bewegung machte. Ich streichelte sein Haar, seinen Rücken, fühlte, wie all die Anspannung von ihm wich, die er wahrscheinlich die letzten Wochen mit sich geschleppt hatte, und wisperte: »Levin hat mich auch geküsst.«

Saint versteifte sich, dann hob er sein Gesicht und schaute mich schockiert an.

»WAS?« Sofort war er wieder der alte Saint da, bereit, Levin zu Brei zu schlagen. Er wollte von mir weichen, aber ich umklammere ihn mit den Unterschenkel und strich über sein ausgemergeltes Gesicht.

»Auf der Bühne, vor all den Leuten, und ich habe mitgemacht. Und wenn ich ehrlich bin, habe ich mir auch schon ein oder zweimal gedacht, wie es mit ihm wäre.«

Saint fletschte die Zähne.

»Aber darüber nachzudenken und es auch wirklich zu tun, ist ein Unterschied. Ich glaube, jeder Mensch denkt manchmal darüber nach, wie es mit einem anderen anstatt seinem Partner wäre. Und ja, du hast sie geküsst, aber du hast aufgehört, obwohl du in dem Moment weitermachen wolltest. Am Ende bist du doch bei mir. Und ich bin bei dir. Nur darauf kommt es an.«

Er verengte die Augen. »Du hast darüber nachgedacht, wie es mit Levin wäre?«

Ich verdrehte meine. »Ja«, gab ich ganz offen zu, denn das war es, was er verdient hatte. Meine absolute Ehrlichkeit.

»Aha.« Er starrte mich immer noch mit verengten Augen an und ich musste lachen.

»Saint?«

»Was?« Er starrte mich immer noch an.

»Können wir bitte in dein Zimmer gehen? Wenn Franky uns so erwischt, dann sterbe ich.«

»Oh, ja klar!« Er zog sich aus mir zurück und half mir auf die Beine. Dann zerrte er mich in sein Zimmer und knallte die Tür hinter uns zu. Er sperrte ab und lehnte sich dagegen.

»Saint?«

»Hmm?« Ich glaube, er schlief fast im Stehen, und ich strich zart über den Bartschatten in seinem Gesicht. »Wie lange hast du nicht geschlafen?«

»Drei Tage.«

»Wieso?«

Er öffnete die Augen und schaute mich an, dann schüttelte er den Kopf und zerrte sich die Kleidung vom Leib, bis er nackt und ich etwas atemlos war. Dann trat er an mich heran und zog mir das Shirt über den Kopf, bevor er mich hochhob und zum Bett trug. Wortlos legte ich mich hin und er kuschelte sich hinter mich, hüllte mich ein wie eine Decke und vergrub sein Gesicht an meinem Nacken.

»Bitte versetz mich nicht nochmal.«

»Das werde ich nicht.« Er schlief schon fast.

»Und bitte rede das nächste Mal mit mir darüber, wenn so was passiert, bevor du dich vor mir zurückziehst.«

»Hmmmm.«

»Saint?« Ich lugte über meine Schulter, aber er war bereits eingeschlafen. Seufzend drehte ich mich zu ihm und beobachtete ihn etwas, denn ich war absolut hellwach. Strich vorsichtig über sein Gesicht und die dunklen Schatten unter seinen Augen. Mein hübscher gefallener Engel. Das war er.

Dann stand ich auf, zog mir eine andere Hose und ein Shirt an, bevor ich in die Küche ging und mir aus dem ekligsten Kühlschrank überhaupt was zu Trinken nahm. Aber erst roch ich an der Limonade, ob sie noch gut war. Das war sie. Ein Glas fand ich nicht und so wusch ich mir ein gebrauchtes ab und schenkte mir was ein.

Ich lehnte mich an die Anrichte und versuchte, meine Gedanken zu ordnen. Wir hatten eigentlich über noch gar nichts gesprochen, gar nichts geklärt, und das alles hatte immer noch einen bitteren Nachgeschmack. Ich würde noch lange daran kauen, wie er mich gestern behandelt hatte, denn es hatte mich um Monate zurückgeworfen. Natürlich stellte ich mir die Frage, ob ich mich vielleicht mit aller Kraft an ein sinkendes Boot klammerte, ob ich nicht unweigerlich in den eisigen Fluten untergehen würde. Aber ich konnte nicht loslassen. Selbst, wenn es mich umbrachte.

Franky kam in die Küche, anscheinend war auch er gerade erst aufgestanden, und hob den Blick. »Wusste ich's doch, dass ich gehört habe, wie er dich vögelt«, sagte er mit einem widerlichen Grinsen und ich trat zur Seite, um ihm Platz zu machen, damit er an den Kühlschrank konnte. Eigentlich hätte ich verschwinden sollen, so wie immer, wenn er in meine Nähe kam. Denn er war nicht gut. Wenn ich ihm in die Augen schaute, jagte es mir einen Schauer über den Rücken, sodass mir ganz unbehaglich wurde. Seine dunklen Arme waren voller Tattoos, sein Kreuz war unsagbar breit. Er wirkte riesig und gefährlich. Aber den Eindruck hatte ich von Saint auch manchmal. Das war es nicht, was mir eine Gänsehaut bescherte.

»Was hast du eigentlich damit gemeint, als du sagtest, er vögelt alles, was nicht bei drei auf den Bäumen ist?« Ich konnte nicht anders, musste ihn das fragen.

»Oh, hat das deinen süßen Kopf gefickt?« Er schloss den Kühlschrank, nachdem er einige Sekunden reingestarrt hatte, und wandte sich zu mir um. »Vergiss ihn einfach, Süße, ich könnte dir so viel mehr geben!« Ich schnaubte. War ja eigentlich klar, dass Franky mir nur Mist erzählte. Saint hatte einmal erwähnt, er sei ein notorischer Lügner.

»Ach, lass mich doch in Ruhe!« Als ich gehen wollte, schnellte sein Arm nach vorn und versperrte mir den Weg. Mit einem Mal war er hinter mir und ich spürte seinen stinkenden Atem in meinem Nacken. »Ich kann dich in Sphären versetzen, von denen der kleine Scheißer keine Ahnung hat!«

»Lass mich gehen!« Ich schloss die Augen.

»Was gibst du mir dafür? Einen Kuss?« Ich rammte ihm meinen Ellbogen in den Bauch und machte einen Satz nach vorn.

»Du bist so widerlich!«, brüllte ich viel zu laut und hoffte, dass Saint es nicht gehört hatte, denn ich konnte darauf verzichten, dass er hier reingestürmt kam wie ein wütender Stier und alles plattmachte. Außerdem durfte Saint sein Gesicht nicht beschädigen, falls sie sich prügeln sollten, das stand sogar in seinem Vertrag mit Hugo Boss.

»Auf widerlich stehst du doch, sonst würdest du nicht mit dem in einem Bett schlafen!«

»Was ist dein verdammtes Problem mit ihm?«, fragte ich und wich vor ihm zurück.

»Ach nichts. Nur, dass er meine Schwester gefickt und ihr das Herz gebrochen hat, bevor er ihren Ruf zerstört hat. Einfach nur zum Spaß, weil er ein irrer abgefuckter Bastard ist.«

»Und dafür hast du es bei seiner Schwester probiert, oder?«

»Das hat er dir erzählt?«

»Ja.«

»Holy hat mich lange vor der Sache mit meiner Schwester und Saint geliebt, und Saint hat alles dafür getan, um uns zu trennen.« Das konnte ich nicht glauben! Franky war so groß und besaß die Ausstrahlung eines tollwütigen Kampfhundes. Er wirkte immer so unsagbar verbittert, so fies. Das passte doch gar nicht zu Holy, oder doch? War er früher vielleicht anders gewesen? Mit ihr?

»Wieso hätte er das tun sollen?«

»Weil er alles um sich herum kontrollieren muss, besonders die Leute, die ihm nahestehen. Ist dir das noch nicht aufgefallen?« Oh doch. Das war mir aufgefallen. »Jetzt tanzt du noch nach seiner Pfeife, aber warte erst mal ab, wie er werden kann, wenn du das nicht mehr tust. Es ist nicht alles Gold, was glänzt, Süße, vor allem nicht dein Romeo da drin.«

»Du redest doch nur Mist!« Am liebsten hätte ich mir die Ohren zugehalten.

»Ach ja? Dann schau doch mal in seine Taschen und sieh, was der Herr immer so mit sich rumträgt. Wenn man eines weiß, dann, dass man Junkies nicht trauen darf!« Damit ging er einfach in sein Zimmer und ließ mich allein zurück.

Ich war völlig baff.

Wie in Trance steuerte ich Saints Zimmer an und nahm mir die Hose, die er vorhin ausgezogen hatte. Ich wünschte, ich würde nichts finden, aber meine Finger trafen wirklich auf Plastik. Als ich es rauszog, ahnte ich schon, was darin war. Aber das weiße Pulver in dem kleinen Tütchen wirklich zu sehen, als nur zu vermuten, was es sein könnte, das stellte einen himmelweiten Unterschied dar.

Ich ließ das Tütchen fallen, als hätte ich mich verbrannt. Alles in meinem Kopf fing an, sich zu drehen. Das konnte nicht wahr sein! Nein! Das durfte nicht wahr sein!

Saint, der nicht einmal kiffte, wenn es ihm Holy praktisch aufzwängte, nahm Drogen? Harte Drogen?

Am liebsten hätte ich mich auf dem Boden zusammengerollt und gebrüllt. NEIN! NEIN! NEIN!

Natürlich! Deswegen hatte er sich so verändert und war so unzuverlässig geworden! In meinem Kopf ging ich all das durch, was Mr. Peleegrino im Unterricht über Drogen gesagt hatte. Wie sich der Konsum auswirken konnte, und ich hakte immer mehr mentale Punkte ab, bis sich in meinem Kopf alles drehte und ich mich tatsächlich hinlegen musste, um nicht umzukippen. Das alles beförderte mich direkt zurück nach Hause und in eine Zeit, in der ich immer Angst gehabt hatte, dass mein Vater sich zu sehr betrank und ausrastete. In eine Zeit, die dunkel gewesen war, bevor Saint einer Sternschnuppe gleich in mein Leben gerauscht war und alles erhellt hatte. Mir wurde immer übler. Ich hatte wieder mal zu wenig gegessen und kaum etwas getrunken, denn ich war gestern den halben Tag unterwegs gewesen und vom Heulen sicher ganz dehydriert. Ich war am Ende – und jetzt das.

»Kleines?« Saints verschlafene Stimme klang zu mir runter und ich schluckte und versteckte instinktiv das Päckchen unter seiner Hose.

»Ja?« Ich schoss nach oben und er schaute mich total süß verpennt an. »Wieso liegst du da unten auf dem Boden und hyperventilierst?« Er war so unsagbar niedlich, wenn er so verschlafen war und seine Augen mich so warm anblickten. Die Pupillen sahen ganz normal aus. Vielleicht

ließ die Wirkung langsam nach? Vielleicht war er wieder
ganz der Alte? Vielleicht hatte er die Drogen doch nicht
genommen? Vielleicht hatte er sie nur für wen anders
dabei?

»Hailey?«, fragte er nun mit gerunzelter Stirn, als ich so
gar nichts sagte.

»Äh ... ich weiß auch nicht!«

»Komm her!« Er streckte eine Hand aus. Ich stand auf
und ließ es zu, dass er mich mit seinem starken Arm an sich
zog und sich an meine Brust kuschelte.

»Ich kann ohne dich so verdammt scheiße pennen.«

Ich strich über seine Haare und umarmte ihn seufzend.
Mir ging es genauso. Ohne ihn war alles irgendwie scheiße.
»Bitte bleib bei mir«, sagte er nach einiger Zeit.

»Ich bleibe bei dir.«

»Ich meine damit, geh nicht mehr nach L.A.« Mit einem
Mal hob er den Kopf und alles, was ich in seinen Augen
sah, war: *Hilf mir. Ohne dich bin ich verloren.*

Meine Kehle wurde ganz trocken. Damit hatte ich nicht
gerechnet.

»Was?«, fragte ich und meine Hand erstarrte.

»Ich brauche dich hier, Hailey. Ohne dich verliere ich
mich.« Er schaute nach unten, konnte mir nicht in die
Augen sehen, und mein Herz setzte vor Kummer einen
Schlag aus. Denn ich würde alles für ihn tun, aber diese
eine Sache nicht. In dieser Hinsicht musste ich egoistisch
sein, sonst würde ich mir das ein Leben lang nicht
verzeihen. Ich konnte nicht Ja zu ihm sagen, ohne mich

selbst zu verlieren. Das wurde mir sofort klar. Er zog mich enger an sich und sprach direkt an meinem Hals. »Hier in New York gibt es auch ein richtig gutes College mit dem richtigen Studiengang für dich. Ich hab mich schon erkundigt. Sie würden dich wahrscheinlich nehmen, ich muss nur noch ein paar Kontakte spielen lassen, und dann könntest du hier bei mir sein und ich bei dir. Wir könnten uns eine eigene Wohnung mieten ...«

»Saint!«

»Du kannst es dir ja noch überlegen, du hast natürlich alle Zeit der Welt, aber ich wusste nicht, wie es ohne dich werden würde, wie sehr ich dich brauchen würde und ...«

»Saint, ich kann das nicht tun!« Er wich zurück und schaute mich jetzt direkt an. Und in seinen Augen spiegelte sich ein ganzer See aus Schmerz.

»Was?«

»Ich ... ich kann dort nicht abbrechen.« Eine eisige Mauer schob sich vor seine Augen.

»Du sagst gleich Nein?«

Ich seufzte und knabberte an meiner Unterlippe, versuchte nachzudenken, obwohl er mir so nah war und mich hielt ...

»Ich ... ich liebe das College in L.A. und ich liebe meine neuen Freunde, aber vor allem hat sich mir dort eine riesige Chance aufgetan, und wenn ich die nicht ergreife, dann werde ich mir das nie verzeihen. Wellworth Records überlegt, mich unter Vertrag zu nehmen!«

Er sah mich nur zu Tode verletzt an und ich legte die Hand an seine Wange. »Wellworth Records?«

»Ja, eine der größten Plattenfirma Amerikas. Manson Gordon war letzte Woche bei mir an der Uni und hat gesagt, er will mich.«

»Aha.«

»Du hast mir gesagt, ich soll nach meinen Träumen greifen und sie nicht vorbeifliegen lassen.«

»Aber nicht, indem du uns opferst!«, knurrte er mich an und ich ließ die Hand wieder sinken. Er sprang auf. »Schon gut! Es war dämlich, dich das zu fragen!« Während er das sagte, schlüpfte er in seine Jogginghose und ein schwarzes Shirt. Dabei hatte er vielleicht mal eine Stunde geschlafen und sah immer noch total fertig aus.

»Was tust du?«

»Ich geh laufen!« Damit verschwand er und knallte die Tür hinter sich zu.

38. Wieso Liebe manchmal nicht alles ist

Ich fühlte mich elend, denn ich wusste, dass er mich brauchte, dass er ohne mich wahrscheinlich wirklich untergehen würde. Und ein Teil von mir wollte in seine Arme fallen, Ja sagen und für immer an seiner Seite bleiben. Immer bei ihm sein und nicht so weit weg von demjenigen, nach dem ich mich am meisten sehnte. Aber der vernünftige Teil in mir, der schon immer sehr stark ausgeprägt gewesen war, wusste, dass es nicht richtig wäre. Dass ich mich dadurch selbst verlieren und mich auf eine Art aufgeben würde. Hätte es nicht das Angebot der Plattenfirma gegeben, wäre das was anderes gewesen, denn er hatte recht. Das College hier in New York war nicht schlecht. Hier hätte ich auch einige Chancen. Ich wollte für ihn da sein, war sicher, für uns kämpfen zu können, aber nicht, indem ich alles aufgab, was ich mir erarbeitet hatte. Einer der wichtigsten Menschen des amerikanischen

Musikmarktes war von mir und meinem Talent überzeugt, ich war es mir schuldig, es zumindest zu probieren.

Ich war Saints Anker, aber er versuchte, mich als Rettungsleine zu benutzen. Er hatte sich wissentlich in diese Situation gebracht und verlangte jetzt von mir, all das aufzugeben, wozu er mich noch vor kurzer Zeit ermutigt hatte. Waren denn seine Träume und sein Leben wichtiger als meine Träume?

Es war richtig, dass ich wieder nach L.A. ging. Aber wieso fühlte es sich dann so an, als würde ich ihn im Stich lassen? Als wäre ich die egoistischste Person dieser Welt, weil ich ihn nicht sofort an der Hand nahm und wieder ins Licht führte, denn dass er sich in der Dunkelheit verloren hatte, das hatte ich mit einem Blick auf ihn erkannt. Es tat mir unsagbar weh, ihn so zu sehen. Gleichzeitig fühlte ich mich so hilflos, weil ich schon wusste, wie das bei Abhängigen war. Keiner kann sie dazu zwingen, aufzuhören, es sei denn, sie wollen es. Keiner kann ihnen da raushelfen, es sei denn, sie haben den Willen zu kämpfen. Das hatte ich bei meinem Vater gelernt, und zwar schmerzlich. Trotzdem würde ich Saint nicht aufgeben. Ich würde bis zum letzten Atemzug an seiner Seite stehen und ihm die Kraft schenken, die er benötigte, um durchzuhalten.

Er war gute drei Stunden unterwegs und als er wieder zurückkam, hatte ich sein ganzes Zimmer geputzt und zwei Ladungen Wäsche gewaschen. Gerade lag ich auf seinem Bett und döste vor mich hin, als er sein Zimmer betrat. Völlig außer Atem und durchnässt. Er sagte nichts und schaute mich nicht an. Ich sagte auch nichts, starrte ihn aber an. Wortlos ließ er seine feuchte Kleidung zu Boden fallen, denn draußen regnete es immer noch aus Kübeln. Er zog sich bis auf die schwarze Shorts aus, dann kletterte er nach wie vor schweigend zu mir ins Bett, legte sich hinter mich und umarmte mich fest.

Zum Glück.

Ich schloss die Augen und strich mit den Fingerspitzen über seine Hände und seine Unterarme, über die neuen ungewohnten Tattoos, über die kleinen Zahnräder und Eiskristalle, die kunstvoll ausgearbeitet waren. Es waren schöne Tattoos, von einer sehr talentierten Person gemacht, und doch wirkten sie irgendwie verheerend.

»Es war ungerecht, dich danach zu fragen«, sagte er leise. »Ich weiß, dass du drübenbleiben musst, und dass es jetzt deinen Kopf fickt, dass du Nein zu mir gesagt hast.« Ich seufzte, wollte mich zu ihm umdrehen, aber er hielt mich fester, sodass ich es nicht konnte. »Bitte Hailey, hab kein schlechtes Gewissen. Ich werde diese Scheiße schon schaffen.«

»Ich habe in deiner Hose Drogen gefunden.«

Seine Arme versteiften sich. »Es ist nur ein bisschen Koks«, erwiderte er zaghaft. Ich schwieg und streichelte ihn weiter. »Ich nehme das nicht jeden Tag. Nur ab und zu, wenn mir alles ein bisschen zu viel wird. Es gibt mir die nötige Energie ...«

»Und den Kick, den du brauchst«, stellte ich fest.

Jetzt drehte er mich zu sich und ich schaute in seine müden Augen. »Ich brauche nichts außer dich.«

»Ich habe trotzdem Angst um dich.«

»Das musst du nicht, ich kenne meine Grenzen. Das weißt du doch.« Ja, das nahm er von sich an, und das war auch sicher irgendwann mal so gewesen, aber mittlerweile war ich mir da nicht mehr so sicher. Manchmal verwischen die Grenzen, ohne dass man es selbst bemerkt, und ehe man sich versieht, hat man sie schon überschritten und kann nicht mehr zurück. Ich hatte das schon mal bei meinem Vater erlebt. Doch ich wusste, ich durfte ihn jetzt nicht drängen und musste die Sache behutsam angehen, auch wenn ich ihn am liebsten angebrüllt und einen Riesenaufstand gemacht hätte. Das hätte nichts gebracht. Ich würde in den nächsten Tagen darauf achten, wie er so drauf war, wie tief er schon drinsteckte und immer wieder mit ihm reden, wenn er nicht gerade total übernächtig und gereizt war. Jetzt erst mal war eines wichtig: dass er sich mal wieder ordentlich ausschlief!

Sanft küsste ich ihn und zeigte ihm, dass ich da war. Schließlich lehnte er seine Stirn an meine und ich strich über sein Gesicht.

»Übermorgen ist dein erstes Rennen.«

»Ja.«

»Bist du aufgeregt?«

Er schnaubte nur, aber ich konnte die vibrierende Anspannung spüren, die von ihm ausging, wenn er daran dachte. Ich wollte die Stimmung lockern.

»Soll ich dein Glücksbärchi sein?«, fragte ich und er lachte leise.

»Nichts lieber als das, Babe!«, sagte er und drückte mich in die Kissen, um mich ausgiebig zu küssen, und zwar überall.

***

Saint schlief zwölf Stunden durch wie ein Toter, während ich mir den Tag damit vertrieb, ein wenig einkaufen zu gehen und zu lernen. Am Abend wachte er kurz auf, weil ich uns Hühnersuppe und Hafercookies gemacht hatte. Wir aßen zusammen, dann hatten wir bombastischen Sex und Saint fiel wieder in einen fast schon komatösen Schlaf. Am nächsten Morgen wirkte er wie ein anderer Mensch. So frisch und voller Elan. Er schob sich in mich und weckte mich auf die schönste Art dieser Erde.

Wir hatten wunderbar schönen romantischen Guten-Morgen-Sex. Danach gingen wir in die Küche und räumten zusammen auf. Die anderen beiden waren zum Glück nicht da. Wir hatten also die ganze Wohnung für uns, konnten so tun, als wäre alles gut. Wir machten Frühstück, aßen ausgiebig und genossen den schönen Frühlingstag im Central Park, wofür Saint extra ein Picknick organisiert hatte. Keine Ahnung, wie er das so auf die Schnelle hinbekommen hatte, aber es war perfekt! Am Abend führte mich Saint richtig schön zum Essen aus, wofür ich keine Unterwäsche tragen durfte, was mich unsagbar anmachte.

Zwar wurde er hier und da von ein paar Fans erkannt und von ein paar Paparazzi abgelichtet, aber das war schon okay. Er ging damit völlig lässig um. Seine Ruhe übertrug sich wie immer auf mich und er ließ mich wieder fühlen, wie die schönste Frau auf Erden und brachte mich so sehr zum Lachen, dass ich nach dem Essen Muskelkater im Bauch hatte.

Ich war natürlich etwas misstrauisch und beobachtete ihn genau – vor allem seine Pupillen. Aber er war total nüchtern, bis auf den Wein, den wir zum Dinner getrunken hatten. Mittlerweile kannte er sich darin schon richtig gut aus und hatte wirklich einen vorzüglichen Wein gewählt. Eigentlich hasste ich Weine, aber nachdem ich einen Schluck probiert hatte, musste ich meine Meinung darüber revidieren. Vielleicht war es die Wahrheit und er nahm das Zeug wirklich nur ab und zu, und es würde auch nicht öfter werden.

Am Abend vor dem ersten Rennen stand er so unter Strom, dass er kein Auge zubekommen konnte. Ich half ihm sehr gern ziemlich angetüddelt aus, indem ich ihn nur in Strapsen und Heels verführte und ihm einen blies. Bevor er mich an der Fensterscheibe nahm, mich leckte und eine weitere Runde in der Dusche folgte. Als ich schon fast nicht mehr stehen konnte, durfte ich zum Glück liegen. Er bediente sich nochmal ausgiebig an meinem Körper und war dabei unersättlich. Aber besser, er stillte seinen Hunger an mir, als ihn durch irgendwelche Drogen zu unterdrücken!

Zusammen fanden wir wieder einen Weg aus der Dunkelheit, die sich kurzzeitig über uns gelegt hatte, und während er endlich mitten in der Nacht in meinen Armen einschlief, wusste ich, dass es immer so sein würde. Wir würden unser Leben immer wieder gegenseitig erleuchten und zum Strahlen bringen. Gemeinsam waren wir stark genug, aus jeder Dunkelheit zu finden, egal wie undurchdringlich sie auch erschien. Allein würden wir es allerdings nie schaffen.

39. Wieso du mein Glücksbiber bist

Saint war um Punkt fünf Uhr hellwach und sprang unter die Dusche. Jetzt kam seine wahre Effizienz zum Vorschein, denn er war bereits nach zwanzig Minuten abfahrbereit. Alles gepackt, alles geplant. Total ruhig und fokussiert. Ich hingegen glich einem nervlichen Wrack. Während er grinsend dasaß und mich beobachtete, überschlug ich mich fast, als ich total verpennt meine Handtasche suchte. Ich wusste nicht, was ich anziehen sollte, entschied mich aber schließlich für ein rot gepunktetes Kleid, schwarze blickdichte Strumpfhosen und Stiefel. Dazu eine leichte schwarze Lederjacke, denn es war zwar Frühling und die Sonne schien, aber es war nicht besonders warm. Irgendwie mochte ich diesen Pin-up-Stil. Er passte zu meinem kurvigen Körper.

Zum Glück begann die Saison in Amerika, somit mussten wir nicht allzu weit fliegen. Im Privatjet natürlich, vor dem wir uns um Punkt sechs am Flugplatz trafen.

Marley und Franky waren auch mit dabei. Heute würde sich entscheiden, wer von den zweien, abgesehen von Saint, im Rennen blieb. Dass er noch ausschied, selbst wenn er heute keine gute Leistung brachte, war eher unwahrscheinlich. Weswegen alle total angespannt waren, außer Saint. Der war die Coolness in Person. Er vermieste manchen die Stimmung und bohrte schön in den Wunden, indem er fiese Sprüche von sich gab. Damit brachte er Franky fast zum Überkochen.

Der Flug nach Miami dauerte gute drei Stunden, in denen Saint immer ruhiger wurde. Er ließ nicht einmal meine Hand los, als wir den Flughafen verließen und uns einige jubelnde Fans und Paparazzi empfingen. Ich lächelte schüchtern in die Kameras, während er seine Sonnenbrille aufsetzte und mich zuerst in die wartende Limousine einsteigen ließ. Dann fuhren wir zu der Rennstrecke, auf der wir schon mal gewesen waren. Als ich in einiger Entfernung den Tower sah, wurde ich rot, weil ich daran denken musste, was wir hier erlebt hatten. Ich wollte das noch mal! Er grinste und fuhr mit seiner Nase durch mein Haar, wisperte mir zu: »Später«, und küsste mich unters Ohr. Woher wusste er nur immer so genau, was ich dachte?

Das waren so ungefähr noch die letzten ruhigen Minuten dieses Tages. Der Rest ging an mir vorbei wie ein Rausch.

Sobald wir ankamen, wurde Saint von Victoria belagert, gefolgt von seinen Mechanikern und seinem Teamchef – einem jungen total sympathischen Typen namens Trevor, mit dem sich Saint bestens verstand.

Ich hielt mich im Hintergrund, während er völlig aufblühte und voll in seinem Element war. Er witzelte mit seinen Mechanikern, teilweise ziemlich rüde, und hatte immer einen lockeren Spruch parat. Allerdings vergaß er mich nie, denn immer wieder warf er mir Blicke zu, versicherte sich, wo ich war und dass es mir an nichts fehlte. Ich machte es mir in der Werkstatt gemütlich. Ja, natürlich hätte ich nach oben in die Lounge zurückziehen und es mir dort gutgehen lassen können, aber hier unten, zwischen all dem Trubel, dem Lärm und dem Dreck, fühlte ich mich viel wohler als da oben zwischen all den schicken Leuten, die sich nach und nach versammelten. Es war nicht nur ein Prominenter dabei, wie uns Miguel, ein junger Mexikaner aus Saints Team, immer wieder total aus dem Häuschen berichtete. Dann ging Saint in die Kabine und meine Anspannung stieg ins Unermessliche. Doch als ich ihm nicht folgte, kam er zurück und hob eine Augenbraue. »Kleines?«

»Hm?« Ich sprang vom Hocker wie eine Sprungfeder.

»Kommst du?«

»Ja klar!«, quietschte ich und hechtete zu ihm, fiel fast in seine Arme, und ein paar Umstehende grinsten. Genau wie er. Immer noch grinsend ging er mit mir zu seiner Kabine, wo ich mich auf die Couch setzte und ihm dabei zusah, wie er seine normale Kleidung ablegte. Nicht unordentlich und durcheinander, sondern total akkurat und still, als würde es sich um ein heiliges Ritual handeln, und in seinen schwarzen Lederanzug schlüpfte. Er erzählte mir irgendwas, dass der aus Kamelleder wäre, weil das viel strapazierfähiger wäre und etliche andere Details, aber wie sollte ich mich darauf konzentrieren, was er sagte, wenn er nur zur Hälfte bekleidet, also im Prinzip halb nackt vor mir stand. Hä?

Sein Anzug war nicht mehr nur schwarz mit den zwei weißen Streifen. Etliche Sponsorenlogos zierten ihn zudem. Schließlich war er fertig und bereit für den Start. Er war die Ruhe selbst. Von mir brauchen wir gar nicht reden.

»Wir können«, sagte er und trank noch einen Schluck Wasser. Dann hielt er mich aber auf, als ich die Kabine verlassen wollte.

»Ah, ah, ah.« Er drückte mich am Arm zurück gegen die Wand und stemmte den anderen neben mich. Sah mich streng an. »Haben wir da nicht was vergessen?«

»Was denn?«, keuchte ich.

»Heb deinen Rock!«

»Wie bitte?«

»Heb ihn!«

Ich tat wie mir befohlen.

»Zieh dein Höschen ein Stück runter!« Natürlich wurde ich knallrot.

»Saint.«

»Tu es!«

Ich zog mein Höschen am Bund ein Stück runter. »Noch ein Stück! Und noch eins!« Bis mein Venushügel frei lag. Dann ging er auf die Knie und küsste meinen Biber. Nur ein Kuss, nichts weiter. Als er wieder hochkam, grinste er mich breit und ziemlich frech an.

»Was war das?«, fragte ich und ließ meinen Rock wieder fallen.

»Nichts!« Er schmunzelte und gab mir einen Kuss auf den Mund. Und ich konnte ihn nur mit den Armen umschlingen und daran denken, wie verdammt gefährlich das war, was er gleich tun würde, und was für große Angst ich um ihn hatte.

Würde ich ihn jemals verlieren, würde ich das nicht überleben!

***

Als wir wieder rauskamen, war alles in heller, aber geordneter Aufruhr. Es lief ganz schnell und systematisch ab. Obwohl das hier das erste Rennen war, schien es, als wäre jede Bewegung jahrelang aufeinander abgestimmt worden. Es gab noch letzte Anweisungen von seinem Teamchef, er bekam den Ohrhörer in die Hand gedrückt und die Technik wurde gecheckt. Jetzt wurden keine Witze und Anzüglichkeiten mehr ausgetauscht, die Stimmung war nicht mehr locker, sondern bis zum Bersten gespannt. Und dann ging es für ihn raus. Er kam noch einmal zu mir, küsste mich auf die Stirn und löste sich von mir, noch bevor ich seinen Duft und das Gefühl seiner Lippen auf meiner Haut verinnerlicht hatte. Ich hatte ihm nicht mal sagen können, dass ich ihn über alles liebte, wie viel er mir bedeutete – irgendwie ging alles viel zu schnell! Es war unsagbar schlimm, ihn einfach gehen zu lassen. Am liebsten hätte ich ihn an mich gekettet und ihn nicht dieser Gefahr ausgesetzt, aber er liebte das hier, er brauchte es. Das war sein Leben, sein großer Traum und dem wollte und würde ich nicht im Wege stehen. Niemals. Egal, was es mich auch kostete.

***

Das Rennen war die Hölle.

Bevor ich es nicht mit eigenen Augen gesehen hatte, war mir noch nicht klar gewesen, wie gefährlich es war, was Saint beruflich machte. Mit zweihundert Kilometer pro Stunde und so wenig Schutz über den Asphalt zu brettern, war nicht ohne. Oftmals nahm er die Kurven so scharf und es war so knapp, dass ich mir die Augen zuhalten musste. Die Aufregung raste durch meine Adern und machte mich ganz kribblig. Ich begriff, dass das da draußen der echte Saint war, der die Geschwindigkeit brauchte wie die Luft zum Atmen. Er wirkte, als wäre er eins mit der Maschine und flog über die Strecke, als gehörte sie ihm. Wie gefährlich das war, sah ich, als zwei Fahrer stürzten und in hoher Geschwindigkeit über den Asphalt rutschten. Sie sahen dabei aus wie Puppen und blieben reglos liegen. Es gab eine Rennunterbrechung und die Medical Teams transportierten sie ab. Dann ging es weiter, als wäre nichts geschehen, und ich musste nur die ganze Zeit daran denken, was ich tun würde, wenn genau dasselbe mit Saint passieren würde.

Er lieferte sich mit einem Italiener Luciano Cavalli ein erbittertes Kopf an Kopf Rennen, aber schließlich fuhr er tatsächlich dank eines riskanten Manövers in der letzten Kurve als Erster über die Ziellinie. Alle hatten den Atem angehalten, doch sobald er diese weiße Linie überquert hatte, brachen sie in Jubel aus. Jason und ich hielten uns an den Händen und sprangen auf und ab, alle waren total außer sich.

Wow!

Selbst vom Zuschauen klopfte mein Herz wie verrückt.

Wie musste sich das erst für Saint anfühlen?

Wahnsinn!

Er kam ganz lässig angefahren, nahm seinen Helm ab und grinste über das ganze Gesicht. Die Wangen gerötet, die Augen funkelnd, die Haare ein einziges Chaos. Noch nie in meinem Leben hatte ich ihn so glücklich gesehen. Das Bild davon verinnerlichte ich ganz tief in meinem Herzen. Er lachte und stieg ab, wurde von Trevor umarmt und Jason und anderen Teammitgliedern, die er alle mit einem Arm leicht drückte. Ich kämpfte mich irgendwie mit den anderen zu ihm durch. Sobald ich in seiner Reichweite war, zog er mich an sich, vergrub eine Hand in meinen Haaren und verschlang mich geradezu mit einem Kuss, der sich wie ein Versprechen anfühlte. Dann wurde er auch schon fortgezogen, um mit den Zweit- und Drittplatzierten und seinem Teamchef die Treppe zu erklimmen, die zur Siegerehrung und den Podesten führte.

Er war genau da, wo er hingehörte, auf dem Podest des

ersten Platzes, und bekam vom Bürgermeister den Pokal überreicht – unsere Blicke ineinander versunken. Ich musste ein paar Tränchen verdrücken, als ich den Stolz in seinen funkelnden Augen sah. Dann traf ihn die erste Champagnerdusche. Er lachte und spritzte auch mit seiner Magnum-Flasche alles unter ihm voll. Einschließlich mir, weswegen ich aufkreischte und er noch lauter lachte. Sobald seine Flasche leer war, warf er sie zur Seite. Seine Augen waren dunkel – und sie suchten mich. Als sie mich erneut in der Menge fanden, setzte mein Herz einen Schlag aus, denn ich sah sofort, was in Saint vorging. Er ließ alle anderen stehen, und sprang mit dem Pokal in einer Hand vom Podest. Dann bahnte er sich seinen Weg zu mir wie der weiße Hai durch das Meer, seinen Blick auf mich gerichtet, alles andere ausblendend, packte mich an der Hand und zerrte mich hinter sich her.

»Saint, meine Schuhe!« Die waren echt etwas zu hoch, um hinter ihm herzulaufen. Wortlos blieb er stehen, schmiss mich über seine Schulter und trug mich weiter in das Gebäude und durch den langen Gang. Ich kicherte aufgeregt.

»Oh Gott, bitte lass mich nicht fallen!«

Ich spürte förmlich das Adrenalin durch seine Blutbahn rauschen und wusste, was er in so einem Moment brauchte.

Entladung!

Auch in meiner Blutbahn rauschte das Adrenalin so schnell umher, wie Saint gerade noch auf der Strecke, als wir seine Kabine erreichten, er mich runterließ und auch schon gegen die Wand drückte. Den Pokal warf er auf die Couch. Schon lagen seine Lippen auf mir und er küsste mich hungrig. Ich küsste ihn genauso zurück, bis wir keine Luft mehr bekamen, trotzdem konnte ich nicht von ihm lassen. Auf den Zehenspitzen stehend, leckte ich ihm dem Champagner vom Hals und genoss sein tiefes heiseres Stöhnen. Seine Hände nestelten dabei an seinem Anzug herum. Er zog den Reißverschluss auf und strampelte den Overall von seinen Beinen, während er mein Gesicht hielt und mich rückwärts in den Raum dirigierte. Direkt zu der Couch. Ich keuchte auf, als er mich darauf schubste, auf den Bauch drehte und im nächsten Moment direkt hinter mir war. Seine Lippen glitten über eine Haut im Nacken. Er entledigte sich seiner Shorts und zerrte das Höschen meinen Hintern herab. Dabei sagte er kein Wort. Nichts! Doch er schob sich mit einem gewaltigen Ruck in mich und war so steinhart und geladen, dass ich wusste, dass es schnell gehen würde.

Er stöhnte auf, sobald er in mir war, umschlang meinen Bauch und zog meinen Hintern hoch, dann stieß er hart und fest in mich – einmal, zweimal, dreimal, viermal – und kam mit einem »Gottverdammt, Hailey!«, während er bis zum Anschlag reglos in mir blieb.

»Gooott!«, keuchte ich, als ich sein Pulsieren in mir spürte, und sich meine Vagina verlangend zusammenzog, ich aber noch nicht so weit war zu kommen.

Er blieb einige Sekunden auf mir, mit der Stirn auf meinem Rücken, dann entspannten sich seine Hände an meinen Hüften und er strich mit den Fingerspitzen meinen Vorderkörper nach vorn direkt zwischen meine Beine. »Ich lasse dich doch nicht leer ausgehen«, wisperte er mir heiser ins Ohr und glitt mit zwei Fingern bis zu meinem angeschwollenen Kitzler. Sanft drückte er darauf und massierte ihn, während er immer noch in mir war. Ich keuchte und spannte meine inneren Muskeln an, was er genau fühlte. Dabei stöhnte er so sexy in mein Ohr, während er schon wieder hart wurde. Schockiert riss ich meine Augen auf.

»Oh Gott!«, keuchte ich und bewegte mein Becken, spannte mich immer wieder an.

»Oh fuck, Hailey. Jetzt muss ich dich nochmal ficken!«, raunte er mir ins Ohr, rührte sich aber nicht. »Beweg dich, Babe!« Ich tat es – bewegte mich an ihm, benutzte ihn, machte mich heiß an ihm und genoss sein heiseres tiefes Stöhnen. Doch lange hielt ich es auch nicht aus, und ich verstand, wieso er den Sex nach diesen Rennen brauchte. Denn schon nach ein paar Minuten explodierte ich und riss Saint mit in diesen süßen Abgrund der Ekstase.

***

Gemeinsam duschten wir und wuschen uns ab, aber ich bekam das Rennen nicht aus meinem Kopf. Ich war so unsagbar stolz auf ihn, sagte ihm das auch, und er schaute mich ganz ergriffen an.

»Ohne dich wäre ich nichts!«, wisperte er heiser, beugte sich vor und küsste mich, drückte mich mit beiden Händen am Hintern an sich, was sich wirklich phänomenal anfühlte. Er war so hart und unnachgiebig, während das warme Wasser über uns prasselte und uns einhüllte. Mein Körper schmiegte sich an seinen, als wären wir füreinander gemacht. Als wären wir zwei Teile eines großen Ganzen und nicht vollständig ohneeinander. An meinem Bauch spürte ich, dass er schon wieder steif wurde, aber sein Kuss blieb langsam und zärtlich. So süß, so berauschend, so süchtig machend, wie der ganze Mann.

Okay, es war alles süß, bis er vor mir in die Hocke ging und mich so leckte, dass ich sicher die ganze Rennstrecke zusammenstöhnte. Die Finger tief in seinem feuchten Haar vergraben, das Becken unkontrolliert zuckend und kreisend, kam ich nach nur ein paar Minuten und lächelte ihn träge an. Er lächelte genauso zurück, bevor er aufstand, mich so riesig überragte und hauchte: »Du bist!«

Ich fiel sofort kichernd auf die Knie und stürzte mich auf seine Härte, gab alles und noch ein bisschen mehr, während er sich über mir mit beiden Armen an der Duschwand abstützte. Ich liebte sein heiseres »Fuck!« Ich hätte es den ganzen Tag hören können! Schon bald fühlte ich eine seiner großen Hände an meinem Hinterkopf. Er hielt mich fest und stieß in meinen Mund, immer gerade so, dass ich fast würgte, und bestimmte: »Ich werde jetzt in deinen Mund kommen und du wirst es schlucken, weil ich dich liebe, Hailey White!«

Ich schluckte wirklich alles, während ich ihm in die Augen sah – und fand es nicht mehr *ganz* so ekelhaft.

Okay, das war eine Lüge.

Aber für ihn überwand ich mich – immer wieder.

40. Wieso Hochmut vor dem Fall kommt

Natürlich würde heute Abend sein großer Sieg gefeiert werden – und eigentlich mochte ich jegliche Art von Partys gar nicht. Aber ich schwebte genau wie Saint auf so einem Hochgefühl, dass ich mich summend fertig machte. Ich würde heute etwas gewagter auftreten und eins der Outfits anziehen, das ich beim letzten Shopping mit Brooke und Levin ergattert hatte. Ich fühlte mich heute sexy und frei, und nichts könnte mir diese Laune verderben. Saint und ich waren in einem wunderschönen Hotelzimmer untergebracht, das er geupgradet hatte. Ich liebte das riesige Bad und die wunderschöne Dachterrasse mit Blick über das Meer.

Ich schlüpfte in einen echt knappen Jumpsuit. Vorn war er verboten tief ausgeschnitten und wurde von einer goldenen Schnalle zusammengehalten. Man sah also ziemlich viel von meinen Brüsten. Außerdem zeigte ich sehr viel Bein. Ich war nicht schlank, aber meine Beine waren mittlerweile leicht gebräunt und ich hatte keine Cellulitis. Da mein Hintern aber fast rausschaute, überlegte ich lippenkauend, ob ich das wirklich in der Öffentlichkeit anziehen konnte, als Saint in dem Moment hereinkam und wie vom Blitz getroffen stehen blieb.

Ich beäugte über meine Schulter im Spiegel meinen Hintern und sah dann ihn zweifelnd an. Er starrte meinen Hintern auch an.

Seine Augen verdunkelten sich, so, wie ich das schon kannte, doch als mein Blick auf seinen Oberkörper fiel, stockte der Atem in meiner Kehle. Er trug ein graues Shirt, das sich verboten eng an seine wunderschönen Brust und Bauchmuskeln schmiegte, während das Tattoo – mein Tattoo – oben aus dem V-Ausschnitt schaute. Dazu eine verboten tief sitzende dunkle Hose, noch feuchtes Haar vom Duschen. Seine grünen blitzenden Augen schossen von meinen Hintern zu meinen Augen und er blaffte: »Das ziehst du nicht an!«

»Weil es zu kurz ist, oder? Ich wusste doch, dass ich fett darin aussehe! Verdammt, ich ...« Ich fing an, den Reißverschluss seitlich runterzuziehen, aber Saints sichere Finger hielten mich auf.

»Nein!« Als ich hochsah, nahm er mich an den Schultern und drehte mich frontal zum Spiegel, stellte sich hinter mich, während er meine Reflexion betrachtete. »Ich habe gemeint, du kannst das nicht anziehen, weil es dich zur heißesten Frau dieser Welt macht und weil alle dich wollen werden und einen Harten bekommen, wenn sie dich darin sehen, und ich sie dann leider alle umbringen muss und im Knast lande.« Er zog gemeinsam mit meinen Fingern den Reißverschluss wieder hoch. »Du bist unsagbar schön, Hailey White. Du überstrahlst sie alle, und ich bin eigentlich viel zu geizig, um zu teilen. Nur die Gewissheit, dass du am Abend stöhnend in meinem Bett liegen wirst, bringt mich dazu, dich ausnahmsweise so rauszulassen.« Er strich die Haare von meinem Nacken und küsste sanft meinen Hals. »Schau dich nur an, Babe.« Seine Hände hielten meine Hüften und ich bemerkte an meinem Steißbein, wie er härter wurde. »Wenn ich könnte, würde ich dich daheim ans Bett fesseln, damit kein anderer jemals in den Anblick von dem hier kommt.« Er biss mir leicht in den Hals, ich stöhnte und meine Wangen wurden rot – wie immer. »Damit keiner sieht, was für eine Göttin mir gehört!«

»Saint.« Ich verdrehte die Augen, schloss jedoch keuchend die Lider, ließ mich in seinen Händen fallen und gab mich seinen süßen Worten und seinen samtweichen Lippen hin. Bevor ich mich zu ihm umdrehte, weil es nicht reichte. Ich musste ihm nahe sein, so nah wie möglich. Ich musste direkt in seine Augen sehen und mich darin verlieren, um mich wiederzufinden.

»Ich liebe dich, Saint Conroy.«

Sein Blick war schmerzhaft schön. »Und ich liebe dich, Hailey White. Für immer.«

»Für immer!«

Die Haare hatte ich mir zu einem dieser Dutts, die jetzt so modern waren, hochgesteckt. Nur ein paar Strähnen schauten heraus. Die Augen hatte ich dunkel geschminkt und sogar den Eyelinerstrich richtig gut hinbekommen. Dafür waren meine Lippen eher dezent betont. Ich trug goldene Kreolen in den Ohren, und eine goldene Clutch vervollständigte das Outfit. In den flachen Overknees, die ich letztens mit Brooke genau zu diesem Outfit gekauft hatte, fühlte ich mich richtig wohl. Viel besser als in diesen schrecklichen Heels, in denen ich öfter rumlaufen musste. Auf diese Art reichte ich Saint zwar gerade mal bis zur Brust, aber diese Höhe war perfekt. So fühlte ich mich immer geborgen, wenn er mich umarmte, wie jetzt, nachdem er einen Arm um meine Schulter gelegt hatte, und mit der anderen Hand locker rauchte.

Wir lehnten an einer kleinen Mauer und warteten auf das Taxi. Die Nacht war warm, viele Leute unterwegs, und es war alles so aufregend. Ich bemerkte, dass ich mich nach dem halben Jahr in L.A. mittlerweile an den Großstadttrubel gewöhnt hatte, dass ich es vielleicht sogar ein bisschen genoss, wie ich hier in der Menge unterging. Weil es einfach so viele Freaks gab, dass einem kein zweiter Blick zugeworfen wurde, wenn man ein bisschen anders war. Auf dem Land war das anders, da stach man heraus und stellte das Dorfgespött dar, wenn man sich nicht anpasste.

Immer noch konnte ich nicht glauben, dass Saint gleich das erste Rennen gewonnen hatte und verstand noch gar nicht wirklich, was das für ihn bedeutete. Ab jetzt würde es nur noch steil bergauf gehen, ich wusste es. Er sah unsagbar gut aus in seinem einfachen grauen Shirt und der legeren Hose. Das Haar hatte er sich zurückgestrichen, aber eine Strähne fiel ihm in die Stirn. Er hätte ein Idol aus den Fünfzigern sein können. Okay, bis auf die Tattoos. Eine neue Tätowierung zierte seinen linken Arm. Für jedes gewonnene Rennen ein Tattoo, hatte er mir erzählt, als wir heute Nachmittag im Tattoostudio gewesen waren. Eine großer knorriger Baum zierte nun seinen ganzen Oberarm und das erste fallende Blatt war heute mit seiner besten Rundenzeit befüllt worden. Ich befürchtete, dass sein gesamter Körper innerhalb von einem Jahr voll wäre, aber ich hatte es für mich behalten.

Das erste Mal, seitdem wir zusammen waren, fühlte ich mich ihm ebenbürtig, denn als ich vorhin in den Spiegel geschaut hatte – mit seinen Augen, nicht meinen oder denen der Gesellschaft, wie er das so oft von mir verlangte –, hatte ich erkennen und akzeptieren können, dass ich schön war. Vielleicht nicht auf die Null-Acht-fünfzehn-Art, die uns Magazine und das Fernsehen vorleben, aber auf eine andere, ganz spezielle Art. Für Null-Acht-fünfzehn besaß ich zu große Brüste, zu ausladende Hüften, einen zu großen Hintern und zu stämmige Schenkel, aber ich war deswegen nicht weniger wert als eine Frau, die genau jene Körpermerkmale aufwies, die gerade im Trend waren. Innere Werte waren sowieso viel wichtiger, hatte mal ein ganz schlauer Mann gesagt. Jener Mann, der mich gerade im Arm hielt.

Zufrieden lehnte ich an ihm und lauschte seinen Ausführungen darüber, wie er heute diesen verdammten Italiener fertiggemacht hatte und wie wenig er Italiener ausstehen konnte – eigentlich nur, weil sie seine größten Konkurrenten waren, das war mir klar. Dass Franky jetzt aus dem Team fliegen würde und dass es ihm ja sooo leidtat. Ironie off.

* * *

Eine alte Fabrik war zu einem Club umfunktioniert worden. Schon von Weitem war sie aufgrund der lila Strahler gut erkennbar. Sie lag direkt am Hafen, und die Autos, die davor parkten, waren die teuersten Schlitten, die ich je gesehen hatte. Natürlich. Hier gaben sich die Größen der Rennszene die Hand, und ich war schon etwas aufgeregt, als Saint mich aus dem Taxi zog und erstmal an den verschiedenen Wagen vorbeiging. »Fuck, ein alter *Was weiß ich*. Heilige Scheiße, schau mal, das ist ein *Weiß der Biber*. Scheiße, jetzt komm ich wirklich gleich, das wird doch nicht ein *Ich habe keine Ahnung* sein.« So hörte sich das für mich an. Aber ich machte »Ohhhhh« und »Ahhhhh« und »Nein, wirklich?« und lächelte glücklich, weil seine Begeisterung ansteckend war und weil ich es liebte, wenn er so war wie jetzt.

Als wir endlich mit der Autoschau fertig waren, gingen wir rein. Sobald Saint die große Halle betreten hatte, regnete es goldene Funken in Form von Konfetti und ich klammerte mich an seinen Arm, während er meine Hand festhielt und sie nicht losließ. Egal, wer auch immer ihn begrüßte. Er stellte mich allen stolz als den »Biber seines Lebens vor«, was natürlich keiner verstand. Aber ich musste lachen und versteckte meine roten Wangen an seinem Arm. Wir gingen zu einer gemütlichen Sofaecke und ließen uns nieder. Sofort floss der Champagner in Strömen. Er reichte mir ein Glas und stieß mit mir an. »Auf uns!»

»Auf dich!«, sagte ich, beugte mich vor und küsste ihn langsam und sinnlich. Er stöhnte in meinen Mund, während ich ihn so überfiel. Doch schon wich ich zurück und kicherte, als ich seinen verklärten Blick bemerkte, bevor ich mein Glas Champagner trank. Es war widerlich. Viel lieber hätte ich Prosecco gehabt, aber den gab es hier natürlich nicht. Jason setzte sich neben mich und wir unterhielten uns, während Saint mit Trevor das Rennen auswertete, ein paar hübsche Blondinen um uns schwirrten und versuchten, seine Aufmerksamkeit zu erlangen. Keine Chance, sein Arm war wie selbstverständlich um meine Schultern geschlungen und er warf ihnen nicht mal einen Blick zu.

Immer wieder verschwand er, machte Fotos mit Leuten und redete mit total Fremden, kam aber schnell wieder zurück zu mir.

Ich unterhielt mich bestens mit Jason. Wir besaßen eine Gemeinsamkeit, das Gärtnern, und diskutierten gerade, welcher Rasen am besten für die Verhältnisse in Miami geschaffen war. Er stammte ursprünglich aus Texas, und weil ich noch nie dort gewesen war, versprach er mir, mich mal mit auf seine Range zu nehmen und mir das Reiten beizubringen.

»Aber nicht ohne mich, Freundchen!«, schaltete sich Saint ein, den ich erst jetzt bemerkte und der unserem Gespräch folgte. Sein Arm schlang sich wieder um meine Schulter und wir beide verdrehten die Augen.

»Alles gut, Tiger!«, sagte ich zu Saint, der das Ganze nicht nur spaßig gemeint hatte. Er schnaubte nur. Seine Augen funkelten hart.

»Okaaay, ich hol mir mal `n neuen Drink!« Jason tat das einzig Richtige und verschwand aus Saints tödlichem Blickfeld.

»Ahhhhh, da haben wir ja den Mann der Stunde!« Franky schob sich durch die Menge. Ich sah sofort, dass er total hinüber war. Alle spannten sich an und schauten von Saint zu ihm und wieder zurück.

Saint sah ihn nur stirnrunzelnd an und wandte sich wieder ab. Er wollte ihn ignorieren und sprach mit Trevor weiter, aber Franky torkelte auf mich zu und ließ sich zu mir auf die Couch fallen. Verflucht sei Jason, der gerade den Platz neben mir freigemacht hatte. Sofort schoss Saints Kopf herum.

Sein Blick sagte: *Fass sie an und ich mach dich fertig!*

Franky hob beide Hände, während ich völlig erstarrt war und es nicht mal wagte zu atmen.

»Was denn? Darf ich nicht auch bei deiner Kleinen sitzen?«

»Nein, darfst du nicht!«

»Ach komm, du könntest schon ein bisschen teilen, sei nicht immer so geizig. Du bekommst den Pokal und das Mädchen. Das ist doch unfair! Warum lässt du uns nicht auch was übrig?« Seine Fahne war widerlich und ich drängte mich enger an Saint, der am ganzen Körper angespannt war wie eine Feder.

»Fass sie an und ich breche dir die Finger.«

»Ohhhhhhhhhhhhhhh, jetzt hab ich aber Angst!«

»Kriech in das Loch zurück, aus dem du gekommen bist, du hattest deine Chance! Was willst du überhaupt noch hier? Sollte dein Flug nicht längst zurückgehen?«

»Ich habe ihn sausen lassen! Ich hab hier noch was zu erledigen.« Damit wandte er sich mir zu und wollte mir über die Wange streichen, doch bevor mich seine Finger berühren konnten, brüllte er auf und hielt sich die Hand. Es war alle so schnell gegangen, dass ich es kaum gesehen hatte.

»Ich habe dich gewarnt!«, meine Saint völlig ruhig, während Franky schrie.

»DU HAST MIR DEN FINGER GEBROCHEN! DU BASTARD, HAST MIR DEN FINGER GEBROCHEN! SO KANN ICH NICHT FAHREN!« Und dann stürzte er sich auf Saint, obwohl ich dazwischen saß. Ich keuchte erschrocken auf, als er über meinen Schoß hechtete. Doch Saint war darauf vorbereitet gewesen, packte ihn am Kragen und schmiss ihn mit voller Wucht auf den

Glastisch, der unter der Wucht des Aufpralls zu Bruch ging. Franky ächzte, alle schrien auf, einschließlich mir, als Saint sich auf ihn stürzte und ihm eine verpasste.

Franky knurrte und warf ihn von sich, wollte auf ihn losgehen, aber Saint schlug ihm erneut mit voller Wucht ins Gesicht. Es knirschte und Franky fiel brüllend in sich zusammen. Zwei Wachmänner schoben sich zwischen die Gaffer und zogen ihn auf die Beine.

»ICH MACH DICH FERTIG, CONROY! ICH MACH DICH SO FERTIG! DU WIRST DIESEN TAG BEREUEN!«, hörte man Franky noch brüllen, dann verschwand er in der Menge, die ihn verschluckte wie das Meer.

Ich wollte aufstehen und ihm hinterhergehen.

»Was denkst du, was du tust?« Saint zog mich zurück auf die Couch und sein Blick machte mir ein bisschen Angst.

»Ich gehe ihm hinterher!«

»Das wirst du nicht tun.« Wie konnte er nur so seelenruhig mit mir sprechen? Wie konnte das nur so an ihm vorbeigehen? Er atmete nicht mal schneller.

»Du hast ihm einfach das Gesicht zertrümmert und einen Finger gebrochen.« Niemals würde ich Saints Gesicht vergessen, als er ganz mit Vorsatz darauf abgezielt hatte, nicht nur Frankys Körper, sondern auch das, wofür er lebte, zu zerstören!

»Ich hatte ihn gewarnt.« Saint zuckte mit den Schultern und ich dachte, mich verhört zu haben.

»Das bedeutet das Aus für seine Karriere, Saint!«

»Die war schon vorbei, bevor sie angefangen hat. Vergiss ihn!« Er schenkte uns noch Champagner nach und reichte mir mein Glas. »Trink!« Aber meine Hochstimmung war verflogen. Genau genommen war ich geschockt. »Das war nicht richtig, Saint!« Er verdrehte die Augen. »Du hättest das nicht tun dürfen!«

»Er hatte es nicht anders verdient!«

»Er wird dich für immer hassen und das ist nicht gut!«

»Es ist mir fuckegal, ob mich jemand hasst oder nicht. Es gibt genug Leute, die mich lieben!«

Ich schüttelte den Kopf, sein arroganter Blick gefiel mir nicht, genauso wie die Art, wie er sprach. Diese Seite von ihm kannte ich nicht und sie machte mir mehr Angst als alles andere. »Saint, das bist nicht du. Du hast gerade einem Menschen seinen größten Traum genommen, einfach so, ohne mit der Wimper zu zucken«, versuchte ich trotzdem, an sein Gewissen zu appellieren.

Seine Augen funkelten eisig. »Ich piss auf seinen Traum!«, sagte er nur hart und ich wich vor ihm zurück. Das hier war ein Fremder. Das konnte nicht der Mann sein, den ich liebte. Das durfte nicht sein.

»Du bist ein Idiot!«, sagte ich mit fester Stimme, stand auf und ging davon.

»Hailey, wage es nicht, jetzt abzuhauen!« Ich lief weiter. »FUCK, HAILEY!«, brüllte er, aber er kam mir nicht hinterher, stattdessen hörte ich Glas splittern.

Am liebsten wäre ich gerannt, aber ich konnte mich gerade so davon abhalten.

41. Wieso das hier keine Schnulze ist

Saint

»Dann verpiss dich halt!«, sagte ich eher zu mir selbst, stand auf und ging zu den Toiletten. Von dem blöden Kampf rauschte viel zu viel Adrenalin durch meine Blutbahn, ganz zu schweigen von dem, was Hailey zu mir gesagt hatte, wie sie mich angesehen hatte. So wollte ich nie von ihr angeschaut werden. Das konnte ich nicht ertragen, bei jedem anderen war es mir fuckegal, aber nicht bei meinem Mädchen.

»FUCK!«, brüllte ich und boxte in den Waschräumen gegen die Fliesen.

»Woah Alter, die können auch nichts dafür«, sprach mich ein Hippiearsch an, doch als ich zu ihm herumwirbelte, hob er nur die Hände. »Chill, chill, ich bin nicht der Feind!« Dann machte er, dass er davonkam. Ich tigerte durch die verschissenen Toiletten, trat einen Eimer durch die Gegend, brüllte, raufte mir die Haare und verschränkte die Finger im Nacken. Ich war so geladen. So verdammt wütend und verwirrt und ...

»Dem hast du's aber gegeben.« Marley lehnte mit einem Mal im Türrahmen.

»Verpiss dich, wenn du weißt, was gut für dich ist!«, knurrte ich, stemmte mich mit beiden Armen auf dem Waschbecken ab und versuchte, meinen Atem zu beruhigen, *mich* zu beruhigen, damit ich Hailey hinterher konnte, ohne Franky endgültig zu killen.

»Okay, hab nur ein kleines Geschenk für dich. Glückwunsch zu Platz eins übrigens!«, trällerte sie und vor mir landete ein Tütchen im Waschbecken. Ein Tütchen weißes Vergessen.

***

Hailey

Franky war wohl schon ins Krankenhaus gebracht worden, als ich draußen ankam, aber die frische Luft klärte etwas meine Gedanken. Also ging ich am Hafen spazieren, auch wenn das sicher kein Ort war, wo man sich als Frau in der Nacht rumtreiben sollte.

Ich war so ... so unendlich enttäuscht.

Wie hatte er das nur tun können?

Was war nur in ihn gefahren?

Ich pisse auf seinen Traum.

Das ... das war so widerwärtig, so bösartig, so gar nicht der Saint, der er gewesen war, oder den ich immer in ihm sehen wollte. Das war nicht richtig. Ich musste ihm irgendwie begreiflich machen, dass so ein Verhalten nicht ging. Aber ich wusste nicht wie. Ich fühlte mich so hilflos. Wie hart er mich angesehen hatte, wie egal es ihm gewesen war. Diese Gleichgültigkeit, dieses Gefühl, als wäre er Gott und als könnte ihm keiner was anhaben. Das war nicht gut. Ja, natürlich, man konnte schon abheben, wenn die Menschen einem ständig zujubelten und einem sagten, wie toll man wäre. Aber von Saint hätte ich mehr erwartet.

Ich war naiv.

Und dumm.

Ich setzte mich auf die Ecke der Mauer des Hafens, überblickte das Meer, das hier echt ein bisschen stank, aber das war mir egal, und die an ihm entlang funkelnde Stadt. Ließ mich vom leisen Rauschen der Wellen davontreiben und meine Gedanken schweifen.

Ich hoffte, dass Saint jede Minute kommen würde, aber er kam nicht. Das tat noch einmal besonders weh. Es war ihm wichtiger, da drinnen zu feiern, als sich mit mir zu befassen. Er hatte doch sehen müssen, wie geschockt ich war. Ich sollte ihm doch mehr bedeuten als *das*. Doch in diesem Moment wurde mir klar, dass dem nicht so war. Wenn er die Wahl hätte, würde ich immer an zweiter Stelle stehen. Ich hatte ihn auch an zweite Stelle gestellt, indem ich mich dazu entschieden hatte, zurück nach L.A. zu gehen, wieso tat es dann jetzt so weh, dass er genau dasselbe machte?

Ich wollte nicht weinen, und doch lösten sich ein paar Tränen und ich wischte sie wütend mit den Fingerknöcheln weg, schloss die Augen und ließ den Kopf nach hinten fallen.

Ich werde nicht weinen, ich werde nicht weinen, ich werde nicht weinen!

»Na, wen haben wir denn da?«, erklang mit einem Mal eine Stimme neben mir in der Dunkelheit. Besoffen, hasszerfressen, total fertig.

»Franky!«, rief ich und drehte mich herum. Er lehnte im Schatten an einer hohen Mauer und kam auf mich zugehumpelt.

»Ja, er is es, in all seiner Blüte.« Er hatte Probleme zu sprechen, ich sprang auf und auf ihn zu.

»Wieso bist du hier und nicht im Krankenhaus? Wie geht es dir? Oh mein Gott ...«

»Das waren seine Leute. Sie haben mich nur rausgeworfen und im Dreck liegen lassen.« Ich wollte seine Finger nehmen und sie begutachten, aber als er ins Licht einer Laterne trat, blieb ich wie angewurzelt stehen. Seine Augen, seine blutunterlaufenen Augen, sie wirkten verschleiert, wahnsinnig, wie nicht von dieser Welt.

Und sie waren mit so einem Hass erfüllt, dass ich erschauerte.

»Wo ist dein kleiner Gott?«

Er machte einen Schritt auf mich zu.

Ich trat einen Schritt nach hinten.

Dann schaute ich mich um, über die Straße und zum beleuchteten Clubeingang, wo ein paar Leute rauchend standen und redeten.

Ich würde es niemals schaffen.

»Er holt nur schnell meine Jacke, müsste jeden Moment da sein.« Schluckend trat ich noch einen Schritt von ihm weg. Er schnaubte.

»Er war schon die ganze Zeit nicht hier, während du wegen ihm bitterlich geheult hast. Er scheißt auf dich! Genau wie er auf jeden anderen Menschen scheißt, der ihm nichts bringt! Er ist eine kleine Ratte und du mit deinem unschuldigen Dackelblick hängst trotzdem noch an ihm.« Er machte zwei Schritte auf mich zu und ich wollte herumwirbeln und laufen. Doch eine raue Hand packte mich am Arm, die gesunde Hand. Ich brüllte, da zog er mich schon zurück in die Dunkelheit. Die Köpfe der Leute schwangen herum. Sie schauten in unsere Richtung, sahen uns aber nicht. Ich wollte noch einmal schreien, aber ich bekam so einen heftigen Fausthieb mitten ins Gesicht, dass meine Beine unter mir wegknickten.

Das hatte ich nicht erwartet!

Somit war diese dünne imaginäre Linie überschritten, die Franky immer vom Äußersten abgehalten hatte.

Ich hatte es geahnt.

Aber jetzt war es zu spät und ich konnte nichts tun.

Mir wurde sofort übel, als ich versuchte, mich aufzurappeln und mir die Schläfe hielt. Vermutlich hatte ich eine Gehirnerschütterung, denn er hatte so fest zugeschlagen, dass ich nicht mehr scharf sehen oder stehen konnte, aber das war auch nicht nötig.

Er zerrte mich noch ein Stück weiter in die Dunkelheit über den dreckigen schlammigen Boden.

»Nein!« Ich lallte und meine Stimme klang viel zu schwach. Meine Hände bewegten sich total unkoordiniert, als er meinen Jumpsuit aufriss und meinen BH freilegte.

»Bitte ... nicht!« Tränen tropften mir aus den Augenwinkeln in den Schlamm. Ich konnte mich nicht wehren, konnte nichts tun. Selbst mit seinem gebrochenen Finger war er um so vieles stärker, um so vieles mächtiger. Wahrscheinlich war er besoffen oder mit anderen Dinge zugepumpt, dass er den Schmerz gar nicht spürte. Dass er gar nicht bemerkte, was er hier tat.

»Halt's Maul!« Er zerrte meinen BH runter, starrte meine Brüste an, kniete sich vor mich und holte seinen Penis raus, befriedigte sich, während ich versuchte, mich aufzurappeln. Erneut wurde mir so übel, dass Galle meinen Hals hochstieg. Ich drehte mein Gesicht schnell zur Seite und erbrach mich.

»Was denkst du, wie es ihm gehen wird, wenn er dich morgen hier so findet? Im Dreck liegend, halbnackt, kaputt? Dann wird er vielleicht wissen, wie es in mir aussieht!«

»Franky ... Es wird dir nicht helfen, wenn du das tust. Es wird alles schlimmer machen.« Jedes einzelne Wort war eine Qual. Wieso war ich ihm nur hinterhergegangen?

Wieso hatte ich nicht auf Saint gehört? Wieso war ich nicht da drinnen geblieben, bei ihm?

Fünfzig Meter. Fünfzig Meter trennten uns. Fünfzig Meter zwischen Licht und Dunkel.

Saint!

Hilf mir!

Bitte!, dachte ich verzweifelt, als Franky den dünnen Stoff weiter aufriss – Stück für Stück – bis mich nichts mehr bedeckte als meine Unterwäsche. Und dass nicht einmal mehr komplett.

Saint kam nicht.

Er kam nicht, als Franky mich befummelte. Als seine dreckigen, groben Hände überall waren, während er sich selbst befriedigte. Er kam nicht, als sein alkoholischer Atem über meine Wange strich und sich seine rissigen Lippen auf meine pressten. Er kam nicht, als er mir noch einen Schlag verpasste, weil ich ihn gebissen hatte.

Er kam nicht, als alles um mich herum schwarz wurde und ich mich nicht mehr wehren konnte.

Das hier war keine Liebesgeschichte.

Das hier war der pure Horror.

Oder einfach nur das echte Leben.

42. Wieso das Schicksal eine Hure ist

Saint

»YEAAAAH! NOCH EINEN!«, brüllte ich dem Barkeeper zu, während ich vom Lachen immer noch Tränen in den Augen hatte. Marley, Jason, Trevor und ich hatten gerade die Zeit unseres Lebens. Ich fühlte mich so frei, so geil, so unzerstörbar, und der Alkohol machte das Ganze nur noch besser. Die Lichter flimmerten über uns, künstlicher Nebel verdeckte die tanzenden Körper und ließ die Spots schimmern wie aus einer anderen Welt. Sobald ich meinen Shot geext hatte, ging ich zurück auf die Tanzfläche, schloss die Augen und ließ mich einfach zum Beat der Musik treiben. Ich liebte Musik, ich war die Musik.

Ich hatte gewonnen. Obwohl ich Hailey schon zweimal gefickt hatte, trug ich immer noch einen Dauerständer mit mir herum. Ich war so geil und ritt die Welle des Lebens, aber ich war noch nicht am Höhepunkt angekommen. Es ging immer weiter, immer besser, immer schneller. Hände strichen über meinen Körper, in meine Haare über meinen Ständer, ich schob sie weg und tanzte einfach weiter.

Dieser Körper gehörte nur Hailey.

Die ja sauer auf mich war.

Gut!

Dann sollte sie eben im Hotelzimmer sitzen und schmollen!

Ich würde mir das hier nicht versauen lassen.

Ich würde meinen Triumph genießen. Würde genießen, was ich geschafft hatte. Nicht einmal sie konnte mir das vermiesen. Wie verdammt arschig von ihr, einfach abzuhauen! Ich hatte mit ihr feiern wollen!

Aber sie hatte anscheinend andere Pläne!

Nur, weil sie wieder Mutter Theresa spielen musste.

Sollte sie doch!

Sie würde schon sehen, was sie davon hatte!

***

In umnebeltem Zustand quetschten wir uns in ein Taxi und fuhren noch zu uns ins Hotelzimmer – ich und noch ein paar meiner Leute. Die besten Freunde, die ich hatte. Keine Ahnung, wer alles genau dabei war. Weiß der verdammte Biber.

Ich hatte mir so viel Koks reingezogen, dass ich dachte, meine Adern würden vor lauter rauschendem Endorphin platzen.

Das hier war die beste Nacht meines Lebens.

Irgendwie schafften wir es zum Hotelzimmer. Keine Ahnung wie viel Uhr es war.

»Hailey pennt! Also haltet verdammt nochmal eure kleinen Fressen!«, machte ich klar und hielt meine Karte vor den Scanner. Natürlich waren sie nicht leise. Die Idioten polterten nur so in den Wohnbereich der Suite. Aber die Schiebetür zum Schlafzimmer blieb zu. Vielleicht hatte sie ja ihre kleinen peinlichen Ohrstöpsel drin.

Oh ja, das wäre gut, so würde sie nicht hören, wenn ich später zu ihr kommen und mich von hinten einfach in sie schieben würde. Ich war auf Koks immer so verdammt geil und geladen, dass ich am liebsten jedes Loch gefickt hätte, das mir unterkam.

Was ich natürlich nicht tat.

Es gab nur ein Loch, das ich jemals ficken würde.

Wir chillten im Wohnbereich. Es wurden Joints gedreht und noch mehr getrunken. Ich machte leise Musik an und wir redeten einfach nur ein bisschen. Über Gott und die Welt und Aliens und alles Mögliche. Es war erleuchtend.

Wir schwafelten die ganze Nacht, bis die Sonne orange strahlend aufging, und dieses Hoch langsam abebbte.

Nach und nach verabschiedeten sich die Idioten, die ihre Zimmer teilweise im selben Hotel hatten, bis Marley und ich die Einzigen waren, quer auf der riesigen Couch lagen und noch einen rauchten. Das war okay. Marley war mein verdammter Buddy und sie hatte mich heute Abend nicht einmal angefasst. Vielleicht hatte sie endlich gecheckt, was

Sache war. Ehrlich! Ich hatte keinen Bock, ihr das die ganze Zeit zu verklickern. Sie war heute als Fünfte über die Ziellinie gefahren, das hieß, sie war so was von im Rennen. Natürlich nur im Rennen um den Pokal, niemals um mein Herz. Denn Hailey White hatte diese Linie schon vor so langer Zeit überfahren und es gab keine, die ihr jemals hinterherkommen würde. Auch wenn sie mich gerade anpisste, liebte ich sie mit all meiner beschissenen Kraft.

Als ich hier so lag, machte sich immer mehr der Alkohol in meinen Adern bemerkbar und ich driftete in seinen sanften seligen Schlummer.

Fuck!

Ich wollte doch noch Hailey ficken!, dachte ich, da war ich schon weg.

***

Hailey

Das Schlimmste war, dass ich nicht wusste, was er mit mir gemacht hatte, als ich wieder aufwachte. Es war immer noch Nacht, aber vor dem Club war keiner mehr zu sehen. Es war alles dunkel. Franky war weg. Und ich war völlig nackt.

Kurz blieb ich liegen, blinzelte in den sternenklaren Himmel über mir, fühlte die leichte Brise über meinen Körper wehen, so sanft, so unschuldig, und hörte die Wellen direkt neben mir rauschen.

Sofort wusste ich wieder, was geschehen war.

Als ich mich aufrappeln wollte, drehte sich mein Kopf so sehr, dass ich mich mit einem Stöhnen wieder zurück in den kalten Matsch sinken ließ. Obwohl es eigentlich warm war, fröstelte ich, glitt mit einer Hand über den Boden und fand etwas Stoffartiges. Es war mein BH. Ich heulte fast, als ich bemerkte, dass er noch ganz war. Vorsichtig richtete ich mich wieder auf und erbrach mich noch einmal, weil mir von dem bisschen Bewegung so übel wurde, dass ich meinen Mageninhalt nicht bei mir behalten konnte. Doch ich konnte hier nicht bleiben. Also zog ich langsam meinen BH an, zumindest versuchte ich es. Erst den einen Arm rein, dann den anderen, aber ich hatte keine Chance. Ich konnte die Häkchen hinter dem Rücken nicht schließen, meine Hände zitterten viel zu sehr. Also machte ich ihn vorn zu und schob ihn dann um meinen Körper herum. Das alles erfordere so eine enorme Anstrengung, dass sich davon wieder mein Kopf drehte und ich mich ein bisschen hinlegen musste. Doch ich kämpfte gegen die Schwärze an, die wieder ihre klauenartigen Finger nach mir ausstreckte, und schluckte die nächste Ladung Galle herunter.

Vorsichtig tastete ich weiter und fand noch mehr Stoff. Mein Höschen. Es war auch ganz. Jetzt musste ich mich wieder aufsetzen und bewegte mich ein Stück, lehnte mich mit dem Rücken an die Mauer und hob eins meiner gefühlt zentnerschweren Beine. Noch nie hatte ich so lange dafür gebraucht, um mich anzuziehen, und noch nie war es so schwer gewesen, noch nie war mir von nur einer kleinen

Bewegung so unendlich übel geworden. Gott sei Dank fand ich meine Handtasche neben mir. Mit bebenden Fingern kramte ich nach meinem Handy, doch als ich es anschalten wollte, hatte es keinen Akku.

Ich ließ den Kopf gegen die Mauer fallen und verdrängte meine Tränen. Genau wie die nächste Welle ekelhafter Übelkeit, die über mich hinwegschwappte.

Ich tastete weiter und fand den zerfetzten Rest meines Jumpsuits. Mühsam zog ich an, was noch davon übrig war und hielt den Stoff vor meiner Brust zusammen, nachdem ich mich dank der Mauer aufgerappelt hatte. Es schwankte alles so sehr, dass ich drohte, wieder umzukippen. Ich fühlte mich wie auf hoher See, als ob das Schiff heftig von rechts nach links schaukeln würde, deshalb schloss ich für einen Moment die Augen und biss mir so fest auf die Unterlippe, dass es wehtat. Ich musste hier weg!

Dann machte ich den ersten zaghaften Schritt nach vorn. Oh Gott!

Ich würgte, hatte aber nichts mehr im Magen, was ich noch erbrechen konnte. Mit meinen Fingern krallte ich mich an den rauen Stein der Mauer und hangelte mich daran entlang. Hinaus aus der Dunkelheit und ins Licht der menschenleeren Straße. Zwei Autos parkten noch vor dem Club. Also gab es da jemanden. Jemanden, der mir helfen konnte.

Ich überquerte mit Müh und Not die Straße, klammerte mich mit einer Hand an meine Handtasche und mit der anderen hielt ich den Jumpsuit zusammen. Ich schaffte es sogar bis zur Eisentür des Clubs an, die ich hämmerte.

»Hilfe!« Meine Stimme war heiser.

Hatte ich geschrien?

»Bitte! Ich brauche Hilfe!« Und das war der Moment, in dem ich keine Kraft mehr hatte. Ich konnte nicht mehr stehen, ich konnte nicht mehr stark sein, ich konnte nicht mehr denken. Neben der Tür brach ich zusammen, umschlang mit den Armen meine Beine und hoffte, dass mich jemand gehört hatte.

Ich hatte Glück.

Eine Putzfrau mexikanischer Abstammung riss die Tür auf, sah mich und fluchte.

***

Ich wollte nicht in ein Krankenhaus. Ich wollte nicht wissen, was er mir angetan hatte. Meine Wange pochte, meine Arme schmerzten, genauso wie mein Unterleib bei jeder Bewegung brannte wie die Hölle, während ich mit dem Taxi zum Hotel fuhr und der Fahrer mir keinen einzigen Blick zuwarf. Ich dankte dem Mann still für diese Rücksichtnahme. Ich gab ihm Unmengen an Scheinen – alles, was ich hatte – und stieg vor dem Hotel aus. Die Sonne ging gerade auf und tauchte alles in einen roten Glanz. Die Entfernung bis zum Eingang kam mir vor, als müsste ich zum Nordpol wandern. Kurz musste ich mich auf einen Stein setzen und meine Kräfte sammeln. Meine

Schläfe pochte immer mehr, mir war total übel, ich wusste, ich musste ins Krankenhaus, aber etwas zog mich zu ihm.

Keine Ahnung, wie lange ich hier hockte und mich so weit sammelte, damit ich wieder aufstehen konnte. Mir war klar, wenn ich noch viel länger sitzen blieb, würde ich einfach ohnmächtig umkippen, also stand ich wieder auf. Meine Knie zitterten wie Espenlaub.

Nur noch ein paar Schritte, nur noch ein paar Schritte. Dann wäre ich bei ihm.

Ich würde ihm nicht erzählen, was mir geschehen war. Niemand würde es jemals erfahren. Ich würde einfach sagen, ich hätte mich verlaufen und wäre gestürzt oder so was. Das Schlimme war, dass ich nicht richtig denken konnte, dass alles wie in Watte gepackt war und ich nicht wusste, was ich tun würde, wenn ich einmal oben wäre.

Gott sei Dank sah ich niemanden in der wie ausgestorben wirkenden Lobby.

Nur noch ein paar Schritte.

Dann war ich im Aufzug, wo ich mich gegen die kühle Wand lehnte und den Knopf drückte. *Nur noch kurz auf den Beinen halten, Hailey. Du schaffst das!*

Ich torkelte durch den Flur und hinterließ mit meinen dreckigen Händen schmierige Flecken an den Wänden.

Dann stand ich vor meiner Tür, hielt die Karte vor den Scanner und schluchzte fast auf, als das Schloss klickte. Ich stolperte ins Zimmer und blieb wie vom Donner gerührt stehen. Hier sah es aus wie auf einem Schlachtfeld! Überall waren Flaschen und Chips und Drogen und überquellende Gläser mit Asche, und mitten auf der Couch – wie ein Engel – lag Saint, von hinten dicht an Marley gekuschelt.

Beide waren völlig nackt.

43. Wieso ich dich gehen lassen muss

Saint

»Saint?« Es war so leise gesprochen und doch riss es mich aus einem traumlosen Vor-mich-Hindösen. Ich öffnete die Augen und schaute geradewegs in Haileys Gesicht. Das irgendwie doch nicht Haileys Gesicht war.

Was zum Fuck?

Ich richtete mich auf – bei ihrem Anblick sofort schockiert – und bemerkte erst jetzt, dass ich völlig nackt war und dass ich mich an einen Arsch geschmiegt hatte.

Marleys Arsch, direkt vor mir. *Auch nackt.*

»Fuck!« Meine Stimme klang rau und ungläubig und auch ziemlich angewidert. Mein Blick schoss in dem Moment zu Hailey, als sich ihre Augen nach oben verdrehten und sie zusammenbrach.

Ich war nicht schnell genug, um sie aufzufangen.

Niemals würde ich das Bild vergessen, wie Hailey vor meinen Augen auf den Teppich knallte. Ich stürzte von der Couch, fiel neben ihr auf die Knie und bemerkte erst jetzt, dass sie mit Dreck verschmiert, ihr Gesicht bleich und ihre Schminke zerlaufen war. Ihr Jumpsuit war aufgerissen und ihre Lippe aufgeplatzt. Außerdem schien es, als würde sich ihre Wange sanft blaugrünlich verfärben. Sie hatte etliche Kratzer im Gesicht, am ganzen Körper und angehende blaue Flecken an den Armen und den Beinen – überall.

Überall.

»Hailey?« Mit einem Mal war ich nüchtern, fühlte ihren Puls. »Fuck! Bitte!«, keuchte ich und war heilfroh, als ich das stetige Pochen wahrnahm.

Ich hätte gedacht, sie würde friedlich vor sich hin schlummern, aber stattdessen ... Was war nur passiert?

Ich wollte gar nicht dran denken!

Schon jetzt stieg mir die Galle hoch.

»Baby, ich bringe dich ins Krankenhaus!« Ich sprang auf und stieg schnell in meine Hose von gestern, die neben der Couch lag. Dabei ignorierte ich Marleys nackten, immer noch pennenden Körper, versuchte erst gar nicht, daran zu denken, was gestern passiert war.

Ich konnte nicht. Nicht jetzt!

Dann lief ich zu Hailey rüber und hob sie vorsichtig auf meine Arme. Sie bewegte sich nicht, hing da wie tot und wimmerte: »Franky, bitte nicht!«

Und stürzte mich damit in bodenlose Tiefen.

Die Fahrt zum Krankenhaus veränderte mein Leben.

Ich wusste, dass ihr Zustand was mit Franky zu tun hatte. Mit jenem Mann, den ich gedemütigt, ja, vielleicht sogar gebrochen hatte, und der dann alles an ihr ausgelassen hatte, während ich drinnen gefeiert hatte. Ich fuhr rechts ran und riss die Tür auf, weil ich kotzen musste.

Dabei zählte jede Sekunde!

Wenn sie eine Gehirnerschütterung hatte und nie wieder aufwachen würde ...

Wenn er sie gefickt hatte ...

Die Bilder vor meinen Augen zogen mich immer weiter hinab in die Tiefen. Ich sah, wie sie gegen ihn kämpfte, aber er war so viel stärker, so viel größer, so viel brutaler. Sie hatte dem mit ihrer Sanftheit nichts entgegenzusetzen, sie war so schwach und verletzlich. Mein Engel. Sie hatte mich an ihrer Seite gebraucht. Ich hätte sie beschützen sollen, stattdessen hatte ich meinen Sieg gefeiert, den schönsten Tag meines Lebens, während sie den schrecklichsten Tag ihres Lebens erlebt hatte. Ich wusste es. Ich hörte, wie sie wieder wimmerte, wie sie ihn anflehte, aufzuhören. Jeder einzelne Ton bohrte sich weiter in mein Herz und ließ es zu Eis erfrieren. Das Blut in meinem Körper gefror, Stück für Stück, Bild um Bild, das sich in meinem Kopf festsetzte. Wie er sie berührte, wie er sie schlug, denn er musste sie geschlagen haben, die Spuren davon waren eindeutig. Hailey White war noch niemals davor geschlagen oder mit Gewalt konfrontiert worden. Ja, ihr Vater war Alkoholiker, aber er hatte sich nur psychisch an ihr vergriffen, nicht physisch. Zumindest nicht, dass ich wüsste. Keine Frau sollte das jemals erleben. Und erst recht nicht meine.

Ich hatte sie nicht beschützt.

Ich war schuld.

Ich hatte meine Höhenflug-Welle geritten, während eine andere über ihr zusammengeschwappt war und sie in ein Tal der Dunkelheit gezogen hatte.

Sie würde nie wieder dieselbe werden.

Sie würde mir das niemals verzeihen.

Und ich erst recht nicht.

Das Rennen hatte ich gewonnen, aber in der Liebe verloren. Ich hatte darin versagt, das zu schützen, was mir in dieser Welt am meisten bedeutete, hatte vergessen, was richtig und was wichtig war, deswegen war sie gefickt worden.

Brüllend drosch ich auf das Lenkrad ein. Hailey reagierte gar nicht, sondern wimmerte nur leise.

Sie war zerrissen worden.

In Einzelteile.

Ihre Seele war zerstört. Und das war nur meine Schuld. Nur meine Schuld.

Das Eis in meinen Adern wurde starr und unnachgiebig und ich wusste, auch ich würde nie wieder derselbe sein.

***

Als ich auf dem Parkplatz der Notaufnahme meinen Arm unter ihren Rücken schob, um sie hochzuheben, schlug sie mit einem Mal die Augen auf und ich erstarrte. Sie schaute mich nur an, ihr Blick war so leer und gleichzeitig so tief. So verwirrt und doch so klar. Ich schluckte und schob langsam auch meinen anderen Arm unter ihre Knie. Sie ließ es geschehen und legte zaghaft, fast fragend, ihre Arme um meinen Hals.

Eigentlich sollte ich erleichtert ein, aber ich war es nicht.

Ich hob sie hoch, drückte sie an mich, und in dem Moment fing sie an zu weinen.

***

Während der Untersuchung stand ich halb hinter ihr und ragte auf wie ein Felsen, tat das, was ich eigentlich diese Nacht hätte tun müssen, wobei ich aber so kläglich versagt hatte. Das Eis machte es leichter, dem folgenden Gespräch zu lauschen.

»Wie ist das passiert?« Sie schluckte, während der uralte Arzt ihr abwechselnd in die Augen leuchtete. Ihr Blick huschte zu mir, doch sobald ich sie ansah, schaute sie weg und wurde rot.

»Ich ... ich ... da war dieser Kerl.«

»Frank Malcom. So heißt er!«, sagte ich, und der uralten Tattergreis warf mir einen missbilligenden Blick zu.

»Und weiter?«

»Ich war allein draußen unterwegs, wollte ein bisschen nachdenken. Er ... er hat mir aufgelauert, er war betrunken und vielleicht noch auf anderen Drogen und er ... er hat mich geschlagen.« Ich schloss die Augen, als ich das aus ihrem Mund hörte. »Und ich fiel hin. Ich habe mich gewehrt, aber er hat mich nochmal geschlagen.«

Bitte, bitte hör auf zu sprechen, Baby, ich ertrage es nicht, dachte ich, doch der Arzt fragte: »Wo hat er Sie getroffen?«

»Hier und hier.« Ich öffnete nicht die Augen, um mit anzusehen, wohin sie deutete.

»Was hat er dann getan?«

»Er ... er hat meine Kleidung zerrissen.« Fuck! Meine Augen wurden feucht. Die Bilder, die mich sowieso schon folterten, schärften sich. »Er hat mich geküsst.« Ihre Stimme war so leise und so zaghaft. »Und dann bin ich ohnmächtig geworden.« Sie klang so verhalten, so schwach, so gar nicht wie sonst.

»Also wissen Sie nicht, ob er ... Was er noch gemacht hat?«, fragte der alte Arzt mitfühlend und ich öffnete die Lider, gerade noch, um zu sehen, wie sie den Kopf schüttelte und die Hände vors Gesicht schlug. Ihr ganzer Körper bebte, als sie von Schluchzern geschüttelt wurde. Ich hätte sie trösten, sie streicheln müssen; ich hätte sie an mich ziehen und festhalten sollen. Aber ich konnte nicht. Ich war wie festgefroren. Eine Bewegung und ich hätte das komplette Zimmer zertrümmert.

»Okay, einen Moment, Miss White.« Der Arzt verschwand und wir blieben allein zurück. Sie weinte immer noch. Ich stand immer noch da, ohne mich zu rühren.

Jeder einzelne leise Schluchzer bohrte sich tiefer in mein Herz.

Und ich betete, dass bald jemand kommen würde.

Eine Schwester erschien mit einem Kittel, den Hailey ächzend anzog, und einem Rollstuhl, in den sie sich setzen musste. Ich rührte mich immer noch nicht, beobachtete nur, wie sie sich vorsichtig niederließ und vor Schmerzen ihr Gesicht verzog.

Wenn er sie vergewaltigt hatte, würde ich total durchdrehen.

Sie wurde in einen anderen Teil des Krankenhauses geschoben, mit steifen Schritten folgte ich, wo sie ein Bett bekam. Schon bald erschien eine indisch aussehende Ärztin, die sich als Gynäkologin vorstellte.

»Sie müssen rausgehen, Mister. Ich hole Sie sofort wieder rein, wenn ich fertig bin«, drängte mich die Ärztin sanft.

»Ich bleibe!« Ich schaute sie nicht an. Doch als Hailey leise sagte: »Geh schon, Saint, mir geht es gut«, war das wie ein weiterer Schlag.

DIR GEHT ES GUT?, hätte ich sie fast angebrüllt.

Doch ich verließ das Zimmer, bevor ich total austicken konnte, und lief dann im Gang auf und ab.

MIR GEHT ES GUT!

MIR GEHT ES GUT!

MIR GEHT ES GUT!

Immer noch beruhigte sie mich, immer noch machte sie sich Gedanken um mich, immer noch war sie so Hailey, während ich nicht mal ...

Nein!

Das hatte sie nicht verdient!

Jede Schlampe, aber nicht Hailey White!

44. Wieso?

Hailey

Ich war höchstwahrscheinlich nicht vergewaltigt worden, wie die Ärztin mit den sanften Fingern nach ein paar Blicken und Berührungen, bei denen ich zusammenzuckte, feststellte.

Und ich war so froh!

So unglaublich froh!

Ich bekam Schmerzmittel und Schlafmittel.

Sie sagte mir, ich solle mich ausruhen, und ich war so unendlich müde, dass ich sofort einschlief und gar nicht mehr bemerkte, ob Saint wieder zu mir zurückkam oder nicht.

***

Als ich wieder aufwachte, schien Licht durchs Fenster. Die Blätter eines Baumes raschelten leise im Wind. Saint saß auf einem Stuhl neben mir und seine grünen Augen starrten mich an. Im Moment waren sie eher blau als grün, und dunkel wie das Meer.

Gott sei Dank.

Ich hatte schon gedacht, er wäre einfach gegangen und hätte mich im Stich gelassen. Dann ärgerte ich mich selbst über den Gedanken. Saint war manchmal ein Arsch, aber er würde mich jetzt nicht allein lassen. Niemals!

»Hey.« Ich lächelte ihn an, auch wenn mein Gesicht dabei ein wenig wehtat, während ich mich ein wenig aufsetzte. Er starrte mich nur an. Mit dunklen Augenringen, immer noch in nichts weiter als seiner Hose, und beim Anblick seiner unbekleideten Brust fiel es mir wieder ein. Ich hatte ihn gestern nackt angetroffen, mit Marley, aneinandergekuschelt.

Sein Blick war so hart, so kalt. Ich traute mich nicht zu fragen, ja, kaum zu atmen, und schloss wieder die Augen, versuchte die Bilder zu vertreiben, aber sie blieben, als hätten sie sich in meine Netzhaut gebrannt. Franky der mich anfasste, der mich festhielt, wie wehrlos ich war. Doch ich drängte die aufkommenden Tränen zurück, auch wenn es mich alles kostete.

»Wie lange habe ich geschlafen?«

»Ich habe sie gefickt, Hailey«, sagte er mit einem Mal, als wäre das die Antwort auf alle Fragen, und meine Lider glitten wieder auf.

»Was?«

»Ich habe sie gestern in alle möglichen Löcher gefickt, während du da draußen im Dreck fast vergewaltigt wurdest.

Ich habe es ihr so besorgt, dass sie eine Woche lang nicht mehr laufen wird, und dann habe ich sie geleckt, ich habe sie geschmeckt und sie war köstlich.«

»Saint!«

»Und als ich das erste Mal mit ihr fertig war, habe ich sie mich reiten lassen und habe mit ihren Titten gespielt, habe sie stöhnen und betteln lassen, so wie du es immer tust.«

»Was?«

»Und ich werde es wieder tun. Ich werde es immer wieder tun. Ich habe einmal Blut geleckt und sorry, du hattest die ganze Zeit recht. Du reichst mir nicht. Du wirst nie genug sein.«

Ich konnte nicht mehr sprechen, konnte ihn nur anstarren. Ihn und sein schönes eiskaltes Gesicht. Den Ausdruck in seinen Augen, den harten Zug um seine Lippen.

»Wieso tust du das?« Meine Stimme war leise und brüchig.

»Weil ich ehrlich bin, das weißt du doch, Kleines.« Und dieses eine Wort brachte etwas in mir zum Explodieren.

»Raus. Ich will dich nie wieder sehen!« Ich sagte es ganz leise und so ruhig, wie ich konnte.

»Was? Du trennst dich von mir? Wieso nur?« Er riss gespielt entsetzt die Augen auf und ich schmierte ihm eine, auch wenn sich meine Hand zentnerschwer anfühlte.

»Ja, das tue ich!«

Er lächelte, als hätte ich ihm gesagt, dass ich ihn liebte, wirkte ein bisschen wahnsinnig, gleichzeitig erleichtert und stand dann auf.

Ich schaute aus dem Fenster, konnte ihn nicht mehr ansehen.

»Holy wird in einer Stunde da sein. Meine Eltern nehmen dich mit nach Hause, sie werden sich um dich kümmern«, sagte er fast schon fröhlich. »Jetzt tu nicht so, du wusstest doch, dass es so zwischen uns enden würde. Tief in dir drin hast du es doch immer geahnt, du hast nur darauf gelauert!«

Ich schüttelte den Kopf, während heiße Tränen über meine Wangen liefen und jede einzelne Faser in meinem Körper brüllte, dass er endlich verschwinden möge. »Ich kenne dich nicht mehr, Saint Conroy.«

»Doch, das tust du, besser als jeder andere. Deswegen solltest du jetzt nicht geschockt sein. Ich war ein Bastard, ich bin ein Bastard und ich werde immer ein Bastard sein. Ich meine, klar, ich liebe dich und ein Teil von mir wird das auch immer tun. Das lässt sich nicht leugnen. Aber Liebe ist halt manchmal nicht genug. Ich brauche Sex, tabulosen wilden Sex. Ich brauche den Kick, und ja, ich dachte, du könntest ihn mir geben, aber ich brauche mehr als das, was du bereit bist, mir zu geben. So viel mehr!«

Was sollte ich darauf noch antworten?

Natürlich hatte ich es geahnt.

Und doch war ich nicht auf den Schmerz vorbereitet gewesen.

Er betäubte alles, legte sich wie eine Decke über mein ganzes Sein und erstickte mich. Ich hatte nicht einmal die Kraft, um ihn zu kämpfen oder ihn anzubrüllen. Und ich wollte es auch gar nicht. Ich wollte nur, dass er verschwand. Für immer aus meinem Leben verschwand.

»Besser jetzt als in zehn Jahren, oder?« Er atmete ganz tief durch, ich sah es im Augenwinkel. Und da fiel es mir auf. Mein Kopf schoss wieder zu ihm herum und ich starrte ihn an. Er wirkte gar nicht mehr so locker und selbstsicher, als ich die Augen verengte. Sondern ertappt.

»Ich weiß, was du gerade tust!«

»Was denn?« Amüsiert hob er die Brauen. Er war wirklich ein guter Schauspieler, fast kaufte ich es ihm ab. Aber da war dieser Glanz in seinen Augen, der ihn verriet.

»Du versuchst, mich von dir zu stoßen. Damit ich ... ich mich von dir fernhalte. Und du versuchst, mich mit meinen größten Ängsten zu verletzen, weil du weißt, dass das der einzige Weg ist, damit ich uns aufgebe und nicht um uns kämpfe. Du hast gar nicht mit ihr geschlafen!«

Er schnaubte. »Red es dir nur schön, Hailey, so, wie du es immer tust. Tu nur weiter so, als wäre ich ein guter Kerl.«

»Du *bist* ein guter Kerl!«

»Das bin ich nicht mehr, Hailey White!« Jetzt brauste er auf. »Menschen ändern sich. Sie gehen oftmals Wege zusammen und biegen dann in verschiedene Richtungen ab, das ist der Lauf der Dinge.«

»Liebe ändert sich aber nicht!«

»Ich habe ja gesagt, dass ich dich liebe, aber ich habe trotzdem Marley gefickt. Und ich habe nicht vor, damit aufzuhören. Kannst du damit leben, mich zu teilen? Dann bleibe ich gern hier. Wie du willst.« Er setzte sich auf den Stuhl an meiner Seite, verschränkte die Arme und starrte stur nach draußen. Ich versuchte, mitzukommen, versuchte zu denken, aber mein Hirn war eindeutig noch nicht ganz einsatzfähig.

Könnte ich das denn?

Nein, ich könnte so ziemlich alles ertragen, aber nicht das Wissen, dass ihn andere Frauen berührten, dass ich nicht seine einzige wäre, dass sie das sehen und haben konnten, was ich so sehr liebte.

Liebe war eben manchmal doch nicht alles.

Er hatte recht.

»Du hast wirklich mit ihr geschlafen?«, fragte ich leise.

Er sagte: »Japp«, ohne mich anzusehen.

»Wieso?«

»Weil ich einfach nur unglaublich geil war, Hailey. Wieso denn sonst? Aber ich liebe sie nicht, ich liebe nur dich. Das reicht dir doch, oder?« Er klang wirklich etwas sarkastisch, wollte nach meiner Hand greifen und sie nehmen, doch ich entzog sie ihm, und versuchte, nicht an dem Schmerz zu ersticken, der erneut in mir explodierte. Ich konnte nicht von den Fingern berührt werden, die er noch vor ein paar Stunden sonst wo gehabt hatte. Das ging gegen alles, wofür ich einstand.

Er schaute auf und in seinem Blick las ich die Worte: *Siehst du!*

Ich sah den Triumph und darunter jede Menge Trauer, aber die war mir egal. Nein, ich würde ihn nicht teilen. Ich würde nicht tolerieren, dass er mir fremdging. Ich würde nicht wieder in seine Arme fallen und ihm alles vergeben, nur weil ich ihn liebte.

»Nein«, sagte ich und er fragte. »Was nein?«

»Nein, ich kann das nicht.«

»Ich weiß.« Er klang nicht mehr ganz so fest und sein Triumph war nicht mehr ganz so sichtbar, aber er biss fest die Zähne aufeinander, sodass seine Wangenmuskeln spielten. »Du wirst einen finden, der dich so lieben kann, wie du es verdient hast, Hailey White. Jemanden, der kein abgefuckter Bastard ist.« Nun klang er viel sanfter, jeglicher Sarkasmus war wie weggeblasen.

Das will ich aber nicht, wollte ich sagen, aber eine Flut von Tränen löste sich und ich brachte kein Wort mehr heraus, war wie gelähmt. Mein Atem ging immer schneller, und doch bekam ich immer weniger Luft.

Das passiert gerade nicht wirklich, oder?

Haltet die Welt an!

Ich will aussteigen!

Jetzt!

Er stand auf.

Saint Conroy stand auf und würde mich gleich verlassen.

»Ich werde dich nicht mehr belästigen. Auch wenn es mir alles abverlangt, werde ich mich von dir fernhalten, und wenn du weißt, was gut für dich ist, wirst du dasselbe tun.« Ich starrte ihn nur an, während Tränen über meine Wangen liefen, und hyperventilierte langsam. Er nahm mein Gesicht in seine schönen starken Hände und sah mir tief in die Augen. Auch seine Augen waren feucht, seine Stimme leise und heiser.

»Du weißt, dass ich dich liebe, Hailey White.« Er küsste meine Stirn und ich schloss geschlagen die Lider. Ich wollte brüllen: *Ich brauche dich, bleib bei mir, tu das nicht, Saint, bitte! Tu das nicht! Wir finden einen Weg! Wir finden immer einen Weg!*

Aber da war mein Stolz, der Stolz, den er mir gegeben hatte, und meine Lippen blieben versiegelt.

Viel zu schnell ließ er mich los, drehte er sich um und ging.

Es war nicht genug.

Ein Leben mit Saint Conroy wäre nicht genug gewesen.

45. Epilog – okay, doch nicht

Saint

Nun saß ich hier mit dem Verdienst der letzten Monate in der Hand in meinem Auto, und plötzlich durchfuhr mich die Erkenntnis.

Was meine Karriere betraf, war ich wortwörtlich auf der Überholspur, denn nichts und niemand konnte mich jetzt noch aufhalten. Ich würde meine Ziele erreichen.

Aber privat war ich am Boden.

Ich hatte alles, was gut war, von mir gestoßen und blieb zurück wie dieser Pokal in meinen Händen. Auf den ersten Blick ein Gewinn – strahlend und glänzend –, aber beim genaueren Hinsehen entdeckte man die Dellen und Schrammen. Die musste er abbekommen haben, als er nach dem Rennen von der Couch auf den Boden gefallen war. Ich hatte es gar nicht richtig bemerkt, weil ich schon dabei gewesen war, mich über Hailey herzumachen. Meine Kleine, mein Mädchen, meine Sonne, mein Feuer und meine Luft zum Atmen.

Zusammen waren wir glücklich, waren wir ganz, waren wir *wir*.

Doch jetzt war ich kaputt, innerlich tot und genauso beschädigt wie dieser Pokal. Als ich ihr all diesen Schmerz zugefügt und sie so eiskalt belogen hatte, hatte ich mir selbst genauso wehgetan wie ihr.

Ich hatte es für sie getan.

Für sie würde ich allen Schmerz dieser Welt auf mich nehmen.

Selbst wenn ich sie dafür verlassen musste und sie nie wieder sehen würde.

Mein Entschluss stand fest.

Ich würde sie beschützen – vor dem allergrößten Übel überhaupt. Mir selbst.

Ich schmiss den Pokal nach hinten auf die Rückbank, startete den Motor, wendete den Wangen und fuhr einer ungewissen, abgefuckten Scheißzukunft entgegen.

Einer Zukunft ohne Hailey White.

Weil das alles war, was ich noch für sie tun konnte.

46. Wieso du mich zerstört hast

Hailey

»Du bist mein Kick, Hailey White. Du bist das Aufregendste und Heißeste, was ich je gesehen habe oder berühren durfte. Und du musst dafür gar nichts tun, du musst nicht gezwungen sexy sein und es darauf anlegen. Deine Unschuld ist mein Trigger, dein bedingungsloses Vertrauen zu mir der Kick, den ich brauche. Das Wissen, dass ich alles mit dir machen darf, was auch immer ich will, dass du dich mir vollends hingibst und deine Ängste für mich überwindest, die ich in solchen Momenten so genau in deinen Augen sehen kann. Das macht mich einfach nur wahnsinnig an. Jedes Mal aufs Neue muss ich mit mir kämpfen, nicht zu kommen, anstatt andersrum.« Saint *Conroy* küsste mich, während ich noch versuchte, seine Worte zu verarbeiten. Zu verarbeiten, was hier schon wieder geschah und was ich ihm bedeutete.

»Ich bin dein Kick?«, fragte ich lächelnd und er lächelte auch, so wunderschön. So unvergesslich, so schmerzlich ...

»Ja Kleines. Du bist mein Kick. Du bist mein Alles.«

Wieder strichen seine Lippen über meine. Wieder war es, als würde man mir eintausend Dolche direkt ins Herz stoßen.

Wieder wachte ich auf und war allein im Dunkeln.

Nein, diesmal war es nicht die bestimmte Form von Albtraum, die mich mitten in der Nacht weckte. Ich wurde nicht von fremden Händen gegen meinen Willen berührt, von stinkenden Lippen geküsst oder geschlagen. Der Traum war eigentlich sanft und zärtlich gewesen. Aber nicht weniger schmerzlich als die anderen Träume, die mich seit einer Woche heimsuchten.

Eine Woche.

Seit einer Woche war ich wieder zurück in L.A. und hatte von ihm kein einziges Wort mehr gehört. Nichts von ihm gelesen und auch nichts gesehen. Denn ich mied das Fernsehen wie die Pest, wo er öfter, als mir lieb war, über den Bildschirm flimmerte. Ich mied auch andere Leute wie die Pest. Allen voran seine Familie, die tatsächlich im Krankenhaus gestanden und mich hatte mitnehmen wollen – einschließlich Maggy Conroy, die einzige Person, die hätte zu mir durchdringen können. Aber ich hatte abgelehnt.

Was hätte ich bei ihm daheim machen sollen?

So masochistisch war ich auch nicht, dass ich genau an jenen Ort gegangen wäre, wo alles zwischen uns angefangen hatte und wo mich alles daran erinnern würde, was ich verloren hatte.

Ja natürlich, ich hatte noch andere Dinge verloren, außer die Liebe meines Lebens. Zum Beispiel meinen Glauben an die Menschheit, meinen Glauben an mich selbst, alles Selbstbewusstsein, was ich mir hart erarbeitet hatte ... Aber ich würde schon darüber hinwegkommen.

Ich würde wieder zu mir selbst finden – das schafften Millionen anderer Frauen auch, die das erlebten, was ich erlebt hatte. Nicht einmal richtig, weil ich Gott sei Dank ohnmächtig geworden war, bevor ... bevor er *es* mir antun konnte.

Ich dankte Gott jeden Tag dafür, dass er so gnädig gewesen war. Denn ja, meinem Körper war Grausames angetan worden, etwas, was kein Mensch jemals durchmachen sollte! Ich wusste, dass er mich da unten berührt hatte, dass er mich gegen meinen Willen überall angefasst hatte, denn sein Samen war danach auf mir gewesen, wie mir im Krankenhaus berichtet worden war. Aber meine Seele hatte davon – von diesem letzten, so widerwärtigen vernichtenden Akt –, wenigstens nichts mitbekommen. Zumindest oberflächlich. Doch mein Unterbewusstsein schickte mir in meinen Träumen immer wieder verheerende Bilder. Bilder, die mir sagten, dass ich sehr lange nicht verarbeiten würde, was geschehen war. Egal, wie sehr ich auch versuchte, es mir *schönzureden*.

Das, was so schmerzend offen in mir klaffte, was mir immer wieder Angst machte und regelrechte Panikattacken bescherte, würde wieder zusammenwachsen.

Das redete ich mir zumindest fest ein.

Aber den Verlust von *ihm* ...

Das, was er mir angetan hatte ...

Wie vollends er mich nur mit ein paar Worten vernichtet hatte, das würde ich nicht so einfach überwinden. Wahrscheinlich niemals. *Er* hatte mich in den Himmel gehoben und die Sonne sehen lassen, bevor er mich in einen tiefen dunklen Abgrund gestürzt und dort für immer eingesperrt hatte.

Ja. Nicht diese Nacht hatte mich vernichtet, sondern *er* und jedes einzelne Wort, was über seine vollen Lippen gekommen war. Ich hätte nie geglaubt, dass Lippen, die mir mit einer Berührung den Himmel zeigten, auch die Kraft besaßen, mich mit nur ein paar Worten auf direktem Weg in die Hölle zu schicken.

Denn anders konnte man den Ort in mir, an dem ich mich seit diesem Morgen befand, nicht nennen. Es war die Hölle.

Jeder Atemzug tat weh, jede Erinnerung brachte mich schier um, und die Einsamkeit, die in meinem Herzen wohnte, ließ mich nicht los, hielt mich in ihren widerlichen Klauen.

Das, was der andere nicht geschafft hatte, war ihm gelungen. Einfach so mit einem Fingerschnipsen.

Er hatte meine Seele gebrochen.

Ich heulte nicht.

Ich sagte nichts.

Ich lebte vor mich hin.

Brooke versuchte, mich aus der Reserve zu locken. Es gelang ihr genauso wenig wie meinen anderen Freunden.

Ich besuchte auch keine Vorlesungen mehr.

Mit der Uni hatte ich abgeschlossen.

Mit meinem Leben, wie es gewesen war, hatte ich abgeschlossen.

Stattdessen hatte ich den Vertrag bei Wellworth Records gestern unterschrieben und würde in ein paar Tagen hier ausziehen und ein neues Leben beginnen.

Ein Leben ohne Saint Conroy – die zu Fleisch gewordene Verkörperung des Teufels.

47. Wieso Alkohol manchmal alles ist, was hilft

Saint

Alle brüllten mich an.

Ständig.

Die ganze Zeit.

Zuerst meine kleine nervige Pissschwester, die mich jeden Tag anrief, um mich zu fragen, ob ich die Scheiße schon wieder geradegebogen hatte, die ich angestellt hatte. Hatte ich nicht und würde ich auch nicht.

Dann war da noch meine Oma. Bei ihr ging ich gar nicht erst ans Telefon, weil ich mich so schämte und weil ich mir genau vorstellen konnte, was sie zu mir sagen würde.

Ich war verrückt, ihr das anzutun!

Ich war ein Bastard!

Ein Feigling!

Ein egoistisches Schwein!

Trara!

All das wusste ich selbst!

Also brauchte ich auch gar nicht mehr ans Telefon gehen! Das entschied ich zumindest am dritten Tag, während ich mir mit endlosen Mengen Johnny die Kante gab. Eine andere Art von Drogen fasste ich nicht mehr an, würde ich nie wieder tun! Diese Lektion hatte ich gelernt – und zwar bitter!

Stattdessen nahm ich das blöde Tagebuch, das sie mir geschenkt hatte und das ganz unten in meinem Regal eingestaubt war. Ich hatte noch nie ein Wort reingeschrieben, denn ich war nicht so der lyrische Typ, doch jetzt schien es mir, als wäre das alles, was mir von ihr geblieben war. Herzklopfend öffnete ich es. Ihre Schrift versetzte mir einen Stich, genau wie das, was darin stand. Ihre einzige Bitte an mich:

Sei glücklich!

Schnell klappte ich das Scheißteil wieder zu, ließ meinen Kopf auf meine Arme fallen und heulte wie ein verdammtes Baby.

Ich hörte zwei Stunden nicht mehr auf.

Dann war ich jedoch bereit.

Ich würde da jetzt meine Fuckgedanken reinschreiben! Ich würde all die Scheiße loswerden, die in meinem Kopf ihre Kreise drehte. Ich würde so tun, als würde ich mit ihr sprechen und es ihr erklären. Auch wenn sie das niemals lesen dürfte. Aber irgendwie musste ich mit ihr Kontakt aufnehmen. Das oder ich würde zu ihr fliegen und sie auf Knien anflehen, mich zurückzunehmen.

Das durfte ich nicht tun!

Sie war ohne mich besser dran!

Ich war es ihr schuldig!

Also nahm ich den beschissenen Stift, setzte an und fing an zu schreiben:

***

Ich liebe dich!

Das ist es, was ich dir als Allererstes sagen muss. Ich liebe dich so, dass es fast mein verdammtes Herz sprengt. Aber du bist nicht hier und ich darf es dir nicht sagen. Ich kann es nur in dieses beschissene Tagebuch schreiben. Und mich fragen, was du jetzt wohl tust, wie es dir geht und ob du jemanden hast, der für dich da ist. Ich bin der größte scheiß Bastard, weil ich jetzt nicht bei dir bin. Ich weiß, ich habe dir etwas anderes versprochen. Ich denke in jeder Minute an dich, in jeder Sekunde. Ich denke, jeden Moment werde ich wahnsinnig, und halte es nicht mehr aus. Jede Sekunde halte ich mich trotzdem davon ab, einfach in ein beschissenes Taxi zu steigen und zu dir zu fahren.

Weil ich das nicht darf.

Du bist das Beste in meinem Leben, Hailey White.

Ich bin das Schlimmste in deinem.

Ich darf das nicht mehr.

Ich darf dich nicht weiter runterziehen.

Das alles ist nur meinetwegen passiert. Das ist nur passiert, weil ich da drin in diesem verdammten Club war, während du ...

Hier musste ich so schluchzen, dass ich nicht mehr weiterschreiben konnte und ewige Zeit verging, bis ich es schaffte, den Stift wieder in die Hand zu nehmen.

Ich komme in die Hölle, dafür, was ich dir angetan habe.

Ach was, ich bin es schon.

Und ich denke an dich.

Jede Minute.

Jede Sekunde.

Ich liebe dich, mein Baby.

Das werde ich immer tun.

***

Ich war ein Weichei – ein verdammtes kleines beschissenes Weichei.

Aber ich konnte sie einfach nicht aus meinem Kopf bekommen.

Ich schrieb und schrieb und schrieb in dieses Tagebuch. Es wurde mein bester Freund, mein kostbarster Besitz. Wie eine kleine Teenietussi druckte ich ein paar Fotos aus, die ich auf dem Handy hatte, auch wenn es mich alles kostete, diese zu betrachten, und klebte sie ein. Mir waren die Eier so geschrumpft, dass ich Glück hatte, nicht auch noch Herzchen und kleine glitzernde Einhörner einzukleben.

Das ging so nicht weiter, entschied ich am siebten Tag.

Mein permanentes Gejammer ging mir selbst auf die Nerven!

Also schmiss ich mich in Schale, in mein Auto und fuhr drauflos. Ich würde heute feiern gehen, mir die Kante geben – mit Alkohol – und wieder zu dem Kerl werden, der ich eigentlich war!

Jawohl!

***

Heute feierte Jason eine seiner angeblich legendären Partys. Ich war bis jetzt nie hingegangen, aber ich wollte nicht mit Marley abhängen, die mich noch mehr nervte als sonst. Stattdessen wollte ich für ein paar Stunden einfach nur vergessen.

»Hey, Saint! Lange nicht mehr gesehen!«, begrüßte mich Jason, und ich verdrehte die Augen. Der Knaller hatte mich erst heute auf der Rennstrecke gesehen.

»Ich hab ein Geschenk für den Gastgeber dabei!« Ich drückte ihm meine halbleere Pulle Whiskey in die Hand und ging an ihm vorbei.

»Komm nur rein!«, murmelte er und schloss die Tür. Ich trat in ein echt riesiges Wohnzimmer, das mit viel Geschmack und ultramodern eingerichtet worden war. Jason lebte in einem echt hübschen Penthouse unweit des Hudson Rivers. Man hatte einen magischen Ausblick über den Fluss und über die gegenüberliegende Stadt – wodurch sofort klar wurde, dass Jason nicht schlecht verdiente und viel in seinem Leben erreicht hatte. Doch natürlich kommentierte ich es nicht weiter. Ich entdeckte ein paar andere Leute aus unserem Team, nickte ihnen zu und ging Jason hinterher zur Bar, wobei ich direkt an der Vertiefung vorbei musste, wo zwei riesige Sitzgelegenheiten eingelassen waren, die einen noch größeren Glastisch umgaben. Einen Tisch, auf dem die weißen Linien mich förmlich anstrahlten.

»Hey, Conroy! Komm her!«, rief mir Tomas zu.

Meine Hände wurden feucht, doch ich biss die Zähne zusammen, ging weiter und tat so, als hätte ich ihn nicht gehört.

»Was gibt mir die Ehre?«, fragte Jason gegen die laut dröhnende Musik an, als ich mich auf einen der Hocker gleiten ließ, und fing an, irgendwas zu mixen. Ich zuckte mit den Schultern. »Langeweile.«

»Und vor allem, wo ist deine bessere Hälfte?« Verflucht, es war eine Scheißidee gewesen, herzukommen! Allein ihren Namen zu hören, brannte ein Loch in mein Hirn. Ein paar Sekunden wurde mir regelrecht schwarz vor Augen, doch ich kämpfte dagegen an und nahm den peinlichen Cocktail mit Schirmchen entgegen, den er mir zubereitet hatte.

»Ich hab mich von ihr getrennt!« Damit trank ich ihn in einem Zug aus.

»Woah, Saint, nicht so schnell!«, wollte mich Jason noch aufhalten, da hatte ich das Glas schon geleert.

»Was war das?«

»Ein Long Island Ice Tea«, antwortete er verhalten, während er in seinem karierten Hemd wie ein Musterschüler vor mir stand.

»Mach mir noch einen!«

»Ich weiß nicht, ob das so eine gute Idee ist!«

»Das ist die beste Idee, die ich je hatte!«

»Du hast morgen Training!«

»Bist du meine verdammte Mutter?«

»Nein, aber dein Freund.«

»Ach so? Wieso weiß ich davon noch nichts?«

»Gott, du kannst ein richtiges Arschloch sein, Conroy!«, knurrte er, aber mixte mir noch einen.

Ja, ein Arschloch.

Das war es, was ich war. Er hatte es erfasst!

48. Wieso vom Dach pinkeln keine gute Idee ist

Nach dem dritten peinlichen Cocktail ging es mir schon etwas besser. Die Musik war gut, die Stimmung ausgelassen, und die schmerzhaften Gedanken in meinem Kopf etwas betäubt. Es tat nicht mehr ganz so weh. Sogar Trevor kam vorbei, mit dem ich mich über die Vor- und Nachteile eines bestimmten Motors unterhielt.

Die ersten besoffenen Chicks tanzten auf dem Couchtisch herum. Sie sahen wirklich heiß aus, und mein Knie, das die ganze Zeit von oben nach unten hüpfte, bewegte sich schneller. Eine hatte braunes Haar und unschuldige braune Augen. Große Titten. Einen geilen Arsch.

»Hey, alles klar?«

Trevor sah mich mit seinen graublauen Augen viel zu besorgt an. Ich verengte die Lider und trank noch einen Schluck.

»Klar, ist alles klar.«

Er schwieg ein paar Momente, wechselte einen Blick mit Jason, doch der zuckte nur mit den Schultern und Trevor atmete tief durch. »Ich habe gehört, du hast dich von Hailey getrennt.«

»Ihr zwei seid schlimmer als verdammte Waschweiber!«, knurrte ich und trank schneller. Die Brünette und die Blonde auf dem Tisch küssten sich und ihre Finger strichen unkoordiniert über ihre weichen Körper.

»Bist du dir sicher, dass ... dass du das auch wirklich willst?«

»Meine Fresse, wer seid ihr? Meine verdammten Therapeuten?«, blaffte ich sie an und stand auf. »Lasst mich verdammte Scheiße noch eins in Ruhe!«

»Saint!« Jason schaute mich mit seinen Dackelblickaugen so treudoof an, dass ich ihm gegen die Nase punshen wollte. »Wir haben die letzten Tage gesehen, wie es dir ging. Das bist nicht du.« Ich hatte langsam die Schnauze voll davon, dass mir jeder sagte, wie ich war und wie ich nicht war und wie ich zu sein hatte.

Ehrlich!

»Das hier wird dich kaputt machen, wenn du dich nicht bremst!«, sagte er auch noch, und ich schnaubte nur, umrundete ihn und schüttelte den Kopf. Ich ging direkt auf die kleine Brünette zu, denn mit einem Mal wusste ich, was zu tun war, und zog sie an ihrem Arm vom Tisch. Sie schrie auf, als sie direkt an meiner Brust landete, war erst pissig, dann schaute sie in mein Gesicht und riss die Augen auf.

Ich grinste. »Hey!«

»H ... hi!« Ihre Stimme zitterte, ihr Blick war schüchtern und etwas verlegen, was gut war, auch wenn keine Röte in ihre Wangen trat und nicht dieser bestimmte Glanz in ihre Augen, nach dem ich so süchtig war.

»Du bist heiß!«, kam ich sofort zur Sache, denn für was anderes hatte ich keine Geduld und sie grinste – zu dreckig.

»Bist du nicht der Kerl aus der Werbung?«

»Das bin ich«, sagte ich und strich ihr mit dem Zeigefinger eine Strähne hinters Ohr. »Lust auf ein bisschen Spaß?«

»Immer!«, hauchte sie und eine Alkoholfahne wehte mir entgegen, die mich fast betäubte.

»Gut!« Wortlos umschlang ich ihr Handgelenk, nicht etwa ihre Hand oder so – ich hielt keine beschissenen Händchen mit irgendwelchen Schlampen –, und zerrte sie in den Flur. Gleich die erste Tür, die ich öffnete, war ein Bad. Auch gut. Ich schob sie in den Raum und knallte die Tür mit dem Fuß zu. Dann lehnte ich mich, die Arme verschränkt, mit dem Rücken dagegen und legte den Kopf schief. Ich wollte sie nicht sexy und verhurt; ich wollte sie voller Scham und Verlegenheit. Deswegen sagte ich: »Zieh dich aus!«

Sie riss ihre Augen nur ganz kurz auf, dann jedoch lächelte sie lasziv und wiegte ihre Hüften. Mit sicheren Bewegungen zog sie sich aus, öffnete ihren BH, ließ ihn um ihren Finger kreisen und warf ihn mir zu. Die Schlampe war Stripperin oder so was, oder sie machte das hier oft. Zu oft.

Das ist nicht richtig! Verpiss dich da Conroy!, schrie mir eine Stimme zu, die ich hasste, aber ich schaltete sie auf stumm und befahl: »Komm her!« Ich hatte keine Geduld, mir das hier weiter anzusehen. Anscheinend war sie noch nicht geschockt genug. Mit wiegenden Hüften tänzelte sie auf mich zu.

»Blas mir einen!«, befahl ich und packte ihre Haare, riss ihren Kopf zurück und genoss das kleine Wimmern, das ungeplant und endlich mal nicht aufgesetzt über ihre Lippen kam. »Und zwar ohne zu würgen! Deepthroat!« Sie nickte nur und der Ausdruck in ihren Augen veränderte sich. Sie verlor ein wenig ihrer Selbstgefälligkeit. Gut so.

Und fiel vor mir auf die Knie.

Die Titten waren gemacht und standen stramm nach vorn, waren nicht weich und nachgiebig. Außerdem hatten die Nippel die falsche Farbe, aber das war mir egal. Ich schloss die Augen, als sie meinen Gürtel öffnete, meinen Knopf und meinen Reißverschluss. Wie der Masochist, der ich war, stellte ich mir vor, es wären *ihre* Finger, die meinen Schwanz rausholten. Damit er überhaupt steif wurde. Dann spürte ich ihre Lippen um mich herum. Es fühlte sich gut an. Warm und weich. Ich stieß mit einem Stöhnen meine Hüften vor, umfing ihren Hinterkopf und bemerkte die Extensions unter meinen Fingern. Ich riss die Augen auf und schaute auf die fremde Frau herab, die mich angrinste – mit meinem Schwanz in ihrem Mund –, und beobachtete, wie ihr nuttenroter Lippenstift mich beschmierte.

Es widerte mich an wie noch niemals etwas zuvor in meinem Leben.

Hart blaffte ich: »Hör auf!« Dann schubste ich sie von mir und packte alles wieder ein. Ich musste hier raus. Ich musste ... musste es vergessen, musste dieses sanfte Lächeln vergessen, wenn sie neben mir im Bett aufwachte, wie unschuldig sich ihre Finger auf mir anfühlten, wie zart ihre Lippen waren, wenn sie sich zu mir rüberbeugte, um einen guten Morgen Kuss zu bekommen – noch ganz verschlafen und mit roten Wangen –, während die Sonne durch das Fenster schien und ihr Haar glänzen ließ.

Geradewegs steuerte ich die Couch an und ließ mich neben Tom in die Kissen sinken. »Hey!«, rief er, als ich ihm das goldene Röhrchen aus der Hand riss, mich vorbeugte, ein Nasenloch zuhielt und mir eine fingerlange Line direkt ins Gehirn zog. So kam es mir zumindest vor.

»Du bist ja ein verfluchter Staubsauger. Das ist Crystal! Alter, du wirst eine Woche nicht pennen!« Tom grinste dümmlich, als ich mir ins andere Nasenloch noch die nächste Line zog. Ich lehnte mich stöhnend zurück, hielt mir die Nase zu, ließ den Kopf nach hinten gegen die Lehne fallen und schloss die Augen, während kleine Explosionen durch meinen Körper schossen und alles wegfegten, was mich soeben noch in den Wahnsinn getrieben hatte. Ich hieß das Brennen willkommen, das mir versicherte, dass alles gut werden würde. In den nächsten Stunden wäre es nicht nur gut. Es wäre perfekt.

***

Das alles war eigentlich gar nicht so schlimm. Sie war ja schließlich nur ein Mädchen und ich hatte wenigstens noch mein Bike und meine Freunde hier. Jason war eigentlich echt okay, ich mochte ihn! Und Trevor war sowieso der Coolste, sogar Tom konnte ich ganz gut leiden, obwohl der mir momentan echt zu viel quatschte.

Also ging ich nach draußen, um eine zu rauchen und ein wenig Ruhe zu haben. In meinem Blut pulsierte immer noch das Crystal. Die Endorphine schwirrten durch meinen Körper, alles wirkte gestochen scharf und intensiv. Der Himmel über mir funkelte wie ein Meer aus Diamanten, während das Wasser schwarz vor der Stadt glitzerte. New York war wirklich unglaublich bei Nacht. Ich konnte von dem Anblick nicht genug bekommen. Ein leichter Wind erfasste mich, aber ich spürte keine Kälte; ich fühlte gar nichts, außer eine Zufriedenheit, die jede Faser ausfüllte. Ich wusste, irgendwie würde alles gut werden!

Und ich musste echt dringend pinkeln.

Mit einem bescheuerten Kichern kletterte ich einfach über die Brüstung des Penthouses und auf den schmalen Spalt zwischen Tod und Nichttod.

»Hey, Woah, was macht'n der da?«, fragte eine besoffene Stimme hinter mir und ich rief:

»Pissen, was denn sonst?«, bevor ich meine Hose öffnete und meinen Worten Taten folgen ließ. Dabei ließ ich stöhnend den Kopf nach hinten fallen und betrachtete den Himmel über mir. Fühlte mich frei und mächtig, als könnte nichts auf der Welt mir was anhaben. Ich pisste auf alles, was mich anpisste! Ich pisste auf alle, die dachten, sie wären besser als ich und mir überlegen! Ich pisste schier ewig, aber irgendwann war ich fertig und ich schloss wieder meine Hose, wobei ich schwankte und mich mit einem »Huiiii« am Geländer hinter mir festkrallte.

Kurz schoss das Adrenalin in meinem Blutpegel hoch und mein Herz schlug schneller, als ich nach unten guckte. Harter Asphalt, der mich doch sanft umfangen würde, wenn ich fiel. Genauso sanft wie ihre Arme, wie ihr ganzer Körper, ihr Wesen.

»GOTTVERDAMMT NOCHMAL!« Starke Hände packten mit einem Mal meine Arme und ich wurde förmlich über die Brüstung geschleudert – Trevor schrie mich an; ich glaube, Jason war auch dabei –, als ich mich nicht mehr halten konnte und auf den harten Boden klatschte. Leider auf der falschen Seite der Brüstung, der Terrasse. Leute brüllten und ich fragte mich noch, was los war, und wieso die so rumkreischten. Als plötzlich alles immer dunkler wurde und ich bemerkte, dass sich irgendwie echt ekliger Schaum vor meinem Mund bildete und ich wie verrückt geschüttelt wurde. Doch es waren nicht Trevor und Jason, die mich schüttelten. Es war mein Körper, der sich in Krämpfen wand, bevor alles schwarz wurde.

49. Wieso ich dich brauche

»Saint?« Zarte Finger strichen mir die Haare aus der Stirn und ich wusste sofort, wer mich berührte, wer zu mir sprach, wer *da war*.

»Hailey!«, keuchte ich und zwang mich, meine zentnerschweren Lider zu öffnen. Ich musste sie sehen, ich musste mich vergewissern, dass ich nicht träumte, dass sie wirklich hier war! Aus Fleisch und Blut!

Ich öffnete die Augen und verlor mich sofort in ihren wunderschönen bodenlosen Tiefen, die mich besorgt ansahen. Ihre Haut war so hell und rein, sie strahlte förmlich, und in ihrem Blick lag Bekümmerung, als sie mir nochmal über die Wange strich.

»Baby, was machst du nur?«, fragte sie mich leise und ich schloss die Lider, absorbierte ihre Berührung, ihre zarten Fingerspitzen, ihren Atem auf meinem Gesicht und schluckte.

»Gar nichts!«

»Das ist nicht gut.«

Ich riss die Augen auf und bemerkte erst jetzt, dass wir in einem Bett lagen. Es war alles so hell, ich konnte gar nichts außer ihr erkennen, und sie trug ein weißes kleines Negligé und sonst nichts.

Sie war so schön.

»Ich weiß, Baby! Ich weiß! Ohne dich baue ich nur Scheiße!« Ich nahm ihre Hand und drückte sie an meine Wange, schloss die Lider, weil meine Augen brannten, und meine Stimme war heiser, als ich sagte: »Du hast mir so gefehlt!«

»Du mir auch! Du weißt nicht, wie sehr!« Gott! Jetzt lief mir wirklich eine Träne über die Wange. Diese Worte ließen etwas in mir bröckeln – einen sowieso schon rissigen Damm, der die Fluten kaum gehalten hatte.

»Ich liebe dich, Hailey White, und ich habe dich angelogen! Jedes Wort, was ich zu dir gesagt habe, war eine Lüge! Eine dreckige eiskalte Lüge!«, sagte ich schnell, denn ich hatte Angst, dass ich sie jede Sekunde wieder verlieren würde, dass sie einfach verpuffen und mich wieder in der Dunkelheit zurücklassen würde. Erst jetzt, als sie mich wieder berührte, bemerkte ich, wie sehr ich sie tatsächlich brauchte. Und dass ich viel zu egoistisch war, um sie je wieder gehen zu lassen. Ich war schwach. So unglaublich schwach, wenn es darum ging, ohne sie zu leben. Ich konnte nicht. Ich würde es nicht schaffen. Sie war alles, was mein elendiges Dasein erhellte; alles, was ihm einen Sinn gab, noch vor dem Fahren, vor allem anderen.

Sie war es!

Schon immer gewesen und würde es immer sein.

»Saint?«, keuchte sie mit einem Mal und ... und verblasste.

»Hailey!«, rief ich und richtete mich auf, sah in ihr schockiertes Gesicht, wollte nach ihr greifen, konnte sie aber doch nicht fassen und ...

Öffnete im nächsten Moment meine Lider.

Ich starrte an eine weiße Decke, lag in einem ungemütlichen Bett und schaute nach rechts. Das war ein Krankenhaus – eindeutig. Die Fenster waren geöffnet, die Vorhänge wehten leicht im Wind. Am Arm hatte man mir eine Infusion gelegt, aber es war außer mir niemand hier. Außer meinem ruhigen Atmen hörte ich nichts.

Ich war allein.

Völlig allein.

Hailey war niemals hier gewesen.

***

Die Spinner hier wollten mich erst gehen lassen, nachdem ich mit dem Seelenklempner geredet hätte. Sie wollten ausschließen, dass ich suizidgefährdet wäre, weswegen ich nur die Augen verdrehte. Ich konnte dem glatzköpfigen alten Knacker mit verdammter Nickelbrille noch so oft versichern, dass ich nur zum Pissen über die Brüstung geklettert war und nicht oft Drogen nahm, die Skepsis wich nicht aus seinen kleinen Schweinchenaugen. Er wollte mir eine Therapie aufdrücken, aber ich wiegelte ab, indem ich ihn fragte, ob er eigentlich eine Ahnung habe, wer ich war und womit ich mein Geld verdiene. Er wusste es nicht. Also erzählte ich es ihm, dann war er still. Anscheinend war er der Meinung, dass bei mir Hopfen und Malz bereits verloren war, denn ich setzte mich tagtäglich auf meiner Maschine einem nicht geringen Risiko aus.

Als ob das nicht reichen würde, saß meine Oma an meinem Bett, als ich zurück ins Zimmer kam.

»Oh nein!« Ich schloss seufzend die Tür hinter mir. *Das hatte mir gerade noch gefehlt! Ein Gespräch mit dem Drachen!*

»Oh doch!«

Mit hängendem Kopf und Schultern schlurfte ich zu meinem Bett und ließ mich wie ein Brett mit dem Gesicht voran in die Kissen fallen. Meine Tage waren gezählt.

»Ich muss dich gar nicht fragen, was du hier tust.«

»Wenn der Prophet nicht zum Berg kommt, muss der Berg zum Propheten kommen«, antwortete sie trocken und blaffte dann: »Dreh dich um und sieh mir in die Augen, wenn ich dir einen mentalen Arschtritt verpasse!« Ich tat es und schaute in ihre blauen, leicht weißlich getrübten Augen.

»Du bist so ein Idiot, Saint Conroy!«, stellte sie klar.

»Du kannst nichts sagen, was ich nicht ohnehin schon weiß, aber nur zu. Tob dich aus.« Ich ließ die angestaute Luft aus meinen Wangen, während sie erst richtig loslegte.

»Was tust du hier?«, fragte sie mich.

»Momentan liege ich in einem Bett im Krankenhaus und versuche zu ignorieren, dass du echt stinkiges Parfum drauf hast! Was ist das? Eau de Zwiebel?«

»Es gab heute Mettbrötchen mit Zwiebeln«, erwiderte sie barsch. »Dir würde es übrigens auch mal guttun, was zu essen. Du siehst aus wie der lebende Tod.«

»Dito.«

»Tja, nur dass ich 86 Jahre alt bin und mit einem Bein schon im Grab stehe.«

»Das tue ich doch auch!« Als ihre Handtasche auf meinem Kopf landete, brüllte ich: »Au!«, und starrte sie schmollend an, während ich mir den Kopf rieb.

»Hör jetzt sofort auf, dich selbst zu bemitleiden! Das ist das Erbärmlichste, was ich je gesehen habe, und ich habe deinen Vater bei seinem ersten Liebeskummer miterlebt!«, blaffte sie mich ungehalten an. »Das steht dir nicht!«

»Mir doch egal!«

»Sie leidet wegen dir!«

»Hast du was von ihr gehört?«

»Natürlich! Ich war in den letzten Tagen bei ihr.«

Ich richtete mich auf. »Wie geht es ihr?«

»Frag sie selber!«

»Oma ...« Ich ließ den Kopf in die Hände fallen. »Ich habe mich von ihr getrennt, damit sie mit der Scheiße, die sich mein Leben nennt, nichts mehr zu tun hat, damit sie das Leben leben kann, das ihr zusteht.«

»Das ist typisch für euch Conroys. Immer denkt ihr, ihr wisst alles besser. Vor allem, was die Leute um euch herum brauchen und wollen. Aber lass dir eins gesagt sein, von einer sehr alten Frau, die schon viele idiotische Männer erlebt hat: Lass sie selbst entscheiden!«

»Was?«

»Na, was sie braucht! Lass sie selbst entscheiden und stoße sie nicht von dir, nur weil es ein bisschen komplizierter wird!«

»Bisschen komplizierter?« Ich wurde lauter, ohne dass ich mich zügeln konnte. »Sie wurde wegen mir fast vergewaltigt!« Da, ich hatte es ausgesprochen, jetzt war es real und mir wurde übel.

»Saint ...« Sie legte ihre knochige Hand an meine Schulter und drückte sie erstaunlich fest. »Was ihr geschehen ist, ist ihr nicht deinetwegen geschehen. Du hattest damit nichts zu tun.«

»Ich habe ihn so weit getrieben, und ich habe sie dann einfach gehen lassen, ich habe nicht auf sie aufgepasst. Sie musste dafür büßen, dass ich ein Arschloch war!« Ich schaute auf die weiße Bettdecke vor mir, während ich wieder fühlte, wie meine Augen brannten.

»Du hast einen Fehler gemacht, ja.«

»Ja!« Ich schloss geschlagen die Lider. Einen Fehler, den ich bis an mein Lebensende bereuen würde.

»Aber jeder Mensch macht Fehler. Keiner ist unfehlbar, weder in so jungen Jahren noch später.«

»Das, was ich getan habe, ist unverzeihlich!«

»Und wieder liegt es an ihr, das zu entscheiden!«

»Sie wird mich nicht wollen. Ich habe ... habe so schreckliche Dinge zu ihr gesagt, um sie von mir zu stoßen. Weil ich genau wusste, dass sie mich sonst niemals gehen lassen würde! Ich habe ihr gesagt, ich hätte sie betrogen und dass sie nicht genug wäre!«

»Stimmte das?«

»Nein!«, rief ich sofort. »Ich würde sie nie betrügen, und sie ist alles, was ich brauche!«

»Dann sag ihr das! Sie hat es verdient, die Wahrheit zu erfahren! Selbst wenn sie sich dann gegen dich entscheidet!«

Und natürlich hatte sie recht, so wie Maggy Conroy immer recht hatte.

Ich schaute hoch zu ihr und sie sah mich fast schon mitfühlend an. Das war ich gar nicht gewohnt.

»Ach komm her!«, sagte sie auch noch, und das erste Mal in meinem Leben umarmte sie mich, drückte mich an ihren knochigen Körper und wisperte: »Mein kleiner dummer Junge!« Ich schloss die Augen, ließ es zu, dass sie mich umarmte und konnte ihr nur recht geben.

50. Wieso alles manchmal nicht genug ist

Hailey

»Geh schon mal vor, ich komme gleich nach!«, sagte ich zu Levin, der noch den letzten Karton in sein Auto trug. Netterweise hatte er mir geholfen, alles zusammenzupacken und zu schleppen. Eigentlich hatte er mir in den letzten drei Wochen mit so gut wie allem geholfen, was ich ihm niemals vergessen würde. Er hatte ... hatte an meiner Seite gestanden. Schweigsam und unaufdringlich, aber fest wie ein Fels.

»Okay!« Er machte sich mit dem letzten Karton davon, über den er gar nicht drüber schauen konnte, weil er so voll war. Komisch, in den paar Monaten hier hatte ich so viel angesammelt. Vor allem Kleidung und Pflegeprodukte und andere Dinge, die mich an *ihn* erinnerten, die ich aber alle hierlassen würde. Ich würde alles hierlassen, was mich an ihn erinnerte. Auch das blöde Tagebuch, bei dessen

Anblick ich nicht einmal mehr heulen musste. Ich hatte in den letzten Wochen meinen gesamten Tränenvorrat aufgebraucht, so kam es mir zumindest vor.

Ich stand in meinem ausgeräumten Zimmer und vor mir lag ein riesiger Haufen voll Sachen, die mich an ihn erinnerten. Ein theatralischer Teil von mir überlegte, ob ich alles verbrennen sollte, aber mein rationaler entschied sich doch dagegen, denn direkt über mir befand sich der Feuermelder.

Brooke war nicht da, sie musste zu ihrer Vorlesung, aber wir hatten uns heute Morgen schon tränenreich verabschiedet. Obwohl ich nur innerhalb der Stadt in ein kleines süßes Apartment ziehen würde, wussten wir beide, dass wir uns bei Weitem nicht mehr so oft sehen würden. Aber irgendwie tat es gut, dieses Leben hinter mir zu lassen, auch wenn es mir verängstigte, was kommen würde. Trotzdem war ich voller Tatendrang.

Die Hailey, die ich noch vor einem Jahr gewesen war, hätte ihren sicheren Collegeplatz nicht einfach so aufgegeben, aber manchmal muss man einen Traum opfern, um einen noch größeren zu leben. Manchmal muss man etwas wagen. Das hatte ich durch ihn gelernt, und das konnte mir keiner mehr nehmen.

Auch wenn der Schmerz allgegenwärtig war, so war er etwas abgeklungen und ich war mir fast sicher, dass ich es schaffen würde, über ihn hinwegzukommen.

»Bye«, sagte ich zu dem Haufen, der mich an ihn erinnerte, und fühlte jetzt doch Tränen in meinen Augen aufsteigen. Denn ganz oben drauf lag ein Foto, das ich auf dem Nachttisch gehabt hatte. Ein Foto von uns beiden, wie wir nach einem Kinobesuch mit Holy und Sam in die Kamera grinsten.

Ich würde ihn vermissen.

Und niemals vergessen.

Ich drehte mich um und blieb wie angewurzelt stehen, denn da war *er*! In meinem Türrahmen.

***

Saint

Sie war so schön.

Das war das Erste, was mir in den Kopf schoss, als sie sich in der einfachen Jeans und dem verboten engen weißen Top zu mir umdrehte. Die Haare zum Pferdeschwanz hochgebunden, das Gesicht blass und ungeschminkt. Sie hatte abgenommen, sah gar nicht mehr aus wie Hailey. Aber sie war es doch. Es waren ihre Augen, die sie verrieten und mich förmlich aufspießten, als sie zu mir schaute.

Die mir den Atem raubten.

Und in mir den Wunsch heraufbeschworen, sie an mich zu reißen und nie wieder herzugeben.

Ein paar Sekunden war sie so offen wie immer. Ich konnte in ihrem Blick Schock, Erschütterung, Verzweiflung, Trauer und Entschlossenheit lesen, bevor sich eine unsichtbare Mauer zwischen uns schob, die da noch niemals gewesen war, und sie ihr kleines keckes Kinn hob.

»Saint«, sagte sie mit einer Stimme, die nicht ihr gehörte.

»Hailey.« Das kam brüchiger, als gewollt und ich räusperte mich. »Hailey, ich ... ich muss mit dir reden.«

Sie schaute mich ungläubig an, bevor sie auflachte. Hart und zynisch. »*Du* musst mit mir reden? Ich dachte, du hättest schon alles gesagt?«

Ich schluckte. Das hier lief gar nicht so wie erwartet!

»Ich ... Bitte gib mir nur fünf Minuten!«

»Wieso sollte ich? Du hast doch klar gemacht, dass ich eigentlich nur deine Zeit verschwendet habe.»

Sie ging an mir vorbei, doch im Wohnzimmer packte ich ihren Arm, konnte nicht anders, und ihr Blick schoss zu mir, als sie erstarrte.

»Bitte«, flehte ich und versuchte zu ignorieren, wie sehr die Stelle brannte, wo wir uns Haut an Haut berührten.

»Lass mich los!«, sagte sie leise.

»Hailey, hör mir zu!«

»Wieso? Damit du das, was von mir übrig ist, auch noch zerstören kannst?«

»Ich wollte dir niemals wehtun!«

»Das hast du aber getan! Lass mich los, Saint!« Ich ließ sie los, als sie das klar und deutlich und sehr langsam sagte – warnend und stark. Sie war so stark. So unsagbar schön, sie war unglaublich.

»Hailey, ich liebe dich!«

»Ja, das hast du schon mal gesagt, bevor du mir im nächsten Satz angeboten hast, dass wir zusammen bleiben können, wenn ich es ertrage, dass du nebenbei noch andere vögelst. Du erinnerst dich?« Solche harten Ausdrücke aus ihrem süßen Mund zu hören, war ich nicht gewohnt. Ich zuckte zusammen.

Was war hier nur los?

Irgendwie waren die Rollen vertauscht und mir entglitt immer mehr meine sowieso schon spärliche Kontrolle.

»Das alles war gelogen, Hailey. Ich ... ich wollte dich von mir stoßen und ich wusste genau, was für Worte ich dafür wählen muss!«

»Und es ist dir gelungen. Herzlichen Glückwunsch!« Sie ging weiter, doch ich versperrte ihr den Weg, gerade, als sie aus dem Wohnzimmer in den Flur treten wollte, mit einem Arm, den ich vor ihr an der Wand abstützte.

»Du wirst mich nicht einfach so stehen lassen!«, knurrte ich sie an, denn langsam wurde ich wirklich, wirklich sauer, auch wenn ich kein Recht darauf hatte. Sie wirbelte zu mir herum, ihren Augen ein wildes, vernichtendes Flackern.

»Wieso? Das hast du doch auch gemacht, als ich verprügelt im Krankenhaus lag!«

»Ich wollte dich schützen!« Jetzt brüllte ich fast und warf einen Blick in den menschenleeren Flur, klar, alle waren um die Uhrzeit bei ihren Vorlesungen.

Verdammt! So hatte ich mir unser Gespräch nicht vorgestellt.

»Das fällt dir aber reichlich spät ein!« Auch sie war lauter geworden und ihre Augen glitzerten verdächtig. Wenn sie mich nur an sich ranlassen würde, wenn ich sie nur berühren dürfte, nur für eine Sekunde, dann würde sie es wieder fühlen, dann würde sie die Wahrheit erkennen, dann würde sie merken, was Sache war.

Dass sie mich brauchte.

Und ich sie.

Aber sie dachte ja nicht mal dran. »*Du* hast mich alleingelassen!« Mit einem Mal pikste ihr Finger in meine Brust, genau da, wo ihr Tattoo war. »Im dunkelsten Moment meines Lebens hast du dich umgedreht und bist einfach gegangen! Du hast keine Ahnung, was ich die letzten Wochen durchgemacht habe, wie es mir ging! Als ich dich am meisten gebraucht habe, hast du mich im Stich gelassen!«

»Ich weiß! Bitte lass es mich wiedergutmachen!«

»Nein! Ich bin nicht mehr so dumm wie früher. Die alte Hailey, die du glaubst, geliebt zu haben, ist mit jedem Wort aus deinem verräterischen Mund ein Stück mehr gestorben. Bis du alles, was von ihr übrig war, endgültig mit dem Angebot, mit ihr zusammen zu sein und gleichzeitig andere zu ficken, zu Grabe getragen hast! Ich lasse mich von dir nicht mehr einlullen, nur damit du mir in einem Moment Hoffnungen auf ein normales Leben machst und im nächsten Moment wieder alles zerschlägst! Bei dir wird niemals etwas normal sein! Du brauchst das Extreme!«

»Ich brauche dich!«

»Nein, das tust du nicht. Da du die Hailey, die vor dir steht, überhaupt nicht kennst, kannst du mich gar nicht brauchen und auch nicht lieben. Danke, dass du mir gezeigt hast, dass man für seine Ziele kämpfen und Opfer bringen muss. Denn ich werde jetzt meine Ziele verfolgen und den Weg dorthin allein beschreiten. Denn du, Saint, bist mein Opfer, so wie ich deines war!«

Mit einem Mal wirkte sie ganz abgeklärt und ruhig, was mir noch mehr Angst machte als alles andere. Sie wollte wieder gehen, aber ich schob sie am Arm gegen den Türrahmen und hielt sie fest.

»Ich brauche dich verdammt nochmal! Ich erzähle dir keine Scheiße. Im Krankenhaus habe ich Scheiße erzählt, aber nicht jetzt! Lass es mich dir beweisen!«

»Du hattest deine Chance!« Ihr Blick wurde weicher, weil ich sie berührte, weil ich ihr so nahe war, weil sie meinen Duft roch, genau wie ich ihren, und weil sie wieder das Kribbeln zwischen uns fühlen konnte. Diese elektrische Spannung. Diese magische Anziehungskraft, der wir hilflos ausgeliefert waren.

»Hailey, bitte ... Ich bin's.« Meine Stimme wurde auch weicher. Ich beugte mich vor und strich mit meinen Lippen über ihre Schläfe, sog ihren wunderbaren Duft ein wie der Süchtige, der ich war. Sie schloss flatternd die Lider, doch ihr ganzer Körper spannte sich an, anstatt nachgiebig und weich zu werden.

»Was wird das? Willst du mich noch einmal ficken, damit ich mich in die Reihe der anderen stellen kann?«

»Sag so was bitte nicht!«, flehte ich, denn ich konnte diese Bitterkeit kaum ertragen! Meine Lippen glitten weiter hinab zu ihrem Mund, und ich glaube, sie atmete nicht. Ich war so kurz davor, diesen Kampf zu gewinnen! Ich spürte, wie ihre Fassade bröckelte, so wie immer, wenn wir uns so nahe waren. »Baby, bitte ... Ich rutsche auf Knien vor dir. Du bist alles, was ich will«, flehte ich direkt an ihrem Mund, die Lippen noch Millimeter von ihren entfernt.

»Es geht aber nicht immer nur darum, was du willst«, sagte sie hart und schob mich mit beiden Händen an der Brust von sich. Meine Augen glitten schockiert auf, doch sie sah mich entschlossen und kämpferisch an. »Diesmal geht es ausnahmsweise um mich und was ich brauche! Und das sind nicht noch mehr Tränen! Nicht noch mehr Schmerz! Nicht noch mehr Verletzung und Ängste! Ich habe in meinem Leben genug davon ausgestanden und es reicht jetzt!«

Nein, nein, nein! Das durfte nicht passieren!

Das war nicht wahr!

»Hailey!«

»Nein, Saint! Es ist aus! Ich ... ich wünsche dir ... *Sei einfach glücklich*!« Ihre Stimme brach bei den letzten Worten, doch sie drehte sich einfach um und ging.

Ich blieb wie angewurzelt stehen, starrte dahin, wo sie soeben noch gewesen war, und als ich mich endlich aus meiner Trance reißen konnte, war sie schon die Treppen runter gestiegen. Ich lief ihr hinterher, aber ich kam zu spät. Sah gerade noch, wie sie auf der anderen Straßenseite zu diesem blonden Penner ins Auto stieg, während Tränen über ihre Wangen strömten.

»HAILEY!« Sie ignorierte mich. Der Typ startete den Motor und winkte mir grinsend zu, dann gab er Gas und raste davon.

»Kleines«, keuchte ich in dem Moment wie betäubt, als meine Knie unter mir nachgaben und ich allein zurückblieb. Mutterseelenallein.

ENDE

Vorschau
Master of Sin II

Jennika

Dunkle Augen beobachteten mich voller Gier und kaum verhohlener Leidenschaft. Lauernd und doch geduldig. Der Blick aus diesen bodenlosen Tiefen brachte jede einzelne Faser meines Körpers zum Prickeln und lenkte mich ab, aber ich grinste lediglich, warf meine Haare nach hinten und packte den Kerl, mit dem ich gerade getanzt hatte, am Kragen. Er war genau mein Beuteschema. Groß, gut gebaut, hübsches Gesicht – eine Augenweide. Arschwackelnd auf meinen Heels zog ich ihn hinter mir her in die abgetrennte VIP-Lounge, vorbei an den zwei Wachmännern, die mir nicht mal einen Blick zuwarfen. Das durften sie nämlich nicht.

Kaum waren wir in dem kleinen Raum, der nur durch ein paar Stofffäden vom Rest des Clubs getrennt wurde, schubste ich den Kerl auf eine der gemütlich gepolsterten

Bänke. Die Bässe einer harten Nummer von Marilyn Manson wummerten tief in meinem Bauch, doch die zuckenden Lichter drangen nicht bis hier hinten durch. Es war fast dunkel und doch sah ich alles von ihm. Der Kerl in dem weißen modernen Shirt und der Jeans hatte hübsche dunkle Augen. Sein Blick glitt über meinen spärlich bedeckten Körper in dem schwarzen Top, das sehr tief blicken ließ, und dem knappen Lederrock. Er leckte sich unterbewusst über die volle Unterlippe. Dieser Playboy war es gewohnt, dass er der Jäger war und die Frauen die Beute. Er hatte aber keine Ahnung, mit wem er es jetzt zu tun hatte, als ich ihn anlächelte und fragte: »Gefällt dir, was du siehst?«

»Und wie!«, gab er heiser zurück, als ich mein Bein auf sein Knie stellte und meinen schwarzen Rock etwas nach oben schob. »Was würdest du gern mit mir tun?« Wie hypnotisiert folgte er meiner Hand mit den rot lackierten Fingernägeln, die immer weiter nach oben wanderte und den Rock hochzog. Er konnte den Ansatz meiner halterlosen Strümpfe sehen, aber nicht, dass ich kein Höschen trug. Dieser Anblick blieb nur einem vorbehalten.

»Alles, von dem du nicht mal zu träumen wagst, Babe!« Ich lachte. Im nächsten Moment setzte ich mich breitbeinig auf seinen Schoß, packte sein Haar und zog seinen Kopf zurück. Ja, ich bewegte mich etwas zu schnell, aber es war mir egal. Das Tier in mir übernahm langsam die Kontrolle und ich ließ es zu.

»Oh Süßer, das kann nur einer, und der bist nicht du!«, raunte ich an seinem Ohr und glitt mit meiner Zunge über seinen überstreckten Hals. Er stöhnte und wurde allmählich hart. Ich schloss genüsslich die Augen, meine Nasenflügel blähten sich, als ich seine Erregung roch, seine Gier nach mir, und gleichzeitig die Angst, die anfing, durch sein Blut zu rauschen. Besonders als ich meine Zähne über seinen Hals kratzen ließ, ihn fühlen ließ, dass sie rasiermesserscharf und spitz geworden waren. Ein uralter Instinkt verriet ihm, dass das hier gefährlich war – meine Zähne, meine Nähe, *ich* –, und doch war er mir wehrlos ausgeliefert. Weil ich vom Besten gelernt hatte. Weil ich ein Raubtier war, dafür geboren, um zu herrschen. »Ich werde mir nehmen, was ich will!«, flüsterte ich heiser, ließ mein Becken auf ihm kreisen, weswegen er stöhnte. »Und du wirst keinen Mucks von dir geben!«

»W... was?« Da hatte ich seine Haare schon fester gepackt und meine Zähne in seinen Hals gegraben. Wie durch Butter glitten sie durch seine Haut. Er wollte schreien, aber er konnte nicht, weil ich ihm den Mund zuhielt. Für einen kurzen Moment hatte er unbändige Schmerzen. Für einen kurzen Moment nahm die Panik überhand, dann strich ich mit meiner Hand abwärts und rieb stöhnend über seinen Schritt, als ich den ersten Schluck von seinem süßen, süßen Blut trank. Es schmeckte nach Leben, es schmeckte nach Kirschen und ein bisschen nach Rauch; ein wenig schal, weil es nicht rein war und *menschlich*. Aber es war okay. Ich liebte Blut, ich liebte Fleisch, am meisten liebte ich Herzen. Oder zumindest das, was in mir wohnte. Meistens konnte ich es zurückhalten und kostete nur ein bisschen Blut, aber es wurde immer schwerer. Sobald ich den ersten Schluck genommen hatte und meine Lust hochloderte, stöhnte auch der Typ und rieb seinen Ständer hinter der Jeans an meiner Hand.

So gut!

Immer mehr geriet ich in den Rausch, den der süße Lebenssaft in mir weckte; ich wollte meine Zähne in seine Kehle schlagen, sie ihm herausreißen und dann sein Fleisch fressen. Ich spürte, dass nicht nur meine Zähne spitz geworden waren, sondern dass meine Haut von rotgoldenen Schuppen bedeckt war, und wie die Lust allein bei dem Gedanken an sein Fleisch in ungewohnte Höhen schoss.

Scheiße!

»Blas ihm einen!«, erklang eine Stimme in meinem Kopf, die mir allzu bekannt war. Dunkel, heiser und doch so bestimmend. Jene Stimme, deren Worten ich immer folgen würde. Allein die Vorstellung daran, diesem so verruchten Befehl nachzugehen, ließ mich stöhnen und die Augen zusammenkneifen. Ich war erregt, praktisch immer, aber besonders, wenn ich Blut schmeckte. »Jetzt!«, befahl diese Stimme eindringlicher und ich ließ von dem süßen Blut ab. Der letzte Schwall landete auf dem muskulösen Hals des Kerls und beschmierte seine Haut, als ich mich an ihm nach unten küsste. Zwar war er nicht mehr ganz bei Bewusstsein, aber sein Schwanz steinhart, als ich mich neben ihm auf der Sitzfläche positionierte, seine Hose aufriss und ihn einfach in den Mund nahm. Er schmeckte nach Erregung und Blut und ich wurde noch feuchter, als ich einfach diesen fremden Schwanz tief in den Mund nahm – wohl wissend, dass *er* mich immer noch dabei beobachtete, wie ich eine meiner geheimsten Fantasien auslebte. Ohne schlechtes Gewissen, ohne Angst, irgendwen zu verletzen, den ich liebte, denn das war es, was er tat. Er erfüllte mir all meine Fantasien und waren sie noch so dreckig und verrucht. Er gab mir all das, wovon ich tief in meinem Innersten träumte.

»Oh Baby, ja«, keuchte der Kerl wieder eindeutig bei sich und drückte seine Hüften nach oben. Ich nahm ihn tiefer in meinen Mund und saugte an ihm. Gleichzeitig kreiste ich sehnsüchtig mein Becken. Mein Rock bedeckte kaum meine rasierte Vagina. Jeder, der hierherschaute, konnte sie fast sehen – und das machte mich noch mehr an. »Oh Gott, ich komme gleich!« Was für ein Schnellchecker! Als ob ich das nicht selbst bemerkt hätte. Ich hörte sofort auf, leckte an seinem Schaft nach unten und saugte am Ansatz, stöhnte dabei selbst, weil ein kühler Luftzug mit einem Mal meinen Intimbereich erfasste, und schrie dann auf, als *er* mir auf den Hintern schlug.

»Du kleines versautes Luder!«, raunte er hinter mir, und ich spürte, wie er meinen Rock einfach hochschlug und seine Spitze an meinem Intimbereich rieb; wie er mir das zeigte, was ich haben konnte, wenn ich brav war. Mein Feuer wollte aus mir brechen, wollte ihn umarmen, doch das wäre nicht gut für den Kerl in meinem Mund geworden, deswegen drängte ich es zurück – gleichzeitig mit meiner Pussy, die ich meinem dunklen Dämon stöhnend wie ein Tier darbot. Okay, eigentlich war ich das auch. Ein Tier. Irgendwie. »Es macht mich hart, wenn du dich so gehen lässt, Probe gefällig?«, sagte *er*.

Im nächsten Moment schob er sich auch schon in mich. Hart. Bis zum Ansatz.

Ich kam und konnte mich nicht mehr auf den Penis vor mir konzentrieren, konnte mich auf gar nichts konzentrieren. Der Club zerlief praktisch um uns herum, vor allem, weil ich in dem Moment meine Augen öffnete und mich an Sins Brust wiederfand. Mitten im Club, in der Lounge, vor mich hinpennend.

Ich war immer noch halb am Kommen und total verwirrt, was das jetzt schon wieder gewesen war, als er auch schon leise in mein Haar lachte.

»Sehr interessante Träume hast du da, Jennika!« Sofort wurde ich knallrot, als ich bemerkte, was geschehen war. Dass ich tatsächlich mitten im Club eingeschlafen war und so etwas geträumt hatte. Ich schob mich etwas von seiner Brust weg, an der ich selig – oder nicht ganz so selig – geschlummert hatte und schaute ihn mit verengten Lidern an.

»Du hast meine Träume manipuliert!« Sin grinste, viel zu unschuldig für meinen Geschmack, und hob die Hände.

»Das würde ich doch nie tun!«

»Ja, und eigentlich bist du der Osterhase!« Sin lachte leise. Ich versuchte, meinen Atem zu beruhigen, meinen

Kopf zu klären und das Pochen meiner Vagina zu ignorieren.

Er machte mir das nicht gerade einfacher, indem er meine schweren roten Haare über meine Schulter strich und in mein Ohr raunte: »Aber es hat dich angemacht, Babe. Das kannst du nicht leugnen. Du willst es.«

»Ich will nur dich!«

»Mich und ein paar andere Schwänze in diesem Club.«

»Das ist nicht richtig!«

»Wieso? Jeder weiß, wem du gehörst, ob du ihnen einen bläst oder nicht.« Sanft strich er mit seiner Nase über das Mal an meinem Hals, das mich als *sein* kennzeichnete. Seine Zahnabdrücke, die sich für alle Zeit in meine Haut gebrannt hatten.

»Du bist so unglaublich versaut, Sin!«

»Mein Name ist eben Programm!«, hauchte er und küsste träge meinen Hals. Ich war schon fast wieder so weit, mich in seinen zärtlichen Liebkosungen zu verlieren, als mein Blick auf Nheila fiel, die mitten auf der Tanzfläche stand und Trockensex mit drei Kerlen auf einmal hatte. Nheila, meine beste Freundin, die so verletzt worden war.

»Nheila geht es nicht gut.«

»Oh, ich finde, ihr geht es momentan sogar hervorragend.«

»Nein, das tut es nicht. Sin, jetzt hör auf!« Ich schob ihn von mir, weil ich klar denken wollte. Er ließ sich augenverdrehend nach hinten gegen die Lehne fallen.

»Wieso denkst du das?«

»Äh, Ice?«

»Was ist mit ihm?« Gelangweilt richtete er die Manschettenknöpfe an seinem schweineteuren schwarzen Hemd, das ihm so vorzüglich stand.

»Äh, er ist immer noch bei diesen Schwarzköpfen und versucht Sweet zu befreien.«

»Und?«

»Er hat sich praktisch für Sweet entschieden und gegen Nheila.«

»Diese Sache ist komplizierter als das. Sweet gehört zu Ice' Rudel und das Hündchen ist jedem Mitglied seines Rudels absolut treu ergeben. Seine Leute stehen immer an erster Stelle, egal, was auch passiert, und das weiß Nheila.«

»Es ist mehr zwischen Sweet und Ice und das weiß Nheila auch.«

»Wieso reden wir darüber überhaupt?«

»Weil sie deine Freundin ist und es ihr schlecht geht!«

»Ich kann daran nichts ändern!«

»Das kannst du schon!«

»Wie?«

»Du bist der Fürst der Dämonen, ihr Oberhaupt. Hast du nicht … was weiß ich ... eine Armee oder so, die du schicken kannst, um Ice zu unterstützen?«

»Wenn er eine Armee brauchen würde, hätte er darum gebeten. Außerdem ist das alles nicht so einfach.«

»Was?«

»Nichts.« Total ungerührt zuckte er mit den Schultern, aber bei mir schrillten alle Alarmglocken. Drei Monate war es jetzt her, dass wir die dunkle Königin gestürzt hatten, dass Frieden in dieser komischen, so verrückten Welt eingekehrt war, aus der wir eigentlich kamen, aber Sin wirkte auf mich manchmal gar nicht so zufrieden und friedlich.

»Was verschweigst du mir?« Wie immer, wenn ich dieses Thema ansprach, ging zwischen uns eine schwarze Mauer hoch, auf der stand: »Nerv mich nicht!« In dicken goldenen Lettern. Ich sollte nicht weiterbohren, dennoch versuchte ich, sie regelmäßig zu umgehen. Chancenlos natürlich. Im Geist eines der mächtigsten Wesen dieser Welt herumzuschnüffeln, war, als würde man Pilze in der Antarktis finden wollen. Unmöglich.

»Sin, ich bin doch deine … deine Verlobte, oder?« Immer noch konnte ich nicht glauben, dass er mich gefragt hatte, ob ich ihn heiraten würde. Das Wort kam mir schwer über die Lippen, weil es einfach so … so unbegreiflich war.

»Das bist du und noch so viel mehr!«

»Also musst du alles mit mir teilen!«

»Hmmm …« Zähneknirschend schaute er zu Nheila, die mit einem der drei Männer rumknutschte, während die anderen beiden sie befummelten. Nicht mehr lange, dann würde sie mit ihnen auf eines der versifften Klos verschwinden.

»Was ist los, Sin?«

»Reden wir später darüber.«

Ich knurrte tief.

»Oh Baby, pack dein sexy Drachenknurren wieder ein oder ich mache deine Fantasie wahr und ficke dich hier mitten im Club.« Sofort verstummte ich, weil ich wusste, dass er seine Drohung mit dem größten Vergnügen wahrmachen würde. Er erhob sich geschmeidig und ich schaute schmollend zu ihm hoch. Er war so groß, so schön, so gut gekleidet in seinem schlichten Designerhemd, dem Ledergürtel, der dunklen Jeans und den italienischen, farblich passenden Lederschuhen. Unvergleichlich, mit seiner silberblitzenden Uhr an seinem männlichen Handgelenk und seinem mit Muskeln bepackten, aber agilen, so eleganten Körper, diesem perfekt geschnittenen Gesicht, den vollen Lippen, dem Drei-Tage-Bart am kantigen Kiefer, dieser ebenmäßigen Haut und den in Silber schimmernden eintätowierten Runen, mit diesen nachtschwarzen, perfekt gestylten Haaren und diesen ausdrucksstarken goldbraunen Augen. Sinister Blackthorne war einfach nur unglaublich sexy. Er war nicht nur Meister der Sünde, er *war* die zum Leben erweckte Sünde. Er war ein Traum von einem Mann und er grinste mit in die Hüften gestemmten Händen auf mich und meine schmachtenden Gedanken herab. »Ich erzähle es dir später, ich verspreche es. Jetzt hole ich erst mal Nheila, bevor sie ihre Würde komplett über Bord wirft.«

»Das will ich dir geraten haben!« Ich ließ warnend den Drachen in meinen Augen aufblitzen und er lachte leise. So anturnend, so heiß, so höschennässend, obwohl ich gerade erst – mitten im Schlaf, von ihm manipuliert – gekommen war. Dann zwickte er mir sanft in die Nase, weswegen ich kichern musste. »Ich liebe es, wenn du die Königin raushängen lässt!«, sagte er und schlenderte davon.

»Du mich auch!«, rief ich ihm augenverdrehend hinterher, aber musste grinsen. Verdammt, ich liebte diesen Mann, ich war ihm absolut verfallen und ich wäre für ihn gestorben. Manche Dinge änderten sich eben nie.

***

Sobald Nheila tief und selig – und total besoffen – schlief, ging ich in Sins und mein Schlafzimmer, wo er schon völlig nackt im Bett auf mich wartete. Nur der Kamin spendete Licht, das über seine muskulöse Haut tanzte. Die dünne schwarze Decke verbarg lediglich das Wichtigste, was einladend zuckte, als er mich erblickte. In nichts weiter als meinem schwarzen kleinen Negligé ging ich auf ihn zu. Er breitete wortlos einen Arm aus und ich kuschelte mich an seine Brust, malte Kreise über seine von Narben überzogene Haut und fuhr die silbern schimmernden Runen nach. Sie leuchteten auf, wenn mein Finger sie berührte, was echt faszinierend war. Es schien, als besäßen sie ein Eigenleben. Sin spielte mit meinem flammend roten Haar, und hier, da bekam er Gänsehaut und seine Nippel stellten sich köstlich auf, genau wie sein Schwanz. Doch wir ignorierten das beide. Erstmal.

»Sin ...«

»Hmmm«, murmelte er in meine Haare.

»Sag mir bitte, was los ist.«

Er seufzte, zog mich enger an sich, bettete sein Kinn auf meinen Kopf und schloss die Augen. Um das zu wissen, musste ich ihn nicht ansehen, denn so, wie er in der Lage war, in meine Gedanken einzudringen, konnte ich es ebenfalls. Somit wusste ich immer, was er machte, dachte und fühlte. Ich wusste alles über ihn. Zumindest fast alles. Bis auf diese kleine Kleinigkeit, die er schon die letzten Monate vor mir versteckte.

»Die anderen Dämonenfürsten und Anführer der Zonen machen Ärger. Jeder will die Herrschaft übernehmen. Einige wollen Krieg, andere wollen Frieden. Die einen wollen die Zone, die anderen die ... Es herrscht heilloses Chaos, wie immer nach einer so langen Belagerung. Es ist ein großer Kindergarten, in dem jeder stärker sein und recht haben will.«

Ich richtete mich auf und sah ihn an. Sah in sein ernstes, so schönes Gesicht. »Was können wir tun?«

»Na ja, es gäbe schon etwas, was wir tun könnten, aber ...« Er verstummte und verzog beim Gedanken daran das Gesicht.

»Was wäre das?«

»Zum einen müssten wir heiraten – offiziell, auf Dämonenart. Dafür müsste ich dich aber erst mal am Hof der Dämonen einführen und ich weiß wirklich nicht, ob du schon bereit dafür bist.«

»Wieso?«

»Dämonen sind ein sehr ... sagen wir *zügelloses Volk*«, meinte er vorsichtig, die Stirn runzelnd. »Alles, was für sie zählt, ist Lust, Spaß und Zerstreuung. Von Moral und Anstand halten sie nicht sehr viel. Genauso wenig wie von Regeln oder dem Gewissen. Oder so was ...«

»Ach wirklich? Auf die Idee wäre ich niemals gekommen, jetzt, da ich dich besser kenne.«

»Schweig, Weib!«

Ich lachte und er grinste auch kurz.

»Und dann müssten wir ihnen klarmachen, wer und was du bist und wie stark du bist.« Er strich fasziniert über meine Unterlippe, weswegen sich tief in meinem Bauch alles zusammenzog. Seine Stimme wurde leiser, lockender, heiser: »Sie würden sich in ihr Höschen machen, wenn sie sehen würden, wie mächtig du bist.«

»Dann tun wir das.«

»Du bist noch nicht bereit. Du musst dich und deinen Drachen total kontrollieren können, bevor wir ihn zeigen, und das kannst du noch nicht. Du würdest ihnen beim erstbesten Fehler den Kopf abreißen und danach das Fleisch rösten, um es zu fressen.« Ich wollte anbringen, dass es vielleicht gar nicht schlecht war, gleich zu Anfang an ein oder zwei Dämonen zu rösten, um ihnen klarzumachen, wer der Stärkere war ... und ich wollte auch der Behauptung widersprechen, dass ich meinen Drachen angeblich nicht unter Kontrolle hatte. Aber er hatte recht. Ich hatte meinen Drachen wirklich nicht gut unter Kontrolle. Bisher war es mir nur gelungen, keinen umzubringen, der mir irgendwie blöd gekommen war, weil Sin immer in der Nähe war und meine Gefühle abkühlte – mich und vor allem meinen Drachen an straffer Leine hielt. Was dem jedoch immer weniger gefiel. Er wollte nur einen ...

»Das heißt also, wir brauchen Silas«, schlussfolgerte ich. Sins Ausdruck verdüsterte sich natürlich, als ich diesen Namen nannte. Silas war mein Cousin und ein Feyr – ein Drachenbändiger und mit meinem Drachen verbunden. Lange Geschichte. Er war der Einzige, dem mein Drache ohne zu zögern folgte. Bei Sin war er zweigeteilt. Manchmal erwischte ich ihn dabei, dass er sich überlegte, wie Sins Fleisch wohl schmecken würde, wenn sein Blut schon so köstlich war. Diese Gedanken machten mir wirklich eine Heidenangst. Ich hatte Angst davor, mich irgendwann nicht mehr beherrschen zu können, wenn ich während unserer abgefahrenen heißen Spiele von seinem Blut trank.

Sin verdrehte wegen meiner Befürchtungen nur die Augen.

Klar, er war ein Dämonenfürst mit unendlicher Macht, außerdem so gut wie unsterblich. Ich konnte ihm – selbst in Drachenform – nicht so einfach was anhaben.

Trotzdem ...

»Wir werden Silas herholen und ihn um Hilfe bitten, und danach gehe ich mit dir in die Dämonenwelt und trete jedem in den Arsch, der dir Ärger macht!«, bestimmte ich, und er warf mich auf den Rücken, sah mir eindringlich in die Augen und wisperte: »Ich hatte befürchtete, dass du das sagen würdest. Aber dein Wunsch sei mir Befehl, meine Königin!« Dann beugte er sich vor und küsste mich. Küsste mich so, wie nur er es konnte. Meister der Sünde, meines Herzens, meines gesamten Daseins.

Master of Ice

Sweet (Amelia)

Ich war gerade mal achtzehn gewesen, als ich ihn kennenlernte. Wie immer am Abend saß ich auf dem Fensterbrett mit meinem Paperblanks-Notizbuch auf dem Schoß, schaute hinaus in den Garten und träumte vor mich hin. Von einer anderen Familie, einem anderen Leben, einem Leben, das besser zu mir passte. Klar, meine Pflegefamilie war wirklich toll und nett und sehr bemüht. Meine Eltern Masey und Thomas Gordon waren beide Pädagogen wie aus dem Bilderbuch und hatten neben mir noch drei andere Kinder adoptiert. Ich war von allen die Älteste und ein absoluter Problemfall. Trotzdem hatten sie mich nie aufgeben und standen zu mir. Egal, ob ich mal wieder von der Polizei nach Hause gebracht wurde, weil ich mich mit einer Tussi geprügelt hatte, die ich nicht ausstehen konnte, oder ob ich in der Schule dabei erwischt worden war, wie ich den Unterricht, so wie fast jeden Tag, schwänzte. Ich war nicht so wie die anderen, sondern eine

Ausgestoßene. Nur in meinen Geschichten konnte ich mich in eine andere Welt flüchten. In eine Welt, in der ich dazugehörte.

Wie immer schrieb ich von dieser Welt. Ich dachte mir die verrücktesten Geschichten aus und malte dazu Bilder. Bilder, die mir einfach so in den Kopf kamen. Von einem schwarzen Panther, einem wunderschönen Puma und einem weißen Wolf. Von einer Höhle, von einem Dschungel, von zwei Sonnen, die rot glühend hinter hohen Bergen untergingen. Das tat ich auch heute Abend und schaute hinaus auf den kleinen bläulich beleuchteten Pool. Im Sommer lag ich total gern auf einer der Liegen davor und überlegte mir neue Geschichten. Mein Kopf war praktisch ständig auf Wanderschaft zu anderen Orten, stellte sich verschiedene Charaktere vor; er war immer auf Suche nach Inspiration. Doch jetzt war es Herbst, viel zu neblig und zu kalt, um am Pool zu liegen.

Eine der orange glühenden Straßenlaternen warf ihr grusliges Licht in den von Blättern bedeckten Garten, während leichter Nebel über der Erde schwebte. Ich mochte Nebel und das Mystische und versuchte, ein Bild von zwei eisblauen Augen zu malen, die mich durch den Dunst hindurch anstarrten. Das Licht der Laterne flackerte, dann ging es mit einem Mal ganz aus und der Garten wurde dunkel. Genau wie der Pool.

Huch?

Was war denn jetzt los?

Stirnrunzelnd schaute ich hinaus und verengte die Augen, in dem Versuch, irgendwas zu erkennen. Sämtliche Haare auf meinem Körper stellten sich auf, es wurde fast schon gespenstisch still. Mir war, als wäre für ein paar Sekunden sogar die Uhr auf meinem Schreibtisch stehen geblieben – als wäre die Welt stehen geblieben. Im nächsten Moment gingen alle Lichter wieder an und eine schwarze Gestalt stand vor dem Pool. Riesig. Männlich. Furchteinflößend und total nackt.

Ich schrie auf und schlug eine Hand vor den Mund, starrte nach unten zu dem Mann, der den Blick hob. Mich direkt anvisierte und bis auf den Grund meiner Seele zu sehen schien. Dort irgendwas weckte, etwas Unbekanntes, Machtvolles.

Seine Augen waren eisblau – ich wusste es einfach. Genau jene Augen, die ich gerade gezeichnet hatte.

Das war das erste Mal, dass ich Ice sah.

So richtig!

»Hey, aufstehen! Es gibt Fressen!« Einer meiner Kerkermeister warf mir einen riesigen Knochen auf den Boden, an dem noch ein wenig gekochtes Fleisch hing. Keine Ahnung, von was dieser Knochen stammte, und wieso er so dreckig war. Es war mir völlig egal. Ich stürzte mich darauf, packte ihn mit meinen beiden schmutzigen Händen und grub meine Zähne in das Fleisch, riss es von dem Knochen und schlang die paar spärlichen Bissen hinunter. Sie landeten dumpf in meinem leeren Magen.

Keine Ahnung, wann ich das letzte Mal satt gewesen war. Keine Ahnung, wann ich das letzte Mal Sonnenlicht gesehen hatte – oder Ice.

Als ich an ihn dachte, fühlte ich wieder Tränen in meine Augen steigen. Tränen, die da nicht hingehörten und die mich nicht weiterbringen würden! Ich war selbst schuld, dass Goliat und ich in diese Falle geraten waren.

Ich hätte die Schwarzköpfe, die uns aufgelauert hatten, eigentlich wittern müssen, aber ich war viel zu abgelenkt gewesen, von Ice und dem Gedanken an ihn mit Nheila – dieser elendigen Ausgeburt des Teufels! Oh, irgendwann würde ich meine Zähne in ihre Kehle schlagen und sie ihr rausreißen! Sie zerfleischen! Nur Ice' Befehl hatte mich in den letzten Jahren davon abgehalten. Aber wenn ich hier jemals wieder aus diesem kleinen Käfig rauskommen würde, in dem ich nicht einmal stehen konnte, dann würde ich so vieles anders machen. Ich würde ihm meine Gefühle gestehen und dass ich nie wieder ohne ihn sein wollte, dass er mir mehr bedeutete, als ich jemals zugeben hatte.

Egal, was dann auch immer geschehen würde!

Doch jetzt blieb mir nichts anderes, als zu hoffen, dass irgendjemand mich retten würde. Denn allein würde ich hier nicht rauskommen. In den letzten vier Monaten hatte ich schon alles probiert. Ich hatte sogar versucht, diese Schwarzköpfe zu verführen, was mir kläglich misslungen war. Dem großen Wolf sei Dank! Denn das waren widerliche Wesen. Sie gingen aufrecht, hatten Hufe, statt Beine, menschliche Hände und Stiergesichter mit riesigen

Hörner. Je älter, desto größer waren die Hörner. Schwarze Augen, kein Herz und einen muskelbepackten haarigen Körper, der von Lumpen nur teilweise verdeckt war. Außerdem stanken sie nach Verwesung und alter Kleidung. Widerlich!

Zum Glück wussten sie, wer ich war, sonst hätten sie mich ohne mit der Wimper zu zucken vernichtet, so wie sie es mit Goliat gemacht hatten – dem treuen, so guten Begleiter auf dieser gefährlichen Reise. Er hatte sein Leben für mich geopfert, und ich würde ihm das nie vergessen, würde die Dämonen für immer mit anderen Augen sehen. Denn Goliat hatte mir gezeigt, dass nicht alle schlecht und ehrlos waren. Ganz im Gegenteil. Er hatte sein Leben voller Ehre für mich gegeben!

Und doch hatte es nichts gebracht, denn sie hatten mich trotzdem gefangen.

Gegen vier von ihnen war ich einfach nicht angekommen.

Egal, wie stark ich auch war.

Egal, wie sehr ich gefaucht und gekämpft hatte.

Alles, was mir in diesem Verlies blieb, war, an alte Tage zurückzudenken. Glückliche Tage, an denen alles noch so einfach und leicht gewesen war.

***

Von einem Moment zum anderen stand dieser riesige Mann einfach so vor meinem Pool. Völlig nackt. Mitten in der Nacht. Und raubte mir den Atem. Ich schloss die Augen. Als ich sie wieder öffnete, war er weg. Schluckend presste ich meine Nase und meine Hände gegen die kühle Scheibe und schaute um die Ecke, scannte jeden einzelnen Grashalm, doch er blieb einfach verschwunden.

Krass!

Echt krass!

Wahrscheinlich eine Fata Morgana oder so, dachte ich und ging schlafen.

Ziemlich schockiert war ich, als genau dieser Typ, der nackt in meinem Garten aufgetaucht war, am nächsten Morgen von unserer Klassenlehrerin Mrs. Klein, als unser neuer aus Skandinavien stammender Austauschschüler vorgestellt wurde. Er war so unglaublich gut aussehend in seinem weißen Shirt, das sich um seinen klar definierten männlichen Körper schmiegte, und der Jeans, dem blonden kurzen Haar, den eisblauen Augen und den vollen, wirklich perfekten Lippen. Alle Mädchen meiner Klasse fielen fast in Ohnmacht, ich konnte ihn nur anstarren. Wieder spürte ich dieses Prickeln in meinem Nacken. Es wurde intensiver, weil er direkt auf mich zukam – und den einzigen, noch freien Platz direkt neben mir in der letzten Reihe wählte. Klar, keiner saß gern neben dem Freak! Mit dem komischen rotblonden Haar, den Gruftie-Klamotten und dem pissigen Gemüt. Doch ihm schien das nichts auszumachen.

Er setzte sich direkt neben mich und mit ihm wehte mir ein wunderbarer Duft in die Nase – nach Wald und Freiheit, nach einem weiten Ozean. Wow! Doch ich blickte stur nach vorn, versuchte, ihn zu ignorieren. Was aber praktisch unmöglich war, weil der Kerl mich anstarrte. Unverhohlen! Die ganze Zeit.

Nach ein paar Minuten hielt ich sein Starren nicht mehr aus und warf ihm einen kleinen Seitenblick zu. »Is was?«, fragte ich und, dann passierte es.

Diese wunderschönen vollen Lippen verzogen sich zu einem Lächeln, seine Augen funkelten und er sagte klar und deutlich in meiner Sprache: »Nein.«

»Okay.« Ich schaute wieder nach vorn, und er starrte mich weiter an. Die gesamte Stunde über!

Creepy!

Und irgendwie total heiß.

Ich erwachte aus meinem Tagtraum, als lautes Geschepper ankündigte, dass einer der Schwarzköpfe kam. Und zwar der mit den Schlüsseln. Wortlos rammte er ihn in das Schloss meines kleinen Gefängnisses und die Metalltür glitt quietschend auf.

»Raus hier!«, forderte er mit unsagbar dröhnender Stimme und ich kroch auf allen vieren raus. Als er mich am Arm nach oben – das erste Mal seit Wochen – in die Vertikale riss, stöhnte ich auf. Mein gesamter Rücken knackte, meine Beine gaben fast unter mir nach und Tränen traten in meine Augen.

Tränen!

Ich heulte sonst nie!

NIE!

Keuchend wurde ich von ihm hinter ihm her gezerrt; meine Beine konnten mich kaum tragen und meine Füße schleiften eher über den Boden, als dass ich selbst ging. Es war hell – zu hell –, sobald wir aus der dunklen Höhle in einen der Hauptgänge hinausgetreten waren und ich einen steinigen Weg nach oben gezogen wurde. Direkt in die Haupthöhle, wo sich der Anführer der Schwarzköpfe befand, der auf einem Thron saß. Unliebsam wurde ich gestoßen und landete wieder auf den Knien im Dreck, atmete laut und hektisch und krallte meine dreckigen Finger in den versifften Boden, um bei Bewusstsein zu bleiben. Denn an den Rändern meiner Optik verschwamm langsam alles. Es war nicht gut gewesen, so schnell aufzustehen. Mein Körper war verkümmert.

Ich war im Arsch.

Und dann hörte ich es!

Das schönste Geräusch dieser Erde!

Ein Knurren!

Mein Knurren!

»Ice!« Mit diesem leisen so schwachen Ausruf, der nichts weiter als ein Wispern war, hob ich den Kopf und sah direkt in die vor Zorn rasenden Augen, die ich so sehr liebte.

Er war gekommen, um mich zu retten!

Endlich!

Ice

Es verlangte mir alles ab, mich nicht zu verwandeln und alle hier in Einzelteile zu zerfetzen. Sie so zu sehen – mein Ein und Alles –, brachte eine Seite in mir zum Vorschein, die ich sonst nicht an die Oberfläche ließ. Noch konnte ich sie allerdings unterdrücken.

Amelia – alias Sweet – gehörte mir. Sie war ein Teil von mir und sie war dreckig, blutig, verwundet, kaputt ...

Verdammte Scheiße!

Es liefen Tränen über ihr Gesicht.

Ich hatte ihr und mir geschworen, sie zu beschützen, und wenn es mich das Leben kosten würde. Und ich hatte versagt. Stattdessen hatte ich mich mit dem Feind – einer Dämonin – im Bett herumgewälzt. Egal, was ich für Nheila tief in mir empfand und wie sehr ich diese Gefühle sonst wertschätzte, gerade eben verabscheute ich mich dafür. Verabscheute jede einzelne, so wunderbare Minute mit mir. Verabscheute, wie sehr ich alles genossen hatte, wie viel es mir gegeben hatte, denn es hatte mich fast alles gekostet. Was war ich für ein Anführer, was war ich für ein Alpha, wenn ich die, die mir nahestanden, nicht schützen konnte?

Ich war gar nichts!

Doch das würde ich jetzt wiedergutmachen! Ich würde es zumindest versuchen, und wenn es das Letzte wäre, was ich tun würde.

»Du hast kein Recht darauf, sie zu behalten!«, verkündete ich dem Schwarzkopfkönig, einem sicherlich zwei Meter großen Geschöpf, der gelangweilt auf seinem Thron aus Knochen saß. Er schnaubte und seine Stiernase bebte.

»Ich habe jedes Recht auf sie, das es in dieser Welt gibt. Sie gehört keinem.«

»Sie gehört mir! Sie ist ein Teil meines Rudels.«

»Eure Rudelpolitik interessiert uns nicht. Sie hat nicht nach dir gerochen und du hast sie auch nicht markiert! Nur darauf kommt es an!« Verdammt! Ich schaute mich um, hinter ihm standen zwei seiner Bestien. Hinter mir zwei weitere. Eine falsche Bewegung und die Halle wäre voll von ihnen. Einen konnte ich leicht besiegen, zwei auch, aber ab dreien wurde es kritisch. Mit einem Kampf kam ich hier nicht weiter! Doch das war dem wölfischen Teil in mir momentan egal.

»Sie. Gehört. Mir!«, grollte ich und machte einen Schritt nach vorn, während ich meine Reißzähne offenbarte. Er griff nach unten und zog sie an den Haaren hoch, ein sadistisches Glimmen in den dunklen Kuhaugen. Sie schrie auf und in mir brach etwas zusammen.

»Das tut sie nicht!«, hauchte er und leckte über ihre Wange. »Aber vielleicht werde ich sie mir als Frau nehmen.« Sweet wimmerte, auch wenn sie es nicht wollte. Sie war sonst so stark und unbeugsam. Doch er hatte sie gebrochen! Sie hatte Angst, regelrechte Panik, denn jeder wusste, wie es um sie nach einer Nacht mit dem Schwarzkopfkönig stünde. Sie wäre tot, ausgeweidet.

»Das wäre doch schön, nicht wahr, mein kleines Kätzchen?«, flüsterte er gut hörbar in ihr Ohr und ließ seine schleimige lange Kuhzunge über ihren Hals streichen.

Sie schluchzte auf und klammerte sich fester an den Arm, der sie an den goldroten Haaren aufrecht hielt. Ihr gesamter Körper bebte.

Sie wimmerte und der Laut ließ mich fast durchdrehen.

Verdammt!

»Du kannst sie nicht haben, weil ich sie markieren werde!«, rief ich und trat mit geballten bebenden Händen einen Schritt vor. Zwei Wachen bewegten sich in meine Richtung, bereit zuzuschlagen.

Er stockte. Alle in diesem Raum erstarrten. Sein Blick fand wieder meinen. Mit verengten Lidern fragte er: »Wenn, dann musst du es auf unsere Art tun.«

»Das werde ich«, sagte ich, die Hände nach wie vor zu Fäusten geballt. Ein kleiner Teil in mir brüllte mich an, dass ich das nicht tun durfte! Dass es nicht richtig war! So etwas sollte man aus Liebe tun! Und nicht, weil man es musste! Was war mit Nheila? Verdammt!

Aber mir blieb keine andere Wahl. Ich konnte sie anders hier nicht rausbekommen! Wenn sie mein wäre – meine Partnerin, meine Frau und ich mit ihr auf alle erdenklichen Arten verbunden –, dann dürfte sie kein anderes Wesen dieses Planeten anfassen.

»Wie du willst!« Er stieß sie vom Podest, auf dem sein widerlich stinkender Thron stand, und ich konnte sie gerade noch auffangen. Ihre Finger gruben sich in mein weißes

Shirt, das hier absolut deplatziert wirkte, aber ich rannte nicht gern nackt rum. So, wie die meisten Gestaltwandler.

Ihre Augen waren so groß, so flehend, so voller Tränen. Ich hatte sie wieder.

Nichts anderes zählte!

»Ice, du musst nicht ...«, keuchte sie, aber ich schüttelte den Kopf und schaute zu ihm.

»Heute Nacht, um zwölf.«

»Mit dem größten Vergnügen!« Der Schwarzkopf verneigte sich spöttisch. Ein widerliches, lusterfülltes Glühen in den Augen. Ich schlang Sweet den Arm um die Hüfte und trug sie eher, als dass sie selbst ging, so schnell, ich konnte aus dem Saal.

Verdammt!

Was hatte ich mir nur dabei gedacht?

Danksagung

Puh, was soll ich sagen? Eigentlich sollte Deep Waters ein Einzelroman werden. Ich wollte ihre Geschichte erzählen – es sollte eigentlich fluffig, sexy, lustig und relativ undramatisch bleiben und dann wollte ich ihnen ein hübsches Ende bescheren und zum nächsten Buch übergehen. Aber schon, als es auf das Ende von Deep Waters zuging, merkte ich: Nein, da ist noch mehr ... Ihre Reise hat noch so viel mehr zu bieten, ihre Entwicklung hat gerade erst begonnen. Die beiden sind zu interessant und haben mich voll in ihren Fängen ... und dann habe ich angefangen Frozen River zu schreiben – Danke an Emily Key, für den HAMSTERTITEL übrigens ... und es wurde immer dunkler, immer komplizierter, immer dramatischer ... Es wurde immer mehr wie das reale Leben. Aber ich konnte dem nicht entgegenwirken, ich konnte Saint nicht mehr aufhalten auf seinem vernichtenden Pfad.

Saint ist bei Weitem nicht so stark wie Hailey, natürlich hebt er ab! Er ist und wird immer ein Junge aus der Kleinstadt bleiben! Und Hailey, mit ihrer Gutgläubigkeit und Naivität? Natürlich rächt sich das irgendwann. Denn das passiert uns guten Menschen doch immer – wir fallen auf die Schnauze. Immer und immer wieder landen wir zerstört im Matsch – und rappeln uns irgendwie wieder auf. Weil wir wahre Kämpfer sind. Und das wird auch Hailey sein ...

Es tut mir ein bisschen leid, dass ihr das passieren musste, was ihr passiert ist. Ich schwöre, am Schluss blutete auch mein Herz. Aber nur wenn ich lache, weine, liebe und hasse, dann tut ihr das auch.

Ich hoffe, ich habe diesen Abschnitt ihres Lebens authentisch rübergebracht und euch ein Erlebnis beschert und ich hoffe, dass ihr diese Reise mit den beiden bis zum Schluss geht. Und klar wird es ein Happy End geben, aber bis dahin wird es ein langer und steiniger Weg!

Der nächste Teil wird wahrscheinlich WILD SEA heißen ... Das sagt doch schon alles?

Diesmal gebe ich ganz sicher keine ungefähre Prognose ab, wann der nächste Teil kommen wird (ich bin doch nicht blöd!!!) – aber ich verspreche euch, wie immer, mich zu beeilen. Ehrlich gesagt lassen mir die beiden keine andere Wahl.

Die Geschichte will raus.

Ich fühle mich wie getrieben.

Das hatte ich seit IWS nicht mehr.

ICH DANKE EUCH (dafür, dass ihr mir eure Zeit und eure Leidenschaft schenkt)! DEM VERLAG (dafür, dass es der beste Verlag der Welt ist)! ALEX (dafür, dass er mich erträgt), ANKE (dass, sie immer für mich da ist, dass sie meine Löwenmama ist), PETER (dass er mein Entenpapa ist), BABELS (für das Spinnen des Songtextes, haha), NICOLE (weil ich ohne sie wahrscheinlich nichts mehr zustande bringen würde, weil ich ihre Ideen liebe, weil sie so viel von sich für meine Bücher gibt), DAMLA (weil sie mein Kackhaufen ist) Pella (für ihre unglaublichen Lektorate!) UND MARIE (für das wunder, wunder

wunder wunderschöne Cover) UND ALLEN DIE AN MICH GLAUBEN!

Ich verbleibe mit Saints Worten, die mir besonders wichtig sind:

Bewahrt euch euer gutes Herz.

Ich weiß ihr habt schon einige abgefuckte Dinge erlebt und ihr werdet auch noch einige solcher Dinge erleben. Menschen werden euch belügen, verletzen, hintergehen und eiskalt ausnutzen. Gerade weil ihr so seid, wie ihr seid. Und ich würde euch so gern davor bewahren, diese Erfahrungen zu machen, aber diese Erfahrungen muss irgendwie jeder machen, der ein gutes Herz hat.

Bitte versprecht mir, dass ihr niemals verbittert und euer Herz vor denen verschließt, die es am dringendsten brauchen und die es verdient haben, einen Platz darin zu bekommen.

Mit ganz viel Liebe <3 und wie ein Nervenbündel auf eure Rezensionen wartend …

Eure Bethy

Über die Autorin

Die 31-jährige Tschechin, die in der Schweiz lebt, fing im Alter von zwölf Jahren an Geschichten zu schreiben, weil sie die beste Kurzgeschichte in der Schule abliefern wollte. Der Plan gelang und sie entdeckte dadurch ihr Talent, Geschichten erzählen zu können.

Während ihrer Schulzeit und ihrer Berufsausbildung als Kinderpflegerin ließ sie ihrer Fantasie als Hobbyautorin freien Lauf. Der Schwerpunkt ihrer Erzählungen lag anfangs meist bei Liebesromanen, und humorvollen Komödien. Jedoch kam auch das Drama, die Fantasy und der Horror nicht zu kurz. Im späteren Verlauf floss auch immer mehr Erotik ein und diese Kategorie entwickelte sich schnell zu einer ihrer liebsten.

Im Jahr 2010 wagte sie den großen Schritt und stellte einige ihrer Erzählungen auf einer Fanfiktion- Seite einer breiteren Leserschaft zu Verfügung. Ihre Angst Spott und Häme dafür einzustreichen, war mehr als unbegründet. Sie hatte durch ihre provokanten aber ehrlichen Geschichten schnell eine große, begeisterte Leserschaft und gewann einige Wettbewerbe und Preise.

Durch diese Erfolge ermutigt veröffentlichte sie im Jahr 2013 ihren ersten erfolgreichen Roman »Immer wieder Samstags« und gehört seit dem zu einer der meistgelesenen Autoren auf dem Ebook- Markt.

Privat engagiert sie sich für den Tierschutz und lebt mit ihren Katzen, ihrem Mann und ihrem Sohn im kleinsten Kuhkaff der Welt.